rororo

«Man sagt, die Berge sind unbestechlich», erklärte Lena und blickte auf die Bergspitzen zu ihrer Rechten, die sich aus dem morgendlichen Nebeldunst wie die Gipfel des mystischen Olymps emporhoben, während das Reintal darunter noch im tiefen Schatten lag. «Das bedeutet zum einen, wenn ein Unglück geschieht, ist es immer der Mensch, der die Schuld daran trägt, nie der Berg. Aber auch zum anderen, dass der wahre Charakter eines Menschen in den Bergen deutlicher zutage tritt als anderswo. Hier oben kann man sich nicht verstellen. Hier zählt nur, wie man ist, und nicht, wie man gerne wäre oder wie andere einen sehen.»

Sophie Zach ist das Pseudonym einer erfolgreichen Autorin, die bereits Krimis, Liebesromane und historische Romane geschrieben hat. Sie wuchs in einem Dorf in den Alpen auf, lernte mit drei Jahren Skifahren und jobbte auf der Zugspitze, bevor sie auszog, sich die Welt anzusehen. Heute lebt sie wieder in ihrem Geburtsort, von wo aus sie ausgedehnte Wanderungen mit ihrem Hund in die Berge unternimmt. Was liegt da näher, als ihre Freunde bei der Bergwacht auszufragen und eine dramatische Serie zu schreiben, mitten in den Bayerischen Alpen, die sie liebt?

SOPHIE ZACH

DIE BERGWACHT

Alpenglühen

ROMAN

Rowohlt Taschenbuch Verlag

Dieses Projekt wurde von der VG WORT im Rahmen
des von der Beauftragten der Bundesregierung für Kultur und Medien
(BKM) initiierten Programms NEUSTART KULTUR gefördert.

Originalausgabe
Veröffentlicht im Rowohlt Taschenbuch Verlag, Hamburg, Mai 2023

Redaktion Nadia Al Kureischi
Karte Wettersteingebirge und Bichlbrunn bürosüd, München
Covergestaltung und -abbildung bürosüd, München
Satz aus der Thesis
Druck und Bindung GGP Media GmbH, Pößneck
ISBN 978-3-499-00992-1

Die Rowohlt Verlage haben sich zu einer nachhaltigen Buchproduktion verpflichtet. Gemeinsam mit unseren Partnern und Lieferanten setzen wir uns für eine klimaneutrale Buchproduktion ein, die den Erwerb von Klimazertifikaten zur Kompensation des CO_2-Ausstoßes einschließt.
www.klimaneutralerverlag.de

MIX
Papier aus verantwortungsvollen Quellen
FSC® C014496
FSC
www.fsc.org

Für die Zach-Frauen.

Einsatzprotokoll

Dienstag, 21. Juni, Sonnwend

Einsatzort: Frauenboden, Obermoosalm
Wetter: sonnig
Besondere Bemerkungen: Ein großer Fehler

1

Schweigend gingen Lena und Jonas nebeneinander am Waldrand entlang. Es war noch hell, am längsten Tag des Jahres, doch das Licht hatte bereits einen samtigen Schimmer angenommen, der darauf hinwies, dass sich auch der ausgedehnteste Sommertag langsam dem Ende zuneigte. Die Wiese lag bereits im Schatten, und die Kiefern hoben sich schwarz gegen den noch hell leuchtenden Himmel ab. Einige waren so bizarr geformt, dass man sie mit etwas Fantasie für lebendige Wesen halten konnte.

Die beiden Wanderer lagen gut in der Zeit. Lena kannte den Weg. Sie würden es mit Leichtigkeit noch bei Tageslicht nach oben schaffen.

Eine Gruppe Rehe hatte sich aus der Deckung gewagt und stand jetzt aufmerksam witternd auf der Wiese. Lena stieß Jonas leicht an und machte ihn mit einer Kopfbewegung darauf aufmerksam. Der Wind stand günstig, die Rehe bemerkten sie nicht. Entspannt begannen die Tiere zu äsen. Über ihnen in den Baumwipfeln klopfte ein Specht.

Langsam gingen Lena und Jonas weiter, bemüht, kein Geräusch zu machen, und bogen in das Dunkel des Waldes ein, wo der dichte Nadelteppich ihre Schritte dämpfte. Es roch intensiv nach Harz, Holz, Moos und Kiefernnadeln, und Lena hielt inne, schloss für einen Moment die Augen, sog den Duft tief in ihre Lungen, bis sie das Gefühl hatte, ganz von ihm erfüllt zu sein. Der Wald am Frauenboden, die mächtigen Kiefern mit ihrer rötlich grauen Rinde, die Findlinge, auf denen das Moos schimmerte, die weiche, federnde Erde unter ihren Sohlen, das alles gehörte zu ihr, war Teil ihrer DNA, floss durch ihre Adern. Das Wissen darum war in ihrer Seele verankert wie jene frühesten Empfindungen der Kindheit, an die man sich nicht bewusst erinnern kann, die jedoch hin und wieder aufblitzen wie ein Wegweiser, eine Ahnung, die einem sagt, welchen Weg man einschlagen soll. Als sie die Augen wieder öffnete, sah sie, dass Jonas ebenfalls stehen geblieben war. Er blickte nach oben.

«Ich wusste nicht, dass hier in der Gegend so hohe Kiefern wachsen», sagte er leise, fast flüsternd. Auch er spürte offenbar die besondere Stimmung dieses Waldes, der so anders war als am Rabenstein und überhaupt in der gesamten Gegend.

Lena liebte den Wald, jeden Wald, ebenso wie die Berge, den schroffen Fels, die glatten Wände, die Schluchten, die schiere Höhe, doch das hier, dieser selten begangene Weg hinauf auf die Obermoosalm, war etwas ganz Besonderes für sie. «Das ist ein Kraftort», sagte sie vorsichtig, in Erwartung, wie so oft belächelt zu werden.

Doch Jonas nickte nur, als wäre es selbstverständlich. Der junge Mann war anders als viele seiner Altersgenossen, die sie als Bergführerin durch ihre Heimat führte und dabei versuchte, ihnen ihre Leidenschaft für die Berge und deren besondere Energie nahezubringen. Sie sahen oft nur den sportlichen Anreiz, sahen in den Bergen eine Herausforderung, die es zu bezwingen galt, betrachteten die Natur als Gegner, eine anspruchsvolle Bergtour als Kampf mit den Naturgewalten und mit sich selbst und waren nicht in der Lage, sich einzulassen, still zu werden, die Kontrolle aufzugeben.

Wie die meisten ihrer Kunden war Jonas extrem sportlich, jung, Städter. Er kam aus Berlin, war Polizist und erst seit ein paar Jahren in Bichlbrunn, und doch gehörte er inzwischen als festes Mitglied zur Bergwacht.

In den letzten drei Jahren hatte er zahlreiche Kurse absolviert, war in jeder freien Minute Klettern und Bergsteigen gewesen und hatte seine Anwärterzeit so herausragend gemeistert, dass er eine Reihe einheimischer Mitanwärter abgehängt hatte. Vor ein paar Tagen schließlich war er als vollwertiges Mitglied in Lenas Truppe aufgenommen worden. Auch er hatte die Berge im Blut, war sich Lena sicher, da konnte er herkommen, wo er wollte.

Lena hatte daher versprochen, an diesem Abend mit ihm über den Schneggensteig zur Obermoosalm hinaufzugehen. Dort sollte nicht nur wie jedes Jahr ein Sonnwendfeuer angezündet werden, sondern es wartete zusätzlich noch ein kleines Fest. Denn Franz Schaller, der Leiter der Bergwacht, feierte heute Abend seinen Sechzger. Sein Geburtstag war zwar schon ein paar Tage her, aber zu solchen Anlässen war es üblich, mit den Bergwachtskameraden anzustoßen, und weil es dazu noch ein runder Geburtstag war, war Lena auf die Idee gekommen, ihn auf der Obermoosalm bei ihrer Tante Res zu feiern. Die anderen würden nach Feierabend über den Forstweg kommen, wo man mit dem Jeep bis fast vor die Hütte fahren konnte und nur noch einen Marsch von etwa einer halben Stunde bewältigen musste, doch Jonas hatte heute frei, und deshalb war Zeit genug für den längeren, aber sehr viel schöneren Aufstieg über den Schneggensteig gewesen. Lena hatte noch eine Überraschung für Jonas geplant, doch noch war es nicht so weit.

«Gehst du oft hier hoch?», wollte Jonas wissen. Sie liefen flott, der Weg führte nur mäßig bergauf.

«Nicht mehr so oft wie früher. Meistens fahr ich mit dem Radl den Forstweg rauf, wenn ich meine Tante besuchen will. Das ist halt schneller.»

«Du bist da oben aufgewachsen, hat Ferdi mir erzählt.»

Lena nickte. Ferdi Schorer war Jonas' bester Kumpel bei der Bergwacht. Er stammte aus Bichlbrunn und hatte es sich zur Aufgabe gemacht, dem gleichaltrigen «Preissn» aus Berlin alles näherzubringen, was sich seiner Meinung nach von Bichlbrunn und Umgebung zu wissen und zu beherrschen lohnte. Fingerhakeln und Maßkrugstemmen inklusive. Sicher hatte er Jonas auch erzählt, weshalb Lena auf dieser entlegenen Alm bei ihrer Tante aufgewachsen war. Bestimmt wusste er inzwischen auch wie jeder im Dorf über den tragischen Tod der Mutter Bescheid. Sie war wegen Komplikationen bei Lenas Geburt gestorben. Und natürlich hatte er vom tragischen Tod ihres Vaters gehört, des legendären Bergsteigers und Gründers der Bichlbrunner Bergwacht, Rupp Veith. Damals war Lena vierzehn gewesen. Sie selbst sprach selten darüber. Aber wenn man bei der Bergwacht anfing, kam man an Rupp Veith kaum vorbei.

«Wie war das?»

«Was?»

«Dort oben zu leben. Auf einer Alm. Klingt ein bisschen wie ... Heidi.» Er lachte scheu und schaute sie neugierig an.

Lena schmunzelte. «Das war auch ein bissl so. Meine Tante hat Ziegen, außerdem ein paar Kühe, Hühner und zwei Schweine. Damals kam noch das Jungvieh der anderen Bauern hinzu, das sie den Sommer über hütete. Ich bin im Heu rumgesprungen, hab ihr beim Käsemachen geholfen und ...», sie schaute ihn verschmitzt an, «war immer nur barfuß.»

«Echt?» Jonas' Blick wurde sehnsüchtig. «Ich bin in einer Plattenbausiedlung aufgewachsen.»

«Na, ich musste auch viel mitarbeiten, selbst wenn ich keine Lust dazu hatte. Außerdem war da ja noch die Schule. Meine Tante lebt das ganze Jahr da oben, auch im Winter, und versorgt sich mehr oder weniger selbst. Aber während der Schulzeit hab ich bei meinem Vater im Tal gewohnt und nach seinem Tod bei meiner Freundin Alex und ihren Eltern. Ich war also nur an den Wochenenden und in den Ferien auf der Alm. Wir waren oft eingeschneit. Da haben dann die Weihnachtsferien manchmal länger gedauert. So lang halt, bis die Straße freigeräumt war.»

«Stell ich mir trotzdem schön vor.»

Lena sah ihn von der Seite an. «War es auch, ehrlich gesagt. Für mich ist die Alm der schönste Ort der Welt. Aber halt auch ein bissl einsam. Man kann nicht einfach in die Kneipe gehen, wenn einem danach ist. Und irgendwann muss man auch mal was anderes sehen.»

«Darum bist du weggegangen.»

Lena nickte. Sie hatte Jonas von ihren vielen Reisen und ihrer Zeit in Frankreich erzählt, wo sie die Bergführerausbildung gemacht hatte, bevor sie schließlich wieder heimgekehrt war.

Inzwischen waren sie am Schneggensteig angekommen. Ein Klettersteig, der an der Rückseite des Hochplateaus hinaufführte, auf dem sich die Obermoosalm befand. Er war nicht schwer zu gehen, vor allem für einen talentierten Bergsteiger wie Jonas nicht mehr als ein etwas steilerer Spazierweg. Deshalb hatte sich Lena für ihn etwas Besonderes ausgedacht.

Als Jonas sich anschickte hinaufzugehen, schüttelte sie den Kopf. «Das ist zu leicht. Wir gehen da rauf.» Sie zeigte auf einen Felsabbruch, etwa hundert Meter neben dem offiziellen Weg.

Sie grinste, als Jonas ehrfürchtig die steile Wand hinaufsah. «Dein Ernst?»

«Freilich. Ist nicht so schwer, wie's ausschaut. In einer halben Stunde sind wir oben. Da bin ich früher mit meinem Vater schon rumgekraxelt.»

«Ja, dann ...» Auf Jonas' Gesicht breitete sich ein erwartungsvolles Lächeln aus. «Ich bin dabei.»

Lena behielt recht. Sie benötigten kaum mehr als eine halbe Stunde, um den Felsabbruch hinaufzukommen. Jonas war ein wirklich guter Kletterer geworden.

Oben angelangt, gingen sie über die abschüssige Wiese auf die Hütte zu, die sich in einer Senke befand. Die Sonne stand inzwischen tief und ließ das Bergmassiv des Wettersteins, das das Hochplateau des Frauenbodens umgab, rot aufleuchten. Es war kühler geworden, und aus dem Kamin der niedrigen, schindelgedeckten Hütte stieg ein dünner Rauchfaden in die klare Luft. Auf einer flachen Stelle, etwas von der Alm entfernt, stand ein hoher Holzhaufen bereit. Oben steckte ein Fichtenschössling, der sich stolz wie eine Fahne in die Höhe reckte. Lena hatte den Haufen in den letzten Wochen zusammen mit ihren Kameraden nach und nach aufgeschichtet, Franz Schaller zu Ehren war er dieses Jahr besonders hoch geworden.

Kurz bevor sie an der Hütte ankamen, blieb Jonas stehen. Seine kurzen hellblonden Haare wurden von der Abendsonne beschienen, und seine blauen Augen leuchteten. «Du hattest recht, es war gar nicht so schwer, wie's auf den ersten Blick ausgesehen hat. Das war super, danke!»

«Gern. Hat mir auch Freude gemacht, da mal wieder raufzukraxln.» Dann bemühte sie sich um einen ernsten Blick. «Außerdem wollte ich, dass du dich seelisch vorbereitest. Jetzt, nachdem du mir nichts, dir nichts diese Wand hochgeklettert bist, bist du bereit.»

«Bereit? Wofür denn?» Jonas sah etwas beunruhigt aus.

«Für meine Tante Res.»

«Ist sie so schrecklich? Oder mag sie etwa keine Berliner? Keine Polizisten?»

Lena schüttelte grinsend den Kopf. «Nein. Sie ist eine Seele von einem Menschen. Aber das weiß sie manchmal ganz gut zu verbergen.»

Sie traten ein, und Lena bemerkte, wie Jonas sich etwas angespannt hinter ihr hielt. Er war der einzige der Bergwachtler, der ihre Tante noch nicht kannte, und er schien Lenas eher scherzhaft gemeinte Warnung ernst genommen zu haben. Vermutlich war er auch so nervös, weil ihm seine Freunde einiges über Theresa Veith erzählt hatten. Tante Res verfügte nämlich über eine Begabung, die den Leuten – vor allen jenen, die nicht aus der Gegend kamen – meist ziemlich wunderlich und geheimnisvoll vorkam und über die gerne getratscht wurde: Sie war eine Abbeterin. Mit Gebeten, die sie leise vor sich her murmelte, konnte sie Warzen und andere Hautveränderungen verschwinden lassen, Blut stillen und auch Tiere heilen. Diese Gabe – und die entsprechenden Gebete – hatte sie von ihrer Großmutter. Viele lachten darüber, andere fürchteten sich oder nannten es Scharlatanerie. Die meisten Leute im Dorf jedoch akzeptierten es einfach. Die Abbeterin hatte es hier schon immer gegeben, und sie half ihnen bei so manchem Problem besser als jeder Doktor, auch wenn es keine Erklärung dafür gab. Theresa Veith selbst machte ebenfalls kein großes Aufheben davon, sie suchte keine Aufmerksamkeit und verlangte niemals Geld, nicht einmal ein Dankeschön. «Wenn der Mond am kränksten ist», immer kurz vor Neumond, bestellte sie die Hilfesuchenden zu sich. Sie warteten dann in der Stube am Feuer, bis sie an der Reihe waren, und Res «besprach» leise murmelnd ihre kleinen und größeren Zipperlein in der Speisekammer, denn mehr Platz gab es nicht. Stube, Speisekammer und zwei schlichte Schlafkammern unter dem Dach. Dazu der Stall, der Käsekeller, eine Räucherkammer, ein Plumpsklo. So hatte es in Lenas Kindheit ausgesehen. Später waren noch elektrischer Strom und ein richtiges Badezimmer hinzugekommen, wo es allerdings im Winter so kalt war, dass man den Aufenthalt gerne aufs Allernötigste beschränkte.

«Grüß dich, Tante!» Lena trat zu Res, die am Holzherd in der Stube stand und gerade ein Brot aus dem Ofen holte. Ein verführerischer Duft breitete sich aus, als sie den fertig gebackenen Laib mit der dicken, knusprigen Kruste vom Holzschieber auf ein Brett gleiten ließ, wo schon zwei weitere Brotlaibe auskühlten.

Ein grauer Kater sprang von der Eckbank und begrüßte Lena. Sie kraulte seinen Kopf, und er schmiegte sich an ihre Beine.

«Grüß dich auch, Fritz.»

Res hatte zwei Katzen, den stämmigen grauen Kater Fritz, den nichts aus der Ruhe brachte, und Mimi, eine kleine, schwarze und scheue Findelkatze, die sie mit dem Milchfläschchen aufgezogen hatte. Lena suchte nach ihr, aber vermutlich hatte sie sich irgendwo verkrochen, als Lena mit einem Fremden eingetreten war. Auch Agi war nirgendwo zu sehen. Die Border-Collie-Hündin war sicher bei den Ziegen. Ihren

Namen hatte sie von Agatha Christie, weil sie so findig beim Aufspüren verloren gegangener Tiere war.

«Meinst, das reicht?», fragte die Tante, ohne sich umzusehen. Sie war zwei Jahre jünger als Franz Schaller, groß, schlank und dunkelhaarig, und die kräftigen, braun gebrannten Arme zeugten von jahrelanger harter körperlicher Arbeit. Ihre Bewegungen waren flink und der Blick ihrer leuchtend blauen Augen ungewöhnlich wach und intensiv.

«Die Res schaut einem bis ins Herz», sagten die Leute im Dorf. Sie waren der Überzeugung, dass man die Sennerin besser nicht anlog, weil sie einen ohnehin durchschaute. Lena musste ihnen recht geben. Als Kind jedenfalls war sie mit ihren Schwindeleien bei Res kein einziges Mal erfolgreich gewesen, weshalb sie schließlich gar nicht mehr versucht hatte, sich wegen irgendwelcher kleinerer Vergehen wie dem verbotenen Naschen vom Rahm, einer aus Unachtsamkeit zerbrochenen Tasse oder heimlichen Mondscheinspaziergängen herauszureden.

Lena hatte die gleichen dichten, dunklen Haare wie Res, die sie meist zu einem Zopf geflochten trug, allerdings war sie sehr viel kleiner und zierlicher als ihre Tante und hatte auch nicht deren Augenfarbe. Lenas Augen waren die ihres Vaters, dunkelbraun, passend zu ihrer immer leicht dunklen Haut. «Dich haben doch die Römer im Galopp verloren», hatte einmal in der Grundschule der Vater eines Mitschülers zu Lena gesagt, und sie hatte nicht verstanden, was er damit meinte. Ihr Vater hatte es ihr erklärt: «Vor zweitausend Jahren waren die Römer hier in der Gegend, und später, im Mittelalter, trieben die Fugger Handel mit den Italienern und kamen hier immer wieder mit ihren Fuhrwerken durch. Irgendwann wird sich wahrscheinlich mal ein fescher, schwarzhaariger Italiener oder gar schon ein Römer in ein hübsches Mädel von hier verliebt haben, und unsere dunklen Haare und Augen sind das Ergebnis, das man heut noch sehen kann. Also vielleicht hast du italienische Vorfahren.» Das hatte Lena damals beruhigt. Italienische Vorfahren waren schließlich eine ganz feine Sache. Man brauchte nur an Paolo von der Eisdiele zu denken.

«Ganz sicher reicht das», sagte Lena und ließ ihren Blick sehnsuchtsvoll über die großen, dunkelbraunen Brotlaibe gleiten. Sie liebte das Brot von ihrer Tante. Res backte es aus einem Sauerteigansatz, den sie vor vielen Jahren von einem Bäcker im Dorf bekommen hatte. Er wurde gehütet wie ein Schatz, ebenso wie die Essigmutter, eine gallertartige Masse in einem Einweckglas, mit der Res immer wieder aufs Neue Essig ansetzte. Eine Scheibe warmes Brot mit rescher Kruste, dick mit selbst gemachter Almbutter beschmiert, mehr brauchte Lena nicht, um glücklich zu sein.

Jetzt erst wandte sich Res zu ihnen um und musterte Jonas. «Sind deine Bergwachtskameraden etwa schon da?» Sie schaute Lena an und wischte sich die Hände an ihrer Schürze ab. «Die Brotzeit ist fei noch nicht hergrichtet ...»

«Nein, die kommen erst in einer Stunde, wie ausgemacht», beruhigte sie Lena. «Jonas und ich sind über den Schneggensteig heraufgekommen. Ich wollt ihn dir vorstellen. Er ist seit ein paar Tagen unser neuestes festes Mitglied bei der Bergwacht.»

Wie auf Befehl trat Jonas zackig hinter Lena hervor. «Jonas Kaminski. Freut mich, Sie kennenzulernen, Frau Veith.»

Lena musste ein Schmunzeln unterdrücken. Es klang, als ob er sich bei einem gestrengen Familienoberhaupt als zukünftiger Schwiegersohn vorstellte.

Res Veith richtete ihre hellen Augen auf Lenas jungen Kollegen und musterte ihn einen Augenblick lang schweigend. Dann lächelte sie. «Grias di, Jonas. Die Frau Veith kannst gleich mal vergessen, ich bin die Res.» Sie schüttelte seine ausgestreckte Hand kurz und kräftig. «Kannst gleich das Bier und den Wein aus'm Keller holen. Die Lena zeigt dir den Weg.»

2

Die folgende Stunde war ausgefüllt mit den letzten Vorbereitungen für das Essen. Lena schnitt das frische Brot in Scheiben, füllte Kräuterquark, Obazdn, Grau- und Kartoffelkäse in Tonschalen, während Jonas Getränke aus dem Erdkeller heraufschleppte, wo immer die gleiche niedrige Temperatur herrschte. Bier und Wein für diejenigen, die heute keine Bereitschaft hatten, Alkoholfreies für die anderen. Die Nacht der Sonnwendfeuer war für die Bergwachten in der Gegend immer betriebsam. Allzu gut erinnerte sich Lena noch an ihren Einsatz am Gamskopf letztes Jahr, als sie gegen Mitternacht hatten ausrücken müssen, um einen jungen Mann zu retten, der betrunken über zehn Meter abgestürzt war, sich aber glücklicherweise nur ein Bein gebrochen hatte. Oder vor zwei Jahren, als sich eine größere Gruppe beim Abstieg vom Brunnenkogel verirrt hatte. Damals hatten sie sogar die Hilfe der Garmischer Bergwacht angefordert, weil nicht klar war, wo sich die jungen Leute eigentlich befanden. Nachdem sie sie schließlich entdeckt hatten, völlig erschöpft in einem vollkommen unwegsamen Gebiet weit entfernt vom eigentlichen Weg, dauerte es bis zum Morgengrauen, sie alle wohlbehalten ins Tal zu bringen.

Mit Ausnahme von Franz Schaller und Lena waren daher alle Kollegen in Bereitschaft, wie auch die Bergwachten in Garmisch und Grainau und die Bergrettung im nahen Tirol. Franz Schaller sollte sich heute ganz seiner Feier hingeben können, und er hatte auch Lena überredet, freizumachen, da sie Res zur Hand ging. «Dann kannst dich auch ein bissl entspannen. Die Burschen schaffen das schon mal allein», hatte er gemeint.

Für Lena wäre es allerdings auch kein Problem gewesen, die Bereitschaft zu übernehmen. Ein Einsatz bedeutete für sie zwar immer eine gewisse Anspannung, aber keinen Stress. Eine Herausforderung, die sie mit all ihren Sinnen belebte.

Nachdem Jonas die Getränke zum Kühlen draußen in den großen Brunnentrog gestellt hatte, schnitten er und Lena Berge von Speck und Käse in fingerdicke Streifen und platzierten die Rollen selbst gemachter, gelber Butter auf flache Teller, während Res Schlutzkrapfen, Kaspressknödel und Spinatknödel in einer riesigen schwarzen Emaille-Reine verteilte und großzügig Bergkäse darüberhobelte. Sobald die Gäste angekommen waren, würde sie die Form kurz in den Ofen schieben und die Knödel anschließend noch mit brauner Butter beträufeln. Dazu gab es Wildkräutersalat. Lena lief beim Anblick der halbmondförmigen Teigtaschen und der wohlgeformten Knödel das Wasser im Mund zusammen. Schlutzkrapfen waren neben frischem Butterbrot eine ihrer Lieblingsspeisen.

Vermutlich würde es sich Res auch nicht nehmen lassen, später am Abend noch eine weitere Lieblingsspeise zu servieren: Res Veiths berühmten Kaiserschmarrn mit gerösteten, karamellisierten Bucheckern aus dem Wald und Holler- oder Preiselbeerkompott.

Endlich war alles vorbereitet. Zusammen brachten sie die Brotzeit, auf Brettern angerichtet, nach draußen auf den großen Holztisch vor der Hütte. Von hier aus hatte man einen weiten Blick über das gesamte Bichlbrunner Tal. Inzwischen war es fast dunkel geworden, vereinzelt konnte man bereits ein paar kleine Bergfeuer aufblitzen sehen. Doch das waren nur die Muggnfeuer, kleine Lagerfeuer, an denen die meist jungen Leute, die heute auf die Bergspitzen gestiegen waren, um Sonnwend zu feiern, ihre mitgebrachten Würstl grillten.

Die großen Feuer würden erst entfacht werden, wenn es ganz dunkel war.

Gerade als sie fertig waren, kamen die übrigen Bergwachtler des Bichlbrunner Stützpunktes zusammen mit dem Geburtstagskind an: der untersetzte, rothaarige Jack Reiter – nach Franz Schaller Lenas dienstältester Kollege –, sein Kumpel Andi Kornbichler, Ferdi Schorer und zuletzt Florian Burgstaller, genannt Flo, der junge Anwärter. Sie begrüßten sich gut gelaunt, und Jonas erzählte begeistert von ihrer kleinen Tour über den Schneggensteig. Bevor sie mit dem Essen beginnen konnten, gesellten sich noch drei Überraschungsgäste zu ihnen, Luis Stadler und seine Kumpel, Musiker aus Bichlbrunn, die ihre Instrumente mitgebracht hatten und gleich mit Gitarre, Zither und Diatonischer aufspielten. Lena konnte sehen, wie gerührt Franz war, auch wenn er sich bemühte, es nicht zu zeigen, und sie freute sich für ihn.

«Die Musiker sind doch nicht zufällig heut heraufgekommen, oder?», flüsterte sie Res zu, während sie sich Salat und heiße, nach Butter und würzigem Käse duftende Schlutzkrapfen auf ihren Teller häufte.

«Könnt schon sein, dass ich beim letzten Mal, als die drei bei mir heroben waren, eine Bemerkung zu Franz' rundem Geburtstag und einer Sonnwendfeier hab fallen lassen.» Res lächelte zufrieden. «Was wär denn eine Geburtstagsfeier ohne gscheide Musik?»

Als es dunkel genug war, war es endlich so weit. Sie gingen zu dem vorbereiteten Holzstapel und setzten sich auf die umliegenden Steine oder direkt auf die Wiese. Jack und Andi entfachten das Feuer, und nahezu zeitgleich leuchteten überall um sie herum auf den Bergspitzen und -kämmen weitere Feuer auf. Knisternd und fauchend loderten die Flammen hoch, Funken sprühten in den dunklen Nachthimmel, und Lena spürte die Hitze auf ihrem Gesicht. Die Gespräche verstummten für eine Weile, alle blickten schweigend ins Feuer. Für einen Moment meinte Lena, einen Blick in längst vergangene Zeiten zu erhaschen, als die Sonne noch als Gottheit verehrt worden war und man sich mit den Sonnwendfeuern Glück, Gesundheit, eine gute Ernte und Schutz vor Dämonen erbat. Sie konnte diesen Glauben gut nachvollziehen. Gerade hier in den Bergen war die Kraft der Natur, aber auch ihre Verletzlichkeit bei jedem Schritt zu spüren. Hier oben, umgeben von den zerklüfteten Gipfeln des Wettersteinmassivs, die jetzt von zahllosen, wie leuchtende Perlen aneinandergereihten kleinen Feuern erleuchtet wurden, verstand man: Mensch und Natur waren nicht zwei gegensätzliche Prinzipien, die einen Weg zueinander finden mussten. Es war alles eins. Der Mensch war Teil der Natur, so wie ein Wassertropfen Teil des Meeres. Das Problem war nur, dass so wenige Menschen das wirklich begriffen.

Lena bückte sich, hob einen Ast auf und warf ihn ins lodernde Feuer. Sie sah zu, wie die Flammen ihn erfassten, wie er von innen heraus zu glühen begann, als wäre er lebendig, und schließlich einfach zerfiel. Nichts von ihm würde übrig bleiben als ein paar Flocken weißer Asche. Sie erinnerte sich, wie sie als Kind oft auf dem Boden vor dem Herd gehockt und die Klappe geöffnet hatte, um in die Flammen schauen zu können. Sie hatte darin Formen und Gesichter erkannt, ähnlich wie die der Wolken, wenn man im Gras liegt und in den Himmel schaut. Der Geist driftet ab, man verliert die Kontrolle über die Bilder, die er erzeugt, und neue Wege und Einsichten tun sich auf. In die Flammen zu schauen hatte für Lena etwas Meditatives, und da war doch viel mehr: Es war Magie.

Ein nachdrückliches Räuspern riss Lena aus ihren philosophischen Gedanken. Franz Schaller war aufgestanden und sah in die Runde. Seine Miene, vom flackernden Feuer erhellt, hatte etwas Wehmütiges und Feierliches zugleich, und Lenas Magen zog sich in banger Erwartung zusammen. Eine Veränderung stand an. Sie spürte es deutlich und war sich nicht sicher, ob sie es hören wollte. Dennoch widerstand sie dem Impuls, aufzustehen und wegzugehen. Sie wollte nicht unhöflich sein, und es nützte ja nichts: Weglaufen half nie. Wenn sich etwas ändern sollte, würde es keinen Unterschied machen, ob sie weglief oder blieb.

«Ich wollt mich bei euch bedanken», begann Schaller, und seine Stimme klang rau vor Rührung. «Bei dir, Res, für deine Gastfreundschaft», er warf Lenas Tante einen warmen Blick zu, den diese mit einem Lächeln erwiderte, «bei Lena für die Organisation», er schaute nun zu Lena, «und bei euch allen zusammen für viele Jahre Kameradschaft.» Er sah wieder in die Runde. «Irgendwann kommt die Zeit, wo man sein Zepter abgeben muss, und ich finde, ein Sechzger ist ein guter Moment, einen Schnitt zu machen.»

Das Flattern in Lenas Magen verhärtete sich zu einem Knoten. Ihre Ahnung hatte sie nicht getrogen.

«Ich hab mich deshalb entschieden, die Leitung der Bergwacht Bichlbrunn in andere Hände zu legen.»

Leises Raunen setzte ein, gemurmelte Proteste waren zu hören, und in den Gesichtern ihrer Kameraden spiegelte sich Lenas eigener Unglauben wider. Sie schüttelte den Kopf. Es konnte nicht sein, dass Franz Schaller ging. Seit dem Tod ihres Vaters war er neben Res immer ihr engster Vertrauter gewesen. Er hatte sie vor sechs Jahren überredet, ja geradezu bekniet, in die Bergwacht einzutreten, als sie sich das trotz ihrer Bergführerausbildung nicht zugetraut hatte. Die Erinnerung an ihren Vater und die vielen Erzählungen über seine Heldentaten waren zu übermächtig gewesen. Franz Schaller hatte ihre Aufnahme gegen Widerstände in den eigenen Reihen durchgesetzt – zumindest in Bichlbrunn waren Frauen damals in der Bergwacht noch immer undenkbar gewesen. Und er hatte sie über die ganzen Jahre unterstützt und gefördert.

Lena spürte, wie ihr die Tränen in die Augen stiegen. Sie konnte sich die Bergwacht ohne Franz Schaller nicht vorstellen. Sie konnte sich selbst darin ohne Franz Schaller an ihrer Seite nicht vorstellen. Hastig senkte sie den Kopf und rutschte ein wenig aus dem Schein des Feuers, damit ihre Kameraden die Tränen nicht sahen. Es war hart genug gewesen, sich in dieser eingeschworenen Männerclique zu behaupten, vor allem zu Beginn, als noch mehr Mitglieder vom alten Schlag dabei gewesen waren, die einer Frau rein gar nichts zutrauten, außer Kaffee zu kochen. Inzwischen hatte sich das weitgehend geändert. Ferdi, Flo und Jonas, die Jungen, waren ihr von Anfang an vorurteilslos gegenübergetreten, und Andi und Jack, die am längsten dabei waren und damals noch gegen ihre Aufnahme gewesen waren, hatten sich von ihrer Leistung überzeugen lassen. So hoffte sie jedenfalls. Denn diese Leistung stand der der Männer in nichts nach. Im Gegenteil. Sie war neben Franz Schaller die einzige ausgebildete Bergführerin, was mehr Wissen und Können voraussetzte als die zu absolvierenden Prüfungen bei der Bergwacht.

Heulen jedoch, das kam trotzdem nicht infrage! Schnell wischte sie sich mit dem Ärmel ihrer Fleecejacke über die Augen, während sie weiter Franz' Worten lauschte. Einen Nachfolger konnte er nicht bestimmen, den wählten sich die Bergwachtler selbst aus ihren Reihen, er konnte jedoch eine Empfehlung abgeben.

«Wenn ich zum Ende des Sommers endgültig draußen bin, werde ich mich nicht mehr in eure Entscheidungen einmischen», sagte er jetzt. «Unsere kleine Truppe ist im Laufe der Jahre zu einem eingeschweißten Team zusammengewachsen, und das wirkt sich positiv auf unsere Arbeit aus. Soweit es uns möglich war, haben wir alle unsere Einsätze zu einem guten Ende gebracht, und keiner von uns wurde bei einem Einsatz ernsthaft verletzt. Nicht weil wir so grandiose Bergsteiger wären – was wir natürlich auch sind», er zwinkerte, und alle außer Lena, der noch immer ein Kloß im Hals steckte, lachten. «Sondern weil wir so gut zusammengearbeitet haben. Und damit das so bleibt, gestattet mir, euch heute zu sagen, wen ich mir für meine Nachfolge wünsche. Danach geb ich auch gleich wieder Ruh, keine Sorge.» Wieder kurzes Gelächter.

Er räusperte sich und sah in die Runde, bis sein Blick bei Jack Reiter hängen blieb. Dieser richtete sich ein wenig auf, bemüht, möglichst unbeteiligt dreinzuschauen. Es war eine ausgemachte Sache, dass Jack Franz' Nachfolge antreten würde. Er war ein sehr erfahrener Bergsteiger und bei der Truppe, seit er sechzehn Jahre alt war. Jack hatte nie einen Hehl daraus gemacht, dass die Bergwacht sein Leben war. In der letzten Zeit hatte er bereits einige von Franz' Aufgaben übernommen, etwa die Einteilung der Bereitschaften und die Jugendarbeit.

«Jack, du kannst es saugut mit unserer Jugend, sie schauen auf dich und bewundern dich, und ich würd mir sehr wünschen, dass das so bleibt.»

«Kein Thema», sagte Jack mit einem gewissen Stolz in der Stimme. «Natürlich werd ich deine Arbeit so fortführen, wie ...»

Franz unterbrach ihn mit einer sanften Handbewegung, und dabei lag etwas in seinem Blick, das Lena nicht zu deuten wusste. Abbitte? Eine Entschuldigung? Wofür?

Ohne weiter auf Jacks Worte einzugehen, redete Franz

weiter, jetzt mit festerer, entschiedenerer Stimme: «Wir alle spüren, die Zeiten haben sich geändert, und es ist daher keine Frage, dass auch die Bergwacht mit der Zeit gehen muss. Im Jahr zweiundneunzig hat sich die erste junge Frau die Mitgliedschaft bei der Bergwacht noch gerichtlich erstreiten müssen. Wir in Bichlbrunn waren der Zeit immer schon ein bisserl hinterher, bei uns hat's sogar noch fast fünfundzwanzig Jahre länger gedauert, bis es so weit war, aber ihr werdet mir zustimmen, dass die Lena unsere Truppe in jeder Hinsicht bereichert hat.»

Ferdi und Jonas nickten, Flo Burgstaller pfiff durch die Zähne, und sogar Andi brachte etwas zustande, das man mit etwas gutem Willen als widerwilliges Nicken interpretieren konnte. Einzig Jack Reiter zeigte keine Regung. Er wirkte wie erstarrt.

«Sie wird nicht die einzige Frau bleiben, die sich bei uns bewirbt», fuhr Franz fort. «Erst gestern hat mich die Steiger Vroni deswegen angesprochen und mir gesagt, dass sie durch Lenas Beispiel ermutigt wurde, zu uns zu kommen. Sie ist grad sechzehn geworden, ich glaub, sie ist mit deinem Bub, dem Felix, in der Klasse.» Franz nickte dem noch immer wie versteinert dasitzenden Jack zu. «Die Vroni wird also vermutlich die Nächste sein, die unseren ehemals reinen Männerverein ein bisserl vielseitiger und spannender macht.» Er räusperte sich. «Ihr könnt euch wahrscheinlich schon denken, worauf ich mit meinem ganzen Gerede hinauswill, und deshalb sag ich's, wie's ist: Ich möchte, dass die Lena Veith meine Nachfolgerin wird. Ich bin überzeugt davon, dass das die beste Lösung für die Zukunft der Bichlbrunner Bergwacht ist. Und mit dir, Jack, als Ausbilder für den Nachwuchs, gibt das ein super Gespann.» Er nickte in die Runde und setzte sich.

Einen Moment lang war nur das Lodern der Flammen und

das Knacken der Holzscheite zu vernehmen. Dann hörte Lena den Knall von explodierendem Glas, und alle drehten sich zu Jack, der seine Bierflasche ins Feuer geworfen hatte. Er war aufgesprungen und stand jetzt breitbeinig da. Mit wildem Blick musterte er Franz sekundenlang, dann drehte er sich um und verschwand in der Dunkelheit.

Einsatzprotokoll

Mittwoch, 22. Juni

Einsatzort: Waldweiher, Bongo-Bar
Wetter: sonnig
Besondere Bemerkungen: Ein Hund namens Hilde

1

Als Lena um halb fünf Uhr morgens zusammen mit Res aufstand, war es noch dunkel. Sie hatte nicht einmal vier Stunden geschlafen und fühlte sich verkatert, obwohl sie nichts getrunken hatte. Nach Franz Schallers Ankündigung und Jacks zornigem Abgang war die Geburtstagsfeier recht abrupt zu Ende gewesen. Andi war mit Jack ins Tal gefahren, und die anderen waren ihnen kurz darauf gefolgt. Die Stimmung war gedämpft gewesen, niemand wollte etwas zu Franz' Entscheidung, seinen Posten aufzugeben, oder über seine Empfehlung sagen, am allerwenigsten Lena selbst. Bis sie und Res aufgeräumt und abgewaschen hatten, war es weit nach Mitternacht gewesen.

Von den Überresten des mächtigen Feuers stieg nur noch

ein zarter Rauchfaden auf, als Lena aus dem Fenster ihrer kleinen Dachkammer schaute, in der sie als Kind schon geschlafen hatte. Sie stieg über die steile Holztreppe hinunter, um die Morgenarbeiten auf der Alm zu verrichten. Sooft sie konnte, kam sie auf die Alm, blieb meist über Nacht und half Res beim Versorgen der Tiere, beim Käsen oder was sonst noch anfiel. Ihre Tante war zwar fit und noch voller Energie, aber die vielen Aufgaben waren dennoch anstrengend und die Nächte kurz.

Im Vergleich zu früher hatte Res die Arbeit bereits reduziert und hielt weniger Ziegen als früher. Eine offizielle Bewirtung mit Öffnungszeiten und Speisekarte hatte es auf der Obermoosalm noch nie gegeben, Wanderer, die die entlegene Alm dennoch besuchten, bekamen allerdings eine Brotzeit und etwas zu trinken. In der Regel waren es nur Freunde und gute Bekannte, die neben denjenigen, die Res' Hilfe als Abbeterin in Anspruch nahmen, den Weg hierherauf machten, um mit ihr bei einem netten Hoagarten zusammenzusitzen. Um das Jungvieh der Bichlbrunner Bauern, das für die Sommermonate auf die Almweiden getrieben wurde, kümmerte sich seit letztem Jahr der Hirte der Weidegenossenschaft auf der Wettersteinalm, die etwa eine Dreiviertelstunde Wanderung entfernt lag. So hatte Res nur noch ihre eigenen Tiere zu versorgen, das reichte jedoch vollkommen, zumal sie Wert darauf legte, sich so autark wie möglich zu versorgen und nur alle heiligen Zeiten mit ihrem altersschwachen Subaru ins Tal fuhr. Getränke und andere Dinge, die sie brauchte, wurden ihr meist von der Bergwacht heraufgebracht – das hieß von Lena, die dafür den geländegängigen Pick-up der Bergwacht zur Verfügung gestellt bekam. Dafür wurden sie und ihre Kameraden mit vorzüglichem Käse, selbst geräuchertem Speck, Marmeladen, eingelegten Pilzen, Tees, Likören und Schnäpsen versorgt, allem voran dem allseits begehrten

Zirbenschnaps, der wie auch alles andere aus Res' Produktion im Hofladen unten im Dorf verkauft wurde.

Res brauchte nicht viel, und das wenige, was sie davon nicht selbst herstellte, musste sie oft nicht einmal kaufen, denn viele Dörfler waren ihr dankbar für Warzen, die über Nacht verschwanden, vertrocknete Leberflecken, gestilltes Nasenbluten, zurückgebildete Blutschwämme, gelinderte Gelenkschmerzen und fortgebetete Frauenleiden. Als Dankeschön brachten sie ihr daher oft etwas vorbei, ein paar Flaschen Klaren etwa für die Zubereitung der mit Kräutern und Waldfrüchten angesetzten Schnäpse, einen ganzen Schinken, Pralinen und Schokolade, eine Decke oder auch ein Paar selbst gestrickte Hüttenschuhe für den Winter. Hin und wieder kam auch einer der Bauern aus dem Dorf herauf und half ihr beim Holzhacken.

Nachdem Res und Lena mit dem Melken der Ziegen und der zwei Milchkühe fertig waren, die Milch in der Zentrifuge geschleudert, den Rahm vom Vortag gebuttert und schließlich die Hühner und die zwei Schweine gefüttert hatten, kochte Res Kaffee. Die Berge leuchteten bereits rosa im Licht der aufgehenden Sonne, und die beiden Frauen setzten sich mit ihren Kaffeetassen nach draußen. Agi streunte über die Wiese und erforschte mit der Spürnase am Boden, was sich über Nacht dort an neuen Gerüchen und Botschaften angesammelt hatte. Die Katzen leisteten lieber Lena und Res auf der Bank vor der Hütte Gesellschaft. Fritz hockte zwischen den Geranien auf dem Sims des kleinen Fensters und beobachtete mit einem gewissen Unverständnis den umtriebigen Hund auf der Wiese, und Mimi lag zusammengerollt auf Lenas Schoß. Heute Nacht hatte sie sich in ihr Bett geschlichen und sich in ihre Armbeuge gekuschelt. Ein warmes Päckchen weiches Fell, das sich mit jedem Atemzug hob und senkte. Lena hatte auf die leisen Atemgeräusche geachtet, das kleine Herz in ihrer Armbeuge pochen gehört und nicht gewagt, sich zu bewegen, um das Kätzchen nicht aufzuschrecken. Am Morgen war ihr Arm eingeschlafen gewesen, und es hatte eine ganze Weile gedauert, bis sie ihn nach heftigem Wedeln und Zappeln mit einem schlimmen Kribbeln wieder spüren konnte.

Von einem Augenblick auf den anderen stieg die Sonne über das Wettersteinmassiv. Ihr goldenes Licht ergoss sich verschwenderisch über die noch kühlen, schattigen Wiesen. Obwohl Lena dieses Spektakel schon so oft gesehen hatte, raubte ihr der Sonnenaufgang auf der Alm jedes Mal aufs Neue den Atem. In diesen Momenten, geblendet vom Licht des neuen Tages, die Wärme der Strahlen auf dem Gesicht, konnte sie Res' Eigensinn, mit dem sie darauf bestand, dieses harte und oft einsame Leben hier oben zu führen, mit jeder Faser ihres Herzens verstehen. Lena würde sie dabei unterstützen, so gut es ihr möglich war, damit Res diesen Ort auch im fortgeschritteneren Alter nicht verlassen musste, jedenfalls nicht, solange sie es nicht wollte.

«Magst drüber reden?», fragte ihre Tante unvermittelt, mit halb geschlossenen Augen in die Sonne blinzelnd.

Lena wusste natürlich, was sie meinte. Den Ausgang des gestrigen Abends, Franz' Rede, die sie so unerwartet wie unwillkommen in den Mittelpunkt einer Diskussion gerückt hatte, die sie nicht führen wollte.

Sie schüttelte den Kopf, sagte dann aber doch: «Was hat er sich nur dabei gedacht?»

«Sicher was Gscheids. Der Franz ist kein Dummkopf, der macht so was nicht unüberlegt.»

«Ich weiß nicht. Ich find nicht, dass das gescheit war. Er hat den Jack vor den Kopf gestoßen und mich auch.»

Res trank ihren Kaffee aus, bevor sie antwortete. «Das wird sich schon alles regeln, wirst sehen. Du kannst dem Franz vertrauen.» Sie stand auf. «Magst noch ein Frühstück? Ich richt dir was her.»

«Das brauchst nicht.»

Ihre Tante würde gleich mit Agi, den Ziegen und Kühen auf eine der Weiden gehen, die etwas weiter entfernt lagen, damit sie abwechslungsreiches Futter bekamen. Nach ein paar Stunden würde sie wieder zurückkommen und die Tiere in ein weitläufig abgezäuntes Gatter bringen, bis am Abend erneut das Melken anstand. Res nahm ihr Frühstück und den Proviant für die Mittagszeit immer mit, und auch wenn Lena liebend gern noch geblieben wäre, hatte sie heute keine Ruhe, gemütlich zu frühstücken. Ihr Teilzeitjob in der Geschäftsstelle der Bichlbrunner Bergwacht begann zwar erst um neun, und auch das wurde nicht so punktgenau genommen. Aber heute Vormittag hatte das gesamte Bergwachtteam einen Termin beim Bürgermeister, und Lena wollte nicht in letzter Minute eintreffen. Der gestrige Abend lag ihr im Magen, und sie hoffte, noch mit Franz sprechen zu können, bevor die anderen eintrudelten.

«Ich hab einen alten Stinker da.»

Lena hob erfreut den Kopf. «Echt? Den hab ich gestern gar nicht gesehen.»

Res lächelte. «Da gab's ihn auch nicht. Ich hab ihn für dich aufgehoben. Und eine Flasche frische Hollerlimo hab ich auch noch.»

Der «alte Stinker» war der am längsten gereifte Ziegenkäse aus Res' Herstellung, und Lena liebte ihn trotz des wenig respektvollen Namens, den sie ihm als Kind gegeben hatte. Im Hofladen hieß er natürlich anders: Würzige Ziege. Außerdem gab es noch die Kräuterziege, die Frische Ziege, die Heublumenziege, die Honigziege und die Butterziege. Ein Käse köstlicher als der andere, aber der alte Stinker toppte sie alle, fand Lena.

Zu gerne wäre Lena für immer auf der Bank vor Res' Hütte sitzen geblieben. Ihr graute davor, Jack Reiter gegenüberzutreten, selbst wenn sie keine Schuld daran trug, dass er von Franz übergangen worden war. Die Stimmung im Team würde alles andere als entspannt sein, und sie wusste nicht, was sie daran ändern konnte. Jedes Wort, jeder Beschwichtigungsversuch würde vermutlich nur noch Öl ins Feuer gießen. Wenn Jack wütend war, war nicht mit ihm zu reden. Zorn auf Franz Schaller erfasste Lena. Wie hatte er sie nur in eine solche Lage bringen können?

Widerwillig stand sie auf und folgte Res in die Stube, um sich eine Brotzeit einzupacken.

Wenigstens war die Aussicht auf eine dicke Scheibe vom alten Stinker mit frischem Sauerteigbrot und eine prickelnde Hollerlimonade durchaus verlockend. Wenn schon ein unangenehmer Vormittag drohte, musste sie ihn nicht auch noch mit leerem Magen beginnen.

Als Lena den größten Teil des Weges zurückgelegt hatte, war es kurz vor acht, und die Sonne begann bereits angenehm zu wärmen – ein idealer Zeitpunkt für eine Pause am Waldweiher. Das kleine Gewässer lag im Tal etwas versteckt abseits des Weges und war – von den Berggipfeln abgesehen – einer von Lenas Lieblingsorten rund um Bichlbrunn. Von einer kleinen Anhöhe ragte ein umgestürzter Baumstamm über das Wasser. Lena krabbelte ein Stückchen auf den Stamm, auf den die ersten Sonnenstrahlen fielen, und genoss die Wärme. Das Gras weiter unten am Ufer dampfte im Morgenlicht.

Von ihrem Sitzplatz hatte Lena einen schönen Blick hinunter auf das smaragdgrüne Wasser, auf den Frauenboden über ihr sowie die entfernte, mächtige Kulisse des Wettersteins samt Alpspitze und Teufelskopf.

Lena rutschte rittlings ganz nach vorne über das Wasser und hielt einen Moment inne. Der blaue Himmel und die Fichten in der Nähe des Ufers spiegelten sich im Weiher, sodass es schien, als läge ihr eine zweite Welt zu Füßen. Es war vollkommen still, nur das leise Brummen der im flirrenden Morgenlicht umherschwebenden Insekten war zu hören und gelegentlich das Hämmern eines Spechts. Lena sog die frische Morgenluft ein, den aromatischen Duft nach Wald, Harz, Holz und Tannennadeln, vermischt mit dem leicht sumpfigen Geruch des Wassers. Eine Amsel flog lautlos heran, ließ sich auf einem Ast des umgestürzten Baumes nieder, nur zwei Armlängen von Lena entfernt. Sie betrachteten sich abwartend, die Amsel mit schief gelegtem Kopf, ihr gelb umrandetes Auge wachsam auf Lena gerichtet, und plötzlich breitete sie ihre Flügel aus und flog ebenso lautlos davon, wie sie gekommen war.

Mit einem Lächeln sah Lena ihr nach, dann packte sie ihre Brotzeit aus. Ihr Magen knurrte bereits vernehmlich, und als ihr der würzige Duft des Käses in die Nase stieg, lief ihr das Wasser im Mund zusammen. Ihr war durchaus klar, dass nicht jeder ihrer Mitmenschen den Geruch des alten Stinkers als Duft bezeichnet hätte, eher das Gegenteil war vermutlich der Fall, aber für Lena war es tatsächlich ein Duft. Sie liebte Käse in allen Varianten, und die Jahre, die sie in den Savoyer Alpen gelebt hatte, waren aus käsekulinarischer Sicht ein absolutes Highlight für sie gewesen. Und doch: Reblochon, Beaufort, Emmental de Savoie und nicht einmal der Chevrotin konnten dem alten Stinker den Rang ablaufen.

Genussvoll bereitete sich Lena aus dem Käse und dem Brot ein Sandwich und wollte gerade hineinbeißen, als sie hinter sich ein Geräusch hörte. Wie hastige Schritte auf dem nadelbedeckten Waldboden, begleitet von einem leisen Keuchen.

Bevor sie sich umdrehen konnte, sprang sie von hinten etwas an, etwas Haariges und ziemlich Kräftiges. Sie verlor das Gleichgewicht, rutschte vom Baumstamm und fiel mit einem lauten Platschen mitten hinein in den Weiher.

Was war das denn gewesen?

Benommen richtete sie sich auf und wischte sich das Wasser aus den Augen. Bis zur Hüfte stand sie im Weiher, komplett durchnässt und voller Schlamm. Glitschige Blätter und Algen klebten an ihr, und ein modriger Geruch stieg ihr in die Nase. Der Weiher mochte idyllisch aussehen, ein Badesee war er definitiv nicht.

Da! Sie hob ihren Kopf und lauschte. Da war dieses Geräusch wieder. Ein Rascheln kam noch dazu, etwas wühlte sich von der Anhöhe durch das Unterholz zum Ufer hinunter, und das ziemlich energisch. Zweige krachten, ein Schnaufen, Schnüffeln, Hecheln. Lena überlegte noch, ob es sich um ein Wildschwein handelte, das sie angefallen hatte, als ein großer grauer Hund durch die Büsche brach. Zielstrebig stürzte er sich auf Lenas Käsebrot, das zwischen den Uferkieseln lag. Es war ihr bei dem Sturz aus der Hand gefallen und offensichtlich im Gegensatz zu ihr selbst nicht im Wasser gelandet. Mit einem Happs war Lenas kostbarer alter Stinker im Schlund des Tiers verschwunden.

«He!», rief sie empört. «Was fällt dir ein?»

Der Hund drehte sich zu ihr um und wedelte freundlich mit dem Schwanz. Er war wirklich sehr, sehr groß, sah jedoch nicht besonders bedrohlich aus mit seinem zottigen Fell und den sanft dreinblickenden Augen. Ihr schwante, dass er es gewesen sein musste, der sie so unsanft in den Weiher befördert hatte.

Als von irgendwoher ein lang gezogener Pfiff ertönte, wackelte der Hund kurz mit den Ohren – bewegte sich jedoch nicht von der Stelle. Stattdessen wandte er sich mit interessiertem Blick wieder Lena zu und wuffte einmal laut und vernehmlich.

Oben am Weg waren schnelle Schritte und eine wütende Männerstimme zu hören. «Wo steckst du, verflucht noch mal?»

Wieder knackten Äste, dann stürzte ein Mann unvermittelt aus dem Gebüsch, genau an der Stelle, wo der Hund sich bereits einen Weg gebahnt hatte. Der Typ war groß, breitschultrig und bärtig, allerdings war der Bart nicht so zottig wie das Fell seines Hundes, sondern kurz geschnitten wie seine Haare. Die muskulösen Arme waren voller Tattoos. Er wirkte wenig vertrauenerweckend, andererseits sah er nicht unattraktiv aus.

«Mensch, Hilde!», rief er, als er seinen Hund erblickte. «Du sollst doch nicht immer abhauen!»

Hilde? Im Ernst? Lena hob die Brauen. Welcher Idiot gab seinem armen Hund einen so dämlichen Namen? Hilde wirkte immerhin etwas schuldbewusst. Ihre spitzen Ohren senkten sich links und rechts des Kopfes herab, und sie wedelte versöhnlich. Der Typ ging auf den Hund zu und kraulte ihn am Nacken.

«Ich hab mir echt Sorgen gemacht», sagte er vorwurfsvoll zu dem Tier, als wäre Lena gar nicht anwesend. Jetzt, wo Herrchen und Hund nebeneinanderstanden, erkannte sie erst, wie groß dieses Viech tatsächlich war. Hilde reichte dem Mann locker bis zur Hüfte.

Lena räusperte sich. «Ich möchte Ihr rührendes Wiedersehen ja ungern stören», sagte sie etwas pikiert, «aber Ihr Hund hat mich gerade von da oben ins Wasser geschubst und dann mein Käsebrot gefressen.» Sie deutete zu dem Baumstamm hinauf.

Der Mann wandte sich nun endlich ihr zu. «Oh.» Er kratzte sich am Kopf. «Das tut mir leid. Haben Sie sich verletzt?»

Lena stapfte aus dem Wasser, wobei ihre Bergschuhe bei jedem Schritt tief im weichen Schlamm versanken. Aus den Haaren rann ihr modriges Wasser in die Augen, und die Kleidung klebte ihr am Körper. «Nein», erwiderte sie unwirsch. «Aber wenn Sie Ihren Riesenköter nicht im Griff haben, sollten Sie ihn an die Leine nehmen.»

Der Mann gab keine Antwort. Stattdessen starrte er sie an wie eine Erscheinung. Sie wusste nicht, ob er erschrocken war oder sich das Lachen verkniff. Schließlich deutete er auf ihren Kopf. «Sie haben da was», sagte er. Jetzt war Lena klar, dass er das Ganze höchst amüsant fand: Er grinste.

Mit ihrer Hand fuhr sie sich ins Haar und zog einen langen dünnen Ast voller glitschiger Blätter aus ihrem Zopf. «Das finden sie wohl lustig?», schnappte sie und warf den Ast ins Wasser. «Ich hätte mir den Hals brechen können.»

«Nein. Entschuldigung.» Er bemühte sich halbherzig um ein ernstes Gesicht, was ihm jedoch nicht gelang. «Sie sehen nur ziemlich ... äh ... nass aus.» Wieder verzog sich sein Mund zu einem Grinsen. Ziemlich unverschämt, wie Lena fand. Als sie ihn genauer musterte, seine blauen Augen, das schmale, kantige Gesicht mit dem kräftigen Kinn, die gerade Nase, kam er ihr irgendwie bekannt vor, aber sie wusste nicht, woher.

«Ach, tatsächlich? Woran das wohl liegt?», fauchte sie wütend. Wenn dieser Kerl dieses verfluchte Grinsen nicht sofort abstellte, konnte sie für nichts garantieren.

Doch er schien von ihrem Zorn völlig unbeeindruckt, was sie noch mehr in Rage brachte. Gelassen und kein bisschen schuldbewusst strich er der Hündin über den Kopf. «Sie ist das alles hier halt noch nicht gewohnt.» Er machte eine ausholende Handbewegung.

«Was alles?»

«Natur. Sie war bisher nur in der Stadt. Und dann noch der Käse.» Wieder dieses Grinsen. «Der Käse war schuld. Ich hatte mich schon gewundert, weshalb sie so abgeht ...» Amüsiert schüttelte er den Kopf.

«Der Käse?»

«Sie sagten doch, Sie hatten ein Käsebrot dabei. Hilde steht auf Käse. Da wird sie ganz wild.»

«Das hab ich gemerkt», erwiderte Lena trocken und fragte sich, ob er damit andeuten wollte, dass sie die Schuld an dem Zusammenstoß mit Hilde trug? Weil sie die Frechheit besessen hatte, im Wald ein Käsebrot zu essen?

Ohne einen weiteren Kommentar abzuwarten, stapfte sie an dem unverschämten Typen vorbei und kletterte die Böschung hinauf. Dabei war ihr unangenehm bewusst, dass er ihr nachsah.

Noch unangenehmer war ihr, dass sie vermutlich keine besonders gute Figur dabei abgab, wie sie sich völlig durchweicht und mit grünen Algen in den Haaren den rutschigen, mit Schösslingen und Steinen bedeckten Abhang hinaufhangelte. Bei jedem Schritt machten ihre Schuhe ein schmatzendes Geräusch, und sie hinterließ tropfend eine nasse Spur auf den hellen Steinen. Vermutlich würde der Idiot sich gleich totlachen.

Oben angekommen, widerstand sie der Versuchung, sich noch einmal nach ihm umzudrehen, sondern lief zu ihrem Picknickplatz, wo noch ihr Rucksack lag. Sie riss sich das klatschnasse T-Shirt vom Leib und schlüpfte in ihr Wechselshirt, das sie gottlob bei Bergtouren immer dabeihatte. Dann schulterte sie den Rucksack und machte sich schnellen Schrittes auf den Weg zurück nach Bichlbrunn, in der Hoffnung, diesem Spaßvogel und seinem Riesenbaby nicht mehr zu begegnen.

2

Lena saß am PC, doch statt zu arbeiten, sah sie aus dem Fenster. Friedlich lag der kopfsteingepflasterte Dorfplatz mit der Pfarrkirche in der späten Vormittagssonne. Ein paar Urlauber schlenderten herum, schleckten Eis und fotografierten die mit Lüftlmalerei verzierten Häuser. Es war warm, und am Himmel drehten die Schwalben ihre Kreise. Die Geschäftsstelle der Bergwacht Bichlbrunn befand sich im Erdgeschoss des Rathauses, eines großen, denkmalgeschützten Gebäudes, das mehr Räume hatte, als die kleine Gemeinde Bichlbrunn für ihre Verwaltung brauchte. Daher waren hier neben der Bergwacht auch die Dorfbücherei und ein kleines Büro für die Bichlbrunner Außenstelle der Garmischer Polizei untergebracht. Letzteres war vor allem praktisch für Jonas, der dort in der Regel alleine Dienst schob. Seine Kollegen aus Garmisch versuchten, sich, wo immer es ging, vor diesem Dienst in der «Pampa», nur zehn Kilometer Luftlinie von Tirol entfernt, zu drücken.

Die Bichlbrunner Bergwacht war mit sieben festen Mitgliedern eine kleine, aber sehr wichtige Einheit. Die Gegend war eines der einsatzintensivsten Gebiete in den oberbayerischen Alpen, und es galt, zusammen mit der Leitstelle in Garmisch die Einsatzkräfte der umliegenden Gemeinden und Tirols zu koordinieren. Darum leistete sich der überwiegend ehrenamtlich organisierte Verein auch eine bezahlte Verwaltungskraft: Lena.

Es war nur ein Minijob, aber der reichte ihr, um zusammen mit den Einnahmen als Bergführerin gut über die Runden zu kommen. Hin und wieder half sie in der Dorfkneipe direkt unter ihrer Wohnung aus, zum einen, um sich ein Finanzpolster für die Monate außerhalb der Saison zu schaffen, zum anderen, weil sie einfach Spaß daran hatte.

Die Bongo-Bar war so etwas wie ihr zweites Wohnzimmer. Wenn es dort hoch herging, konnte sie im Stockwerk darüber kein Auge schließen, da war es praktischer, gleich unten zu bleiben. Zudem war Mike, der Wirt, der jüngere Bruder ihrer Freundin Alex.

Noch war Lena alleine im Büro. Gleich würde hoffentlich Franz hereinschauen, das tat er fast jeden Vormittag, seit er nicht mehr arbeitete – seine Bäckerei und die beiden Filialen in Garmisch hatte er im letzten Jahr verkauft und genoss seither den Ruhestand. Franz war auch der Grund, weshalb Lena jetzt nicht arbeitete, sondern weiter aus dem Fenster starrte. Nach dem gestrigen Abend wusste sie nicht, wie sie ihm gegenübertreten sollte. Wie konnte sie ihm bloß klarmachen, dass es eine Schnapsidee von ihm gewesen war, auf der Feier mit dieser Nachricht und seiner idiotischen Empfehlung herauszuplatzen?

Eigentlich sollte sie einen Bericht über die Geburtstagsfeier schreiben. Die Bergwacht Bichlbrunn wollte mit der Zeit gehen und war auf Ferdis Anregung hin seit Kurzem bei Facebook und Instagram. Zu Lenas Aufgaben gehörte es, die Accounts regelmäßig mit Beiträgen zu füttern, auf die Kommentare zu antworten und die Follower über Neuigkeiten zu informieren. Von Ferdi hatte sie eine Menge stimmungsvoller Fotos erhalten – glücklicherweise hatte er die noch vor Franz' Rede geschossen. Trotzdem fiel ihr das Schreiben schwer. Sie hatte schon einige Male mit ihrem Post angefangen, aber dann doch wieder alles verworfen. Jedes Mal, wenn sie zu tippen begann, stand ihr Jack Reiter vor Augen, seine wütende Miene, wie er vom Feuer aufsprang und davonlief, und sie beschlich die Ahnung, dass es mit diesem wütenden Abgang lange nicht getan sein würde.

Sie seufzte und trank einen Schluck Kaffee. Er war nur noch lauwarm, doch sie hatte keine Lust, aufzustehen und sich einen frischen zu holen. Sie hatte zu gar nichts Lust, fühlte sich wie gelähmt von der Vorstellung, dass ihre Kameraden sich jetzt Franz Schaller moralisch verpflichtet fühlen würden, sie zur Leiterin zu wählen. Als sie am Morgen von der Alm abgestiegen war, hatte sich das Problem noch weit entfernt angefühlt, und durch die Begegnung mit Hilde und ihrem Herrchen hatte sie es sogar kurzzeitig ganz wegschieben können. Doch seit dem Moment, in dem sie frisch geduscht und umgezogen ins Büro gekommen war, stand ihr der gestrige Abend wieder vor Augen.

Als die Tür aufging und Franz Schaller hereinkam, spürte Lena wieder den Knoten in ihrem Magen, der sich gestern gebildet hatte und seitdem nicht mehr ganz verschwunden war. Sie fühlte sich von Franz in die Ecke gedrängt, ein Gefühl, das sie mehr hasste als alles andere. Der ehemals beste Kumpel ihres Vaters war seit fast zwanzig Jahren schon ihr väterlicher Freund. Sie wollte ihn nicht vor den Kopf stoßen und musste es trotzdem tun.

«Guten Morgen, Lena!», rief Franz gut gelaunt. Er trug ein grün kariertes Trachtenhemd mit aufgekrempelten Ärmeln und einen Strickjanker und wirkte im Gegensatz zu Lena aufgeräumt und ausgeschlafen.

«Morgen.» Lena bemühte sich gar nicht erst zu lächeln.

Franz schien ihre gereizte Stimmung nicht zu bemerken. Er ging zur Kaffeemaschine, stellte eine Tasse darunter und drückte auf den Knopf.

«Irgendwelche Vorkommnisse heut Morgen?», fragte er, während die Maschine unter maximaler Lärm- und Dampferzeugung eine kleine Tasse mit Espresso volltröpfelte. Wenn Kaffeemaschinen ein Geschlecht hätten, dann wären sie mit Sicherheit Männer, fuhr es Lena durch den Kopf. Größtmögliche Show für ein mehr als mickriges Ergebnis.

«Was interessiert's dich?», gab sie pampig zurück und ärgerte sich gleichzeitig über ihren Tonfall, der allzu sehr nach beleidigter Leberwurst klang. «Bist eh bald nicht mehr da.»

Franz drehte sich zu ihr um. «Is was?»

Lena verdrehte die Augen. «Also echt, Franz, wie kann man so blöd fragen! Natürlich is was. Du gehst, einfach so, ohne Vorwarnung, und haust uns deine Entscheidung ausgerechnet auf deiner Geburtstagsfeier um die Ohren. Und dann noch deine ‹Empfehlung›.» Sie zeichnete mit Zeige- und Mittelfinger Gänsefüßchen in die Luft.

«Ich dachte, du freust dich!» Franz wirkte überrascht.

«Vielleicht hättest du mal besser vorher mit mir darüber geredet, dann hättest du gewusst, dass das nicht der Fall ist. Und mit dem Jack hättest auch reden sollen. Dem hast du gestern Abend eine gscheide Watschn verpasst. Der ist aus allen Wolken gefallen.»

Franz winkte ab. «Der beruhigt sich schon wieder. Kennst ihn doch. Immer gleich auf hundertachtzig. Deswegen ist er auch nicht geeignet als Leiter, und genau deswegen hab ich auch vorher nicht mit ihm gesprochen. Er ist zu cholerisch. Und auch zu altmodisch. Ich als alter Depp darf das sagen.» Er lächelte. «Glaub mir, du bist die Richtige, Lena, und wer das noch nicht weiß, wird's schon noch kapieren.»

Lena blieb ernst. «Ich mach's nicht, Franz. Das kannst du vergessen.»

Schallers Lächeln verblasste. «Warum denn nicht?»

Lena verschränkte die Arme vor der Brust. «Weil ich nicht will. Das würde nur Unfrieden in die Truppe bringen. Der

Jack soll Leiter werden, wie er es sich wünscht und wie es alle erwarten. Basta.» Sie hob das Kinn und sah Franz aufgebracht an. Wie konnte er nur so gelassen sein? Kapierte er nicht, was er angerichtet hatte?

Franz nippte an seinem Espresso, und sein Blick wurde nachdenklich.

Erst nach einer Weile sagte er langsam: «Lena, ich glaub, ich weiß, warum du meinst, das nicht machen zu können.» Es klang vorsichtig, als bewegte er sich auf gefährlichem Terrain, und Lena war augenblicklich auf der Hut.

«Da gibt's nix weiter zu wissen», wehrte sie barsch ab.

«Es ist wegen deinem Vater, hab ich recht?»

Lena schluckte. Unwillkürlich wanderte ihr Blick zu dem gerahmten Foto über der Tür, das einen sehnigen Mann in den Vierzigern zeigte. Er trug, genau wie Franz heute, einen gestrickten grauen Janker und ein Trachtenhemd. In der Hand hielt er ein Glas Bier und prostete damit offenbar dem Fotografen zu. Er hatte ein kantiges, wettergegerbtes Gesicht, seiner jüngeren Schwester Res nicht unähnlich. Die dunklen, wild gelockten Haare waren aus der Stirn gekämmt, und er lächelte verschmitzt.

Ihr Vater, Rupp Veith. Die Legende.

Sie wandte den Blick ab. Sie wollte nicht über ihren Vater sprechen. Nicht hier und nicht jetzt. Überhaupt nicht. «So ein Schmarrn», entgegnete sie finster. «Er hat damit rein gar nichts zu tun.»

«Das glaub ich schon. Du meinst, du kannst ihm nicht das Wasser reichen, und deswegen ...»

«Komm mir bloß nicht mit so einem Psychomist!», Lena sprang auf und starrte Franz zornig an. «Kapier's einfach: Ich will nicht! Und ich werd dieses Mal garantiert nicht nach deiner Pfeife tanzen!» Erschrocken klappte sie den Mund zu.

Das hatte sie nicht sagen wollen. Sie wusste gar nicht, wo das hergekommen war.

«Du hast das Gefühl, du tanzt nach meiner Pfeife?», fragte Franz erstaunt.

«Entschuldige, das hab ich nicht so gemeint ...» Lena schüttelte den Kopf.

«Ich glaub, Lena, das erledigst du schon selbst.»

«Was willst du damit sagen?», fragte Lena und kniff misstrauisch die Augen zusammen.

Franz tippte mit dem Finger auf die Kladde, die auf Lenas Schreibtisch lag. «Du tanzt nach der Pfeife von ganz jemand anderem. Denk mal drüber nach. Und dann fass dir ein Herz und lass ihn endlich los. 's wird Zeit.» Er stellte seine Tasse ab. «Denk dran, das Treffen beim Bürgermeister in einer halben Stunde.»

Lena sah ihm schweigend nach, wie er das Büro verließ, und setzte sich wieder an ihren Schreibtisch. Ihre Augen brannten. Mit einer zögerlichen Bewegung zog sie das abgegriffene Buch zu sich heran, auf das Franz gedeutet hatte. Es war ein schweres, gebundenes Notizbuch im DIN-A4-Format mit einem braun-grau marmorierten Einband. *Bergwacht Mai 2004 bis ...* stand handschriftlich vorne auf dem Etikett, und darunter: *Protokollführer Rupp Veith – Leiter Bergwacht Bichlbrunn.*

Sie schlug es auf. Ihre Finger zitterten, so wütend war sie noch immer. Franz hatte ihren Vorwurf einfach umgedreht und so getan, als wäre es ihre Schuld, wenn sie keine Lust darauf hatte, die Bergwachtsleitung zu übernehmen. Und er hatte sich nicht einmal gescheut, dafür auch noch ihren Vater ins Spiel zu bringen. Völlig absurd! Langsam blätterte sie durch das Journal, überflog die beiden noch protokollierten Bergwachtseinsätze ihres Vaters und die folgenden vielen kurzen Einträge, die alle ihre eigene Handschrift aufwiesen.

Sechs Jahre ihres Lebens hatte sie hier in knappen, mehr oder weniger sachlichen Bemerkungen protokolliert. Anders als ihr Vater damals hatte sie dabei nicht nur die Rettungseinsätze festgehalten, sondern jeden einzelnen Tag, an dem sie im Büro gewesen war. Meist in kurzen Kommentaren oder auch nur einzelnen Schlagwörtern, doch während sie diese überflog, entstanden zahlreiche Bilder und erwachten Erinnerungen. Das alte Logbuch ihres Vaters war so etwas wie eine Chronik ihres Lebens geworden – und nicht nur das. Es war die letzte Verbindung zu ihrem vor neunzehn Jahren verstorbenen Vater. Rupp Veith hatte dieses Journal vier Tage vor seinem Tod begonnen. Handschriftlich, so wie er es immer schon getan hatte. Er hatte nicht viel von Computern gehalten und keinen Sinn darin gesehen, Abläufe zu ändern, die funktionierten. Zwei Einsätze waren noch von ihm notiert worden, bevor man Lena das Buch nach seinem Tod gebracht hatte, zusammen mit seinen anderen persönlichen Gegenständen aus der Geschäftsstelle. Zwei Einträge in seiner großen, geschwungenen Handschrift und danach nur noch leere Seiten. Diese leeren Seiten waren für Lena das Unerträglichste gewesen. In dem Moment, in dem sie das Buch aufgeschlagen und die erste, beschriebene Seite umgeblättert hatte, hatte sie erst wirklich begriffen, dass ihr Vater tot war und nie mehr wiederkommen würde.

Sie hatte das Journal aufgehoben, und als sie vor sechs Jahren in die Bergwacht eingetreten war und die Arbeit in der Geschäftsstelle übernommen hatte, hatte sie es wieder hervorgekramt und ins Büro mitgenommen. Natürlich wurden die Einsätze längst schon nicht mehr per Hand protokolliert, sondern digital erfasst. Dennoch hatte sie es sich zur Gewohnheit gemacht, zusätzlich ein eigenes, inoffizielles Miniprotokoll in dieses alte Notizbuch zu schreiben. Auf eine gewisse Weise konnte sie damit die Arbeit ihres Vaters fortsetzen und ihm dabei nahe sein. Jedes Mal, wenn sie das Journal aufschlug und einen neuen Eintrag begann, kam es ihr vor, als unterhielte sie sich mit ihm, fragte ihn um Rat und erhielte die Bestätigung, das Richtige zu tun. Inzwischen hatte sie fast das ganze dicke Buch vollgeschrieben, es gab nur noch eine leere Seite. Erneut ergriff sie Wut auf Franz Schaller, und sie schlug die Kladde zu. Was sollte bloß so schlimm daran sein, sich an ihren Vater zu erinnern?

Kurz warf sie einen Blick auf die Uhr. Eine halbe Stunde hatte sie noch. Genug Zeit, um den Bericht für Instagram zu verfassen. Eine Kopie würde die örtliche Zeitung bekommen, die über solche Events ebenso wie über Rettungseinsätze gerne berichtete.

Lena hatte gerade den ersten Satz geschrieben, da klopfte es, und Irmi Eitzenberger, die Leiterin der Gemeindebücherei nebenan, streckte den Kopf herein. «Hast du kurz Zeit?», fragte sie.

Lena betrachtete den kurzen Satz, den sie bisher zustande gebracht hatte. Mehr würde es vor dem Treffen mit dem Bürgermeister vermutlich eh nicht mehr werden. «Klar, was gibt's?»

Irmi kam ins Büro und schloss die Tür hinter sich. «Bei mir drüben in der Bücherei ist ein kleiner Bub, er ist mit seinen Eltern gekommen, das sind Urlauber aus Norddeutschland. Jetzt sind sie Eis essen zu Paolo, aber der Bub wollte noch bei mir in der Bücherei bleiben, also haben sie gesagt, er soll nachkommen, wenn er fertig ist.»

«Erstaunlich», sagte Lena. «Ein Kind, dem Bücher lieber sind als ein Eisbecher bei Paolo. Da muss doch dein Herz höherschlagen.»

«Schon!» Irmi nickte. Sie war pensionierte Lehrerin, und

alles, was mit Büchern und Lesen zu tun hatte, war ihre Leidenschaft. «Das ist auch ein ganz Lieber, der Kleine, aber ein bissl arg wissbegierig. Er fragt mir seit einer halben Stunde Löcher in den Bauch.»

Lena grinste. «Ein Fest für eine Lehrerin! Was will er denn alles wissen?»

«Ihn interessiert eigentlich nur ein Thema: die Berge. Stell dir vor, der weiß alles hier von unserer Gegend, kennt jeden Gipfel, jede Alm, und was er noch nicht weiß, dazu fragt er mich aus. Inzwischen ist er mit seinen Fragen bei der Bergwacht angekommen. Ihr seid seine absoluten Superhelden.» Sie seufzte ein bisschen. «Ich wollte eigentlich die neuen Bücher einbinden und etikettieren, und außerdem kenn ich mich bei euch echt nicht so gut aus ...»

Lena schaltete den Computer aus. «Gut, dann schick ihn zu mir. Ich hab allerdings nur noch eine Viertelstunde Zeit, dann muss ich zum Ludwig rauf.»

«Oha.» Irmi hob die Brauen. «Audienz beim Kini?»

«So was nennt man heutzutage Meeting, Irmi», erwiderte Lena grinsend. Sie kannte den liebevollen Spitznamen des Bürgermeisters, der eine breite Zustimmung in der Bichlbrunner Bevölkerung genoss.

«Und weswegen?»

«Keine Ahnung. Er will halt mal wieder irgendwas ganz Wichtiges besprechen.»

Ludwig Ramsauer war ein umgänglicher Typ, dem seine Gemeinde sehr am Herzen lag. Allerdings war er nicht gerade ein kühler Stratege. Ihn impulsiv zu nennen, war fast eine Untertreibung. Und jedes Mal, wenn er eine neue Idee, ein neues Projekt oder auch nur einen Wutanfall wegen irgendwelcher Beschwerden oder Pannen hatte, berief er als Erstes eine Sitzung mit den Leuten ein, von denen er glaubte, dass sie etwas bewirken oder Fehler beheben könnten. Von Dienstwegen und derlei lästigen Verzögerungen hielt er nichts. Lena war schon gespannt, worum es diesmal gehen würde.

Irmi zog bereits die Tür wieder auf. «Dann schick ich dir den kleinen Kerl noch kurz rein?»

Lena nickte. «Wenn er mag.»

«Er wird's lieben!»

Der Junge war klein und schmächtig und trug eine starke Brille, die seine Augen vergrößerten und dem kindlichen Gesicht ein ernstes Aussehen verliehen. Lena schätzte ihn auf etwa acht Jahre.

Auf den ersten Blick erkannte sie, was Irmi gemeint hatte: Der Knirps war ein echter Bergfan. Er trug kurze blaue Hosen, die in Outdoorläden als sogenannte Aktivshorts verkauft wurden, mit großen Taschen, Laschen für Karabiner und bunten Einsätzen, ein farblich dazu passendes Funktionsshirt, klobige Bergschuhe und einen Rucksack, alles nigelnagelneu. Das Kurioseste war jedoch, dass er auch einen Helm aufhatte. Keinen Fahrradhelm, sondern einen quietschblauen Kletterhelm. Unter dem Arm schleppte er mehrere Bücher.

«Grüß dich», sagte Lena.

«Servus.» Die bayerische Allroundbegrüßung hatte er schon mal drauf. Der Junge kam ein paar Schritte näher. «Die Frau von der Bücherei hat gesagt, hier wäre die Bergwacht.» Er sah sich um, und dann blieb sein Blick bei Lena hängen. Ausgesprochen skeptisch. «Wo sind sie denn?»

«Eine sitzt schon mal vor dir.»

«Du bist bei der Bergwacht? So richtig?»

Lena nickte. «Ganz richtig.»

Er schaute sie weiter skeptisch an, also stand sie auf und ging zur gegenüberliegenden Wand, wo sich ihr Spind befand.

Sie winkte ihn zu sich und öffnete die schmale Schranktür. «Da, schau her, alles da.»

Mit ernstem Blick inspizierte der Junge ihren rot-blauen Anorak und die Kletterausrüstung. Er griff nach einem der Seile und ließ es ehrfürchtig durch die Finger gleiten, dann berührte er bedächtig die aufgereihten Karabiner, einen nach dem andern, und murmelte leise ihre Namen. «Strike Screw, Bulletproof Triple FG Eco, GriGri ...»

«Alle Achtung, du weißt Bescheid. Kletterst du auch?», fragte Lena verblüfft.

Er schüttelte den Kopf. «Ich will's aber lernen. Bei uns in der Nähe gibt es eine Boulderhalle, und ich hatte da schon eine Schnupperstunde. Der Lehrer hat gesagt, ich hätte es super gemacht.»

«Bouldern macht Spaß. Das hab ich auch viele Jahre gemacht.»

«Oskar findet's auch gut, aber Mama meint, es wär zu gefährlich für mich. Weil ich zu wenig Kraft habe.» Er seufzte.

«Ist Oskar dein Bruder?»

Er schüttelte den Kopf. «Ich hab keinen Bruder, nur eine Schwester. Die ist vierzehn und total blöd.» Er verzog angewidert das Gesicht. «Oskar ist mein Freund. Er kann supergut klettern.»

«Dann werdet ihr gemeinsam deine Mama schon überzeugen. Es macht nichts, wenn du noch keine Kraft hast, die kriegst du beim Trainieren. Wir haben hier übrigens einen Kletterwald, da kannst du mit deiner Mama hingehen. Da gibt es auch eine Boulderwand.»

«Ich weiß.» Der Junge nickte. «Vielleicht kann ich sie überreden. Wenn sie keine Migräne hat. Sie sagt, das Wetter hier macht ihr Migräne, aber sie hat nur keine Lust, mit Papa zusammen was zu machen, weil sie sich immer streiten.»

«Ah.» Lena wusste nicht recht, was sie auf diese Information erwidern sollte. «Wo wohnt ihr denn?»

«Pension Wildgruber.»

«Oh, schön! Die kenne ich, sie gehört den Eltern meiner Freundin Alex.»

«Ich hab's ausgesucht, und ich finde es toll. Papa und meine Schwester wollten lieber wieder ins Hotel Zur Post gehen, wo wir schon mal waren, aber das war voll. Zum Glück. In dem Hotel muss man immer ganz still sein, und es gibt nicht mal einen richtigen Garten. In der Pension ist der Garten *riesig*!» Der Junge sah sie mit seinen großen Augen ernst an.

«Ich würde auch lieber dort als im Hotel wohnen», pflichtete Lena ihm bei.

«Klar, wenn's deine Freundin ist.»

Der Junge war pragmatisch, das gefiel ihr. «Wie heißt du denn?»

«Nils. Paulsen. Wobei Oskar sagt, wenn Leute sich scheiden lassen, heißen sie wieder so wie früher, bevor sie geheiratet haben. Vielleicht muss ich dann wie meine Mama heißen.» Er sah sie vorwurfsvoll an. «Nils Tüttken. Das geht ja mal gar nicht!»

«Deine Eltern lassen sich scheiden?»

«Ich weiß nicht. Oskar glaubt das. Er sagt, so fängt es immer an. Mit Migräne und Streit übers Frühstücksei. Und dann zieht einer aus.»

«Das ist ja ein ganz Schlauer, dein Freund.»

Nils nickte. «Er ist schon zehn. Habt ihr auch einen Allrad? Und eine Gebirgstrage? Bist du schon mal mit dem Heli geflogen?»

Lena nickte. «Alles drei.»

«Und hat man dich dann zu wem am Seil zum Retten runtergewinscht? Mit einem Bergesack?»

Lena lachte. «Woher weißt du denn das alles?»

«Ich guck jede Woche *Bergretter*.»

«Dann bist du ja ein echter Profi.» Lena warf einen Blick auf die Uhr. «Ich muss jetzt los, aber wenn ihr länger hier seid, darfst du gerne noch mal vorbeikommen. Dann gehen wir zum Gewerbehof rüber, das ist nicht weit von hier, da haben wir unsere Ausrüstung. Dann zeig ich dir unseren Allrad und die Gebirgstrage und noch ein paar Sachen.»

«O ja!» Das ernste Gesicht des Jungen erhellte sich. «Darf ich dann auch mit dem Heli fliegen?»

Lena schüttelte den Kopf. «Leider nicht. Der muss immer bereit sein für Notfälle. Und er ist auch nicht hier in Bichlbrunn. Den müssen wir anfordern.»

«Klar.» Nils nickte verständig. «Oskar wird mal Hubschrauberpilot, wenn er groß ist. Dann kann er auch Leute retten.»

«Gute Idee!» Lena schloss den Spind. «Soll ich dich noch zu deinen Eltern begleiten, oder findest du alleine hin?»

«Das ist doch gleich nebenan.» Nils sah sie empört an. «Bin doch kein Baby.»

«Alles klar.»

Sie ging mit ihm auf den Flur und sperrte die Tür ab. Dann reichte sie ihm die Hand. «Ich bin übrigens Lena. Hat mich gefreut, dich kennenzulernen.»

«Mich auch.» Der Junge erwiderte ihren Händedruck angesichts seiner zarten Statur überraschend kräftig. «Der Oskar wird Augen machen, wenn ich ihm erzähle, dass die bei der Bergwacht auch Mädchen nehmen.»

3

Als Lena den kleinen Sitzungsraum betrat, verstummte das leise Gemurmel der Männer. Alle ihre Kollegen waren bereits versammelt – außer Flo, der heute in München an der Uni Vorlesung hatte. Auch Jack Reiter war da. Er saß am anderen Ende des Konferenztischs, als wollte er die allergrößte Distanz zwischen sich und den Noch-Bergwachtsleiter bringen, der neben der Tür saß. Auf Lenas Begrüßung hob er nicht einmal den Kopf.

Sie setzte sich auf einen freien Platz neben Jonas und wartete. Niemand sagte etwas. Jack und Andi starrten vor sich auf die Tischplatte. Lena konnte nur mit Mühe ein wütendes Schnauben unterdrücken. In was für eine unangenehme Situation hatte Franz sie da gebracht!

«Wisst ihr, worum's geht?», fragte sie so unbekümmert wie möglich in die angespannte Stille hinein. Schulterzucken antwortete ihr. Jonas sah sie bekümmert an, doch auch er schwieg. Endlich erschien der Bürgermeister, und Lena atmete auf.

«Grüß euch!», rief Ludwig Ramsauer.

Man kannte sich, und sie alle hier duzten den Bürgermeister, sogar Jonas, der ihn noch nicht so lange kannte wie die anderen. Ludwig Ramsauer war ein schwerer, vierschrötiger Mann mit einem immer leicht geröteten Gesicht und verschmitzt blickenden kleinen Augen, die von einem Kranz Lachfalten umgeben waren. Seine kräftigen, abgearbeiteten Hände und das breite Kreuz bezeugten, dass er mehr an körperliche Arbeit gewöhnt war, als eine Gemeinde zu verwalten, obwohl er sein Amt nun schon seit etlichen Jahren innehatte. Von Beruf war er Landwirt, ihm gehörte ein alteingesessener Bauernhof in Bichlbrunn, den mittlerweile jedoch seine Tochter Vevi und ihr Mann bewirtschafteten. Ramsauer war einer der ersten Bauern gewesen, der seinen Hof auf biologische Landwirtschaft umgestellt hatte, zu einer Zeit, als das noch als kompletter Schmarrn belächelt worden war. Alle hatten ihn damals für einen Spinner gehalten. Inzwischen hatte sich das Blatt gewendet, und seine Tochter, die auch den Hofladen im Dorf führte, konnte sich vor Nachfrage nach ihren Produkten kaum retten. Lena mochte Ludwig Ramsauer, der sich trotz seines Bürgermeisteramts eine gewisse Hemdsärmeligkeit bewahrt hatte, ohne Umschweife zum Punkt kam und seine Meinung klar und deutlich äußerte, auch wenn sie oft meilenweit von der offiziellen Parteilinie entfernt war.

Begrüßungen wurden gemurmelt, und Ramsauer ließ sich schwer auf seinen Stuhl fallen. «Das ist ein informelles Treffen», begann er und legte ein paar Blätter Papier und eine dünne Mappe vor sich auf den Tisch. «Politik der kurzen Wege, ihr versteht's schon, weil wir halt im gleichen Gebäude sind.» Er sah in die Runde, und alle nickten. Natürlich verstanden sie, was er damit sagen wollte: Was hier beredet wurde, sollte nicht nach draußen dringen. Das war vor allem deswegen relevant, weil Andi und Jack Mitglieder im Gemeinderat waren.

Ramsauer klopfte mit seinen kräftigen Fingern auf die Papiere vor sich. «Es wird bald im Gemeinderat ein Antrag gestellt werden, am Wiesanger ein Hotel zu bauen. Ein auswärtiger Investor und der Habacher Erich haben sich zusammengetan. Sie wollen da ein Sportressort hinstellen.» Er warf einen Blick auf seine Unterlagen. «Ein *Hideaway*, wie man heut so schön sagt. Mit Infinitypool und Wellness und allem, was dazugehört.»

«Am Wiesanger?», fragte Franz Schaller nach. «Du meinst an der Ostflanke des Rabensteins?»

Ramsauer nickte. «Genau da.»

Franz runzelte die Stirn. «Das ist doch nur ein schmaler Streifen am Waldrand. Da ist doch gar kein Platz für ein Hotel.»

«Auch das ist richtig. Aber der Wald gehört, wie der Wiesanger auch, dem Habacher, und der will den Wald dort roden lassen. Das Hotel soll terrassenförmig in den Berghang gebaut werden.»

«Das geht doch nicht», wandte Ferdi empört ein. «Das ist ein Lawinenschutzwald!»

«Angeblich hat er ein wissenschaftliches Gutachten, das die Umweltverträglichkeit des Vorhabens an dem Standort bestätigt.»

Wütender Protest wurde laut. Nur Jack Reiter schwieg. Er besaß eine kleine Schreinerei, die er aber nur noch hobbymäßig betrieb. Erich Habacher war sein Schwager, und Jack arbeitete seit vielen Jahren in dessen Sägewerk.

Ramsauer wartete eine Weile, bis sich alle wieder beruhigt hatten, dann sagte er: «Und weil ich mir gedacht hab, dass euch das genauso wenig passt wie mir, wollt ich es euch schon vorher sagen. Es wär gut, wenn es eine einheitliche Stellungnahme der Bergwacht zu dem Projekt gäbe.» Er sah einen nach dem anderen an.

«Aber wir sind doch keine Wissenschaftler», wandte Ferdi ein. «Wenn's ein Gutachten gibt, wie sollen wir das entkräften?»

«Das braucht ihr nicht. Wenn's notwendig wird, können wir immer noch ein zweites Gutachten erstellen lassen. Ich möchte nur, dass eure Stellungnahme bei der Sitzung vorliegt. Die wird öffentlich sein, und es wird mit Sicherheit hoch hergehen. Eure Meinung hat Gewicht. Wenn ihr euch dagegen ausspricht, ist das möglicherweise das Zünglein an der Waage, wenn's zur Abstimmung im Gemeinderat kommt.»

Zum ersten Mal meldete Jack Reiter sich zu Wort. «Du weißt aber schon, dass ich mit dem Habacher verwandt bin und bei ihm arbeite?»

Ramsauer nickte. «Aber du wirst als Gemeinderat ja sowieso abstimmen. Dann kannst doch auch als Bergwachtler deine Meinung sagen, oder? Schließlich weißt du, was es bedeutet, wenn eine Lawine abgeht und Leut unter sich begräbt.»

Jack nickte widerwillig. Auf seiner Stirn jedoch hatte sich eine steile Falte gebildet.

«Das war das eine, was ich euch sagen wollt», fuhr Ramsauer jetzt fort. «Das andere ist was Angenehmeres. Erinnert ihr euch, dass wir vor ein paar Monaten entschieden haben, einen Ranger einzustellen? Der Feichtmeier Xaver, der sich seit seiner Pensionierung als Förster drum gekümmert hat, ist ja nimmer da, und da haben wir uns gedacht, wir machen's gleich richtig und stellen einen offiziellen Ranger ein, wie sie in Garmisch auch welche haben. Jetzt haben wir einen gefunden, und da ihr vermutlich doch öfters mit ihm zu tun haben werdet, wollt ich ihn euch vorstellen. Er fängt erst im Juli offiziell an, ist aber heut schon gekommen.»

Er schaute auf die Mappe, die er mitgebracht hatte und bei der es sich offenbar um Bewerbungsunterlagen handelte. «Er ist studierter Wildbiologe, vierunddreißig Jahre alt und hat bisher in München gearbeitet.»

«In München?», wiederholte Jack verächtlich. «Wo braucht's denn da einen Ranger?»

Ramsauer wirkte ein wenig verlegen. «Na ja, er war genau genommen kein Ranger. Jedenfalls in den letzten Jahren nicht mehr.»

«Was war er dann?», fragte Ferdi.

«Er war bei einer Behörde angestellt», erklärte Ramsauer vage.

Wieder wurde es laut. «So ein Schmarrn», ließ sich jetzt Andi Kornbichler vernehmen. «Was soll denn so einer hier bei uns? Der kennt doch außer seinem Schreibtisch und seinen Formularen nix. Am End müssen wir ihn noch retten, weil er sich im Wald verläuft.»

Die anderen lachten, sogar Lena musste schmunzeln und fragte sich, was Ramsauer sich dabei gedacht hatte, ausgerechnet einen Verwaltungsfuzzi aus der Stadt als Ranger anzustellen.

«Er hat gute Referenzen, und ich halte ihn für sehr geeignet. Außerdem wollte die Gulbrandt ihn unbedingt haben», sagte Ramsauer. «Sie hat sofort gemeint, der wär genau der Richtige. Und sie muss ja mit ihm zusammenarbeiten.»

Miriam Gulbrandt war die Leiterin der Vogelwarte, wo auch der Ranger in Zukunft seinen Stützpunkt haben würde. Sie war eine große, kräftige und energische Person, und Lena konnte sich gut vorstellen, dass Ramsauer bei dieser Entscheidung nicht viel mitzureden gehabt hatte. Wenn Miri sich etwas in den Kopf setzte, dann bekam sie das auch.

«Ich kann nicht glauben, dass ausgerechnet die Gulbrandt sich einen schmalbrüstigen Aktenschubser aussucht. Den kann sie doch unterm Arm spazieren tragen», wandte Jack kopfschüttelnd ein.

Unerwartet lachte Ramsauer auf. «Also, was das angeht, da täuschst du dich gewaltig», sagte er belustigt. «Ich glaub, das Beste ist, ihr schaut ihn euch mal an. Dann werdet ihr schon sehen.» Mit diesen Worten griff er nach dem Telefon, das auf dem Tisch stand, hob den Hörer und drückte eine Taste. «Bitten S' doch unseren neuen Ranger in den kleinen Sitzungssaal», bat er seine Sekretärin.

Als es kurz darauf kräftig an der Tür klopfte und Ludwig Ramsauer dröhnte: «Komm rein!», drehten sich alle zur Tür.

Herein kam ein Mann, der mit einem schmalbrüstigen Aktenschubser so viel zu tun hatte wie der Vatikan mit Familienplanung. Er war groß, breitschultrig und bärtig. Er trug Jeans und T-Shirt, und seine beachtlichen Oberarme waren voller Tattoos. Er sah nicht so aus, als hätte er in seinem Leben eine Sekunde mehr als notwendig hinter einem Schreibtisch verbracht.

Mit ihm kam ein riesiger grauer Hund hereingetrottet.

Lena sog die Luft ein. Der Kerl vom Weiher!

Der zukünftige Ranger von Bichlbrunn blieb vor dem Tisch stehen und blickte schweigend in die Runde. Sowohl seine Miene als auch seine Haltung hatten etwas Abwehrendes, Wachsames, als ob er vor etwas auf der Hut wäre. Das kam Lena seltsam vor. Immerhin hatte er sich auf diese Stelle beworben. Wäre es da nicht naheliegend, zu versuchen, einen guten ersten Eindruck zu hinterlassen? Mit einer derart finsteren Miene, die unmissverständlich davor warnte, sich mit ihm anzulegen, würde ihm das schwerlich gelingen.

«Grüß euch», sagte er jetzt, und obwohl er alle duzte, als würden sie sich seit Jahren kennen, klang die Begrüßung kühl, fast ein wenig drohend. Lena hob die Brauen und merkte, wie ihre Kollegen ihn irritiert musterten.

Ludwig Ramsauer schien die abweisende Haltung seines neuen Rangers indes nicht zu stören. Im Gegenteil. Er wirkte zufrieden, ja regelrecht amüsiert. «Ihr erkennt ihn auch nicht, gell?», fragte er und warf dann dem grimmig dreinblickenden Mann einen belustigten Blick zu. «Ich muss sagen, wenn mir deine Bewerbung nicht vorgelegen wäre, hätt ich dich auch nie mit dem mageren Rotzlöffel von damals in Verbindung gebracht.» Er wandte sich wieder an die Bergwachtler. «Außer

Jonas aus Berlin und Flo, der noch zu jung ist, kennt ihr ihn alle. Oder zumindest seine Familie. Er ist nämlich von hier. Das ist Ben Fellner.»

Es dauerte eine Weile, bis bei Lena der Groschen fiel. «Der Sohn vom Sheriff?», platzte sie heraus.

Ben fuhr zu ihr herum, und als sein eisiger Blick sie traf, klappte sie verlegen den Mund zu. Jetzt wusste sie wieder, weshalb er ihr heute Morgen so bekannt vorgekommen war. Die leuchtend blauen Augen, das schmale Gesicht, der spöttische Blick ...

«Aber bitte!», rief jetzt der Bürgermeister tadelnd in ihre Richtung. «Kommt's jetzt bloß nicht mit den alten G'schichten daher. Der Fellner Rudi war halt Polizist, er hat nur seine Arbeit gemacht.»

Lena unterdrückte mit Mühe ein Schnauben. Bens Vater war tatsächlich Polizist gewesen. Einer, der seine Arbeit so ernst genommen hatte, dass er sogar in der Freizeit nichts Besseres zu tun gehabt hatte, als seine Mitmenschen zu schikanieren. Auf die Jugendlichen am Ort hatte er es damals besonders abgesehen. Er lauerte ihnen auf, wenn sie sich am Dorfbrunnen oder am Rabensteiner See trafen, verjagte sie immer wieder wegen angeblicher Ruhestörung und petzte jedes noch so kleine Vergehen brühwarm den Eltern. In Lenas Jugend war Rudi Fellner, den alle nur den «Sheriff» nannten, der meistgehasste Mann in Bichlbrunn, gefolgt von seinem Sohn Ben, den sie dafür büßen ließen, dass sein Vater so ein Ekelpaket war. Er wusste sich allerdings auch gut zu wehren, mit Fäusten und Worten, einer rotzigen, unberechenbaren Wildheit, die seine Mitschüler das Fürchten lehrte und seine Lehrer zur Weißglut trieb. Ausgerechnet dieser Unruhestifter wurde jetzt Ranger hier bei ihnen? Lena konnte es nicht fassen.

«Willkommen zurück in Bichlbrunn», sagte Ramsauer nun

feierlich und deutete auf den freien Stuhl neben Lena. Ben setzte sich, und sein riesiger Hund – Hilde – legte sich auf einen kleinen Wink neben ihm auf den Boden. Er nickte Lena knapp zu, ließ jedoch nicht erkennen, dass sie sich am Morgen schon begegnet waren.

Dennoch war Lena sich seiner Nähe überdeutlich bewusst. Eine ungebetene Erinnerung tauchte vor ihrem inneren Auge auf, ein Sommertag, brütend heiß, voll flirrendem Licht, ein unverhofftes Zusammentreffen an der Blauen Gumpe unterhalb des Rabensteins ...

Sie schüttelte hastig den Kopf, vertrieb die unwillkommenen Gedanken. Dabei fing sie Bens Blick auf, und einen beunruhigenden Moment lang hatte sie das Gefühl, dass er genau wusste, woran sie gerade gedacht hatte. Sie spürte, wie eine höchst lästige Röte ihren Hals hinaufkroch. Hastig wandte sie den Blick ab und lehnte sich mit verschränkten Armen auf ihrem Stuhl zurück.

«Wir haben gerade über ein Projekt gesprochen, das dich auch interessieren wird», sprach Ludwig Ramsauer Ben im geschäftsmäßigen Ton an und schilderte noch einmal den von Erich Habacher geplanten Hotelbau.

«Die Gegend rund um den Wiesanger ist Naturschutzgebiet. Und der Wald dort dient als Lawinenschutz fürs ganze Dorf», sagte Ben sofort.

Ramsauer nickte. «Aber die Gemeinde könnte einen Teil davon umwidmen und als Bauland ausweisen, wenn sie der Ansicht ist, dass es umweltverträglich ist ...»

«Bullshit!», unterbrach ihn Ben barsch. «Niemand wäre so hirnverbrannt, einen Hotelbau in einem so sensiblen Gebiet als umweltverträglich zu deklarieren.»

«Und das weißt du, obwohl du grad mal fünf Minuten wieder da bist?», kam es höhnisch von Jack Reiter. «Das Gutachten kennst wahrscheinlich auch schon, selbst wenn's noch niemand gesehen hat.»

«Jeder, der seine fünf Sinne beieinanderhat, kann sehen, dass so ein Vorhaben unverantwortlich ist», erwiderte Ben. «Ein Gutachten, das was anderes sagt, taugt nur, ums in die Tonne zu treten.»

Gemurmel wurde laut. Jack schüttelte erregt den Kopf und sagte leise etwas zu Andi, der ihm offenbar beipflichtete. Die beiden warfen Ben einen finsteren Blick zu, den dieser provokant erwiderte.

Und Lena, der die unangenehme Frage nach der neuen Bergwachtsleitung eigentlich schon gereicht hätte, schwante, dass sie mit dem wiederaufgetauchten Sohn des Sheriffs nicht nur einen Ranger bekommen hatten, sondern gleichzeitig ein paar neue Krisenherde dazu.

4

Als Ben zusammen mit Hilde das Rathaus verließ, war er geneigt, all jenen zuzustimmen, die seine Entscheidung, sich für diesen Posten zu bewerben, für eine komplette Schnapsidee gehalten hatten. Welcher Teufel hatte ihn da nur geritten? Hatte er tatsächlich geglaubt, er könnte hier, ausgerechnet hier, neu anfangen? Er mochte Ludwig Ramsauer. Er war ein umgänglicher Typ und schon vor seiner Zeit als Bürgermeister keiner von denen gewesen, die über andere herzogen und alles besser wussten. Ramsauers Frau Anni und Bens Mutter waren befreundet gewesen, bis sich seine Eltern getrennt hatten und er mit seiner Mutter nach München gezogen war. Mit Ramsauer würde er gut auskommen. Der war nicht das Problem. Die Bergwachtstruppe jedoch hatte ihm gerade einen Vorgeschmack darauf gegeben, wie es mit den meisten anderen am Ort laufen würde, die ihn noch als den «Sohn vom Sheriff» kannten. Lena Veith hatte freundlicherweise umgehend dafür gesorgt, dass jeder wieder sofort daran dachte. Natürlich würden auch die, die ihn bisher nicht gekannt hatten, von den anderen umgehend aufgeklärt werden. Ben fluchte leise, wütend auf sich selbst. Was hatte er erwartet?

Am Parkplatz hinter dem Rathaus angekommen, öffnete er die Hecktür seines alten Defenders, um Hilde in den Wagen springen zu lassen. Ausgerechnet Lena musste er in Bichlbrunn als Allerserstes begegnen. Er hatte sie sofort wiedererkannt, als sie tropfnass und stinksauer aus dem Weiher gestiegen war. Anders als er hatte sie sich in den vergangenen siebzehn Jahren kaum verändert, war noch immer die kleine, zähe Lena mit dem kohlschwarzen Zopf, den frechen Sommersprossen auf der Nase und dem geraden Blick. Sie jedoch hatte ihn ganz offensichtlich nicht erkannt, daher hatte er auch nichts gesagt. Stattdessen hatte er versucht, seine widersprüchlichen Gefühle, all die Erinnerungen und seine Angst vor diesem Neuanfang einfach wegzulachen, so wie er es früher auch immer getan hatte: zuerst lachen, dann spotten, und wenn das nichts half gegen die Bosheiten der anderen, gegen seine Scham und das Gefühl, immer außen vor, am Rande zu stehen, zuschlagen oder etwas kaputt machen. Lena hatte allerdings auch ziemlich komisch ausgesehen mit all dem Grünzeug im Haar. Trotzdem hätte er sich das Lachen verkneifen müssen.

«Ben, du bist ein Vollidiot», murmelte er, während er Hilde dabei zusah, wie sie sich auf ihrer Matratze umständlich ein paar Mal um die eigene Achse drehte, bevor sie sich schließlich mit einem Schnaufer hinlegte. «Dein Start hier war schon mal semioptimal.»

Er gab es nicht gerne zu, aber es hatte ihn getroffen, dass ausgerechnet Lena den alten, verhassten Spitznamen seines Vaters wieder aufs Tapet gebracht hatte. Es wäre ihm lieber gewesen, dieser Einwurf wäre von dem strunzdummen rothaarigen Kerl gekommen. Jack Reiter, erinnerte er sich. Ein aufbrausender Typ, den sein Vater einmal aufgehalten hatte, als er sturzbetrunken vom Dorfwirt nach Hause gefahren war. Mit dem Fahrrad. Den Führerschein hatte er trotzdem abgeben müssen, da war sein Vater rigoros gewesen, wie bei allem anderen auch.

Ben seufzte. Er stieg ein und startete den Wagen.

Halb interessiert, halb unbehaglich sah er sich um, während er wendete und durch die Toreinfahrt des alten Gebäudes nach draußen fuhr. Nichts, rein gar nichts hatte sich verändert. Der Dorfplatz war wie eh und je gesäumt von schmucken Häusern, die meisten davon kunstvoll mit Lüftlmalerei verziert. Wuchtige Vordächer, Geranien an den Balkonen und geraffte Scheibengardinen, die keinen Blick ins Innere erlaubten. In der Mitte des Platzes plätscherte der Brunnen des heiligen Antonius von Padua, des Schutzheiligen des Dorfes – des «Schlampertoni», wie er hier genannt wurde, weil man sich an ihn wandte, um verloren gegangene Dinge wiederzufinden. Unwillkürlich fragte sich Ben, ob man sich an ihn wohl auch wenden konnte, wenn man den Sinn seines Lebens verloren hatte. Oder lag das außerhalb seines Kompetenzbereichs? Praktisch der ganze Innenbereich Bichlbrunns stand unter Denkmalschutz, und die Häuser des alten Dorfkerns sahen noch genauso aus wie vor hundert oder mehr Jahren. Einige der Gebäude standen bereits seit zwei- oder gar dreihundert Jahren hier und zeugten von einer längst vergangenen Zeit, in der das Leben in dem abgelegenen Tal zwar hart und entbehrungsreich gewesen, Bichlbrunn jedoch eine Bedeutung zugekommen war, die es inzwischen längst nicht mehr hatte. Viele der Fassadenmalereien erzählten die Geschichte des Ortes aus der Zeit, als die großen Fuhrwerke, die für die Fugger Waren nach Italien oder von dort herauf nach Augsburg gebracht hatten, hier durchgefahren waren. Der alte Handelsweg hatte durch Bichlbrunn nach Tirol geführt, und die Rottstraße hatte diese Gegend ein paar Jahrhunderte lang reich gemacht. So lange, bis der Dreißigjährige Krieg und die Verlagerung der Handelsrouten die Region in tiefe Armut stürzten, wovon sie erst der populär werdende Tourismus Anfang des 20. Jahrhunderts wieder befreite. All das hatten sie in der Schule gelernt, wo es Ben nicht die Bohne interessiert hatte. Das Einzige, was er damals an Bichlbrunn spannend gefunden hatte, war die

Antwort auf die Frage, wie er so schnell wie möglich von hier wegkam.

Er bog in die Dorfstraße ein, die einmal quer durch den Ort führte. Bichlbrunn schmiegte sich an die flache Flanke des Rabensteins, eines sanft gerundeten Bergs, der sich, gemessen an den umgebenden Gipfeln des Wettersteingebirges, mit seiner grünen Kuppe scheinbar niedrig und harmlos ausnahm. Dort oben befand sich die Vogelwarte, Zufluchtsort und Paradies seiner Kindheit und seine neue Wirkungsstätte.

Nun umrundete er die Kirche, die etwas erhöht lag und die Häuser des Dorfs um sich scharte wie eine Glucke ihre Küken, fuhr vorbei am Dorfwirt, dem offenbar neu renovierten Hotel Zur Post, einem Friseur, dem kleinen Supermarkt, den er noch kannte, und daneben tatsächlich so etwas wie einer Kneipe. Soweit er sich erinnern konnte, hatte sich in dem Laden früher ein Schuhgeschäft befunden. Jetzt stand *Bongo-Bar* auf dem Schild über dem Eingang. Ben lachte leise auf. Da versuchte wohl irgend so ein Dorfstriezi, einen auf cool zu machen, an einem Ort wie diesem von vorneherein zum Scheitern verurteilt. Bichlbrunn mochte ganz hübsch, geradezu idyllisch sein, zum Urlaubmachen und wenn man die Einheimischen nicht näher kannte. Cool war es aber ganz bestimmt nicht.

Nach der Bongo-Bar war das Dorf recht abrupt zu Ende. Die Straße verengte sich zu einem besseren Feldweg, der zwar geteert, aber einspurig war und sich an Kuhweiden entlangschlängelte. Die Tiere hoben mäßig interessiert den Kopf, als er vorbeifuhr. Auf einer der Wiesen mähte ein Bauer mit seinem Traktor das Gras. Ben öffnete das Fahrerfenster und sog den würzigen Geruch ein, der ihn an die Sommer seiner Kindheit erinnerte. Dann stieg die schmale Straße an, führte am Waldrand entlang, bis er an eine Kreuzung kam. Ein Schild bedeutete ihm, links abzubiegen, in den Wald hinein.

Sofort wurde es kühler. Schattige Reihen schlanker Kiefern, moosbedeckter Waldboden, sonnenbesprenkelt. Die Erinnerung war so intensiv, dass er unwillkürlich langsamer fuhr. Das Licht, der Duft der Bäume, jede Biegung, jede Unebenheit im Asphalt war unverändert, es war, als wäre er gestern erst hier hinaufgeradelt, nahezu täglich, Sommer wie Winter, um seinen Großvater im Pförtnerhaus der Vogelwarte zu besuchen, wo er als Hausmeister gewohnt hatte. Noch ein paar Minuten führte die Straße durch den Wald, den Rabensteiner Forst. Dann wichen die Bäume unvermittelt zurück.

Nun gelangten sie auf eine abschüssige Lichtung, auf deren höchstem Punkt das Gebäude stand, in der seit nahezu hundert Jahren die staatliche Vogelwarte untergebracht war. Die kleine weiße Gründerzeitvilla mit dem gedrungenen Turm und dem kleinen Pförtnerhaus am unteren Ende der Auffahrt wirkte etwas deplatziert inmitten der wildromantischen Einsamkeit. Ein reicher Münchner hatte sie Ende des neunzehnten Jahrhunderts hier erbaut, durchdrungen von der Sehnsucht nach dem einfachen Leben in den Bergen – wobei er jedoch auf den Komfort des Stadtlebens nicht vollkommen hatte verzichten wollen. Da seine Familie diese Sehnsucht nicht teilte, hatte der Bauherr nach einigen Jahren das Gebäude wieder verkauft und war zurück in die Stadt gezogen.

«Wir sind da, Hilde», sagte Ben nach hinten gewandt, während er mit dem Defender die lange, uneben gepflasterte Auffahrt hinaufrumpelte, und die Hündin hob den Kopf. «Unser neues Zuhause.» Er deutete mit einer ausholenden Handbewegung hinaus. «Keine Straße, keine Autos, nur wir und die Bäume um uns herum. Und Berge.»

Er beugte sich über das Lenkrad und sah nach oben. Tatsächlich wölbte sich hinter der Vogelwarte der Gipfel des Rabensteins. Von hier sah er sehr viel rauer und unnahbarer aus als vom Dorf aus. Ein tief zerklüfteter, wuchtiger Buckel mit Felsabbrüchen, Rinnen und scharf gezackten Formationen. Von seinem Großvater wusste Ben, dass in sagenumwobener Vorzeit ein großes Stück des Gipfels abgebrochen war. Die Wunde, die dieses Ereignis gerissen hatte, war noch immer zu sehen. Ben hatte die zerklüftete Ostflanke des Rabensteins schon früher lieber gemocht als die sanfte Fassade, die der Berg dem Dorf zeigte, und es ging ihm auch heute noch so. Er mochte schließlich auch Menschen, die die Brüche und Verletzungen zeigten, die das Leben ihnen zugefügt hatte, lieber als jene, die sie hinter Masken verbargen. Er fand Furchen in Gesichtern nicht hässlich und Verletzlichkeit keine Schande. Falten machten ein Gesicht zur Landkarte eines gelebten Lebens, und wunde Punkte waren nichts anderes als Orientierungsmarken auf dem Weg, einen Menschen wirklich kennenzulernen.

Er stieg aus und ließ Hilde aus dem Kofferraum springen. Sie schüttelte sich, wobei sie im Licht der Sonne eine Menge grauer Haare um sich herum verteilte. Dann sah sie sich um, und Ben folgte ihrem Blick. Die Villa schien ein wenig heruntergekommen, was sie damals, als sein Großvater sich noch darum gekümmert hatte, nicht gewesen war. Brennnesselstauden wuchsen neben der Tür, Geißblatt und Blauregen rankten sich in einem wilden Wettstreit um die Vorherrschaft über den Wintergarten, der unter den ungezügelt wuchernden Pflanzen nur noch zu erahnen war. Ben erinnerte sich, dass die mit Schnitzereien versehenen Sprossenfenster früher noch gut zu sehen gewesen waren. Die vordere Fassade des Hauses war ebenfalls nahezu vollständig von Efeu überwuchert, die grüne Farbe der Fensterläden abgeblättert und der Portikus vor dem Eingang ziemlich baufällig. Dennoch besaß das Ganze noch immer einen gewissen Charme, hatte etwas Verwunschenes. Trotz der offenkundigen Reparaturbedürftigkeit wurde das Haus geliebt: Die Fenster waren geputzt, im Efeu hing eine Lichterkette, und vor der Veranda stand eine einladende Sitzgruppe aus bunten Metallmöbeln. Zwei Paar Gummistiefel standen neben dem Eingang, und auf dem Fußabtreter war ein bemerkenswert missgelaunter Vogel abgebildet. Darunter standen die Worte: *Der frühe Vogel kann mich mal!* Neben der Tür hing ein nüchtern-offizielles Schild:

Staatliche Vogelschutzwarte –
Außenstelle Bichlbrunn

Es war von einem handschriftlichen Zettel ergänzt worden, der darunterklebte: *Bitte klingeln!* Darunter hing noch ein Zettel, auf dem stand: *Lange und mehrmals!*

Ben leistete der Aufforderung Folge und drückte auf den Klingelknopf. Er brauchte allerdings gar nicht lange und mehrmals zu klingeln, denn eine Sekunde später wurde die Tür aufgerissen, und Miriam Gulbrandt stand vor ihm.

«Herr Fellner! Kommen Sie rein.»

Ben hatte die Leiterin der Vogelwarte schon bei seinem Bewerbungsgespräch kennengelernt. Sie war Ende vierzig, groß und von kräftiger Statur. Ihre hellblonden Haare waren zu einem unordentlichen Dutt aufgesteckt, eine Frisur, die – passend zu ihrem Beruf als Ornithologin – eine starke Ähnlichkeit mit einem Vogelnest hatte. Daraus hervor stakte ein roter Bleistift. Auf ihrer Nasenspitze thronte eine halbrunde Lesebrille, die an einer bunten Kette befestigt war. Ebenfalls passend war ihre Kleidung: robuste Outdoorhosen und T-Shirt. Sie trug keine Schuhe, und ihre Füße steckten in bunten Ringelsocken.

«Wir können uns duzen, oder?», fragte sie. «Ich bin Miri. Ich hatte dich erst heute Nachmittag erwartet.» Sie wartete seine Antwort nicht ab, sondern ging voraus den Flur entlang.

«Das Treffen beim Bürgermeister hat nicht lange gedauert», erklärte Ben, während er ihr zusammen mit Hilde folgte.

Miri führte ihn in ein hohes, mit Stuck verziertes Zimmer, das hübsch gewesen wäre, wenn darin nicht eine geradezu spektakuläre Unordnung geherrscht hätte. Der Parkettboden war bedeckt mit Stapeln von Fachzeitschriften und Büchern, dazwischen standen mehrere Paar Bergschuhe herum, Weinkartons, ein Korb mit Wolle, Wanderstöcke, Ferngläser und allerlei Outdoorzubehör – Ben identifizierte einen Schlafsack, Isomatte, ein Wurfzelt, einen Campingkocher samt Geschirr und eine italienische Mokkakanne. Es sah aus wie ein Camp zur Vorbereitung einer mehrmonatigen Expedition in die Wildnis. Die Wände dagegen ließen etwas Gestaltungswillen vermuten, allerdings nur ansatzweise. In den deckenhohen Regalen lagerten zwischen weiterer Fachliteratur Vogelnester, getrocknete Blumensträuße, Gräser, Steine, Äste, kitschige Keramikvögel neben ausgestopften Exemplaren, ein Stapel Kaffeetassen und Würfelzucker in einem Marmeladenglas neben einer in die Jahre gekommenen Kaffeemaschine sowie eine Stereoanlage samt Schallplatten. Ein riesiges Mobile aus zarten Federn, Moos und kleinen Ästen schwebte vor einem der hohen Fenster und bewegte sich sacht im Luftzug. Zwischen den Regalen hingen zahlreiche Poster von Vögeln, Zeichnungen – ebenfalls von Vögeln – und Landkarten. Es roch nach Kaffee, irgendwelchen Schnittblumen, deren Zeit in der Vase eigentlich vorüber war, und etwas modrig nach Wald.

«Wenn ich ungelegen komme, kann ich später wiederkommen», bot Ben vorsichtig an.

«Nein, nein, das passt schon!» Sie wedelte mit der Hand. «Es ist nur so, dass Maxi noch nicht da ist. Er sieht um die Zeit immer nach den Alpenböcken. Sonst hätt ich dich gleich vorstellen können.» Sie stieg über ein paar Stapel Zeitschriften und fischte zwei quietschgelbe Tassen aus einem der Regale. «Kaffee oder lieber Tee?»

«Kaffee, bitte. Schwarz.» Er mochte vorhaben, sein Leben zu ändern, aber so weit, zum Teetrinker zu werden, wollte er es dann doch nicht kommen lassen.

Miri Gulbrandt nickte zufrieden und füllte beide Tassen mit Kaffee aus einer Thermoskanne in der Form eines dickbäuchigen Huhns. Sie reichte ihm eine davon und setzte sich mit ihrer Tasse auf ihren Bürostuhl – neben einem weiteren Stuhl, auf den sich Ben jetzt niederließ, das einzige Möbelstück, das nicht von Unterlagen, Zeitschriften oder ornithologischen Sammelstücken belegt war. Ben bemerkte, dass seine Tasse vorne Schnabel und Augen hatte und offensichtlich ein Küken darstellen sollte. Der Bildschirmschoner des PCs zeigte ein brütendes Birkhuhn. Okay. Miri Gulbrandt war nicht einfach nur Ornithologin. Sie war verrückt. Vogelverrückt. Er nippte vorsichtig. Der Kaffee war okay. Heiß und stark.

«Wer ist Maxi?», wollte er wissen.

«Habe ich dir das nicht geschrieben?» Miri musterte ihn über den Rand ihrer Brille hinweg. «Ich wollte dir eine WhatsApp schreiben. Kann sein, dass ich das vergessen habe. Maxi Gasser ist dein Praktikant.»

Ben runzelte die Stirn.

«Er hat sich vor einiger Zeit bei uns beworben. Stell dir vor, nur wegen des Alpenbocks ...» Miri unterbrach sich. «Entschuldige, das kannst du ja nicht wissen. Kanntest du Xaver Feichtmeier noch?»

«Den Förster?» Ben nickte. «Er war ein Freund meines Großvaters.»

«Ja, genau. Er hat kurz vor seiner Rente vor drei Jahren

dieses Projekt ins Leben gerufen. Und davon hat Maxi in einer Fachzeitschrift gelesen und war begeistert. Er studiert und will seine Forstwirtschafts-Bachelorarbeit darüber schreiben. Ist das nicht lustig? Ich dachte zuerst, er nimmt mich auf den Arm. Ich meine, wer kommt schon aus Bozen in Südtirol hierher zu uns nur wegen des Alpenbocks? Aber er hat es total ernst gemeint, und da dachte ich, das ist ein Verrückter, der passt zu uns. Also, zumindest zu mir.» Sie grinste und rollte vielsagend mit den Augen.

Ben schwieg und trank einen weiteren Schluck Kaffee. Er kannte den Alpenbock vom Studium. Der hübsche blaue Käfer, der nur noch in wenigen Gegenden der Alpenregion vorkam, war vom Aussterben bedroht, weil ihm zunehmend die Brutmöglichkeiten fehlten. Wenn das Tierchen jemanden so begeisterte, dass er seine Abschlussarbeit darüber schreiben wollte, sollte es ihm recht sein. Worauf er allerdings ganz und gar keine Lust hatte, war, dass ihm deswegen so ein Klugscheißer von der Uni vor die Nase gesetzt wurde. «Was soll ich denn mit einem Praktikanten?», fragte er daher abwehrend. «Ich hab keinen Bock auf so was.»

«Keine Sorge, wir teilen ihn uns. Er ist ja, wie gesagt, nur wegen des Alpenbockprojekts hier. Das kann er alleine. Es sei denn, du interessierst dich auch dafür?» Sie warf ihm einen fragenden Blick zu.

«Nicht so sehr», sagte Ben knapp. In der Jobbeschreibung war gestanden, er solle sich vor allem um die Besucherlenkung in den sensiblen Naturschutzgebieten Rabensteiner Forst und Frauenboden kümmern, Wege ausschildern, Touristen aufklären, Führungen organisieren, dafür sorgen, dass die Touristen auf den Wegen blieben, nicht durchs Moos oder Unterholz trampelten und im Winter nur auf den präparierten Pisten Ski fuhren. Außerdem allerlei Verwaltungskram und

Social-Media-Zeug. Von Alpenböcken und Praktikanten war nie die Rede gewesen.

Miri trank ihren Kaffee aus und stand auf. «Egal, du kannst ihn ja morgen auch noch treffen. Jetzt zeig ich dir erst mal dein Büro und deine Unterkunft.»

Zu seiner Überraschung führte sie ihn in den überwucherten Wintergarten. «Wie du weißt, gab es bisher keinen richtigen Ranger hier, und Xaver hat kein Büro gebraucht. Es gibt nicht viel Platz in der Villa, ich wohne oben, und Maxi hat ein kleines Zimmer unter dem Dach, solange er hier ist, also ... vielleicht ist der Wintergarten für dich in Ordnung?»

Schweigend sah Ben sich um.

Sie standen in dem schmalen Raum, der sich über die gesamte Länge des Hauses erstreckte und an drei Seiten mit nahezu vollkommen zugewachsenen Sprossenfenstern verglast war. Das Licht schimmerte grün gefiltert auf den Schreibtisch mit PC, Telefon und Drucker, der mitten im Zimmer stand und neben einem wackeligen Regal und einem Schreibtischstuhl das einzige Mobiliar darstellte. Hilde tappte an Ben vorbei, schnüffelte an dem Sisalteppich auf dem Boden und ließ sich zufrieden seufzend darauf nieder. Das gedämpfte Licht wirkte beruhigend, und obwohl draußen mittlerweile die Junisonne brannte, war es hier drinnen angenehm kühl. Wie in einer Höhle irgendwo im grünen Dickicht. Oder unter Wasser, verborgen von allem.

«Wir können natürlich das Grünzeug noch zuschneiden, dann hast du einen besseren Blick nach draußen ...», fügte Miri, die sein Schweigen offenbar falsch deutete, hastig hinzu.

«Nein. Es ist perfekt», sagte Ben schnell.

«Echt?» Miri sah erleichtert aus.

Ben nickte und deutete auf seinen schlafenden Hund. «Hilde sieht das genauso.»

«Ja, dann ...» Miri klatschte in die Hände wie ein Fußballcoach, der seine matte Truppe motivieren wollte, und wirkte dabei selbst etwas übermotiviert. «Dann zeige ich dir jetzt auch deine neue Bleibe.»

«Die kenne ich schon», sagte Ben.

Miri nickte rasch. «Ach, ich weiß. Ludwig hat mir gesagt, dass dein Großvater dort gewohnt hat.»

Dem neuen Ranger sollte laut Arbeitsvertrag das alte Pförtnerhäuschen als Wohnung zur Verfügung gestellt werden. Dies hatte Ben in seiner Entscheidung, sich für diesen Job zu bewerben, bestärkt, mehr noch, es war ihm wie ein Wink des Schicksals vorgekommen.

Er folgte Miri zurück in den Flur, Hilde erhob sich rasch und trottete ihnen etwas widerwillig hinterher. Sie hatte sich mit dem kühlen, grünen Versteck, das Bens Büro werden würde, schon angefreundet. Vielleicht lag das an dem irischen Erbe ihrer Rasse, das sie hier in der Natur gerade wiederzuentdecken begann? Oder aber an ihren Erfahrungen aus der Zeit, bevor sie zu Ben gekommen war. Damals hatte es so etwas wie Sicherheit, Ruhe und Rückzug nicht gegeben für sie, daher spürte sie Plätze, die genau das versprachen, inzwischen mit sicherem Instinkt auf.

«Ich bin erst seit fünf Jahren hier», erklärte Miri, während sie den großen, altmodischen Schlüsselbund von einem Haken im Flur nahm. «Darum habe ich deinen Großvater leider nicht mehr kennengelernt. Aber ich habe viel von ihm gehört. Er soll ein feiner Mensch gewesen sein.»

«Das war er.» Ben wandte sich zur Haustür. «Ich kenne mich im Pförtnerhaus aus, du brauchst nicht mitzukommen.»

Er streckte die Hand nach dem Schlüssel aus.

«Bist du dir sicher?» Unschlüssig betrachtete Miri den Schlüsselbund. «Ich meine, du warst ewig nicht mehr hier ...»

«Achtzehn Jahre.»

«Ja, also, vielleicht sollte ich dir einiges erklären, den Herd ...»

«Brauchst du nicht. Ich komme zurecht», erwiderte Ben bestimmt. Er versuchte, die Ungeduld in seiner Stimme durch ein Lächeln zu mildern.

Miri warf ihm einen überraschten Blick zu und reichte ihm die Schlüssel. Es irritierte sie ganz offensichtlich, dass er sich so schnell von ihr verabschiedete. «Also ... dann ... auf gute Zusammenarbeit.» Sie streckte ihm ihre Rechte hin, und er schlug ein.

«Auf gute Zusammenarbeit.»

Das sagte er nur, weil man es eben tat und er die Vogelwartin nicht vor den Kopf stoßen wollte. Tatsächlich hatte er nicht vor, mehr als nötig mit ihr zusammenzuarbeiten. Miriam Gulbrandt schien eine nette, umgängliche Person zu sein, mit genau dem richtigen Maß Verschrobenheit, um ihr Leben einer Sache wie der Ornithologie zu verschreiben. Doch das spielte keine Rolle. Ben würde nicht mit ihr zusammenarbeiten, weil er es weder konnte noch wollte. «Fehlende Teamfähigkeit» nannte man das im Bürodeutsch, und die war ihm schon oft genug bescheinigt worden. Für ihn war es einfach seine Art, die Dinge anzugehen. Er würde nicht ausgerechnet hier, an diesem Ort, wo er gegen jede Vernunft hoffte, allein und auf eigene Faust neu anfangen zu können, versuchen, daran etwas zu ändern.

Doch Miri ließ sich nicht so leicht abwimmeln. Als er gerade bei dem kleinen Häuschen am Beginn der Auffahrt angelangt war, kam sie ihm hinterhergelaufen, mit einer Tupperdose in der Hand. «Eine Sache habe ich noch vergessen», brachte sie hastig hervor, als sie ihn erreicht hatte. «Fredo. Um ihn müsstest du dich ein bisschen kümmern.»

«Wer ist Fredo?», wollte Ben misstrauisch wissen. Hoffentlich nicht noch ein Praktikant.

«Ein Mäusebussard. Ich habe ihn aufgezogen. Vor einiger Zeit habe ich ihn ausgewildert, aber er ist zurückgekommen und lebt im Speicher des Pförtnerhäuschens. Da du ja jetzt hier wohnst, also, vielleicht könntest du das für mich machen? Damit er nicht glaubt, ich hätte ihn vergessen?» Sie reichte ihm die Schachtel. «Es reicht, wenn du ihm ab und zu ein Stück Fleisch auf den Baumstumpf vor dem Haus legst, da freut er sich.»

Als Ben die Tupperdose öffnete, um einen Blick hineinzuwerfen, kam Hilde neugierig schnuppernd näher. Rasch schloss er den Deckel wieder. «Nichts für dich!», sagte er streng.

Miri musterte die Hündin. «Ich hoffe, sie jagt nicht?»

«Nur Wölfe und Drogendealer», antwortete Ben todernst. Aber als Miri ihn irritiert ansah, lachte er. «Irish Wolfhounds sind ursprünglich für die Wolfsjagd gezüchtet worden. Aber Hilde weiß das nicht. Sie glaubt, sie ist ein Schoßhündchen. Und das mit den Drogendealern ...» Er zuckte mit den Schultern. «Die mag sie einfach nicht.»

«Das freut mich. Beides.» Miri tätschelte Hilde vorsichtig den Kopf. «Wir werden uns schon zusammenraufen. Solange sie Fredo und meine Brachhühner in Ruhe lässt.» Dann warf sie einen Blick auf ihre Armbanduhr. «Da muss ich jetzt auch hin. Zu den Brachvögeln. Ich will einen Elektrozaun um ihre Gelege im Sternmoos bauen, damit der Fuchs sie dieses Jahr nicht erwischt. Wäre doch gelacht, wenn ich dem roten Mistkerl kein Schnippchen schlagen kann!» Sie hob kämpferisch die Faust und wandte sich zum Gehen. Nach ein paar Schritten wandte sie sich noch einmal um und lächelte. «Alles Gute, Ben. Ich freu mich, dass du da bist. Die wunderbare Natur hier hat es verdient, dass man sich gut um sie kümmert. Zusammen werden wir das wuppen.»

Ben erwiderte ihr Lächeln, und es fiel ihm erstaunlich leicht. «Alles Gute mit den Brachvögeln.»

Er sah der Vogelwartin nach, wie sie mit ihren Gummistiefeln den Hang hinauf zur Villa stapfte. Miri Gulbrandt war in Ordnung. Vielleicht sollte er das mit der Zusammenarbeit doch probieren. Ein ganz klein wenig zumindest.

Er drehte sich um, betrachtete den Schlüsselbund in seiner Hand. Nach einem kurzen Moment gab er sich einen Ruck und steckte den größten Schlüssel in das alte Schloss der Tür. Sogar der Klang, als sich der Schlüssel drehte und Metall über Metall schabte, war noch wie früher.

Mit einem Stoß öffnete er die schwergängige Tür und trat in den engen dunklen Flur, dessen Decke so niedrig war, dass sich Ben mit seinen knapp eins neunzig bücken musste. Damals, als Teenager, war das noch nicht notwendig gewesen. Es roch nach altem Holz und irgendeinem Putzmittel. Links ging eine Tür ab, die in die Küche führte. Dort war die Decke etwas höher, sofern man sich nicht direkt unter den rußgeschwärzten Balken stellte, der quer durch den Raum lief. An der einen Wand stand noch immer der wuchtige Holzherd mit den blauen Emailletüren und dem schwarzen Ofenrohr; an der Wand gegenüber das alte Küchenbuffet seiner Großeltern, das Spülbecken und eine Arbeitsfläche. Auch der wuchtige Tisch am Fenster mit der blank gescheuerten Tischplatte aus Ahorn war derselbe, ebenso die Stühle und die Eckbank mit den hellblauen Polstern. Das Einzige, was offenbar neu angeschafft worden war, war ein großer Kühlschrank.

Alles in dieser Küche war noch genau wie früher. Ben wusste, dass nach dem Tod seines Großvaters vor zehn Jahren die Stelle des Hausmeisters nicht mehr besetzt worden war. Seine Mutter hatte es ihm erzählt. Sie war es auch gewesen, die das Haus ausgeräumt und alles organisiert hatte. Ben war nicht einmal zur Beerdigung gekommen. Er hatte zu der Zeit mitten in der kanadischen Wildnis gelebt, meilenweit entfernt von jeder größeren Stadt. Am Abend der Beerdigung war er in die einzige Kneipe des winzigen Kaffs in der Nähe der Auffangstation für verletzte Wölfe und verwaiste Jungtiere gegangen und hatte sich betrunken.

Als Ben ein paar Schritte hineinging, bemüht, sich nicht den Kopf an dem Balken zu stoßen, knarzte der Dielenboden. Ben setzte sich auf die Eckbank, streckte seine Beine darunter aus und sah aus dem Fenster. Hilde ließ sich vor der Bank nieder und legte ihren Kopf auf seinem Fuß ab. Er lauschte den leisen Geräuschen, die ihn umgaben. Hildes Schnaufen, ein leises Knacken im Gebälk, das Ticken einer Uhr, die er noch nicht entdeckt hatte. Unvermittelt stiegen ihm Tränen in die Augen. Peinlich berührt wischte er sie mit dem Handrücken weg und beugte sich hinunter zu Hilde.

«Das passt, gell», sagte er und kraulte ihren Nacken. «Da kannst du dich endlich ausruhen. Hast es dir verdient.»

5

Am Nachmittag erhielt sie einen Notruf. Eine Wanderin war auf dem Panoramaweg unterhalb des Teufelskopfs gestürzt und kam nicht mehr weiter. Ihr Ehemann hatte den Notruf abgesetzt. Lena rief Franz an, der Bereitschaft hatte.

«Wen soll ich noch informieren?», fragte sie und studierte den Bereitschaftsplan. «Jack und Ferdi wären dran.»

«Ich glaub, einer reicht. Ruf den Ferdi an und komm du mit», meinte Franz. «Der Jack hat momentan genug um die Ohren, der wird froh sein, wenn er nicht schon wieder von der Arbeit wegmuss.»

Zu dritt fuhren sie mit dem Pick-up zum Frauenboden. Hier, gegenüber der Obermoosalm und den Almwiesen, lag ein kleines Skigebiet, das besonders für Familien geeignet war. Mit zwei Liften und flachen, breiten Pisten, durch die sich jetzt im Sommer Wanderwege mit kleinen Rastplätzen und Aussichtspunkten schlängelten. Es war ein Ausflugsziel für gemäßigte Wanderungen mit der ganzen Familie, ohne komplizierte Kletterrouten oder große Gefahrenquellen. Trotzdem ereigneten sich auch hier immer wieder Unfälle. Manchmal nutzten Radfahrer rücksichtslos die Wege trotz des herrschenden Fahrradverbotes, manchmal waren Touristen unvernünftig, wenn sie nicht einsahen, dass man auch einen leichten Wanderweg in den Bergen nicht unbedingt mit Sandalen oder gar Flipflops begehen sollte.

Die Leute dafür zu sensibilisieren, sich etwas mehr um ihre eigene Sicherheit und um ihre Mitbürger zu kümmern, würde nach Wunsch des Bürgermeisters eine der Aufgaben des neuen Rangers sein. Doch jetzt, wo Lena wusste, um wen es sich dabei handelte, hatte sie ihre Zweifel, dass das funktionieren würde. Allein das Wort «sensibilisieren» in Verbindung mit Ben Fellner kam ihr absurd vor.

Als hätte Franz Lenas Gedanken erraten, fragte er: «Was haltet ihr zwei von unserem neuen Ranger?»

«Ich glaub, der ist in Ordnung», kam es von Ferdi wie aus der Pistole geschossen. «Schaut jedenfalls nicht wie ein Aktenschubser aus.» Er lachte.

«Und du, Lena?», wollte Franz wissen.

Lena hatte keine Lust, höflich um den heißen Brei herumzureden. Außerdem war sie immer noch wütend auf Franz. «Ich frag mich, was Ludwig sich dabei gedacht hat, ausgerechnet Ben Fellner einzustellen. Als ob wir nicht schon genug Ärger mit dem und seinem Vater gehabt hätten», brummte sie. «Der wird uns nur Probleme machen. Etwas anderes kann der gar nicht.»

«Vielleicht hat er sich geändert», gab Franz zu bedenken.

«Das glaubst du doch selber nicht!», fuhr Lena ihn an. «Vermutlich ist er nur Ranger geworden, weil sie ihn als Bullen nicht genommen haben. Damit er sich hier als Hilfssheriff aufspielen kann.»

Dann waren sie schon am Einsatzort angekommen und stiegen aus.

Die verletzte Frau hockte mit blassem Gesicht neben dem Wanderweg auf der Wiese. Rasch untersuchte Ferdi, der Physiotherapeut und außerdem ausgebildeter Notfallsanitäter war, ihren Knöchel, der dick angeschwollen war und bereits blau zu werden begann. Währenddessen musterte Lena die Schuhe der Verunglückten. Leichte Sommersandalen mit Riemchen und dünnen Sohlen, die keinerlei Halt boten.

Sie schnaubte. «Hat Ihnen noch niemand gesagt, dass man im Gebirge ordentliches Schuhwerk tragen sollte?», schnauzte sie die Frau an, der vor Schmerzen die Tränen über die Wangen liefen. «Das hätte noch schlimmer ausgehen können.»

Die Frau nickte zerknirscht. «Wir sind einfach losgelaufen und haben nicht erwartet, dass es gleich so steil den Berg raufgeht.»

Lena fing einen warnenden Blick von Franz auf und schluckte die Erwiderung herunter, die ihr auf der Zunge lag, ärgerlich über sich selbst, dass sie sich zu dieser Kritik hatte hinreißen lassen. «Wir sind Retter, nicht Richter», lautete der oberste Grundsatz der Bergwacht. Es war niemandem geholfen, wenn die Verunglückten in einer Rettungssituation auch noch mit Vorwürfen konfrontiert wurden. Wenn sich herausstellte, dass kein medizinischer Notfall Ursache für den Notruf gewesen war, mussten die Geretteten den sogenannten Sondereinsatz selbst bezahlen. Das war vermutlich Lehre genug.

Lena hatte diesen Grundsatz immer beherzigt, hin und wieder jedoch – besonders wenn sie ohnehin schon wütend war, fiel es ihr schwer, den Mund zu halten. Und heute hatte sie doppelt schlechte Laune. Zum einen wegen Franz und der miesen Stimmung im Team, die er verschuldet hatte. Zum anderen, weil ihr der Idiot Ben Fellner, den sie schon als Kind nicht hatte ausstehen können, über den Weg gelaufen war und es vermutlich von nun an häufiger tun würde.

Verstimmt verschränkte sie die Arme vor der Brust und vermied es, Franz anzusehen. Sie warteten schweigend, bis Ferdi mit der Erstversorgung fertig war. Für Lena und Franz gab es in diesem Fall nichts weiter zu tun, doch das konnte man bei Eingang des Notrufs nie wissen, weshalb sie in der Regel mindestens zu dritt ausrückten.

Schließlich half Ferdi der Frau vorsichtig auf und führte

sie zusammen mit ihrem Begleiter zum Auto. Sie war barfuß und zuckte bei jedem Schritt zusammen. Ihr Freund sah fast genauso mitgenommen aus wie sie. «Vermutlich ein Bänderriss», erklärte Ferdi und fügte dann in aufmunterndem Ton hinzu: «Kopf hoch, das wird schon wieder.»

Lena hob die Sandalen der Frau auf, schulterte Ferdis Rucksack und folgte ihnen.

«Bist noch sauer auf mich?», fragte Franz leise auf dem Weg zum Auto.

«Was denkst du denn?», entgegnete Lena unwirsch. «Du hast mich in eine unmögliche Lage gebracht. Und komm mir jetzt bloß nicht wieder mit meinem Vater.» Sie hob warnend die Hand, als Franz etwas entgegnen wollte. «Ich möchte, dass du mit Jack redest. Das bist du ihm schuldig.»

Franz seufzte. «Wenn du meinst, dass das was bringt?»

«Mach's einfach. Ich kann mit ihm nicht gescheit zusammenarbeiten, wenn er so geladen ist.»

«Vielleicht hab ich unterschätzt, wie wichtig Jack dieser Posten ist», gab Franz zu. «Ich hab geglaubt, es reicht ihm, wenn er weiter Jugendwart bleibt.»

Ungläubig starrte Lena ihn an. «Wie lange kennst du den Jack jetzt?»

Franz überlegte. «Ungefähr fünfundzwanzig Jahre.»

«Und da ist dir nicht aufgefallen, wie wichtig ihm die Bergwacht ist?»

«Doch, schon. Aber ...» Er zögerte. «Ich weiß nicht recht, ob ich das erzählen soll ...»

«Doch, du sollst», sagte Lena mit Nachdruck. «Wenn's da was gibt, was ich nicht weiß und was wichtig für unsere Arbeit ist, solltest du mir's sagen.»

«Der Jack steckt grad ziemlich in der Scheiße. In seiner Ehe gibt's Probleme. Seine Frau ist grad ausgezogen, zusammen mit der kleinen Tochter. Felix hat sich geweigert mitzugehen, er will bei seinem Vater bleiben.» Ratlos hob er die Schultern. «Ich dachte, der Jack ist vielleicht sogar froh, wenn er nicht noch was hat, um das er sich kümmern muss. Abgesehen davon, dass ich dich für die bessere Wahl halte.»

«Danke schön, aber du musst trotzdem mit ihm reden.»

«Vielleicht hast du recht. Ich red mit ihm. Nächste Woche.»

«Warum erst nächste Woche?»

«Weil ich ihn vorher wahrscheinlich nicht mehr sehen werd. Ich hab mich nicht einteilen lassen bis Montag. Morgen krieg ich Besuch von einem alten Freund aus Berchtesgaden. Der Sepp und ich wollen am Freitag den Jubiläumsgrat gehen.» Er lächelte. «Das wollt ich schon seit Jahren mal wieder machen.»

Mit einem Mal begann es in Lenas Nacken zu kribbeln. «Den Grat? Ist dein Freund fit genug?»

Der ungefähr sieben Kilometer lange Grat von der Zugspitze bis zur Alpspitze war in Bergsteigerkreisen berühmt und berüchtigt. Es war kein Klettersteig, sondern eine äußerst anspruchsvolle, hochalpine Tour, die nur sehr erfahrene Bergsteiger mit ausgezeichneter Kondition an einem Tag bewältigen konnten. Der Weg führte fast durchgehend am Grat entlang. Es gab keine Alternative, um auszuweichen. Ein kräftezehrendes Auf und Ab auf blankem Fels, fast ohne Sicherung und Klettersteige. Ein falscher Tritt, und man stürzte Hunderte Meter in die Tiefe. Unterwegs existierte nur eine Abstiegsmöglichkeit: Verpasste man den Einstieg in den Brunntalgratsteig, musste man oben bleiben. Die Tour dauerte etwa zehn Stunden und war an einem Tag nur unter perfekten Bedingungen zu schaffen, weshalb es auf halber Strecke eine Biwakschachtel zum Übernachten gab. Eigentlich hätte man den Grat nicht Jubiläums-, sondern Herrgottsgrat taufen sollen, hatte Lenas Vater immer gesagt: weil einem nur noch der Herrgott helfen konnte, wenn man einmal losgegangen war. Der Herrgott und die Bergwacht, um genau zu sein.

Argwöhnisch musterte Lena den Leiter der Bergwacht.

«Ja, freilich. Der Sepp ist ein alter Bergfex, genau wie ich. Ich hab ihm schon so oft von der Tour vorgeschwärmt, da hat er gemeint, das wär was zum Sechzger. Er ist doch genauso alt wie ich. Und recht viel länger dürfen wir uns nicht mehr Zeit lassen, sonst sind wir zu alt für so was.» Er lächelte. «Schau nicht so verschreckt. Ist ja nicht das erste Mal. Ich bin den Grat früher so oft gegangen, als Bergführer und auch nur zum Spaß, man könnt sagen, ich kenn ihn wie meine Westentasche.» Er zwinkerte ihr zu. «Solltest ihn endlich auch mal gehen. Nachdem du schon im Himalaja warst, wär's ein Klacks für dich, kleine Gams.»

«Nenn mich nicht so!», fauchte Lena so zornig, dass Franz betroffen zurückwich. «Kleine Gams» war der Spitzname ihres Vaters für Lena gewesen, weil sie als Kind schon so gerne überall hinaufgekraxelt war. Niemand anders hatte sie je so genannt.

Beschwichtigend hob Franz die Hände. «Schon gut. Brauchst dich nicht so aufzuregen.»

Inzwischen hatte Ferdi der Frau in den Pick-up geholfen. Ihr Freund saß neben ihr und hielt erleichtert ihre Hand. Noch immer wütend, kletterte Lena auf den Beifahrersitz.

Wieder in Bichlbrunn angekommen, war ihr Zorn bereits etwas verraucht. Beim Gedanken an Franz' Tourenpläne jedoch zog sich ihr Magen noch immer unbehaglich zusammen, obwohl sie wusste, dass es Unsinn war. Wenn jemand ein erfahrener und umsichtiger Bergsteiger war, dann Franz Schaller. Er würde kein Risiko eingehen.

«Pass auf dich auf», sagte sie in versöhnlichem Ton, als Franz seine Ausrüstung schulterte und zu seinem Auto ging.

«Freilich, Lena.» Er zwinkerte ihr zu. «Am Freitagabend ist Schafkopfstammtisch im Dorfwirt. Da kann ich doch nicht fehlen. Und das nächste Mal gehst du die Tour mit mir. Du warst auf so vielen Gipfeln der Welt, nur dort oben warst noch nicht. Es wird Zeit.»

Das hatte sie am Morgen schon einmal von ihm gehört. Schwungvoll stieg er ins Auto, winkte kurz und fuhr davon.

Lena sah ihm beklommen nach. Sie selbst war den Jubiläumsgrat tatsächlich noch nie gegangen. Obwohl sie schon schwierigere Gipfel und Grate bewältigt hatte, nicht nur im Himalaja und im Karakorum, sondern auch in Südamerika und überall in Europa, hatte sie sich nie überwinden können, diese Tour zu gehen. Anfragen, die sie als Bergführerin dazu erreichten, gab sie stets an Kollegen weiter. Sie warf einen Blick nach oben, wo die Gebirgskette im strahlenden Nachmittagslicht verheißungsvoll leuchtete.

Ihr Vater hatte den Grat geliebt und oft davon gesprochen, ihn mit ihr zusammen zu gehen, wenn sie alt genug dafür war. «Da musst 'nauf, kleine Gams», hatte er immer gesagt. «Erst wenn du da oben warst, weißt, wo du daheim bist.»

Sie hatten es nie geschafft. Der Tod war ihnen dazwischengekommen. Danach hatte Lena keinen Sinn mehr darin gesehen, diese Tour zu machen. Im Gegenteil. Ihr war jahrelang fast schlecht bei dem Gedanken an den Jubiläumsgrat geworden.

6

Gehst noch mit auf ein Bier?», fragte Ferdi, während sie ihre Ausrüstung in den Spinden verstauten. Ferdi war wie sie und ihre Freundin Alex ein treuer Gast der Bongo-Bar.

Lena überlegte kurz. «Gern.» Da sie ohnehin dort mit Alex für später verabredet war, konnte sie auch gleich mitgehen und etwas essen.

In Mikes Bar angekommen, überlegten sie kurz, ob sie sich in den Biergarten im Innenhof setzen sollten, doch dort saß um diese frühe Uhrzeit kein Mensch – aus gutem Grund. Die Sonne hatte den Hof wie einen Backofen aufgeheizt und knallte noch immer vom kobaltblauen Himmel. Es war brütend heiß, nicht einmal die bunten Sonnenschirme, die Mike an den Tischen aufgespannt hatte, konnten Kühlung verschaffen. Erst wenn die Sonne untergegangen war und die bunten Glühbirnen zu leuchten begannen, würde sich der Innenhof wieder in ein lauschiges Plätzchen verwandeln. Im kühleren Innenraum setzten sie sich nebeneinander an die Theke, wo Mike ihnen unaufgefordert zwei Gläser Bier hinstellte. Mikes Essensauswahl war nicht groß, aber fantasievoll, zumindest was die Namen seiner Gerichte anbelangte. Er war ein großer Musikfan, und seine Toasts und Sandwiches (etwas anderes gab es nicht) hießen *Alice Cooper* (blutiges Steaksandwich mit viel Ketchup), *Neil Young* (Truthahn), *Bruce Springsteen* (mit Avocado und Lachs), *U2* (Steak auf Schwarzbrot mit Whiskyzwiebeln und Cheddar Cheese für zwei Personen), *Thin Lizzy* (mit Salat und Ei) und *Gianna Nannini* (Tomate & Mozzarella). Wenn nicht viel los war, untermalte Mike seine Gerichte auch gerne mit der passenden Musik.

Lena bestellte sich Bruce Springsteen und bekam prompt dazu das Lied *I'm on Fire* sowie einen vielsagenden Blick von Mike. Er war schwul, flirtete aber gern mit ihr. Lena und er kannten sich seit der Kindheit, als Mike, der drei Jahre jüngere Bruder ihrer besten Freundin, nicht mehr als ein lästiger kleiner Störenfried gewesen war.

Springsteens Schmachtfetzen wurde etwas abrupt von *Poison* abgelöst, als Mike für Ferdi das Sandwich namens Alice Cooper brachte. Eine Weile aßen sie schweigend und konzentriert.

Irgendwann fragte Ferdi unvermittelt: «Was hältst du denn eigentlich von der Idee, Chefin zu werden?»

Lena verdrehte die Augen. «Bitte, lass uns über etwas anderes reden.»

«Ich fänd's gut», sagte Ferdi, völlig unbeeindruckt von ihrer Reaktion, und schob sich sein letztes Stück halbrohes Steak in den Mund. «Meine Stimme jedenfalls hast du.»

Lena lächelte. «Das ist nett, Ferdi, aber ich mach's nicht.»

«Wieso denn nicht? Du wärst genau die Richtige. Und mit dir als Leiterin kommen vielleicht noch ein paar Mädls mehr zu uns.» Er grinste. Ferdi Schorer war immer auf der Suche nach der richtigen, der perfekten Beziehung, der ganz großen Liebe, die irgendwo hinter der nächsten Ecke auf ihn wartete. Was ihn allerdings nicht davon abhielt, auch zahlreiche nicht so perfekt erscheinende Techtelmechtel einzugehen. Man weiß ja nie, lautete seine Devise.

Lena rollte sich ein Stück Lachs um die Gabel. «Der Jack soll das machen. Es wär unfair, ihm das wegzunehmen.»

«Mensch, Lena, sei kein Mädchen! Du nimmst es ihm doch nicht weg. Wenn du gewählt wirst, ist das eben so. Der Jack ist ein guter Bergwachtler, keine Frage. Ich mag ihn. Aber er ist auch ziemlich oldschool.»

Lena zuckte mit den Achseln. Sie wollte nicht mit Jack Reiter konkurrieren. Und sie wollte nicht Bergwachtsleiterin werden, nur weil Franz Schaller sie vorgeschlagen hatte.

«Und was ist das für eine Geschichte mit dem neuen Ranger?», fragte Ferdi, offensichtlich in Plauderlaune. «Scheinst ja nicht so viel von ihm zu halten. Ich kann mich nicht dran erinnern, dass er hier mal gewohnt hat. Wahrscheinlich war ich noch zu jung.»

Lena erzählte ihm von Bens Vater und weshalb er diesen unschönen Spitznamen bekommen hatte. «Er war ein Ekel, wie er im Buche steht. Ein richtiger Blockwart. Alle haben ihn gehasst.»

«Was ist mit ihm passiert?»

«Nichts. Er hat die Leute schikaniert, bis er in Rente gegangen ist, und vor ein paar Jahren ist er gestorben. Herzinfarkt, glaub ich.»

«Und Ben?»

«Der war genau wie sein Vater. Hat alles Mögliche angestellt, sich mit seinen Mitschülern geprügelt und jeden dumm angemacht. Er hat in der Schule so viele Verweise kassiert, dass man die Wände damit tapezieren konnte. Sie haben ihn nur nicht von der Schule geschmissen, weil niemand sich mit seinem Vater anlegen wollte.»

«Hat er dich auch dumm angemacht?»

Lena nickte bitter. «‹Plumpsklo› hat er mich immer genannt und sich dabei die Nase zugehalten. Weil ich auf der Alm bei meiner Tante aufgewachsen bin und es dort anfangs keine richtige Toilette gab.»

Ferdi lachte ungläubig auf. «Was für ein Arsch.»

Resigniert zuckte Lena mit den Achseln. «Ist mir schleierhaft, weshalb er wieder zurückgekommen ist. Seine Eltern haben sich getrennt, als er sechzehn war, und er ist mit seiner Mutter nach München gezogen. Ich hab ihn seitdem nie wieder hier gesehen. Er war nicht bei der Beerdigung seines Großvaters und auch nicht bei der seines Vaters. Und jetzt, ganz plötzlich, taucht er wieder auf und will sich als Ranger aufspielen.» Sie trank ihr Bier aus. «Aber nicht mit mir. Mir sagt dieser Idiot nicht, was ich zu tun oder zu lassen habe.»

«Noch eins?» Mike hob ihre leeren Biergläser hoch.

Lena und Ferdi nickten. Sie sahen ihm zu, wie er ihre neuen Gläser zapfte und nebenbei zur Musik mitsang. Mike war ein schräger Vogel, zumindest für Bichlbrunn. Er war gelernter Koch, hatte ein paar Jahre in Nobelhotels auf der ganzen Welt gearbeitet, dann war er zurückgekommen und hatte im ehemaligen Schreibwarenladen der alten Frau Kloiber die Bongo-Bar eröffnet. Optisch war er eine Mischung aus Wikinger und Hobbit, klein, blond und kräftig, und er trug Ziegenbart zu Männerdutt und Undercut. Wenn man allerdings genau hinsah, war eine Ähnlichkeit zu seiner Schwester nicht zu leugnen. Beide waren blond, hatten blaue Augen und Grübchen. Alex allerdings war größer und hatte weder Ähnlichkeit mit einem Hobbit noch mit einem Wikinger. Obwohl sie wie Letzterer ziemlich furchteinflößend sein konnte, wenn sie sauer war. Jetzt kam sie zur Tür herein, begrüßte Ferdi mit einem freundschaftlichen Puffer, umarmte Lena stürmisch und kraxelte dann auf den Barhocker neben ihr.

«Mensch, war das wieder ein Tag heute! Machst mir erst mal einen Kleinen, bitte.» Gemeint war Gin Tonic, Alex' Lieblingsgetränk nach anstrengenden Tagen in der Pension Wildgruber, die sie zusammen mit ihren Eltern führte. «Klein» gab es allerdings bei Mike nicht unbedingt. Was hier als klein galt, war anderswo schon gut bemessen.

Lena ließ sie erst einmal erzählen, von den ungeduldigen Gästen, den Zimmermädchen, die kamen und gingen, wie es ihnen passte, und von dem Vater, mit dem sich Alex regelmäßig hitzige Gefechte lieferte. Die ganze Familie Wildgruber war laut, schnell wütend, aber auch ebenso schnell wieder besänftigt, sie lachten und stritten viel. Für Lena, die einen Großteil ihrer Schulzeit bei ihnen verbracht hatte, war es stets ein kleiner Kulturschock nach der Stille und dem Frieden auf der Alm gewesen. Aber einer, den sie immer sehr genossen hatte. So war es auch heute noch.

Irgendwann war Alex fertig mit ihrer Schilderung und mit ihrem Gin Tonic. Sie atmete tief durch, bestellte sich ein Weißbier und lächelte entspannt. «Und wie schaut's bei dir aus, Süße? Gibt's was Neues?»

«Schon.» Lena nickte und erzählte ihr von Franz Schaller, dem Geburtstagsfest und seiner Empfehlung.

Alex machte große Augen. «Mensch, das ist toll! Du liebst doch die Bergwacht, und dann kannst deine Burschen gleich noch a bisserl auf Vordermann bringen. Schadet nie was.» Sie zwinkerte Ferdi zu. «Oder was meinst du?»

«Meine Rede», erwiderte Ferdi gut gelaunt. «Ich steh auf starke Frauen, die mir sagen, wo's langgeht.»

Alex grinste. «Da wärst bei mir goldrichtig.»

«Nimm die bloß nicht», mischte sich Mike ein und hob warnend einen Finger. «Alex ist brutal! Mein Dasein als kleiner Bruder war ein einziges Martyrium.» Alle lachten, und Lena war froh, dass damit die Frage nach der Leitung der Bergwacht fürs Erste vom Tisch war.

«Ich hab übrigens heut einen deiner Gäste kennengelernt», sagte sie nach einer Weile zu ihrer Freundin, während Mike und Ferdi, der selbst zwei größere Schwestern hatte, engagiert das Für und vor allem das Wider von älteren Geschwistern diskutierten.

«Echt? Wen denn?» Alex runzelte die Stirn. «War's vielleicht ein fescher, junger?» Alex' Bestreben war es, für Lena den richtigen Mann zu finden. Zwar konnte man sie in Beziehungsfragen selbst nicht unbedingt als Expertin bezeichnen, lebte sie doch seit vielen Jahren in einer nervenaufreibenden On-off-Beziehung mit Luis Stadler, dem Vater ihrer zwölfjährigen Tochter Emma. Aber das hinderte sie nicht daran, unverdrossen für Lena nach dem wahren Glück Ausschau zu halten.

«Sehr fesch und sehr jung.»

«Oha. Da gibt's eigentlich nur einen, und der ist leider mit seiner Freundin da. So ein Mountainbike-Paar, weißt schon, mit Funktionskleidung vom Scheitel bis zur Sohle und nur Müsli und grünen Tee zum Frühstück. Die schlafen wahrscheinlich in Funktionskleidung.» Alex schüttelte sich. «So einer käme mir nicht ins Haus.»

«Er heißt Nils und ist ungefähr so groß.» Lena hob ihre Hand etwa eineinhalb Meter über den Boden.

«Ach, der Bub von der Familie Paulsen?» Jetzt erschien ein Lächeln auf Alex' breitem Gesicht. «Ein witziger kleiner Kerl. Was man vom Rest der Familie nicht behaupten kann.»

«Er hat mich im Büro besucht. Ein echter Bergfan.»

Alex nickte. «Deshalb sind sie ja hier. Der Kleine hat sich den Urlaub in den Bergen gewünscht. Anscheinend waren sie vor zwei Jahren schon mal hier, da haben sie in der Post gewohnt. Mit der Familie stimmt's hinten und vorn nicht, wenn du mich fragst. So was Unterkühltes wie die Eltern hab ich noch nicht erlebt. Und die Schwester von dem Kleinen ist ein richtiges Pubertätsbiest. Ich hoff nur, dass Emma nicht so wird.»

«Ganz sicher nicht», beruhigte sie Lena. «Emma ist doch ein super Mädel.»

«Verschrei's nicht! Neuerdings will sie Sängerin werden, sie steht total auf Taylor Swift. Das mit dem Singen hat ihr natürlich der Luis eingeredet. Er hat ihr eine Gitarre zum Geburtstag geschenkt. Obwohl ich seit zwei Jahren Akkordeonunterricht bezahle und ihr vor ein paar Monaten erst ein sauteures Instrument gekauft habe. Jetzt findet sie Akkordeon selbstverständlich doof.» Alex schnaubte und trank einen Schluck von ihrem Weißbier.

Luis Stadler, zurzeit mehr Alex' Ex als Freund, war Musiker, weswegen Musik ein sensibles Thema für sie war. Ihrer Meinung nach waren Musiker allesamt charmante, aber verantwortungslose Weiberhelden und sollten mangels Vorbildfunktion am besten überhaupt keine Kinder in die Welt setzen. Da Lena Alex' Ex kannte, musste sie Alex dabei in diesem speziellen Fall recht geben. Emma jedoch war ein ganz entzückendes Mädchen.

«Emma kann überhaupt nicht so werden», versuchte Lena, ihre Freundin zu beruhigen. «Schließlich bist du ihre Mutter, und ...» Sie unterbrach sich abrupt.

«Was?», fragte Alex misstrauisch.

«Ich wollte gerade sagen, dass du ja ziemlich vernünftig bist ...», platzte es Lena heraus, und plötzlich musste sie so lachen, dass sie nicht mehr weiterreden konnte.

«Was ist daran so lustig?», fragte Alex pikiert.

Prustend wischte Lena sich die tränenden Augen. «Mir ist eingefallen, dass das gar nicht stimmt. Du warst nämlich durchaus ein Pubertätsmonster!»

«Ich? Niemals!» Alex sah sie empört an.

«Denk doch mal an die selbst gemachte Dauerwelle!»

Da verzog sich Alex' Gesicht zu einer schmerzhaften Grimasse. «Oh Gott! Das hatte ich schon ganz vergessen. Ich wollt dem Brunner Toni gefallen, dem Idioten. Danach waren meine Haare grün, und ich konnte nur noch mit Mütze rausgehen ...»

«Und die nächtliche Aktion, wo wir abgehauen sind, um auf diese Grillparty der Elftklässler irgendwo im Wald zu gehen ...»

«... wo wir uns erst eine Stunde lang aufgebrezelt und dann mit den Rädern verfahren haben ...» Alex stöhnte auf. «Wir haben die halbe Nacht gebraucht, um die Party zu finden. Als wir endlich ankamen, waren alle blau, und keinem fiel auch nur auf, dass wir da waren ...»

Sie lachten beide Tränen, als ihnen noch mehr denkwürdige Erlebnisse aus ihrer gemeinsamen Jugend einfielen.

«Ich sollte wohl besser dem heiligen Antonius eine Kerze stiften und drum beten, dass Emma nicht so wird wie ich», ächzte Alex und hielt sich vor Lachen den Bauch. «Aber an dir sollte sie sich auch kein Beispiel nehmen. Weißt noch, die Geschichte, wo du im Heustadl mit diesem ... wie hieß er noch ... geknutscht hast und der Bauer euch mit der Mistgabel verjagt hat? Oder wie du dich ständig mit Ben Fellner gezofft hast ...» Sie kicherte. «Wie hat dieser Blödmann dich immer genannt?»

In diesem Moment schwang die Tür auf, und eine Gestalt kam herein, begleitet von einem großen grauen Hund.

«Schhhh!», zischte Lena hastig in Alex' Richtung.

«Was ist?», fragte Alex irritiert und folgte Lenas Blick. «Wer ist das?»

«Das ist er. Ben Fellner», sagte Lena leise, von einer Sekunde auf die andere wieder völlig ernst. «Er ist unser zukünftiger Ranger.»

«Was?!», rief Alex laut und senkte dann schnell die Stimme. «Wieso weiß ich davon nichts?»

«Ich hätt's dir schon noch erzählt. Er hat sich heute der Bergwacht vorgestellt.» Lena verdrehte die Augen. «Hätt nicht viel gefehlt, und er hätt sich gleich schon mal mit Jack gestritten.»

«Jack ist aber auch ein Idiot», gab Alex nüchtern zurück. «Da braucht's gar nicht viel, um sich mit dem zu streiten.»

«Ja, schon, aber ...»

«Hey, Ben, grüß dich!» Jetzt hatte Ferdi den Ranger entdeckt, der an der Tür stehen geblieben war und sich umsah. Er winkte ihm. «Setz dich her zu uns.»

Als Ben tatsächlich näher kam, unterdrückte Lena ein Stöhnen. Ferdi war einfach zu nett.

Ben nickte ihnen knapp zu. «Servus zusammen», begrüßte er sie verhalten. «Ich wollt nur ein schnelles Bier trinken. Hab noch einiges zu erledigen.»

«Schmarrn!», rief Ferdi. «Wir müssen doch auf deinen Einstand anstoßen.» Er wandte sich an Mike. «Machst uns eine Runde Zirbenschnaps? Das ist unser neuer Ranger, Ben Fellner. Vielleicht kennst ihn noch von früher.»

Mike kniff die Augen zusammen und musterte Ben. «Ja leck, freilich. Der Sohn vom Sheriff! Dass du noch mal in unser Kaff zurückkommst, hätt ich ja nie gedacht.»

Stirnrunzelnd sah Ben ihn an. «Kennen wir uns?»

«Mike Wildgruber. Früher Michi. Ich bin Alex' jüngerer Bruder.» Er deutete mit dem Kinn zu seiner Schwester. «Wahrscheinlich hast du mich damals nicht wahrgenommen. Ich war noch zu jung. Aber für mich warst du der Held von Bichlbrunn.»

Ben hob die Brauen. «Verarschen kann ich mich selber», sagte er sarkastisch.

«Nein, echt», beteuerte Mike und nahm eine unetikettierte Schnapsflasche und fünf Gläser vom Regal hinter ihm. «Du warst ein richtiger Gangster für mich. Ich wollt genauso werden wie du. Als du nach München gegangen bist, hab ich mir vorgestellt, du machst Karriere als Schutzgelderpresser oder so.» Er lachte etwas verlegen. «Das fand ich saucool damals.»

«Na, Gott sei Dank hat sich das rausgewachsen», meldete sich Alex trocken zu Wort. «Deine Karriere hat auch so schon gereicht.»

Als Teenager war Mike kein Kind von Traurigkeit gewesen, das hatte Lena während ihrer Aufenthalte bei Alex' Familie hautnah mitbekommen. Sie erinnerte sich an zahlreiche eskalierte Partys, ein geschrottetes Mofa und eine Anzeige wegen Sachbeschädigung, die damals auf Mikes Konto gegangen waren.

Mike zuckte mit den Schultern. *«Es ist eine Forderung der Natur, dass der Mensch mitunter betäubt werde, ohne zu schlafen, daher der Genuss im Tabakrauchen, Branntweintrinken, Opiaten»*, deklamierte er würdevoll. «Hat schon Goethe gesagt.» Er füllte die Schnapsgläser demonstrativ bis zum Rand und beugte sich dann über den Tresen, um vier davon vor sie hinzustellen. «Möge es nützen!»

In diesem Moment ertönte ein tiefes, äußerst bedrohliches Geräusch, das Lena erst mit kurzer Verzögerung als Knurren identifizierte, dann schnellte Hilde mit Oberkörper und Vorderpfoten an die Theke, als ob sie darüberspringen wollte, und warf dabei die Schnäpse um. Die Lefzen bedrohlich hochgezogen, knurrte sie Mike an. Dieser ließ vor Schreck seinen eigenen Zirbenschnaps fallen. Von dem sanftmütigen Zotteltier, das Lena bisher kennengelernt hatte, war nichts mehr zu sehen.

Ben packte Hilde am Halsband und zog sie mit einem scharfen Ruf zurück.

Widerwillig gehorchte Hilde, ließ Mike jedoch nicht aus den Augen. Ben ging neben dem Tier auf die Knie, strich ihm mit kräftigen Bewegungen über Kopf und Rücken und murmelte etwas auf Englisch, was Lena nicht verstand, aber offenbar eine beruhigende Wirkung hatte.

«Du redest englisch mit deinem Hund?», fragte Alex neugierig.

«Das ist nicht wirklich Englisch», antwortete Ben, während er Hilde weiter streichelte. «Es ist eine Fantasiesprache, die ich in Kanada von einem meiner Kollegen übernommen habe. Ich habe dort in einer Auffangstation für Wölfe gearbeitet, und er hat auf diese Weise mit ihnen gesprochen.» Zu Mike gewandt, fügte er hinzu: «Tut mir leid. Ich weiß gar nicht, was in sie gefahren ist. Das macht sie sonst nie. Nur bei ...» Er kniff die Augen zusammen: «Hast du vielleicht einen Joint in der Hosentasche?»

Hastig kehrte Mike die Scherben auf. «Also wirklich ... Ist das ein Drogenhund oder was? Bist du etwa auch Bulle geworden wie dein Alter?»

«Eher das Gegenteil. Ich hab Hilde aus einem Abbruchhaus gerettet, in dem Junkies gehaust haben. Sie war dort im Flur angekettet, um andere Obdachlose abzuschrecken, und in einem ganz erbärmlichen Zustand, krank, halb verhungert und total verschreckt. Darum hasst sie Drogen und Leute, die sie mit sich herumtragen.» Sanft streichelte er weiter den Kopf der Hündin. «Normalerweise ist sie lammfromm.»

Mike hob die Hände. «Also hier ist alles voll clean.» Er wischte über den Boden und die Theke und schenkte fünf neue Schnäpse ein.

Lena musterte Ben unauffällig. Es erstaunte sie, wie liebevoll er mit diesem Monsterhund umging. Das war ihr schon am Weiher aufgefallen, und es passte überhaupt nicht zu dem Ben, den sie gekannt hatte. Außerdem fragte sie sich plötzlich, was er wohl in München gemacht hatte, wenn er sich bei Junkies herumtrieb. Ramsauer hatte sich in diesem Punkt bedeckt gehalten. Eine Behörde konnte alles Mögliche bedeuten. War Ben womöglich bei der Drogenfahndung gewesen? Auf Mikes Frage, ob er Bulle geworden war, hatte er nicht wirklich geantwortet. Doch wie passte das zu einem Ranger? Ramsauer hatte doch gesagt, er sei Biologe? Als Ben sich aufrichtete, trafen sich ihre Blicke für einen Moment, und Lena fiel erneut auf, wie leuchtend blau und schön Bens Augen waren. Hastig wandte sie den Kopf weg. Er sollte schließlich nicht glauben, sie interessiere sich für ihn.

Als Mike die neu gefüllten Gläser auf den Tresen stellen wollte, ließ Hilde wieder ein Knurren hören. Leise zwar, weil Ben sie noch immer warnend am Halsband festhielt, aber unüberhörbar.

«Also echt, Mike!», schimpfte jetzt Alex unvermittelt los. «Du hattest mir versprochen, mit dem Kiffen aufzuhören. Willst du so weitermachen, bis du ganz rammdösig in der Birne bist?»

«Mensch, is ja schon gut», kapitulierte Mike. «War nur ein Rest. Den kann man doch nicht verkommen lassen.» Er zog einen Plastikbeutel Tabak aus der Hosentasche, warf ihn in den Mülleimer hinter der Theke und ließ demonstrativ die Klappe zufallen. «Jetzt alle zufrieden?»

Alex gab ein Geräusch von sich, das Hildes Knurren nicht unähnlich war, sagte aber nichts mehr.

Sie tranken den Schnaps, der nach Wald und Harz duftete und weich und ölig die Kehle hinunterrann. Mike zapfte Ben noch ein Bier dazu. Hilde entspannte sich und rollte sich zu einem großen, grauen Flokati zu Bens Füßen zusammen, ganz eng an seine Beine gelehnt, als ob sie dort Schutz suchte. Als Lena sah, wie Ben sich umständlich und nur halb auf den Barhocker setzte, um seine Füße nicht zu bewegen, wunderte Lena sich erneut. Der Sohn des Sheriffs wäre früher nie so rücksichtsvoll gewesen. Oder täuschte sie sich, und er hatte sich auch damals nur Menschen gegenüber fies benommen?

Während sich zwischen Mike und Alex, die nie lange den Mund halten konnte, wenn sie sich über etwas ärgerte, ein hitziges Gefecht über die Vor- und Nachteile von Rauschmitteln entspann, das unversehens zu Themen wie Zukunftsplanung und Kindheitserinnerungen führte und schließlich in eine nicht minder hitzige Diskussion über Michael Patrick Kelly mündete, den Alex liebte und Mike verabscheute, wandte sich Ferdi an Ben.

«Ich krieg das grad nicht so richtig zusammen: Wölfe in Kanada und dann für eine *Behörde* arbeiten, so hat das Ludwig Ramsauer gesagt. Was hast du denn in München genau gemacht?»

Ben zögerte ein wenig, bevor er antwortete. «Ich habe mit kriminellen und schwer erziehbaren Jugendlichen gearbeitet. Das habe ich schon in Kanada angefangen, da gab es Camps für straffällig gewordene Kids. Wildnis erleben, Survivaltraining, Arbeiten in Wildtierstationen zum Beispiel. Nach meiner Rückkehr aus Kanada hab ich noch einen Master in Naturpädagogik gemacht und in München in dem Bereich weitergearbeitet, habe Projekte für die Straffälligenhilfe und das Jugendamt entwickelt und durchgeführt.»

Für einen Augenblick sagte niemand etwas. Alle waren verblüfft.

«Wow», stieß Ferdi schließlich hervor.

«Was habt ihr denn erwartet?», fragte Ben. Er sagte es ganz ruhig, aber Lena meinte, eine gewisse Schärfe in seiner Stimme zu hören.

Ferdi hörte es auch und winkte ab. «Eigentlich gar nichts. Ich war nur neugierig. Als du reinkamst, haben wir gerade über dich geredet.» Er grinste entwaffnend, während Lena innerlich aufstöhnte. Warum konnte er nicht einfach übers Wetter quatschen? Oder ganz den Mund halten?

«Ach, tatsächlich?» Ben griff nach seinem Bierglas und trank einen Schluck.

«Stimmt es, dass du Lena früher ‹Plumpsklo› genannt hast?»

Ben verschluckte sich und musste husten.

«Mensch, Ferdi, das ist Jahrhunderte her!» Lena funkelte Ferdi an und machte eine Bewegung quer über ihre Kehle, was dieser mit einem unbekümmerten Achselzucken quittierte.

«Ich erinnere mich dunkel», sagte Ben, nachdem er sich wieder beruhigt hatte. «Das war nicht besonders nett von mir, gebe ich zu. Hat sie dir auch erzählt, wie sie mich genannt hat?» Er sah Lena jetzt direkt an, doch sie schwieg. Sie wusste, was kommen würde. «Baby-Sheriff. Das war dein Lieblingsname, wenn ich mich richtig erinnere. Die anderen fanden den auch richtig gut. Bald haben sie mich alle so genannt ...» Er lächelte bitter.

Lena starrte ihn an.

Vor ihrem Auge erschien der Junge, der er einmal gewesen war, hoch aufgeschossen und schlaksig, mit struppigem Haar, schmalem Gesicht und zornigen blauen Augen, immer auf der Suche, jemanden zu verletzen, etwas zu zerstören. Sie dachte an die Blaue Gumpe, wo sie sich einmal, ein einziges Mal, zufällig alleine getroffen hatten, ohne ihre Mitschüler, ohne die hungrige Meute, die immer danach gierte, was der Sohn vom Sheriff wohl wieder anstellen würde. Dort, an diesem glühend heißen Sommertag, hatte sich für einen kurzen Moment ein ganz anderer Ben gezeigt.

«Es tut mir leid», sagte sie spontan.

Ben lachte laut auf, doch seine Augen lachten nicht mit. «Glaubst du ernsthaft, das interessiert mich heute noch?

Passiert so wenig bei euch hier in dem Kaff, dass du mir die Plumpsklo-Lena etwa noch immer übel nimmst?»

Lenas Wangen begannen vor Zorn und Scham zu glühen. Sie knallte ihr Bierglas auf den Tisch und ergriff die Flucht.

Einsatzprotokoll

Donnerstag, 23. Juni

Einsatzort: Zentrale
Wetter: sonnig
Besondere Bemerkungen: Scheißcornetto

1

Frühstück gab es auf der Terrasse, von wo man einen Blick auf den wilden Garten hatte. Die jüngere Frau Wildgruber, die, wie Nils jetzt wusste, Alex hieß und die Freundin der Bergwachtsfrau war, brachte ihnen Wurst, Käse, Marmelade und Eier, alles auf kleinen Tabletts.

«Die Eier sind von den Hühnern unserer Nachbarin. Garantiert glücklich», erklärte sie gerade.

Die Hühner hatte er schon gesehen, sie pickten auf dem Nebengrundstück herum. Es gab auch einen Hahn, der ihn heute Morgen um vier geweckt hatte. Er war aufgesprungen und hatte den Vorhang zurückgezogen, um aus dem Fenster gucken zu können, hatte den Hahn aber nicht entdeckt. Es wurde gerade hell, der Garten, die Häuser, der Himmel hatten eine seltsam durchscheinende, leicht bläuliche Farbe, und alles sah aus wie verzaubert. Am liebsten wäre er aus dem Fenster geklettert und in den Garten gesprungen. Wenn es so etwas wie Feen oder Zwerge gab, dann mussten sie jetzt unterwegs sein, in diesem Zauberlicht, da war er sich sicher.

Caro, seine dämliche Schwester, lachte ihn immer aus, weil er Fantasygeschichten so gerne mochte und immer noch ein Märchenbuch in seiner Nachttischschublade liegen hatte, in dem er manchmal vor dem Einschlafen las, besonders dann, wenn Mama und Papa sich unten stritten. Es gibt keine Feen und Zwerge und auch keine Trolle und Zauberschlösser, sagte Caro immer, genauso wenig wie den Weihnachtsmann und den Osterhasen. Alles Babykram, und wer daran glaubte, war eben noch ein Baby. Fand Caro. Nils ahnte schon lange, dass es keinen Weihnachtsmann gab, an den Osterhasen glaubte er auch nicht mehr. Meistens jedenfalls. Aber ganz sicher war er sich nicht. Und außerdem wusste Caro auch nicht alles. Sie war zum Beispiel völlig ahnungslos, wenn es um die Berge und die Bergwacht und das Klettern ging. Die kannte keinen einzigen Gipfel mit Namen, wusste noch nicht mal, was ein Akja war, und das Wort «winschen» kannte sie auch nicht. Sie machte sich nur immer so schlau, weil sie schon vierzehn war und einen Busen bekam. Oskar sah das genauso. Er meinte, Feen und Zwerge und Trolle gäbe es ganz sicher, nur eben nicht in Hamburg oder Berlin, in großen Städten fühlten sie sich nicht wohl. Aber in den Bergen war das was anderes. Da gab es schließlich auch den Yeti, den hatten schon viele Menschen gesehen. Erwachsene! Nils war froh, dass Oskar sein Freund war. Er war so viel schlauer als seine dämliche Schwester, und er wusste immer Rat.

«Gehen wir heute auf den Rabenstein?», fragte er in die Stille hinein, die in letzter Zeit fast immer am Tisch herrschte, wenn die Familie zusammensaß. Caro hob nicht mal den Kopf. Sie war mit irgendetwas auf ihrem Handy beschäftigt. Wahrscheinlich Nachrichten von ihren Freundinnen, die genauso dämlich waren wie sie selbst.

«Ist das nicht sehr weit?», fragte Mama.

«Quatsch. Das ist doch nicht weit!», widersprach Papa. «Da sind wir beim letzten Mal, als wir hier waren, auch hochgegangen. Das war da, wo die Bedienung so unfreundlich war.»

«Es war nicht die Bedienung, die unfreundlich war, sondern du. Du hast das Restaurant einen Saftladen genannt.»

«Ja, weil es eine Ewigkeit gedauert hat, bis sie das Essen gebracht haben. Und teuer war es auch.»

«Das ist ein Ausflugslokal auf einem Berg. Da kann man nicht erwarten, dass alles genauso billig ist wie im Tal ...»

«Also, meine Liebe, ich bitte dich, billig ist hier ja wohl mal gar nichts! Allein was das Eis kostet! Das sind Preise wie am Jungfernstieg. Nur nicht mit der gleichen Auswahl. Eben provinziell.»

«Nenn mich nicht so herablassend *meine Liebe*! Und als ob du jemals eine andere Eissorte als Vanille gegessen hättest. Du bist und bleibst ein Geizkragen, das ist das Problem.»

Nils schob sich leise von seinem Stuhl herunter und griff nach den Büchern, die er auf Oskars Platz abgelegt hatte. Oskar machte es nichts aus, sich auf Bücher zu setzen. Er liebte Bücher, und wenn er sich draufsetzte, würde er nicht nur größer aussehen, sondern auch schlauer werden, sagte er immer.

Nils zwinkerte Oskar zu, und zusammen schlichen sie sich vom Frühstückstisch davon. Seinen Eltern fiel gar nicht auf, dass er weggegangen war, er hörte sie noch immer zanken, während er die Stufen der Terrasse hinunter in den Garten ging. Eigentlich war es gar kein Garten, sondern echte Wildnis.

Das Gras stand hoch, überall gab es Bäume, blühende Büsche und wilde Blumen, und der mit kleinen runden Steinen gepflasterte Weg wand sich so geheimnisvoll an den Büschen und Bäumen vorbei, dass Nils gar nicht genau sehen konnte, wohin er führte. Er hatte bisher noch keine Zeit gehabt, den Garten zu erkunden, doch jetzt, jetzt würde er sich alles ansehen.

Es kribbelte in seinen Füßen und in seinem Bauch, als er den ersten Schritt auf einen der buckligen Steine setzte, um den Windungen des verwunschenen Weges zu folgen. Als Erstes kam er an einem knorrigen Apfelbaum vorbei, Apfelbäume kannte er, sie wuchsen im Garten seiner Oma auch. Dann kamen ein paar große Beete, mit Brettern eingefasst, dort wuchsen Zucchini, Salat und alles mögliche andere, was er nicht kannte. Zwischen den Pflanzen, die in ordentlichen Reihen aus der Erde ragten, wucherten gelbe und orangefarbene Blumen. Etwas weiter, fast versteckt hinter einem Brombeerstrauch, stand ein rot gestrichener, windschiefer Schuppen, daneben ein weiterer Baum mit einer mächtigen Krone. An einem dicken Ast des Baumes hing eine Schaukel. Als er davorstand, sah er, dass der Ast ein Stück über einen Bach ragte. Der Wasserlauf schien nicht allzu tief zu sein und floss still und klar dahin. Man konnte jeden einzelnen Kiesel darin erkennen. Dort, wo die Sonne auf die Oberfläche schien, glitzerte und funkelte es, als ob die Kiesel Edelsteine wären. Karfunkelsteine, dachte Nils. Er hatte das Wort einmal in einem Märchen gelesen und sich gemerkt, weil es so schön klang. Wenn er sich auf die Schaukel setzte, konnte er über dem glitzernden Bach schaukeln und vielleicht sogar ins Wasser springen.

«Das ist der Katzenbach», murmelte Nils erklärend in Oskars Richtung.

Bevor sie losgefahren waren, hatte er Bichlbrunn und die Pension Wildgruber auf Google Maps gesucht und sich alle Details genau eingeprägt. Der Katzenbach kam vom Rabenstein und dem dahinterliegenden Rabensteinsee. Nils war mit seinen Eltern und Caro vor zwei Jahren an dem See gewesen, aber damals war Oskar noch nicht dabei gewesen. Nils freute sich, dass er seinem großen, schlauen Freund etwas erzählen konnte, was dieser noch nicht wusste. Oskar fand alles spannend.

«Sollen wir schaukeln?», fragte Nils übermütig.

Oskar nickte. «Klaro. Wir schaukeln, und dann gucken wir, wer weiter ins Wasser springen kann.»

«Au ja!» Nils nickte begeistert. Das war eine super Idee. Zum Glück hatte er seinen Helm auf. Damit fühlte er sich besonders mutig, wie ein richtiger Abenteurer.

Er nahm seine Brille ab und legte die Bücher ins Gras, dann sah er zweifelnd an sich hinunter. Sollte er seine kurze Hose und die Schuhe ausziehen?

Doch Oskar schüttelte den Kopf. «Das ist doch Quatsch!», sagte er, genau wie Nils' Papa, wenn er etwas dumm oder überflüssig fand. «Echte Abenteurer ziehen sich doch nicht erst Hosen und Schuhe aus, bevor sie jemanden davor retten, von einem Krokodil gefressen zu werden.»

Da hatte Oskar recht. Indiana Jones tat das jedenfalls nicht. Und Basti und Atréju aus der *Unendlichen Geschichte* kümmerten sich auch nicht darum, ob ihre Kleider schmutzig wurden, wenn sie mit Fuchur durch Phantásien flogen.

Nils kletterte auf die Schaukel, was schwieriger war als gedacht. Sie hing ziemlich hoch, doch er schaffte es mit Oskars Hilfe. Oskar war es auch, der ihn anschubste, damit er in Fahrt kam, und der «Jetzt!» schrie, als er springen sollte.

Und Nils sprang. Es war ein wunderbarer Moment, als er in

der Luft schwebte, kurz bevor er im Wasser landete. Tropfen spritzten auf, doch der Bach war nicht tief. Nils landete auf seinem Hintern und lachte.

Inzwischen war auch Oskar auf die Schaukel geklettert. Nils schrie: «Jetzt!», und Oskar sprang. Er kam genauso weit wie Nils selbst. Sie lieferten sich eine kleine Wasserschlacht, und Nils musste so lachen, dass er sich verschluckte. Zusammen kletterten sie wieder ans Ufer, und jetzt zog Nils seine Hose, sein Shirt, Schuhe und Socken aus und legte sie auf die Wiese zum Trocknen. Kurz überlegte er, ob er zurückgehen sollte, doch Oskar meinte, seine Eltern vermissten ihn mit Sicherheit noch nicht, sonst hätten sie längst nach ihnen gerufen. Nils stimmte Oskar zu.

«Lass uns noch um den Schuppen herumlaufen», schlug Oskar vor. «Mal sehen, was dahinter ist.»

Nils schnappte sich die Bücher, die er eigentlich hatte lesen wollen, setzte sich seine Brille wieder auf und lief durch das warme Gras hinter Oskar her. Hinter dem Schuppen war die Wildnis noch ein bisschen wilder als im Rest des Gartens, und sie mussten Brennnesseln ausweichen und über Steine und leere Kisten steigen. Das dicke, harte dunkelgrüne Gras reichte Nils stellenweise bis über den Kopf. Bei jedem Schritt stoben Grashüpfer auf, und überall summte und brummte es. Plötzlich blieb er wie angewurzelt stehen. Ein wenig versteckt auf der anderen Seite des Schuppens stand ein großer, lilafarbener Strauch. Er duftete betörend, und es saßen unzählige Schmetterlinge darauf oder umflatterten ihn. Noch nie hatte Nils so viele auf einmal gesehen. Er fing an, sie zu zählen, doch bei zwanzig musste er aufhören. Es waren einfach zu viele. Sie hatten alle Farben und Größen, es waren gelbe, braun-rot-orange gemusterte, weiße und sogar blaue dabei.

«Siehst du das?», fragte Nils, atemlos vor Staunen.

Oskar bestätigte ihm, was er bereits ahnte: «Das ist ein Feenbaum. In der Nacht verwandeln sich die Schmetterlinge in Feen, und im Morgengrauen tanzen sie.»

Nils nickte. Er hatte es gewusst, schon am Morgen, als er aus dem Fenster geguckt hatte: Das hier war ein verzauberter Ort. Er lief auf den Schmetterlingsbaum zu, kroch unter seine tief hängenden Äste und lehnte sich mit dem Rücken an den Stamm. Hier war der perfekte Platz, um ungestört zu lesen. Caro hatte ihn mit den Büchern aufgezogen, die er gestern aus der Bücherei mitgebracht hatte, und ihn einen «Friek» genannt, was immer das sein mochte. Er hatte deshalb keine Lust gehabt, eines davon in ihrem gemeinsamen Zimmer zu lesen und sich ihre dummen Kommentare dazu anzuhören.

Er legte sich die drei Bücher auf seinen Schoß. Das erste war ein *WAS-IST-WAS*-Band über die Alpen, das zweite ein Bildband mit Panoramabildern von den Bergen, von einem Hubschrauber gemacht, und das dritte war ein Buch mit gezeichneten Bildern und kurzen Geschichten. Es hieß *Sagen aus dem Wettersteingebirge*, und es war ein Mann darauf abgebildet, der wie Rübezahl aussah. Es hatte einen festen Einband und sah sehr geheimnisvoll aus. Ganz anders als die dämliche Caro hatte Oskar gejubelt, als Nils dieses Buch aus dem Regal in der Bücherei gezogen hatte, und es total cool gefunden.

«Es ist auch total cool», bestätigte Nils und schlug das Buch auf. Er wollte nicht, dass Oskar wegen Caro gekränkt war. Langsam blätterte er durch die Seiten. Es gab eine Sage vom Zugspitzgeist und eine von Zwergen, die hier «Venedigermännlein» hießen. Diese beiden Geschichten hatte er gestern schon gelesen, bevor er eingeschlafen war. Nils las sie nicht noch einmal, das war ihm zu mühsam; aber die Zeichnungen dazu waren wunderschön, und er machte Oskar auf Details aufmerksam. «Schau mal, die Burg da auf dem Berg, da müssen wir auch mal hin!», oder: «Das ist der Rabensteinsee mit der Kapelleninsel.» Die dritte Geschichte hieß *Die Sage von der Goldenen Brücke*, die kannte er noch nicht. Dort gab es ein besonders schönes Bild von einer tiefen, gefährlich aussehenden Schlucht. Eine goldene Brücke überspannte sie, und darauf stand ein kleiner Junge.

«Der Junge sieht aus wie du», sagte Oskar plötzlich, und Nils betrachtete die Zeichnung genauer. Oskar hatte recht. Der Junge, der sich dort an dem golden schimmernden Geländer festhielt und in den düsteren Himmel blickte, von wo die Sonne ein paar Strahlen hinunterschickte, war etwa so alt und hatte genauso blonde Haare wie er.

Langsam begann Nils, Buchstabe für Buchstabe die kurze Geschichte zu lesen, und mit jedem Satz wurde er aufgeregter. Der Junge auf der Zeichnung sah nicht nur so aus wie er. Nein, die Geschichte handelte von ihm, von Nils Paulsen! Als er am Schluss angekommen war, klappte er das Buch zu. Sein Herz klopfte ganz schnell, als ob er gelaufen wäre. Es war wie in der *Unendlichen Geschichte*. Das Buch hatte ihn gefunden, um ihm zu sagen, was er zu tun hatte: Er konnte alles wiedergutmachen, er konnte dafür sorgen, dass seine Eltern sich nicht mehr hassten und seine Schwester wieder nett zu ihm war. Er ganz allein würde das schaffen! Das war überhaupt der Grund, weshalb sie hierhergekommen waren.

Er sah Oskar an, der ihm bedächtig zunickte.

2

Als Lena aufwachte, war es noch dämmrig. Sie hatte miserabel geschlafen. Der gestrige Tag, die Probleme mit Jack und Franz und schließlich noch der Abend in der Bongo-Bar hatten sie nicht zur Ruhe kommen lassen. Die halbe Nacht hatte sie fiktive Streitgespräche mit allen Beteiligten geführt, die sich immer wieder im Kreis drehten, bis sie schließlich in einen unruhigen Schlaf gefallen war. Jetzt schälte sie sich missmutig aus den Laken und sah aus dem Fenster. Das Dorf schlief noch. Nur über den Bergen kündete ein zarter heller Streifen von der in Kürze aufgehenden Sonne. Einem spontanen Entschluss folgend, schlüpfte Lena in ihre Sportkleidung und verließ die Wohnung. Draußen setzte sie ihren Fahrradhelm auf, schwang sich auf ihr Mountainbike und fuhr los.

Sie fuhr in Richtung Rabenstein, zunächst an den Kuhweiden entlang, deren frische Kühle sie frösteln ließ, an der Abzweigung zur Vogelschutzwarte vorbei und dann in steilen Serpentinen den Schotterweg bergauf. Jetzt ging die Sonne auf und schickte ihre Strahlen zwischen den Bäumen hindurch. Der Weg führte eine Weile am Waldsaum entlang und schlängelte sich dann weiter durch die blühenden Bergwiesen.

Lena war völlig allein. Außer dem Knirschen der breiten Reifen ihres Rads, ihrem Atem und dem gelegentlichen Läuten einer Kuhglocke war nichts zu hören. Je höher sie fuhr, desto weiter wurde der Blick. Sie genoss die Anstrengung, die Kraft in ihren Beinen, das Gefühl, mit jeder Serpentine, die sie bewältigte, freier atmen zu können.

Am Gipfel angekommen, ließ sie sich erschöpft und glücklich zugleich auf die Wiese fallen. Sie spürte die Hitze in ihrem Körper, fühlte, wie ihr Herz gegen die Rippen pochte und das Blut in den Adern pulsierte. Mit tiefen Atemzügen sog sie den würzigen Duft ein. Um sie herum im kurzwüchsigen, dichten Gras blühten gelbes Fingerkraut, Arnika und Disteln; die ausladenden Silberdisteln und kleinere, leuchtend pinke Exemplare. An der Rabensteiner Hütte, dem beliebten Ausflugslokal, wischte eine junge Frau gerade die Tische auf der Terrasse ab. In spätestens einer Stunde würden die ersten Wanderer eintreffen.

Lena blieb noch eine Weile so liegen, dachte über den gestrigen Tag nach. Spontan beschloss sie, die Frage nach der künftigen Bergwachtsleitung selbst zu klären. Es gab keinen Grund, damit auf Franz zu warten, den es offenbar nicht sonderlich kümmerte, was er da für einen Mist gebaut hatte. Heute war Dienstbesprechung, da würde sie mit Jack sprechen. Sie würde ihm sagen, dass sie kein Interesse an der Leitung der Bergwacht hatte, und damit war gut. Und was Ben anbelangte, so konnte er ihr den Buckel runterrutschen. Wie hatte sie nur so dämlich sein können, sich bei ihm entschuldigen zu wollen? Sie würde keine Sekunde mehr damit verschwenden, über diesen Idioten nachzudenken, und wenn er ihr wieder über den Weg laufen sollte, würde sie ihn einfach ignorieren.

Nachdem sie diese Entschlüsse gefasst hatte, war ihr leichter zumute. Sie stand auf und schwang sich wieder auf ihr Rad. Auf ihrer Fahrt zurück ins Tal stellte sie sich in die Pedale und ließ das Rad laufen. Sie bretterte über den Schotter, so schnell es möglich war, hörte, wie die Steine zur Seite spritzten, und fühlte, wie der Fahrtwind ihr Gesicht kühlte. Manchmal musste sie rennen, sich anstrengen, Dampf ablassen – und manchmal musste sie auch einfach laufen lassen, um wieder neue Kraft zu erhalten. So war sie schon als Kind gewesen.

Sie hatte sich immer schon schnell eingesperrt, beengt, bevormundet gefühlt, dann hatte es sie nach draußen in die Natur gedrängt, sie hatte sich bewegen müssen, schnell, weit, waghalsig. Barfuß mit geschlossenen Augen über die Wiesen laufen, auf Felsen und Bäume klettern, einen Kopfsprung von ganz oben in die Blaue Gumpe wagen, beim Skifahren über die höchste Schanze springen. Als sie älter geworden war, hatte sie die Herausforderung beim Eisklettern gesucht, beim Bouldern und Freeclimbing und bei den Expeditionen in entlegene Gebiete, auf Berge, auf die noch nie ein Mensch einen Fuß gesetzt hatte. Seit sie bei der Bergwacht arbeitete, hatte der Drang nach waghalsigen Unternehmungen abgenommen, sie brauchte den Nervenkitzel nicht mehr. Doch ein kleiner Rest dieser Sehnsucht, sich an die Grenzen zu bringen, eine kleine letzte Lust am ultimativen Kick waren immer noch da.

Auf der Teerstraße angekommen, bremste sie ab und radelte entspannt zurück ins Dorf.

Als sie kurz darauf frisch geduscht und umgezogen zum Rathaus fuhr, war sie, gemessen an den letzten beiden Tagen, geradezu unverschämt gut gelaunt. Ihre Haut prickelte, und ihr Kopf fühlte sich leicht und frei an. Sie beschloss, ihren Kollegen anlässlich der Besprechung etwas Gutes zu tun, schob ihr Rad in den Fahrradständer, schloss es ab und lief zu Paolo hinüber, der gerade seine Eisdiele öffnete.

«Ciao bella!», begrüßte er sie.

Paolo war Ende sechzig, klein und untersetzt, vollkommen kahl und hatte die dunkelsten Augen, die Lena je gesehen hatte, mit einem Kranz dichter, schwarzer Wimpern. Lena vermutete, dass Paolo sich trotz seiner geringen Größe in jungen Jahren vor Verehrerinnen kaum hatte retten können. Doch Imelda hatte sich ihn geschnappt, seit Jahrzehnten waren die beiden glücklich verheiratet und hatten bereits ein paar Enkel, die wie alle Nachkommen von Paolo dessen schöne Augen geerbt hatten.

«Guten Morgen, Paolo. Gibt's heute Hörnchen mit Vanillecreme?»

«Certo.» Paolo deutete auf den kleinen Glaskasten auf der Eisvitrine, wo sich ein Berg Croissants und Brioches türmten. Lena lief das Wasser im Mund zusammen. Für noch warme italienische *Cornetti con Crema* würde sie glatt einen Mord begehen. Sie orderte sechs Cappuccinos und neun unterschiedlich gefüllte Cornetti und balancierte alles hinüber zum Rathaus.

Gut gelaunt und voller Entschlossenheit betrat Lena das Nebenzimmer der Geschäftsstelle, das, mit einem ausrangierten Wirtshaustisch samt Stühlen bestückt, als Besprechungsraum fungierte, weil das Büro zu klein dafür war.

«Frühstück!», rief sie, stellte das Papptablett mit den Cappuccinobechern auf den Tisch und legte die Tüte mit den Cornetti daneben. Alle saßen schon um den Tisch herum. Jonas murmelte ein «Hallo», und Ferdi griff gleich nach einem der Pappbecher.

Das Zimmer war eigentlich eine Art Lagerraum, es funktional zu nennen, war daher fast noch ein Kompliment. Außer dem Tisch und den Stühlen gab es nichts, was auch nur annähernd so etwas wie Gemütlichkeit verbreitete. An den Wänden standen aufeinandergestapelte Kästen Bier und Leergut, ausrangierte Bergsteigerausrüstung, Seile, Tourenski, Putzeimer und Besen von der Reinigungskraft. An der Wand klebten zwecks Dekoration ein paar vergilbte Fotos von irgendwelchen längst vergessenen Festen und ein Plakat der Bichlbrunner Festwoche von 2012.

Lena hatte anfangs angeregt, dieses Zimmer etwas gemütlicher zu gestalten, war jedoch auf völliges Unverständnis bei ihren Kameraden gestoßen. «Das passt doch», war die einhellige Meinung gewesen, und so hatte sie nicht weiter insistiert. Tatsächlich nutzten sie den Raum ohnehin nur einmal im Monat für ihre Dienstbesprechungen.

Lena setzte sich, nahm sich ein Hörnchen aus der Tüte und biss herzhaft hinein. Von den anderen bedienten sich nur Ferdi, Flo und Jonas. Andi und Jack hockten schweigend auf ihren Stühlen wie zwei miesepetrige Krähen und schauten finster. Lena sah in die Runde. «Ich wollt mit euch reden», begann sie.

«Ich mit dir auch», meldete sich Jack prompt zu Wort.

Sie nahm einen Schluck von ihrem Cappuccino. «Ja, super, dann passt's ja ...»

«Gar nix passt!», fuhr Jack sie an. Sein Gesicht war noch röter als sonst, und seine Haare standen ihm vom Kopf ab.

«He, ganz ruhig! Was ist denn los?», wollte Lena wissen und runzelte die Stirn. «Wenn's um den Vorschlag vom Franz bei der Feier geht, darüber wollte ich ja gerade mit euch sprechen.»

«Nein. Es geht nicht um den Franz, und es geht auch nicht um die Bergwachtsleitung, auch wenn dir das vielleicht jetzt schon so wichtig vorkommt, dass du dich um andere Sachen nicht mehr kümmerst!»

«Sag mal, spinnst du?», fragte Lena. Jetzt wurde auch sie langsam wütend. «Was hast du denn für ein Problem?»

«Mein Problem ist es, dass du dich offenbar nicht mehr um Regeln scherst. Was glaubst du, warum ich Bereitschaftspläne mache? Damit die Lena so tut, als ginge sie das alles gar nichts an? Weil sie meint, sie kann jetzt allein entscheiden, wer welchen Einsatz fährt?»

Endlich ging ihr ein Licht auf. «Du meinst wegen des Einsatzes gestern Nachmittag? Das war doch nichts Großes. Ich war gerade da, und der Franz ...»

«Ist mir schon klar, der Franz und du, ihr wart immer schon ganz dick miteinand. Das war ja der Grund, weshalb wir dich überhaupt nehmen mussten.»

Irritiert blinzelte Lena. «Wie bitte?»

«Hast schon richtig gehört. Der Franz hat uns das Messer auf die Brust gesetzt. Da ging's plötzlich nicht mehr um die, die sich schon in der Jugendgruppe und als Anwärter hochgearbeitet haben. Bei dir war das alles wurscht. Du bist frisch von Gott weiß woher gekommen, und zack!, gleich aufgenommen worden.»

«Weil ich damals bereits Bergführerin war, die Ausbildung ist doch viel umfangreicher als das, was man in der Anwärterzeit der Bergwacht lernt», wandte Lena ein.

«Es geht nicht ums Wissen. Sondern darum, dazuzugehören.»

Lena spürte, wie sich in ihrem Magen ein Knoten zusammenballte. «Und ich gehör nicht dazu? Ist es das, was du sagen willst?», fragte sie leise.

Jonas machte Anstalten, etwas zu erwidern, aber Jack wischte den Versuch mit einer Handbewegung zur Seite.

«Nicht nur ich war damals dagegen, mit einem Mal Frauen aufzunehmen, bloß weil das irgendwo so entschieden worden ist. Wir in Bichlbrunn sind immer gut gefahren ohne euch, ihr müsst schließlich nicht überall mitmischen. Und jetzt sieht man, wo das hinführt. Da gibt man euch den kleinen Finger, und schon wollt ihr die ganze Hand.» Er beugte sich vor und schlug mit der flachen Hand auf den Tisch. «Eins versprech ich dir, Lena: Wenn's mal so weit kommen sollte, dass du hier Leiterin wirst, dann sieht mich die Bergwacht nie wieder.»

Lena wich zurück, als hätte ihr jemand eine Ohrfeige verpasst. In ihren Ohren rauschte es. Sie sah in die Runde, in die Augen der Männer, die sie für ihre Kameraden gehalten hatte. Keiner von ihnen sagte etwas. Ferdi und Jonas war zwar anzumerken, dass sie sich unbehaglich fühlten, und Flo hielt den Blick gesenkt, doch auch sie schwiegen. Offenbar fürchteten sie Jacks Zorn, wenn sie sich jetzt gegen ihn stellten.

Als sie den Stuhl zurückschob und aufstand, klang das Quietschen der Stuhlbeine auf dem Fliesenboden unangenehm laut und dissonant in ihren Ohren. Jacks Worte hallten in ihr nach. Sie gehörte nicht dazu, war nicht wie ihr Vater, einer, der die Bergwacht stolz machte, den sie gerne dabeihatten. Sie hatte sich die ganze Zeit nur etwas vorgemacht, als sie geglaubt hatte, sie seien ein echtes Team ... Wie betäubt verließ sie das Zimmer, die Geschäftsstelle, das Rathaus. Erst als sie auf dem Dorfplatz stand, fiel ihr auf, dass sie ihr halb aufgegessenes Cornetto noch in der Hand hielt. Mit einem wütenden Aufschrei pfefferte sie es zu Boden, während ihr die Tränen in die Augen stiegen.

Eine ganze Weile stand sie so da, sah mit verschwommenem Blick über den Dorfplatz und spürte die Erregung in sich wie eine heiße Welle, ein Brodeln, das nach einem Ausweg suchte und ihn nicht fand. Dann drehte sie sich auf dem Absatz um und ging zurück ins Büro.

Ihre Kollegen waren noch im Besprechungsraum. Durch die geschlossene Tür konnte sie ihre erregten Stimmen hören. Sie stritten. Lena packte die Kladde ihres Vaters, ging zum Spind, nahm ihre Kletterausrüstung heraus und stopfte alles, so gut es ging, in ihren abgewetzten, verblichenen Rucksack mit dem Zeichen der Bergwacht, einem Edelweiß mit rotem Kreuz auf weißem Grund. Der alte Bergwachtsrucksack hatte ebenfalls ihrem Vater gehört. Franz Schaller hatte ihn Lena beim Eintritt in die Bergwacht geschenkt. «Ich hab ihn aufgehoben, weil ich immer gewusst hab, dass du mal zu uns kommst und ihn weiterträgst», hatte er gemeint und sie in den Arm genommen. Was für ein Hohn!

Wieder stiegen ihr die Tränen in die Augen. Sie musste sich beeilen, jeden Moment konnten Jack und die anderen hereinkommen, und sie würde ihnen nicht die Genugtuung geben, sie heulen zu sehen. Die Bergschuhe und der Helm passten nicht mehr in den Rucksack, ebenso wenig wie die Seile, die sie sich quer über die Schulter umhängte. Als letzte Amtshandlung nahm sie den Piepser aus dem obersten Fach ihres Spinds und warf ihn zusammen mit dem Schlüssel auf den Schreibtisch. Dann schulterte sie den Rucksack, packte Helm und Schuhe, verließ den Raum und schloss leise die Tür hinter sich.

Es gestaltete sich etwas schwierig, derart vollbepackt nach Hause zu fahren. Ihr Mountainbike besaß nicht einmal einen Gepäckträger. Den Helm über den einen Arm gehängt, die an den Schnürsenkeln zusammengeknoteten Bergschuhe über den anderen, trat sie vorsichtig in die Pedale. Sie schlingerte ein wenig, doch nach zwei, drei behutsamen und gleichmäßigen Tritten wurde es besser. Sie durfte nur nicht bremsen. Während sie die kurze Strecke zum Dorfrand radelte, ohne herumschlendernden Touristen ausweichen zu können, sodass diese hastig zur Seite springen mussten, kamen ihr erneut Tränen der Wut und Enttäuschung. Sie hatte sich all die Jahre so bemüht, sich in dieses Team zu integrieren. Ihr war bewusst gewesen, dass am Anfang große Skepsis geherrscht hatte, doch sie hatte wirklich geglaubt, die Skepsis sei mit den Jahren verflogen und sie wäre ein anerkanntes Teil des Teams geworden. Nur um jetzt zu erfahren, dass das gar nicht stimmte? Dass man sie nur duldete, weil Franz ihre Aufnahme durchgesetzt hatte? Jack jedenfalls hatte all die Jahre seine Meinung über sie nicht geändert, und Andi, sein bester Kumpel, sah das mit Sicherheit genauso. Fast mehr noch als das verletzte sie jedoch die Tatsache, dass auch die anderen nicht die Eier in der Hose gehabt hatten, sich für sie einzusetzen. Sie hatte eigentlich gedacht, Ferdi und Jonas seien so etwas wie Freunde. Ihr wurde übel vor Wut, als sie Jacks gehässige Miene und die gesenkten Blicke der Übrigen vor sich sah. Die Bergwacht Bichlbrunn würde sie nie wiedersehen.

Als die Bongo-Bar in Sicht kam, bog Lena scharf nach links ab und fuhr quer über den kleinen Parkplatz. Den Mann, der in diesem Moment hinter dem Auto hervortrat, sah sie zu spät. Sie bremste hart, das Vorderrad blockierte, und sie flog über den Lenker. Wenn da nicht noch immer der Mann gestanden hätte, wäre sie kopfüber auf der Straße gelandet. So aber stieß sie mit ihm zusammen und riss ihn mit sich zu Boden. Durch den anderen Körper war der Aufprall für Lena allerdings etwas gedämpft. Der Mann ächzte, als er rücklings auf das Pflaster knallte und sie auf ihm landete. Einen Moment rührten sich beide nicht. Erst als Lena einen grauen Schatten wahrnahm, der plötzlich neben dem Auto auftauchte, ein Winseln hörte und eine feuchte Hundenase im Gesicht spürte, wandte sie den Kopf und registrierte, dass der Mann, den sie zu Boden gerissen hatte, kein anderer als Ben Fellner war.

«Verfluchte Scheiße!» entfuhr es ihr, und sie richtete sich so schnell auf, als wäre sie gebissen worden.

Auch Ben rappelte sich auf. «Freut mich auch, dich zu sehen», erwiderte er trocken und rieb sich das Kreuz.

«Ich hab dich nicht bemerkt.» Hastig wischte Lena sich die Tränen aus dem Gesicht.

«Das ist mir aufgefallen.» Ben streckte sich. Er musterte sie prüfend. «Alles okay bei dir? Du schaust ein bisschen ...»

«Alles gut!» Sie wandte brüsk den Blick ab, bückte sich und hob ihr Rad auf. «Ich muss gehen. Also, ich wohne hier.» Sie deutete auf die beiden Fenster über der Bongo-Bar und schob sich dann hastig an seinem grünen Range Rover vorbei.

Der Kofferraumdeckel stand offen, und man konnte eine dicke Hundedecke und viele Einkaufstüten sehen. Offenbar war er gerade im Edeka-Laden gleich neben der Bongo-Bar einkaufen gewesen. Das einzige Lebensmittelgeschäft von Bichlbrunn, von Vevi Steigers Hofladen mal abgesehen. Größere Supermärkte gab es erst in Garmisch.

«He, warte», rief er ihr nach.

«Nein danke!» Sie wollte niemanden sehen, vor allem aber nicht Ben Fellner.

«Jetzt bleib doch mal stehen, verdammt», rief er, und sie hörte, wie er ihr nachgelaufen kam.

Widerwillig blieb sie stehen. «Was ist denn?» Sie sah ihn noch immer nicht an, hoffte, die Haarsträhnen, die ihr bei dem Sturz aus dem Zopf gerutscht waren, würden ihr verheultes, verquollenes Gesicht verdecken.

«Du hast was vergessen.» Er hielt ihr ihren Kletterhelm und die Bergschuhe hin.

«Ach ja. Danke.» Sie lehnte ihr Rad an die Hausmauer und nahm ihm beides ab. Dann floh sie ins Haus und die Treppe hinauf. In der Wohnung angekommen, ließ sie die Tür ins Schloss fallen und lehnte sich mit geschlossenen Augen dagegen.

Ihre Beine zitterten. Der Sturz mit dem Rad hatte ihr einen größeren Schreck versetzt, als ihr bewusst gewesen war. Wie hatte sie nur so kopflos durch die Gegend fahren können? Dabei war sie bisher immer der Überzeugung gewesen, über starke Nerven zu verfügen und in brenzligen Situationen überlegt zu reagieren. Offenbar brauchte es nicht viel, um alles zu vergessen, was eine gute Bergwachtlerin ausmachte, dachte sie bitter. Und dann musste sie zu allem Übel in ihrem aufgelösten Zustand auch noch Ben Fellner über den Haufen fahren. Ausgerechnet ihn!

Sie versuchte, sich zu beruhigen, dabei fiel ihr ein, dass sie vergessen hatte, ihr Rad abzusperren. Bichlbrunn war zwar nicht gerade das, was man ein kriminelles Pflaster nennen würde, aber ein teures Mountainbike unabgeschlossen einfach auf dem Bürgersteig stehen zu lassen, konnte auch hier als eine Einladung interpretiert werden. Sie sah aus dem Fenster. Der grüne Range Rover stand nicht mehr auf dem Parkplatz. Sie kramte den Fahrradschlüssel aus der Hosentasche und ging wieder hinunter. Als sie auf die Straße trat und sich zur Hausmauer wandte, wo sie das Rad abgestellt hatte, blinzelte sie überrascht. Ihr Blick wanderte von der Dachrinne, die an der Hausecke entlangführte, zu dem alten Kaugummiautomaten, der schon seit Ewigkeiten hier hing, weiter zum Fahrradständer des Edeka-Ladens, wo ein quietschgrünes Kinderfahrrad mit Stützrädern geparkt war. Am Boden lagen eine zerdrückte Coladose und ein paar Zigarettenkippen. Doch von ihrem Fahrrad keine Spur.

Ungläubig sah Lena sich um. Das konnte nicht sein. So schnell wurde doch hier kein Fahrrad geklaut? Sie suchte die Straße ab, lief in den Hof des Edeka, suchte an den großen Müllcontainern. Nichts.

Noch immer fassungslos öffnete sie die Haustür und trat zurück in den Hausflur. Abrupt blieb sie stehen. Brav an die Wand gelehnt, stand dort ihr Mountainbike, und auf dem Sattel lag ein rotbackiger Apfel. Sie musste es übersehen haben, als sie die Treppe hinuntergelaufen war. Doch wer hatte es hier abgestellt? Doch nicht etwa Ben? Verwirrt schloss sie das Rad ab, nahm den Apfel und ging zurück in ihre Wohnung.

Im Badezimmer starrte sie eine Weile verzagt in den Spiegel. Sie sah genauso aus, wie sie sich fühlte. Ihre Haare waren zerzaust, die Augen gerötet, und der Versuch, auf dem Parkplatz die Tränen mit den Händen wegzuwischen, hatte nichts anderes gebracht, als dass Lena in ihrem verheulten Gesicht noch etliche schwarze Schlieren von Straßenschmutz verteilt hatte.

«Na, toll.»

Was sie jetzt brauchte, war eine heiße Dusche. Und Zeit zum Nachdenken.

3

Nachdenklich fuhr Ben zurück zur Vogelwarte. Sein Rücken schmerzte noch ein wenig von dem Sturz auf das Pflaster, doch das kümmerte ihn nicht weiter. Er war hart im Nehmen. Worüber er nachdachte, war Lena Veith. Sie war so aufgewühlt gewesen, und das nicht wegen des Sturzes. Ganz offenbar hatte sie zuvor bereits geweint, ihre Augen waren gerötet gewesen, und sie hatte so ... traurig ausgesehen. Ben warf im Rückspiegel einen Blick auf Hilde, die auf ihrer Decke lag und interessiert in Richtung Einkaufstüten schnupperte. Vermutlich war ihr der Geruch vom Käse in die Nase gestiegen, den er gekauft hatte.

«Der ist für mich», sagte er, streng nach hinten gewandt. «Mach dir keine Hoffnungen.»

Vorsichtig, damit die Taschen nicht umfielen und der Käse am Ende noch Hilde direkt vor die Nase rollte, bog er in die Auffahrt zur Vogelwarte ein.

Ja, traurig war das richtige Wort. Womöglich war etwas Schlimmes passiert, vielleicht bei einem Einsatz? Sie hatte ihre Bergwachtausrüstung dabeigehabt. Er hatte sie danach fragen wollen. Und sich entschuldigen, weil er sich gestern Abend wieder einmal wie ein Idiot benommen hatte. Doch sie hatte ihn so voller Abscheu angesehen, dass er es nicht gewagt hatte. Ben schlug mit der Faust auf das Lenkrad. Diese Frau machte ihn wütend, jedes Mal, wenn er sie sah. Auch wenn er sich geändert hatte – zumindest hoffte er das –, dieser Ort hatte es nicht. Und das brachte in ihm seine schlechten Seiten wieder zum Vorschein. Er war hierhergekommen in der Hoffnung, mit der Vergangenheit Frieden schließen und hier etwas Neues beginnen zu können, doch wie sollte das gehen, wenn die anderen es nicht zuließen, wenn er auf immer und ewig nur der Sohn des Sheriffs blieb?

Ben parkte das Auto, blieb jedoch noch sitzen. Er konnte sich nicht aufraffen, ins Haus zu gehen. Auch in dieser Sache hatte er sich getäuscht: Er hatte geglaubt, die Geborgenheit wiederzufinden, die er früher hier verspürt hatte. Doch nachdem das erste Glücksgefühl gleich nach seiner Ankunft verflogen war, war ihm bewusst geworden, dass es an diesem Ort nichts mehr gab als verblasste Erinnerungen an vergangene Zeiten. Statt einer Zuflucht hatte ihm dieses Haus nur noch eine traurige, staubige Leere zu bieten.

Ben hörte, wie Hilde hinter ihm ungeduldig aufstand, obwohl sie sich dabei ducken musste, um nicht mit dem Kopf an das Autodach zu stoßen. Autofahren gehörte nicht zu ihrer Lieblingsbeschäftigung. Jetzt winselte sie leise.

«Ich komme ja schon», sagte Ben, zog den Schlüssel ab und stieg aus.

Nachdem er seine Einkäufe verstaut hatte, beschloss er, sich der zweiten dringlichen Aufgabe des Tages zu widmen, bevor er den unausweichlichen Termin mit seinem unerwünschten Praktikanten hatte: auf dem Herdmonster ein Mittagessen kochen. Skeptisch umrundete er das Ungetüm und war kurz versucht, sich einfach ein Wurstbrot zu machen. Dann entschied er sich aber doch, den Kampf aufzunehmen. Früher hatte im Herd den ganzen Tag ein Feuer gebrannt. Die erste Aufgabe am Morgen war es gewesen, die übrig gebliebene Glut von der Nacht wieder zu entfachen und neu einzuheizen. Seine Großeltern hatten auf dem Herd gekocht und im Rohr Kuchen gebacken, mit dem heißen Wasser aus dem Schiffchen abgespült, mit Wasser aus dem Kessel Tee und Kaffee aufgebrüht und nebenbei mit dem Herd das ganze Haus geheizt. Er war das Herz des kleinen Hauses gewesen, das neben einer Stube, dem Badezimmer und einer Speisekammer im Erdgeschoss nur noch über zwei kleine Zimmer im ersten Stock verfügte. Eines war das Schlafzimmer der Großeltern, mit einem riesigen Bett aus Kirschholz, einem wuchtigen Schrank und dem Bild eines Christus mit offenem Herzen an der Wand. Daneben befand sich eine kleine Kammer, die früher einmal das Kinderzimmer von Bens Mutter gewesen war. In die Kammer war nach dem Tod der Großmutter der Großvater gezogen. Damals war Ben neun gewesen. Das Eheschlafzimmer war von da an unberührt geblieben, sein Großvater hatte es kaum mehr betreten, nur Ben hatte hin und wieder dort geschlafen, wenn er sich aus Angst vor seinem Vater wieder einmal nicht nach Hause getraut hatte. Dann war er bang und erleichtert zugleich unter der dicken kühlen Daunendecke gelegen, die sich wie ein weicher Berg über ihn getürmt hatte, hatte das Herz-Jesu-Bild an der Wand gegenüber betrachtet und sich ein bisschen gegruselt.

Das Heiligste Herz Jesu symbolisiere die göttliche Liebe, hatte seine Großmutter, die im Gegensatz zu seinem Großvater sehr gläubig gewesen war, ihm einmal erklärt, als sie noch am Leben gewesen war, doch sosehr er sich bemühte, der kleine Ben hatte in dem Bild nichts Tröstliches sehen können, nur Schmerz, Trauer und Angst. Es war das Einzige im Haus seiner Großeltern, woran er keine gute Erinnerung hatte. Alles andere war pures Glück gewesen. Am liebsten hatte er die Küche gemocht, den Duft nach Holzfeuer, Kaffee und Essen, der in der Luft lag, wann immer er heraufgeradelt kam, durchgeschwitzt und außer Atem von den Steigungen, begierig anzukommen und immer hungrig, egal was er vorher gegessen hatte. Außerdem den Holzschuppen, wo sein Großvater oft gearbeitet hatte, Bretter gehobelt, Möbel repariert, Holz gehackt und in der Freizeit geschnitzt. Es hatte dort nach Leim, Harz und Holz gerochen, und oft hatte Ben Stunden neben seinem Großvater gesessen und mit seinem Schnitzmesser kleine Figuren geschnitzt.

Neben seiner Hausmeistertätigkeit war sein Großvater ein bekannter Larvenschnitzer gewesen, seine hölzernen Fastnachtsmasken waren heute noch begehrt, Sammler zahlten viel Geld dafür. Bens Mutter hatte nach seinem Tod die vielen kunstvoll gearbeiteten, ausdrucksstarken Gesichter und Teufel mit nach München genommen. Sie lagerten bei ihr in einer Truhe im Keller, weil es keinen Platz zum Aufhängen gab, doch verkaufen war nie infrage gekommen. Ben hatte seine Mutter nie gefragt, was sie mit all den anderen Dingen aus dem Haus gemacht hatte, ihr Verhältnis war schwierig, sie kamen am besten aus der Distanz miteinander aus. Jetzt waren die beiden Zimmer im ersten Stock einfach und zweckmäßig eingerichtet, auch das Herz-Jesu-Bild war nicht mehr da. Womöglich hatte Miri die neue Einrichtung besorgt, und das war auch gut so. Er hätte es nicht ertragen, nach all den Jahren das Bett der Großeltern noch dort stehen zu sehen. Die Kammer, die zuletzt das Schlafzimmer seines Großvaters gewesen war, hatte er als sein Zimmer gewählt. Es standen eine Schlafcouch, ein einfacher Schrank, ein Sessel und eine Stehlampe darin, mehr brauchte er fürs Erste nicht.

Beruhigend, schlicht und gemütlich – so empfand Ben die Atmosphäre dort oben. Er hatte seine Bücher mitgebracht, auf den gemauerten Vorsprung über dem Bett geräumt und die Kleidung im Schrank verstaut. Seine Gitarre lehnte in der Ecke. Viel mehr hatte er aus seinem alten Leben nicht mitgenommen. Seine Möbel befanden sich noch in München in einer Box. Vielleicht würde er irgendwann das eine oder andere Teil holen, das hing davon ab, ob er bleiben würde. Einstweilen fühlte sich das Provisorische noch richtig an.

Ben kniete sich vor den Herd, packte etwas Papier, dünne Holzscheite und einen Ofenanzünder hinein und sah zu, wie die Flammen aufloderten. Sobald die dünnen Scheite brannten, legte er dickere Scheite nach. Zufrieden beobachtete er, wie das Feuer um sich griff. Es knackte und knisterte, und in der Küche breitete sich der schmerzlich vertraute Holzfeuergeruch aus. Er sah den Flammen noch eine Weile zu und schloss dann das Ofenfenster, wobei er den Regler für die Luftzufuhr offen ließ. Dann goss er Wasser in den Behälter, der an der Herdplatte eingelassen war – das Wasserschiff –, und setzte einen Topf Wasser für die Nudeln auf. Keine italienische Pasta, sondern altmodische Schinkennudeln mit geriebenem Emmentaler und Ei, eines der wenigen Gerichte, die auch sein Großvater nach dem Tod seiner Frau noch gekocht hatte, standen auf dem Plan für heute.

Während das Wasser heiß wurde, räumte Ben die restlichen Einkäufe ein. Dabei musste er an Victoria denken. Keine zwei Tage hätte sie es hier ausgehalten. In der «Einöde», wie sie es genannt hätte. Sie hätte «eine Krise» bekommen, das war einer ihrer Lieblingsbegriffe, wenn irgendetwas nicht ihren Erwartungen entsprechend lief. Er lächelte bitter. So konnte man nur reden, wenn man noch nie in seinem Leben eine echte Krise erlebt hatte. Was er ihr nicht wünschte. Im Gegenteil, er gönnte ihr ein schönes Leben. Inzwischen war er so weit. Vor einem halben Jahr noch hatte er ihr die Pest an den Hals gewünscht. Zu irgendetwas mussten ja Krisen gut sein – die Dinge relativierten sich.

Als er wieder in die Küche kam, begann das Wasser gerade zu kochen. Er gab Salz und die breiten Eiernudeln hinein, schnitt Schinken in kleine Stücke und erhitzte eine großzügige

Portion Butter in der riesigen gusseisernen Pfanne. Während die Nudeln kochten und der Schinken in der Pfanne sacht zu brutzeln begann, legte er Holz nach. Wenige Minuten später gab er die abgetropften Nudeln in die Pfanne, ließ sie noch einen Augenblick anrösten und schlug dann ein Ei darüber.

Nachdem er sein Mittagessen angerichtet hatte, nahm er den Teller und ging damit nach draußen. Es gab keine richtige Terrasse, nur einen gepflasterten schmalen Streifen rund ums Haus, und auch keine Gartenmöbel, lediglich ein Klappstuhl aus Holz stand unter dem Küchenfenster und daneben ein kleiner Tisch.

Hungrig begann er zu essen, während sich Hilde zögerlich dazu entschloss, die Umgebung zu erkunden. Dabei sah sie sich immer wieder um, ob Ben auch wirklich noch da war und sich nicht etwa plötzlich in Luft aufgelöst hatte. In ihrem etwa zweijährigen Leben hatte Hilde außer der Stadt noch nicht viel kennengelernt. Und dort war sie die meiste Zeit im Haus angekettet gewesen. Natur kannte sie gar nicht. Ben bezweifelte, dass jemals jemand mit ihr auch nur im Englischen Garten spazieren gegangen war. Anfangs, als sie noch klein gewesen war, hatten die Leute sie vermutlich noch mitgenommen auf ihre Schnorrertouren rund um den Bahnhof, aber später nicht mehr. Wie meistens bei Cliquen, deren einziger Zusammenhalt die Droge ist, war dann wohl alles ziemlich schnell aus dem Ruder gelaufen. Auch wenn man wollte, konnte man sich nur unzureichend um irgendetwas anderes kümmern als um sich selbst und den nächsten Schuss. Die Schwächsten einer solchen «Gemeinschaft» litten dabei am meisten: Kinder und Tiere.

Ben schluckte mit einer großen Portion Nudeln den bitteren Geschmack in seinem Mund hinunter. Lieber wollte er sich freuen, dass Hilde jetzt den Mut gefasst hatte, ausgelassen wie ein junges Fohlen über die Wiese zu galoppieren. Es gab keinen Garten, der zum Pförtnerhaus gehörte, die sonnenbeschienene, von Saft und Kraft strotzende Wiese begann direkt am Haus und reichte bis zum Waldsaum. Womöglich zeigten sich dort in der Dämmerung sogar Rehe.

Der lang gezogene hohe Ruf eines Vogels ließ ihn den Kopf heben. Über der Wiese am wolkenlosen Himmel kreiste ein brauner Greifvogel und stieß immer wieder ein durchdringendes «Pijääh» aus. Es klang ärgerlich, und fast schien es Ben, als schreie der Vogel mit seinem Ruf Hilde an, die jetzt entspannt mit der Schnauze am Boden kreuz und quer über die Wiese trabte. Vermutlich hatten sie es hier mit Fredo zu tun, der sich über die neuen Mitbewohner empörte.

Ben rief Hilde zu sich und ging schnell in die Küche, um etwas Fleisch zu holen. Er legte es auf den Baumstumpf ein paar Meter entfernt, wie Miri ihn gebeten hatte. Dann setzte er sich wieder vors Haus, hielt Hilde neben sich am Halsband fest und wartete. Fredo kam nicht sofort näher, aber er flog auch nicht weg. Eine ganze Weile kreiste er hoch oben und ließ hin und wieder einen Ruf hören. Dann, ganz plötzlich, kam der Mäusebussard heruntergeschossen und landete elegant auf dem Baumstumpf etwa drei Armlängen von ihnen entfernt. Ben hielt den Atem an. Es war ein schönes Tier mit braun-weiß gemustertem Gefieder, kräftigen Schwanzfedern und einem gebogenen, gelb-schwarzen Schnabel. Streng sah er zu ihnen hinüber. Ben wagte nicht, sich zu bewegen. Hoffentlich verhielt auch Hilde sich ruhig. Dann, ganz vorsichtig und ohne Ben und den Hund aus den Augen zu lassen, hackte der Vogel nach dem Fleischbrocken. Dabei hielt er ihn mit seinen Krallen fest und riss schließlich mit dem Schnabel einen großen Fetzen davon ab. Mit einer schnellen Bewegung schlang er ihn hinunter. In diesem Moment ertönte ein schrilles Klingeln, und Fredo flog davon. Ben fluchte. Er hatte nicht daran gedacht, sein Handy auszuschalten.

Als er den Anruf entgegennahm und ihn eine weibliche Stimme mit «Hallo, Ben» begrüßte, hätte er fast noch einmal geflucht. Warum zum Teufel hatte er nicht nachgesehen, wer ihn da anrief? Er schloss für einen Moment die Augen.

«Hallo?», kam es noch einmal.

«Grüß dich, Victoria», sagte er verhalten und sah dabei Fredo nach, der sich in den Himmel schraubte und über den Tannenwipfeln rasch verschwand.

Es folgte eine kleine Pause, dann war Victoria zu hören: «Ich habe Lothar getroffen. Er hat mir erzählt, dass du weg aus München bist.»

Ben antwortete nicht. Er fragte sich nur, was ihr sein geschwätziger Kumpel noch alles erzählt hatte.

«Was willst du?»

«Warum bist du so unfreundlich? Ich wollte nur wissen, wie es dir geht. Lothar meinte ...»

«Wieso interessiert dich das plötzlich?»

«Na, hör mal! Du bist mir doch nicht egal. Nur weil wir uns getrennt haben ...»

«Wir haben uns nicht getrennt, du hast mich verlassen, schon vergessen? Und das ist Monate her.»

Wieder eine Pause. «Es tut mir leid, wie es damals gelaufen ist, Ben», antwortete sie leise. «Es war einfach zu viel. Das hast du doch selbst gemerkt. Ich habe nachgedacht, und ...»

«Nein», unterbrach er sie barsch. «Vergiss es.» Ohne ein weiteres Wort legte er auf. «Verdammt!» Er starrte das Telefon an, als trüge es die Schuld an diesem Anruf, nach dem er sich damals so verzweifelt gesehnt hatte und von dem er sich jetzt wünschte, er hätte ihn nicht angenommen. Dann schaltete er es auf stumm und schob es zurück in die Hosentasche. Ein

Blick nach oben sagte ihm, dass Fredo nicht zurückkehren würde. Der Himmel war makellos blau und leer.

Als er eine halbe Stunde später zusammen mit Hilde an der Tür der Vogelwarte klingelte, *laut und öfters*, hatte er sich wieder beruhigt und Victoria zurück in die hinterste Ecke seines Bewusstseins verbannt, von wo sie hoffentlich nie wieder den Weg zurück in sein Leben finden würde. Er war versucht gewesen, ihren Kontakt ganz von seinem Handy zu löschen, hatte es sich dann aber doch anders überlegt. So war er wenigstens gewarnt, falls sie es wagen sollte, sich noch einmal bei ihm zu melden.

Er hörte schnelle Schritte, dann riss Miriam Gulbrandt die Tür auf. «Ben! Komm rein, wir warten schon auf dich.»

Sie war heute nicht in Socken, sondern trug bereits ihre Gummistiefel und dazu einen olivgrünen Eimerhut, unter dem ihre blonden Haare zerzaust hervorlugten. Vor ihrer üppigen Brust baumelte ein Spektiv. Sie wirkte aufgebracht, geradezu gefährlich. Ihre Augen funkelten zornig, und sie hatte etwas von einer Walküre, wie sie nun energischen Schrittes ihm voran in ihr Büro marschierte. Einer sehr wütenden Walküre.

An der Tür blieb sie stehen. «Also, da wären wir: Maxi, das sind Ben Fellner, unser neuer Ranger, und Hilde.» Sie warf der Hündin einen skeptischen Blick zu. «Ben behauptet, das sei ein Hund, aber ich bin mir nicht ganz sicher.»

Auf dem Stuhl, wo gestern Ben seinen Kaffee getrunken hatte, saß ein schwarzhaariger junger Mann in robuster, dunkelgrüner Funktionskleidung. Er sprang auf und reichte Ben die Hand. «Grias di, Ben, ich bin der Maxi Gasser.» Er hatte einen deutlichen Tiroler Akzent. Südtirol, wie Ben von Miri wusste. Dann beugte Maxi sich zu Hilde hinunter und kraulte sie ohne jede Scheu. «Du bisch ja ganz eine Fesche!» Zum Dank für das Kompliment leckte Hilde ihm zuvorkommend das Gesicht ab, und er lachte. «Gewaschen hab ich mich aber heut schon!» Er wischte sich mit dem Ärmel über Kinn und Wange.

«Grüß dich, Maxi.» Angenehm überrascht von seiner offenen Art, schüttelte Ben ihm die Hand. Der junge Mann war etwa Anfang zwanzig, hatte eine gesunde Gesichtsfarbe, rote Wangen und sehr dunkle, wache Augen.

«Gut, dass du schon früher gekommen bist», sagte Maxi, und seine Augen leuchteten. «Es kann jeden Tag so weit sein. Wär schad gwesen, wennst ihn verpasst hättest.»

Ben hob die Brauen. «Wen verpasst?»

«Halt den Alpenbock!»

«Ach so ja, den.» Ben nickte. Diesen Käfer, wegen dem der Praktikant hierhergekommen war, hatte er ganz vergessen. «Wo kommst du genau her?», fragte er.

«Aus dem Sarntal. Ich studiere in Bozen Bergumweltwissenschaften, und für das Pflichtwahlpraktikum hab ich mich hier beworben. Wegen des Alpenbocks.»

«Nur deswegen?»

«Freilich.» Maxi nickte. «Den Rosalia alpina gibt's ja kaum noch. Ich möcht meine Bachelorarbeit über ihn schreiben. Was der Herr Feichtmeier im Waldmagazin geschrieben hat, über seinen Versuch mit den Totholzbäumen ...»

«Der Artikel über sein Projekt vor drei Jahren», soufflierte Miri, der Bens verständnisloser Blick aufgefallen sein musste. Ben nickte, irgend so etwas hatte Miri wohl erwähnt.

«Vor zwei Jahren und elf Monaten und achtundzwanzig Tagen, um genau zu sein», unterbrach sie Maxi eifrig. «Drum ist es ja so gut, dass der Ben ausgerechnet jetzt gekommen ist! Dann kann er mit dabei sein! Ich hätt ja gedacht, dass Herr Feichtmeier selber auch dabei sein will.» Er sah Ben fast vorwurfsvoll an. «Ich mein, da macht er so was Bärigs, und dann isch er am End nit dabei!» Unvermittelt war sein Dialekt stärker geworden. «Ich hab ihm aber versprochen, Fotos zu machen und alles genau zu dokumentieren.»

«Gut so», bestärkte ihn Miri. «Das wird den Xaver sicher freuen.»

«Sie müssen echt bald schlüpfen», fuhr Maxi aufgeregt fort. «Die Larven haben sich ihre Puppenwiegen schon gebaut und die Löcher wieder verstopft. Die drei Jahre sind bald rum. Also kann es jeden Tag so weit sein ...»

Langsam begann Ben zu dämmern, wovon Maxi sprach. Er hoffte offenbar, mitzuerleben, wie die Larven des Alpenbocks schlüpften. Ben beschloss, sein eingerostetes Wissen über Käfer im Allgemeinen und den Alpenbock im Besonderen etwas aufzufrischen, damit er diesem Praktikanten gegenüber nicht gar so dumm dastand. «Wo schlüpfen die Larven denn?», wollte er wissen.

«Das isch ja das Coole!», rief Maxi. «Der Alpenbock braucht ...»

«Also, das könnt ihr alles später besprechen», mischte sich Miri ungeduldig ein. «Jetzt müssen wir los.»

«Wohin?», fragte Ben erstaunt.

«Ins Sternmoos.» Miri schnaubte wie ein wütender Stier. «Ich muss euch was zeigen.»

Gehorsam folgten Ben und Maxi ihr hinaus in den Hof und zu ihrem Auto, einem altersschwachen Jeep. Ben ließ Hilde in den Kofferraum springen, bevor er selbst einstieg. In dem Auto herrschte eine ähnliche Unordnung wie in Miris Büro. Sie musste erst zwei leere Pizzaschachteln, ein Stativ, mehrere Zeitungen, eine Thermoskanne und ein altes Vogelnest auf den Rücksitz räumen, bevor Ben sich auf den Beifahrersitz setzen konnte. Maxi teilte sich seinen Platz hinten mit geblümten

Gummistiefeln, einem Regenponcho, einer alten Wachsjacke und zwei vollen Bierflaschen. Es roch auch hier leicht modrig und schwach nach Pilzen, als ob der Jeep mehrere Jahre im Wald gestanden hätte.

«Was ist das?», fragte Ben, als Miri noch ein großes, undefinierbares Knäuel vom Fußraum des Beifahrersitzes schwungvoll auf die Rückbank beförderte.

«Mein Strickzeug», erklärte Miri. «Bin ja eigentlich nicht so der Handarbeitstyp. Aber es entspannt mich.» Ihre Miene wurde grimmig. «Meistens jedenfalls.»

«Und was wird das?», ließ Maxi sich von hinten hören. Ben drehte sich zu ihm um. Maxi hielt das Knäuel ratlos in die Höhe. Es ragten zwei Stricknadeln aus Holz und ein unförmiger, löchrig gestrickter Lappen heraus.

«Wieso, was meinst du?», fragte Miri verständnislos, während sie den Wagen startete, wendete und auf die Straße nach Bichlbrunn einbog.

«Was soll das mal werden? Ein Schal oder ein Pullover ...»

«Ich stricke. Punkt. Es muss nicht immer alles was werden. Das würde mich nur wieder stressen. Da bleibe ich lieber ergebnisoffen.»

«Du strickst ergebnisoffen?», fragte Maxi verblüfft.

«Genau. Hast du ein Problem damit?», blaffte Miri ihn an. Ihre Stimmung schien immer gefährlicher zu werden.

Sie kamen jetzt ins Dorf, und in ziemlich halsbrecherischem Tempo fuhr sie durch den verkehrsberuhigten Bereich des Dorfkerns und bog dann abrupt nach links ab.

Maxi sagte nichts mehr. Offenbar hielt er es für klüger, sich nicht mit Miri auf eine Diskussion über Sinn und Zweck der Strickkunst einzulassen, und Ben musste ihm recht geben. Er fragte sich, was die Vogelwartin so in Rage versetzt haben könnte.

«Was willst du uns denn zeigen?», fragte er vorsichtig.

«Meine Brachvogelgelege», knurrte Miri. «Das heißt meine *ehemaligen* Brachvogelgelege.»

Ben erinnerte sich. «Die, die du gestern mit einem Elektrozaun vor dem Fuchs schützen wolltest?»

«Genau die.» Miris Miene wurde noch finsterer.

Sie bog in die kleine Straße ein, die über die Felder zum Waldweiher führte – dort, wo Ben am Morgen vor seinem Termin beim Bürgermeister spazieren gegangen und Lena begegnet war.

Er unterdrückte ein wütendes Schnauben und wandte den Blick von der Straße ab. Schon wieder Lena Veith. Es reichte schon, wenn sie ihm dauernd über den Weg lief. Er durfte nicht auch noch die ganze Zeit an sie denken.

Miri streckte die Hand aus. Sie deutete östlich des Weihers, wo sich zwischen sanften Hügeln eine weite flache Landschaft öffnete. «Das ist das Sternmoos.»

Ben nickte. «Ich weiß. Kenn ich noch von früher.» Er kannte hier jeden Weg und auch jeden der schmalen Holzstege, die über sumpfige Stellen und kleine Tümpel führten, wo Libellen umherschwirrten und Kröten und Kreuzottern ihre Zuflucht fanden. Die Gegend war wunderschön und vor allem sehr einsam. Als Junge war er hier umhergestreift und hatte Tiere beobachtet. Hier hatte er sich sicher sein können, dass er keinem Mitschüler begegnete. Inzwischen war das Moor Naturschutzgebiet, beherbergte ein einzigartiges Ökosystem und gehörte zu seinem künftigen Aufgabenbereich.

Miri warf ihm einen Blick zu. «Hier lebt der Brachvogel. Er ist vom Aussterben bedroht, und ich möchte eigentlich seinen Bestand wieder vergrößern. Doch nach dem, was heute Nacht passiert ist, zweifle ich daran, dass es mir gelingen wird.»

Sie parkte den Jeep an einem kleinen Wanderparkplatz, und

sie stiegen aus. Ben ließ Hilde aus dem Kofferraum springen und hielt sie eng bei sich an der Leine.

Zu den Brachvogelgelegen war noch ein gutes Stück querfeldein zu gehen, wie Miri ihnen erklärte. Ben und Maxi folgten ihr im Gänsemarsch durch das hohe Gras, vorsichtig darauf bedacht, den schmalen, durch Holzbretter gesicherten Pfad nicht zu verlassen und ins Moor zu treten, das schwarz und saftig unter den Brettern schmatzte. Hilde fühlte sich sichtlich unwohl auf den schwankenden Brettern und drängte sich von hinten eng an Ben, was das Gehen nicht gerade erleichterte. Von den Hinweistafeln mit der Aufforderung, nicht weiterzugehen, um die Vögel nicht zu erschrecken, war es nicht mehr weit zu den Gelegen.

Miri blieb stehen und drehte sich zu ihnen um. Auf ihren Wangen und am Hals hatten sich rote Flecken gebildet. «Ich habe gestern die fünf Gelege mit einem Elektrozaun gesichert.» Sie deutete auf eine Stelle, die großflächig von einem Zaun aus orangefarbenem Kunststoff umgeben war. Etwas entfernt war ein ähnlicher Bereich zu sehen. «Jedes einzelne Gelege hat seinen eigenen Scheißzaun bekommen. Und jeder verfluchte Scheißzaun seinen eigenen Strom. Es war eine Heidenarbeit.» Sie schniefte.

«Was ist passiert?», fragte Ben. Miri war offensichtlich den Tränen nahe.

Statt einer Antwort ging sie näher an den Zaun heran und deutete auf die Mulde, wo Ben das Gelege vermutete. Doch darin lag nichts. Er schaute genauer hin und entdeckte ein paar olivgrüne Eierschalen verteilt im Gras.

«Es wurde geplündert?», fragte er überflüssigerweise.

Miri nickte und wischte sich über die Augen. «Und zwar von Herrn Fuchs höchstpersönlich! Die Kamera, die ich hier installiert hatte, hat ihn aufgenommen, wie er sich die Eier geschnappt hat. Er ist einfach über den Elektrozaun gesprungen! Es war ihm völlig egal, dass er dabei einen Schlag bekommt.» Ihr Gesicht färbte sich endgültig rot vor Wut. «Und das ist noch nicht alles! Er hat es bei allen fünf Gelegen so gemacht. Schnurstracks ist er von einem zum anderen gelaufen. Die Zäune, die ihn *abhalten* sollten, haben ihm den Weg gewiesen, wo was zu holen ist. Er musste also nicht mal suchen!» Sie riss sich den Hut vom Kopf und raufte sich die Haare. «Dieser kleine rote Mistkerl ist auf Elektrozäune spezialisiert!»

Ben konnte nicht anders, er musste lachen. «Alle Achtung. Was für ein kluger Bursche.»

Miri sah ihn wutschnaubend an. «Das ist nicht lustig!»

Augenblicklich wurde Ben wieder ernst. «Nein, du hast recht. Das ist bitter.» Er sah sich um. «Gibt es denn noch mehr Gelege?»

«Hier nicht. Zumindest habe ich noch keine entdeckt. Aber weiter westwärts sind welche. Falls er die nicht auch schon leer gefressen hat. Ich bin noch nicht dazu gekommen, sie einzuzäunen. Kann ich mir jetzt ja sparen.»

Auf dem Rückweg zum Auto zerbrach sich Ben den Kopf darüber, was er Miri zum Trost sagen könnte, doch ihm fiel nichts ein. Er war nicht gut in solchen Dingen. Victoria hatte ihn oft wenig schmeichelhaft mit einem Holzklotz verglichen, wenn er wieder einmal auf einer Party den ganzen Abend stumm mit seinem Glas in der Ecke gestanden hatte, anstatt mit den Leuten Small Talk zu machen oder, schlimmer noch, sie mit irgendeiner taktlosen Äußerung vor den Kopf zu stoßen. Obwohl er es damals nicht hatte hören wollen, wusste er doch, dass an Victorias Kritik etwas Wahres war. Er konnte keinen Small Talk. Ihn interessierten Leute nicht, die nur redeten, um zu reden. Ihm fehlte das Leichte, Fließende, Unverbindliche, das solche Gespräche hatten, und er kam sich dabei tatsächlich immer schwerfällig und hölzern vor.

Zurück beim Jeep, lockerte Ben Hildes Leine. «Fahrt ihr alleine zurück», sagte er. «Ich gehe mit Hilde zu Fuß.»

«Aber dafür brauchst du mindestens eineinhalb Stunden», wandte Miri ein.

Ben nickte. «Das ist genau das Richtige für uns zwei.»

Er sah den beiden zu, wie sie einstiegen, Miri das Auto wendete und davonfuhr. Staub wirbelte auf, als die Reifen über das unbefestigte Bankett rollten. Sobald der Wagen aus seinem Blickfeld entschwand und wieder Stille herrschte, atmete er auf.

Er war noch nie besonders gut mit Menschen ausgekommen, aber seit ein paar Monaten hielt er es oft kaum noch aus. Es sei ein Symptom eines drohenden Burn-outs, hatte der Psychologe gemeint, zu dem er einmal gegangen war, weil ihn seine Kollegen nach einem heftigen Streit mit seinem Chef dazu überredet hatten. Weitere Symptome seien neben Schlaflosigkeit etwa auch Launenhaftigkeit, Reizbarkeit, Ungeduld, Zorn, häufige Konflikte mit anderen. Bei der Aufzählung hatte Ben lachen müssen. «Wenn es danach geht, bin ich schon immer ein wandelnder Burn-out gewesen», hatte er gekontert. Der Psychologe hatte nicht mitgelacht, sondern sich Notizen gemacht und vorgeschlagen, über seine Kindheit und seine Eltern zu sprechen. Da war er gegangen. Wenig später hatte Ben die Stellenanzeige gelesen und sich in Bichlbrunn als Ranger beworben.

Langsam ging er los. Es war früher Nachmittag, und die Hitze des Tages lag wie eine Glocke über der Landschaft. Das Schilf am Rande des Wegs raschelte leise, wenn ein Tier vor seinen und Hildes Schritten flüchtete, und irgendwo sang einer von Miris Brachvögeln sein melancholisches Lied. Hilde trabte zufrieden neben ihm her. Die Ohren aufmerksam gespitzt, sog sie alle Eindrücke, alle neuen Gerüche in sich auf. Bens Gedanken kehrten zu dem Moment zurück, als er die Praxis des Seelenklempners verlassen und gleichzeitig begriffen hatte, dass etwas mit ihm im Argen lag und er nicht mehr so weitermachen konnte.

Er wusste auch ohne Psychologen, dass seine Kindheit nicht rosig gewesen war. Ein geplatztes Trommelfell und ein gebrochener Arm waren nur zwei der Kollateralschäden des Zusammenlebens mit seinem verhassten Vater. Ein anderer, nicht so offensichtlicher, ein ständig schwelender Zorn. Zorn über die eigene Hilflosigkeit, der sich immer wieder wie ein Vulkan entlud. Er kannte die Mechanismen, die zu diesen Ausbrüchen führten, und er kannte auch die heilende Kraft der Natur, der körperlichen Anstrengung, des Umgangs mit Tieren. All das hatte er am eigenen Leib erlebt, durchlitten und schließlich überstanden, deshalb war er auch so gut in seiner Arbeit gewesen. Zu gut, wie sich herausgestellt hatte. Es hatte zwischen Arbeit und Freizeit keine Trennung mehr gegeben, der private Ben Fellner war verschluckt worden von den Problemen, die die ihm anvertrauten Kids mitbrachten, denen er allen hatte helfen wollen. Er hatte die Distanz verloren.

Deshalb hatte er geglaubt, es sei das Richtige, einen radikalen Cut zu machen und dorthin zurückzukehren, von wo er gekommen war. Im Augenblick war er sich nicht mehr so sicher. All das, was er vor allem während seiner Jahre in Kanada über sich gelernt hatte, schien hier nichts mehr wert zu sein. Im Gegenteil. Mit den Erinnerungen waren auch der alte Schmerz und der alte Zorn zurückgekommen.

4

Lena hatte die Kündigung gerade fertig geschrieben und in den Umschlag gesteckt, als das Telefon klingelte. Unwirsch schaute sie auf das Display, halb in Erwartung, die Nummer der Bergwacht oder eines ihrer Kollegen zu lesen. Diese Nummer auf dem Display war allerdings nicht gespeichert. Als sie ranging, meldete sich Irmi Eitzenberger von der Bücherei.

«Grüß dich, Lena, wo bist du grad?», fragte sie.

«Zu Hause, wieso?»

Es war inzwischen Nachmittag geworden, und sie hatte fast den ganzen Tag damit verbracht, ihre Kündigung immer und immer wieder neu zu formulieren. Schließlich hatte sie sich jedoch auf ein paar dürre Sätze ohne jegliche Begründung beschränkt. Sie würde sie Franz am Montag geben und zeitgleich aus der Bergwacht aussteigen. Dann war das Thema für sie durch. Es würde sich ein anderer Minijob finden, und sie musste Jack Reiter und seine jämmerlichen Mitläufer nicht mehr sehen.

«Ah, gut.» Irmi klang erleichtert und fügte mit gesenkter Stimme hinzu: «Bei mir steht der kleine Kerl von gestern, du weißt schon, der mit dem Helm. Seine Schwester hat ihn hergebracht. Er behauptet, du hättest versprochen, ihm eure Ausrüstung zu zeigen.»

«Ja, das ist richtig. Aber wir haben keinen bestimmten Tag ausgemacht.»

«Kannst du trotzdem kommen? Er schaut mich die ganze Zeit so erwartungsvoll an. Ich kann ihn nicht wegschicken.»

Lena seufzte. «Eigentlich hab ich keine ...», begann sie, doch dann unterbrach sie sich. Der kleine Kerl konnte ja nichts dafür, dass ihr die Bergwacht im Moment bis sonst wohin stand. «Ist gut. Ich bin gleich da.»

Es dauerte zehn Minuten, in Jeans und Shirt zu schlüpfen sowie ihre Haare, die sich nach dem Duschen wie immer wild kringelten, zu einem Zopf zu bändigen, und weitere fünf Minuten, mit dem Rad zum Rathaus zu fahren.

Sie konnte Nils Paulsen schon vom Foyer aus durch die Glastür sehen. Er stand an der Theke der Bücherei und unterhielt sich angeregt mit einem Mann neben ihm. Der hörte ihm offenbar aufmerksam zu, dann lachte er.

Lena wollte gerade die Tür aufdrücken, da verharrte sie mitten in der Bewegung. Der Mann neben Nils war niemand anderes als Ben Fellner. Neben ihm saß, grau und zottig, seine Hündin. Dieser unerträgliche Kerl schien sie zu verfolgen! Panisch überlegte Lena, ob sie unauffällig den Rückzug antreten und sich irgendwo verstecken konnte, bis Ben gegangen war, als Irmi sie schon entdeckte und ihr zuwinkte. Lena winkte matt zurück und fügte sich in das Unausweichliche.

Nils' kleines Gesicht hellte sich auf, seine Augen hinter der überdimensionalen Brille begannen zu leuchten. Er trug wieder seinen Kletterhelm und hopste aufgeregt auf und ab, als sie näher kam. «Servus, Lena!» Er hielt ihr die Hand hin, und Lena schlug ein.

«Grüß dich, Nils. Bist du bereit?»

Der kleine Junge nickte. «Schau mal, wen ich gerade kennengelernt habe.» Er deutete auf Ben. Dessen Miene war verschlossen, nichts erinnerte mehr daran, dass er gerade noch mit dem Jungen herzlich gelacht hatte. «Das ist Ben. Er wird Ranger hier, hat er mir erzählt. Kennst du ihn auch?»

«Flüchtig», antwortete Lena gepresst, ohne Ben anzusehen.

«Er hat mir erzählt, dass Ranger so was Ähnliches wie die Bergwacht sind, nur dass sie auf die Natur und die Tiere aufpassen und ihr auf Menschen.» Er strahlte. «Schau mal, er hat einen Hund. Das ist Hilde, und ich darf sie streicheln.» Als Lenas Blick sie traf, wedelte Hilde mit dem Schwanz. «Sie mag dich!», rief Nils entzückt. «Komm, streichle sie auch mal.»

«Lieber nicht», wehrte Lena ab. Am liebsten wäre sie mit Nils sofort wieder gegangen.

«Du brauchst keine Angst zu haben», insistierte Nils und strich Hilde über den zotteligen Kopf. «Sie ist ganz lieb.»

«Ich habe keine Angst!», widersprach Lena. «Hilde und ich kennen uns bereits.» Sie warf Ben einen schnellen Blick zu.

«Stimmt», sagte der. «Man könnte es sogar Liebe auf den ersten Blick nennen.» Seine Miene war schwer zu deuten. Machte er sich lustig über sie? War er wütend?

Lena ignorierte ihn und wandte sich dem Hund zu. Sie streichelte Hilde unter Nils' gespanntem Blick über den Kopf. Ihr Fell war weit weniger rau, als es aussah. Sie betrachtete Lena mit ihren sanften braunen Augen, als wollte sie ihr etwas sagen, und dann leckte sie ihr freundlich die andere Hand. Überrascht und etwas verlegen ließ Lena es geschehen.

«Sie mag dich tatsächlich», stellte Ben fest.

«Überrascht dich das?», fragte Lena bissig.

«Schon.» Seine Miene war noch immer undurchdringlich. «Allerdings hat sie eine gute Menschenkenntnis. Vielleicht bist du tatsächlich nett.»

Lena lachte verächtlich auf. «Da wäre dann allerdings die Frage, wie sie es bei dir aushält.»

«Ich bin auch nett.»

Sie hob den Kopf und sah ihn überrascht an. Seine blauen Augen ruhten unverwandt auf ihr. Kein Spott, keine Angriffslust lag darin. Plötzlich wirkte er jung und sehr verletzlich.

Lena spürte, wie ihr das Blut zu Kopf stieg. Sie wollte weiter wütend auf Ben Fellner sein, der ihr ständig über den Weg lief, doch es gelang ihr nicht. «Was machst du hier?», fragte sie und verfluchte sich gleichzeitig für die dämliche Frage. Was machte man schon in einer Bücherei?

«Ich treffe mich gleich mit dem Bürgermeister, wegen des Bauprojekts am Wiesanger», erwiderte er ernst. «Er will mit mir über das Gutachten reden, das angeblich die Unbedenklichkeit des Vorhabens bescheinigt. Und im Vorbeigehen hab ich mir gleich noch ein bisschen Lesestoff besorgt. Es gibt nämlich keinen Fernseher im Pförtnerhaus.» Er nahm den Stapel Zeitschriften und Bücher entgegen, den Irmi ihm reichte. Lena warf einen Blick darauf, unwillkürlich neugierig, was er wohl so las. Es waren Fachzeitschriften, *National Geographic*, das *Geo Magazin* und ein paar Krimis.

«Und du hast ein Date mit dem kleinen Bergsteiger hier?», fragte er sie und zwinkerte Nils zu.

Lena nickte. «Er ist ein großer Fan der Bergwacht. Ich zeige ihm unsere Ausrüstung.»

«Lena ist cool», sagte Nils.

«Ich weiß.» Ben nickte. «Das war sie früher schon.»

«Kennst du sie schon lange?»

«Seit wir Kinder waren. Aber da konnten wir uns nicht ausstehen.»

«Echt nicht?» Nils sah ihn überrascht an.

«Echt nicht. Ich war immer wütend damals und konnte niemanden ausstehen.»

«Aber jetzt mögt ihr euch?»

Ben warf Lena erneut einen Blick zu. «Ja», sagte er dann zu Lenas grenzenloser Überraschung. «Jetzt mögen wir uns.»

Sie war zu perplex, um zu reagieren, konnte weder nicken noch protestieren.

Ben wandte sich wieder Nils zu und klopfte ihm sacht auf den Helm. «Viel Spaß noch, mein Freund.» Dann ging er, gefolgt von Hilde, und Lena sah ihm verblüfft nach.

Sie war so abgelenkt, dass sie erst bemerkte, dass Nils mit ihr sprach, als er sie am Ärmel zupfte. «Gehen wir?», fragte er.

Lena räusperte sich. «Ja, klar ... Lass uns gehen.» Sie deutete auf das Buch, das Nils in den Händen hielt. «Musst du das von Irmi noch registrieren lassen?»

Nils schüttelte den Kopf. «Das habe ich gestern schon ausgeliehen. Ich wollte es dir nur zeigen. Später, wenn du mir erst alles gezeigt hast.» Wieder hopste er ein bisschen auf und ab, und Lena musste grinsen.

«Ich habe sogar noch eine Überraschung für dich», erzählte sie, während die beiden die Bücherei verließen und auf die Straße traten.

«Echt? Was?»

«Verrat ich nicht.» Lena lächelte geheimnisvoll.

«Ich darf mit dem Helikopter fliegen? Du winschst mich mit der Winde runter und wieder hoch?»

«Nicht ganz. Wart's ab.»

Während sie den Dorfplatz überquerten, sah Lena sich unauffällig um. Ben und Hilde waren nirgends mehr zu sehen.

«Ben ist voll nett», sagte Nils, während er mit stolz erhobenem Kopf neben ihr herlief. «Oskar wird Augen machen, wenn ich ihm erzähle, dass ich jetzt auch noch einen Ranger kenne.»

«Warum hast du Oskar nicht mitgebracht?», wollte Lena wissen.

«Er wollte nicht. Er ist beleidigt.»

«Warum das denn?»

«Weil meine Eltern sauer auf ihn sind. Mein Vater hat gesagt, wenn er noch einmal den Namen Oskar hört, rastet er aus.» Nils wirkte plötzlich bekümmert. «Dabei wollte ich ihn gar nicht verpetzen. Ich konnte doch nicht ahnen, dass sie sich so aufregen. Sie wollten sogar die Polizei holen. Dabei hab ich nur gelesen!» Er reichte ihr das Buch, das er die ganze Zeit fest unter den Arm geklemmt hatte.

Sagen aus dem Wettersteingebirge, las Lena. Sie schlug es auf. Es war ein Kinderbuch, hübsch illustriert, einige der Sagen darin kannte Lena noch aus ihrer Kindheit. Res hatte sie ihr erzählt. «Deswegen wollten sie die Polizei holen? Das kann ich mir nicht vorstellen.»

«Es war ja auch nicht wegen dem Buch, sondern wegen der Schaukel. Oskar hat gemeint, wir sollten schaukeln und reinspringen. In den Bach. Deswegen haben Mama und Papa gesagt, er soll verschwinden. Und mit Alex haben sie auch geschimpft. Wegen Kindersicherheit. Warum heißt der Bach eigentlich Katzenbach?»

«Keine Ahnung.» Lena beschloss, bei der nächsten Gelegenheit Alex zu fragen, was da passiert war. «Wolltest du mir das Buch deswegen zeigen?», fragte sie. «Weil du Ärger bekommen hast?» Sie gab es ihm zurück, und er klemmte es sich wieder unter den Arm.

«Nein. Ich wollte dich fragen, ob du die Teufelsklamm kennst. Dazu gibt es nämlich eine Geschichte in dem Buch.»

«Klar kenne ich die.» Lena blieb stehen und deutete in Richtung Zugspitze. «Siehst du den Berg da neben der Zugspitze? Das ist der Teufelskopf. Zwischen Zugspitze und Teufelskopf fließt der Wetterwandbach, und die Schlucht, die er dabei gegraben hat, das ist die Teufelsklamm.»

Nils kniff die Augen zusammen und spähte in die Richtung. «Ist das weit weg?»

«Nein. Man kann mit dem Auto auf den Parkplatz fahren, von dort geht man etwa eine Stunde, und dann kommt der Eingang zur Klamm. Das ist eine schöne kleine Tour. Es gibt auch noch einen anderen Weg, aber der ist viel weiter und sehr steil, nicht ganz ungefährlich.»

«Können da auch Kinder gehen?»

«Wenn sie den kurzen Weg nehmen, ja.» Lena sah Nils lächelnd an. «Aber sie müssen vorsichtig sein und gut aufpassen, wohin sie treten, weil es rutschig und uneben ist. Außerdem brauchen sie gute Schuhe und wetterfeste Kleidung, denn in der Klamm tropft es überall.»

Nils nickte. «Hab ich alles. Und vorsichtig bin ich auch.» Er deutete auf den Helm.

Sie waren jetzt auf dem Gewerbehof angekommen und gingen quer über den großen Platz auf eine Halle zu, deren Tor zu Lenas Überraschung offen stand. Auch fehlte der Pick-up, den sie Nils hatte zeigen wollen. Uli, der Hausmeister, ein hagerer kleiner Mann mit einem zerknitterten Gesicht und spärlichem Haarwuchs, hockte zusammen mit einem der Männer der Freiwilligen Feuerwehr, die ebenfalls in dem Komplex untergebracht war, auf den Plastikstühlen an der Mauer und rauchte.

«Servus», begrüßte Lena die beiden und wandte sich dann an Uli. «Wo ist denn der Pick-up?»

«Unterwegs. Hat doch einen Einsatz gegeben heut Mittag. Am Brunnenkogel, glaub ich. Ein paar Bergsteiger haben sich verstiegen.» Uli sah sie erstaunt an. «Hast das gar nicht mitgekriegt?»

Lena zuckte mit den Achseln. «Bin nicht eingeteilt.» Sie hatte plötzlich einen bitteren Geschmack im Mund. Es stimmte zwar, dass sie keine Bereitschaft hatte, aber ein Einsatz am Brunnenkogel war keine Bagatelle, so wie ihr letzter Einsatz auf dem Spazierweg am Frauenboden. Jetzt, wo auch Franz nicht da war, hätte man sie normalerweise angerufen, um nachzufragen, ob sie Zeit hatte mitzukommen.

Sie waren nur zu siebt bei der Bergwacht in Bichlbrunn, da kam es oft genug auf jeden Einzelnen an. Doch sie gehörte schon nicht mehr dazu. Ihre Kameraden hatten sicher längst bemerkt, dass sie ihren Spind ausgeräumt und ihren Piepser zurückgelassen hatte. Sie war draußen, noch bevor sie es ihnen offiziell gesagt hatte.

Knapp nickte sie Uli zu. «Ich zeige dem kleinen Bergfex mal unsere Halle.»

Nils war begeistert. Jedes Teil, und schien es noch so unbedeutend, wurde von ihm eingehend betrachtet, befühlt und kommentiert. Lena zeigte ihm die Akjas, mit denen im Winter verunglückte Skifahrer ins Tal gebracht wurden, die Gebirgstrage mit dem ausklappbaren Rad, Bergesäcke, die langen Dyneemaseile, Kurbeln, Winden, Wärmefolien, Planen, Werkzeug, Schneeketten, Eispickel, Schaufeln, Schneeschuhe, Lampen und noch so einiges mehr. Ganz zum Schluss ging sie mit ihm zu dem Quad. «Hast du Lust, eine Runde zu fahren?»

Nils sah sie mit großen Augen an. «Darf ich denn?»

Lena nickte. «Das ist meine Überraschung.»

Sie fuhren fast eine Stunde auf der buckligen Brachfläche hinter dem Gewerbehof herum, und Nils quietschte und juchzte dabei vor Vergnügen. Er war so unverkennbar glücklich, dass auch Lena ihren Groll gegenüber den Kameraden für eine Weile vergaß und sich dem Spaß hingab, mit ihm kreuz und quer über die Wiese zu brettern. Sie spürte die Sonne und den warmen Wind im Gesicht, den Jungen hinter sich, der sich kreischend und glucksend an ihr festklammerte, wenn sie besonders forsch über einen Buckel fuhr und beide dabei ordentlich durchgeschüttelt wurden, und dachte an nichts anderes als die Gegenwart. Irgendwann hatten sie genug, setzten sich im Schatten des Quads auf den Boden und machten eine Pause. Lena hatte zwei Spezi aus dem Automaten in der Lagerhalle gezogen und mitgenommen. Die Limonade war während ihrer wilden Fahrt ebenso durchgeschüttelt worden wie sie selbst, und als sie sie öffneten, spritzte ihnen der halbe Inhalt entgegen.

Nils quietschte erneut auf, als ihn die Ladung seiner Flasche voll im Gesicht traf, dann nahm er seine Brille von der Nase und leckte sie genussvoll ab. «Das ist sooo lecker», stellte er fest und setzte die Flasche an den Mund.

Lena gab den Versuch auf, sich die klebrige Limo von Gesicht und Händen zu wischen, und trank ebenfalls in großen, durstigen Schlucken. Spezi erinnerte sie an ihre Kindheit. Ans Skifahren an den Wochenenden oder gleich nach der Schule: wenn sie die Tasche in die Ecke gepfeffert hatte, in die Skisachen geschlüpft war und hinauf auf den Teufelskopf oder das Riffelsjoch mit Alex und den anderen Schulkameraden gezogen war. Zu ihren Pausen in der Skihütte hatten sie sich immer ein paar Wiener mit Brot und eine Spezi gekauft. Für mehr hatte das Geld nicht gereicht, das sie mitbekommen hatten, und es war auch nicht nötig gewesen, denn Wiener und Spezi passten perfekt zusammen und perfekt zum Skifahren. Genauso wie zu den endlosen Sommertagen am Rabensteiner See, wo sie gleich nach der Schule hinaufgeradelt und geblieben waren, bis die Sonne unterging.

Niemand hatte sich damals darum gekümmert, ob die Hausaufgaben fertig waren oder eine Prüfung anstand, es war ihre eigene Verantwortung gewesen, dafür zu sorgen, keinen Sechser nach Hause zu bringen und am Ende des Schuljahres möglichst nicht sitzen zu bleiben. Lena hatte zwar selbst keine Kinder, aber was sie von Alex und deren Erzählungen über andere Familien so mitbekam, wurde inzwischen so pingelig darauf geachtet, dass die Kinder immer die Hausaufgaben machten und sich auf jede Prüfung perfekt vorbereiteten, dass man meinen konnte, es wären die Eltern, denen die Zensuren gegeben wurden, und nicht die Kinder. Statt Skifahren nur zum Spaß oder Faulenzen am See wurden Unterrichtseinheiten zur Förderung der Kreativität angeboten, und Spezi und Wiener hatten wegen der fragwürdigen Inhaltsstoffe wie Zucker, Schweinefleisch, Salz und Fett längst ihre Unschuld verloren.

«Hoffentlich schmollt Oskar nicht mehr, wenn ich heimkomme. Ich muss ihm doch von dem Quad erzählen. Und von der Spezi. Oskar liebt Spezi. Wenigstens zu Hause braucht er auch keine Angst zu haben, dass Papa wegen ihm ausrastet, denn der wohnt ja jetzt nicht mehr bei uns.» Nils nahm einen weiteren Schluck von seiner Flasche und sah Lena treuherzig an.

«Euer Papa ist ausgezogen?»

«Nicht richtig. Wenn er arbeitet, bleibt er in der Innenstadt, wo sein Büro ist. Er ist Architekt und baut Häuser. Es ist praktischer, als jeden Morgen durch die ganze Stadt und abends wieder nach Hause zu fahren, sagt Mama. Aber Oskar glaubt ihr das nicht. Er sagt, bald wird Papa gar nicht mehr kommen. Er wird eine neue Frau und neue Kinder bekommen und uns nicht mehr brauchen. Und dann müssen wir Tüttken heißen.» Er seufzte tief.

«Das wird nicht passieren», sagte Lena überzeugt.

«Was? Dass wir Tüttken heißen müssen?»

«Das auch nicht. Wenn Eltern sich scheiden lassen, behalten die Kinder den Namen, den sie vorher hatten. Und ganz sicher will euer Papa euch immer haben. Er liebt euch doch.»

«Meinst du?» Nils sah sie skeptisch an. Er wirkte plötzlich sehr niedergeschlagen. Seine unbeschwerte Fröhlichkeit war verflogen. «Er hat aber keine Zeit mehr für uns. Wir sind ihm zu ...» Er zog die Nase kraus und suchte nach einem Wort, «... kräftezehrend.» Er sprach es sehr sorgfältig aus, als ob er es wie ein dunkles Mantra ständig wiederholte.

«Hat er das gesagt?»

Nils nickte. «Ich hab gehört, wie er es zu Mama gesagt hat, als sie gestritten haben, weil er am Wochenende nicht heimgekommen ist. Deshalb versuche ich jetzt immer ganz leise und brav zu sein, damit wenigstens ich nicht so ... kräftezehrend ... bin. Weil meine Schwester ist ja schon anstrengend genug. Caro kapiert einfach nicht, dass er sie nicht mehr will, wenn sie dauernd mit ihm zankt. Sie sagt, in der Familie bin ja wohl ich der Friek und nicht sie. Und heute ...» Er ließ den Kopf hängen und sprach dann leise, fast flüsternd weiter. «... heute hat er sich so furchtbar aufregen müssen wegen mir. Jetzt mag er mich auch nicht mehr. Weil ich immer Mist baue.»

Er stand auf und holte das Buch aus dem Quad, das er sorgfältig unter dem Sitz verstaut gehabt hatte.

«Aber ich habe eine Idee. Da ist eine Geschichte drin, die ...» Das Klingeln eines Handys unterbrach ihn, und er holte ein kleines Klapphandy aus seiner Hosentasche.

«Wo bleibst du denn?», rief eine Mädchenstimme so laut, dass sogar Lena es hören konnte. «Du solltest doch um fünf zu Hause sein! Mama mault mich an, weil ich nicht auf dich gewartet habe. Wir wollen gleich los. Abendessen. Papa hat um sechs im Hotel Post reserviert.»

Nils legte einen Gesichtsausdruck auf, als drohe ihm das Schafott anstelle des Abendessens im besten Restaurant Bichlbrunns. Leise sagte er: «Meine Schwester hat mich zu Irmi gebracht. Sie wollte noch ein Eis essen gehen, und ich habe gesagt, sie muss nicht auf mich warten, ich finde alleine zu Alex' Haus zurück.»

Lena warf einen Blick auf ihre Uhr. Tatsächlich war es bereits halb sechs. Sie hatte überhaupt nicht auf die Zeit geachtet. «Oje!» Sie sprang auf. «Ich fahre dich schnell mit dem Quad hin. In fünf Minuten bist du in der Pension.»

Er kletterte hinter ihr auf den Sitz und zog den Helm an, den sie ihm gegeben hatte. Seine Miene jedoch blieb trübsinnig trotz der Vorstellung, mit dem Quad nach Hause gebracht zu werden, und hellte sich auch nicht auf, als sie die Pension erreichten.

Lena stieg ab und half ihm, herunterzuklettern und den Helm abzunehmen. Dann reichte sie ihm seinen Kletterhelm und das Buch. Als Nils keine Anstalten machte, ins Haus zu gehen, nahm sie den Jungen an der Hand. «Ich geh mit rein.»

Bereits im Flur wurden sie von Nils' Mutter erwartet. «Na endlich! Wie siehst du denn aus?», rief sie anstelle einer Begrüßung, als sie sein klebriges Gesicht und die Flecken auf dem T-Shirt sah. «Kannst du nicht besser aufpassen? Wir haben nicht endlos viele Shirts dabei!»

«Meine Schuld», sagte Lena rasch. «Die Spezi war etwas zu durchgeschüttelt.» Sie wandte sich augenzwinkernd an den Jungen. «Schönen Abend, Nils. Hat Spaß gemacht.»

«Find ich auch. Servus, Lena!» Nils klatschte sie ab und winkte ihr noch einmal zu, während er schon den Flur zum Treppenhaus entlanglief. Sie hob lächelnd die Hand und erwiderte den Gruß, dann war er um die Ecke verschwunden.

«Spezi?» Jetzt erst wandte sich Nils' Mutter an sie. «Ist das nicht mit Cola? Haben Sie Nils etwa ein koffeinhaltiges Getränk gegeben?» Frau Paulsen machte ein Gesicht, als hätte Lena ihr gerade offenbart, ihrem Sohn Drogen verabreicht zu haben.

«Na ja, es ist Cola mit Orangenlimonade gemixt, und die

Hälfte ist eh verspritzt, also ... so viel Koffein wird's nicht gewesen sein.» Sie lächelte.

«Finden Sie das etwa lustig?», erwiderte die Frau säuerlich. «Haben Sie eine Ahnung, was Zucker und Koffein im Gehirn von Kindern anrichten?», fügte sie mit einiger Schärfe hinzu.

Lena hob abwehrend die Hände. «Nein. Und es interessiert mich auch nicht.» Sie fand, dass es besser war, den Rückzug anzutreten, bevor sie noch auf die Idee kam, die Frau darauf hinzuweisen, dass es wohl ungleich größeren Schaden anrichtete, wenn man es nicht schaffte, die eigenen Eheprobleme zu lösen, ohne die Kinder dabei in Angst und Schrecken zu versetzen.

Sie war schon an der Tür, als Frau Paulsen einfiel, dass es vielleicht angebracht wäre, sich zu bedanken. «Ähm ja, danke, dass Sie sich um Nils gekümmert haben. Er ist ein wenig anstrengend in seiner Wissbegier ...» Sie lachte verlegen.

«Nein, das finde ich überhaupt nicht», widersprach Lena. «Er ist vielseitig interessiert, das ist eine schöne Eigenschaft. Passen Sie nur auf, dass sie ihm nicht abhandenkommt.»

Frau Paulsen runzelte die Stirn. Offenbar war sie sich nicht ganz sicher, ob das nun ein Lob oder eine Kritik sein sollte. «Ja, natürlich ...», antwortete sie etwas unsicher, dann schaute sie auf ihre Uhr. «Entschuldigen Sie, ich ... wir müssen ...» Sie drehte sich um und hastete ihrem Sohn hinterher.

5

Lena sah der schlanken blonden Frau mit gemischten Gefühlen nach. Einerseits machte sie sie wütend, obwohl sie sich gerade erst kennengelernt hatten, andererseits empfand Lena auch Mitleid mit ihr. Frau Paulsen wirkte angespannt – nicht verwunderlich, falls Nils recht hatte und ihre Ehe tatsächlich gerade in die Brüche ging. Weshalb die Eltern es sich und den Kindern dann jedoch antaten, miteinander in den Urlaub zu fahren, war Lena schleierhaft. Sie zuckte mit den Schultern, verließ den Vordereingang und ging um das Haus herum.

An der schmalen Seite des großen Gebäudes befand sich der private Teil des Hauses Wildgruber. Hier wohnten Alex und ihre Tochter im Parterre und im ersten Stock ihre Eltern. Alex' kleine Wohnung hatte einen Wintergarten, der sich zur Terrasse hin öffnete. Sie war von Blauregen, Geißblatt und wildem Wein überwuchert. Von hier hatte man einen wunderbaren Blick über die Wiesen, die sich vom Rabenstein bis zum Sternmoos und weiter zum Frauenboden erstreckten. Fett und saftig grün lagen sie im goldenen Abendlicht. Die darauf verstreut stehenden Heustadel der Bauern warfen lange, spitze Schatten, und hoch oben am wolkenlosen Himmel zogen Schwalben ihre kühnen Kreise. Vor der Terrasse begann der große Garten. Er erstreckte sich über die gesamte Rückseite des Hauses bis hinunter zum Katzenbach, der idyllisch durch die Wiesen mäanderte. Der Garten war so groß, dass locker noch zwei Einfamilienhäuser hier Platz gefunden hätten. Aus diesem Grund hatte Erich Habacher der Familie Wildgruber schon mehrere – vergebliche – Kaufangebote gemacht. «Wennst noch einmal hier auftauchst mit deinem Scheißgeld, dann jag i di mit der Flintn von unserm Grund», hatte Alex' Vater ihm beim letzten Mal hinterhergerufen, als Habacher so kühn gewesen war, mit einer schriftlichen Offerte aufzukreuzen. Lena war an dem Tag bei Alex gewesen und hatte alles mitgehört. Sie hatten alle gelacht und ein Glas von Tante Res' Zirbenschnaps auf die erfolgreiche Vertreibung des alten «Ruach» getrunken, dieses habgierigen Kerls, der seinen Hals nicht vollbekam.

Der Garten war Alex' Reich. Während ihre Mutter sich um die Buchhaltung, den ganzen Papierkram und das Personal kümmerte – das neben der Familie aus zwei Zimmermädchen und einer Frühstückskraft bestand –, war Alex für den kreativen Teil zuständig. Sie kreierte immer neue Frühstückideen, backte Kuchen, Brot, Plätzchen, weckte Marmelade ein, dekorierte das Haus und hegte und pflegte den Garten. Auf den ersten Blick wirkte er verwildert, doch das war gewollt. Bei Alex durften alle Pflanzen wachsen, wie es ihnen gefiel, sie griff kaum ein, außer bei den Gemüse- und Kräuterbeeten. Es gab eine Menge Ecken, wo vermeintliches Unkraut üppig blühte, das Gras stand hoch, und es wimmelte von Schmetterlingen, wilden Bienen und anderen Insekten. «Mein Garten ist antiautoritär», sagte sie, wenn jemand sie auf das wilde Paradies ansprach. Was hingegen die Erziehung ihrer Tochter betraf, hielt sie von antiautoritären Prinzipien gar nichts. Emma gegenüber war sie ziemlich streng, aber liebevoll, stets bemüht, dem allzu laxen Larifari-Erziehungsstil ihres Ex etwas Konsequenz entgegenzusetzen. Und soweit Lena das beurteilen konnte, machte sie ihre Sache gut. Emma war ein ganz entzückendes Mädchen.

Als sie auf die Terrasse trat, wo der Tisch bereits für das Abendessen gedeckt war, fand sie dort nur Emma vor. Sie saß im Schneidersitz auf ihrem Stuhl, in Shorts und einem himmelblauen T-Shirt, auf dem ein regenbogenfarbenes Herz abgebildet war, darunter der Schriftzug *I love Taylor Swift,* und Lena erinnerte sich an Alex' Worte in der Bongo-Bar, wonach Emma neuerdings Sängerin werden wollte.

«Hallo, Emma!» Lena trat näher.

«Grüß dich, Lena.» Emma strahlte sie an. Mit ihren zwölf Jahren von Pubertätszickigkeit noch weitestgehend verschont, war sie immer strahlender Laune, jedenfalls wenn Lena sie traf. Sie war ihrer Mutter wie aus dem Gesicht geschnitten, hatte dieselben üppigen blonden Haare, dieselben Grübchen und die gleiche freche Himmelfahrtsnase.

«Ist die Mama drin?», fragte sie.

Emma nickte. «Aber da würd ich jetzt nicht reingehen.»

«Warum nicht?»

«Der Papa ist da.» Sie rollte demonstrativ mit den Augen. «Sie streiten.»

«Echt? Was Ernstes?» Lena blieb stehen. Sie hatte Alex nur kurz besuchen und fragen wollen, was heute Morgen zwischen Nils, Oskar und seinen Eltern vorgefallen war. Einer Auseinandersetzung zwischen ihrer hochexplosiven Freundin und Luis, dessen provokante Lässigkeit Alex regelmäßig zur Weißglut trieb, wollte sie nicht beiwohnen.

Emma schüttelte den Kopf. «Es geht um meine Akkordeonstunden. Ich hab keine Lust mehr drauf. Der Papa meint, das wär okay, und die Mama regt sich auf, weil sie mir erst ein Akkordeon gekauft hat.»

«Und was sagst du dazu?», fragte Lena. Sie selbst kannte das Dilemma aus Alex' Sicht ja bereits.

«Ich find eigentlich, dass die Mama recht hat», erwiderte Emma zu Lenas Überraschung. «Ich würd's mir auch nicht erlauben. Das Akkordeon war sauteuer. Trotzdem würd ich lieber Gitarre lernen. Das ist viel cooler. Und vielleicht setzt der Papa sich ja trotzdem durch, weil die Mama meistens irgendwann keine Lust mehr hat, weiter zu streiten.»

Lena musste lachen. «Durchtriebene Taktik.»

Emma zuckte mit den Achseln. «Die kriegen sich schon wieder ein. Bleibst du zum Abendessen da?»

Verneinend schüttelte Lena den Kopf. «Wollt nur kurz vorbeischauen und deine Mama was fragen. Ist aber nicht so wichtig. Ich komm ein anderes Mal wieder.» Sie wandte sich schon zum Gehen, doch zu spät.

In dem Moment, in dem Lena den Rückzug antreten wollte, kam ihre Freundin auf die Terrasse. Sie war rot im Gesicht und wirkte, als wäre sie kurz davor, das große Brett mit der Brotzeit, das sie in den Händen hielt, irgendjemand an den Kopf zu werfen. Lena konnte sich schon denken, wem. Von Luis war allerdings nichts zu sehen, offenbar hatte er das Weite gesucht. Auch so eine Spezialität von ihm, wie Lena von Alex wusste. Jetzt hatte diese ihre Freundin bemerkt, und ihre finstere Miene hellte sich auf. «Lena! Was machst du denn hier?»

«Ich hab nur grad den kleinen Nils Paulsen zurückgebracht und wollte kurz bei euch reinschauen. Aber lasst euch nicht stören ...»

«So ein Schmarrn, du störst doch nicht! Iss mit uns.» Alex stellte das Brett auf den Tisch. Dann wandte sie sich an ihre Tochter. «Hol doch bitte die Getränke und bring noch ein Gedeck für die Lena mit.» Sie sah ihre Freundin fragend an. «Bier oder Apfelsaftschorle?»

«Also gut, dann bleib ich. Und gerne ein Helles.» Lena setzte sich.

«Super, dass du dableibst.» Emma schenkte ihr ein strahlendes Lächeln, dann sprang sie auf und verschwand im Haus.

Amüsiert sah Lena ihr nach. «Sie freut sich, dass ich da

bin, weil ihr dann eure Akkordeondiskussion nicht mehr weiterführt», vermutete sie.

«Das auch», sagte Alex nüchtern. «Aber Emma mag dich auch voll gerne. Sie findet dich cool.»

Lena seufzte. «Da ist sie momentan wohl die Einzige. Also, außer Nils Paulsen.»

«Wieso?», wollte Alex wissen und setzte sich, während Emma zurückkam, ein Tablett mit Bier, Schorle und einem Gedeck für Lena vor sich balancierend. Sie stellte sich geschickt an, wie sie es abstellte und Geschirr sowie Getränke verteilte. Alex ließ Emma an den Wochenenden hin und wieder im Frühstücksservice mithelfen, das zahlte sich offenbar aus.

«Ach!» Lena schüttelte unwirsch den Kopf. «Das ist eine unerfreuliche Geschichte, die uns nur den Appetit verdirbt.»

Alex lachte. «Ich glaub nicht, dass es etwas gibt, was dir den Appetit verderben könnte. Aber du hast recht. Lass uns erst mal ein bisserl was essen. Aufregen können wir uns später immer noch. Lang zu!»

Das ließ sich Lena nicht zweimal sagen. Auf dem großen Brett in der Mitte des Tisches lagen Speck, Schinken und Käse, flankiert von Gurken, Paprika, Rettich und Radieschen, Schnittlauch, Frischkäse und sahnig gelber Butter in bunten Schalen. Außerdem gab es kräftiges dunkles Brot mit knuspriger Krume. Als sie zugriff, merkte Lena erst, wie hungrig sie war. Seit der Streit ihr heute Morgen das Frühstück verhagelt hatte, hatte sie nichts mehr gegessen.

Alex sah amüsiert zu, wie Lena herzhaft in ein dick belegtes Schinkenbrot biss. «Ich kenn niemand, der so viel essen kann und trotzdem kein Gramm zunimmt», sagte sie und strich sich selbst ein üppiges Butterbrot, auf das sie großzügig Schnittlauch streute. «Im Gegensatz zu mir.» Es klang keineswegs bedauernd.

Alex war niemand, der mit solchen Details wie ihrem Gewicht haderte oder am Ende noch Kalorien zählte. Soweit Lena wusste, besaß sie nicht einmal eine Waage. Neben ihr selbst war Alex die genussvollste Esserin, die Lena kannte. Das war immer schon so. In der Schule waren sie bekannt dafür gewesen, die größten Pausenbrote dabeizuhaben, die sie im Übrigen auch gerne mit den anderen teilten. Alex' Brotzeiten fanden dabei allerdings mehr Anklang als Lenas «alter Stinker». Während Lena seit jeher eher zart und klein war – «zerbrechlich» war das Adjektiv gewesen, das Erwachsene verwendeten und das Lena verabscheute –, war Alex groß und kräftig, ohne jedoch wirklich dick zu sein. Rund und gsund, wie man so schön sagte. Die zwei hatten also ein hübsches Gespann abgegeben, die große, blonde, temperamentvolle Alex und die kleine, dunkle, eher stille Lena. Als Teenager hätte Lena manchmal gerne ein paar von Alex' Pfunden an den richtigen Stellen gehabt, inzwischen war sie mit ihrer Figur zufrieden. Auf den ersten Blick war sie noch immer von zarter Statur, doch das täuschte; das Klettern und Bergsteigen hatte längst für kräftige Muskeln gesorgt, und «zerbrechlich» war sie ohnehin noch nie gewesen.

Sie plauderten eine Weile über Belangloses, Alex erzählte ein paar Begebenheiten aus ihrer Pension, schilderte die Gäste und ihre kleinen und größeren Macken und lieferte Lena damit eine Steilvorlage, sie nach Nils Paulsen zu fragen.

«Er hat mir erzählt, dass es heute Morgen Ärger gegeben hat, aber ich bin nicht ganz schlau draus geworden.»

«Ärger? Das kannst du laut sagen!» Alex seufzte. «Manche Gäste machen's einem echt schwer, freundlich zu bleiben. Herr und Frau Paulsen zum Beispiel würde ich liebend gern ein Wellnessbad in der Jauchegrube unserer Nachbarn verpassen.» Sie legte ihr Brot zurück auf den Teller und trank einen Schluck von ihrem Weißbier. Dann erzählte sie Lena, dass Nils sich am Morgen offenbar vom Frühstückstisch in den Garten geschlichen hatte. «Die haben wieder wegen irgendwas gestritten, das hält echt kein Mensch aus.» Als den Eltern schließlich auffiel, dass ihr Sohn fehlte, ging die Suche los. «Er war weder im Zimmer noch im Garten, zumindest dachte man das. Dann hat der Vater seine Kleider entdeckt. Die sind am Ufer des Katzenbachs gelegen und waren klitschnass. Seine Schuhe auch. Da ist doch die Schaukel, die über den Bach geht. Offenbar ist er da reingefallen.» Alex verdrehte die Augen. «Die Eltern sind total ausgeflippt, haben geglaubt, dass er ertrunken ist!» Kopfschüttelnd erzählte sie weiter. «Ich hab ihnen gesagt, dass es doch sehr unwahrscheinlich ist, dass sich jemand erst noch die nassen Kleider auszieht und sie zum Trocknen auf die Wiese legt, bevor er beschließt zu ertrinken, aber sie haben überhaupt nicht zugehört. Der Vater wollte die Polizei und Sanitäter rufen, sie haben beide rumgeschrien und sich total reingesteigert. Caro, ihre Tochter, war die einzig Vernünftige. Sie hat weitergesucht und den Kleinen schließlich unter dem Schmetterlingsflieder hinter dem alten Schuppen gefunden, wo er in Unterhosen in einem Buch gelesen hat. Er war so versunken in die Geschichte, dass er die ganze Aufregung gar nicht mitbekommen hat.» Sie stieß einen tiefen Seufzer aus. «Brauchst nicht glauben, dass es damit zu Ende war. Der Vater will mich jetzt verklagen, weil die Schaukel über dem Bach die Sicherheit der Gäste gefährdet und überhaupt das Grundstück abgezäunt gehört. Dabei ist der Bach nur allerhöchstens dreißig Zentimeter tief.»

Ungläubig hatte Lena ihr zugehört. «Das wird er doch nicht ernsthaft machen.»

«Keine Ahnung. Ich bin jedenfalls froh, wenn die wieder weg sind. Leider sind sie noch eine ganze Woche hier.»

«Nils meint, die Eltern lassen sich scheiden. Und er hat Angst, dass sein Vater ihn nicht mehr mag, weil er zu anstrengend ist. Er hält sich für einen Freak.»

«Das sagt seine Schwester ständig zu ihm. Der arme Kerl tut mir leid. Er hockt immer vor seinen Büchern und liest. Bestimmt macht er das, damit er nicht über seine Eltern nachdenken muss.»

«Und was ist mit seinem Freund?»

Alex lachte auf. «Du meinst den Oskar?»

«Er hält wohl ziemlich viel von ihm. Auch wenn er noch nie dabei war, wenn der Nils mich besucht hat.»

«Und wenn, hättst ihn nicht gesehen. Er ist nämlich unsichtbar.»

Überrascht sah Lena sie an. «Ach! Ein eingebildeter Freund? Er redet von ihm wie von einem echten Kumpel.»

«Für ihn ist er auch echt. Ich muss immer für ihn mitdecken, und er hat einen Extrastuhl am Frühstückstisch. Den Eltern ist das voll peinlich.»

«Erinnerst du dich noch an Flora?», fragte Lena lächelnd.

Alex stutzte, dann hellte sich ihr Gesicht auf. «Freilich. Die grantige Fee in eurer Speis auf der Alm. Das war vielleicht eine Zicke. Sie hat dafür gesorgt, dass aus der Butter nix wird, egal wie lang wir gekurbelt haben.»

«Und einmal hat sie die Fliegentür zum Käsekeller aufgelassen, und Res musste alle Käse wegwerfen, weil die Fliegen Eier draufgelegt haben.»

Sie sahen sich an, prusteten gleichzeitig los und lachten so sehr, dass ihnen die Tränen kamen.

Emma sah sie verdutzt an. «Was ist daran so lustig?» Sie hatte ihnen bisher schweigend zugehört und dabei die ganze Schale mit Frischkäse und auch noch alle eingelegten Gurken verdrückt.

Lena wischte sich über die Augen. «Eigentlich ist es gar nicht lustig. Res war stinksauer deswegen.»

«Wir waren das nämlich mit der offenen Fliegentür», erklärte Alex ihrer Tochter. «Wir hatten Walderdbeeren gepflückt und uns heimlich vom Rahm bedient, weil Walderdbeeren mit frischem Rahm einfach saugut schmecken. Dabei haben wir vergessen, die Tür zuzumachen.»

«Und die Res?», fragte Emma. «Die hat doch wohl nicht ernsthaft an eure Geschichte mit der Fee geglaubt?»

«Na ja, sie ist jedenfalls in die Speis gegangen und hat Flora eine Standpauke gehalten, die sich gewaschen hatte. Wir waren heimlich hinter der Tür und haben zugehört, und uns ist ganz anders dabei geworden», erzählte Lena und grinste. «Danach haben wir nie mehr vergessen, die Fliegentür zuzumachen.»

«Und die Flora hat auch nie mehr die Butter verdorben», ergänzte Alex.

Emma sah sie skeptisch an. «Aber du glaubst nicht echt an die Fee, oder?»

«Freilich tu ich das», erwiderte Alex todernst. «Auf einer Alm gibt's immer eine Butterfee. Und einen Zwerg, der unter der Türschwelle haust und total grantig wird, wenn man nicht den Hut vor ihm zieht oder einen Knicks macht.»

Lena nickte kichernd.

Stirnrunzelnd stand Emma auf. «Ihr verarscht mich.» Und mit diesen Worten verließ sie würdevoll die Terrasse.

Alex und Lena sahen sich an und mussten erneut lachen. «Es gibt entschieden zu wenig Glitzer im Leben meiner Tochter», brachte Alex schließlich heraus. Dann wurde sie ernst. «So, und jetzt zu der Frage, wer dich uncool findet.»

Lena seufzte. Einerseits wollte sie es nicht erzählen, weil sie schon beim Gedanken an Jack Reiter zornig wurde. Andererseits drängte es sie, Alex ihr Herz auszuschütten. Letzterer Impuls siegte, und sie erzählte ihrer Freundin von dem grandiosen Fehlstart an diesem Morgen. Als sie mit den Worten «... und keiner hat etwas dagegen gesagt, nicht einmal Ferdi» endete, schnaubte Alex verächtlich. Sie war während Lenas Erzählung rot und röter vor Zorn geworden und glich jetzt einem gereizten Stier, kurz bevor er einen Torero auf die Hörner nahm.

«Ich wusste ja immer schon, dass Jack Reiter ein ausgemachter Schwachkopf ist, aber dass er so ein Riesenmistkerl ist, hätt ich nicht gedacht.» Sie ballte ihre Hände zu Fäusten. «Wenn ich könnt, ich würde ihn ...» Sie beendete den Satz nicht, sondern knurrte nur grimmig.

Lena wollte lieber nicht in Jack Reiters Haut stecken, wenn er das nächste Mal auf Alex traf. Sie war gerührt. Alex würde jederzeit für sie in die Bresche springen, so wie sie es auch für ihre Freundin tun würde, wenngleich vielleicht weniger temperamentvoll. Doch manche Dinge musste man alleine auf die Reihe kriegen. Oder auch nicht, fügte sie im Stillen verzagt hinzu.

«Und was machst jetzt?», fragte Alex, als hätte sie ihre Gedanken erraten.

«Nichts. Ich steig aus der Bergwacht aus. Und meine Kündigung für den Minijob hab ich auch schon geschrieben. Am Montag sag ich's dem Franz. Er soll sich eine andere Dumme für den Job suchen. Immerhin hat er mir den ganzen Schlamassel ja erst eingebrockt.» Lena zerkrümelte einen Rest Brot auf ihrem Teller. Bei der Vorstellung, die Bergwacht zu verlassen, wurde ihr weh ums Herz. Aber sie hatte auch keine Lust zu bleiben, wo man sie offenkundig nicht haben wollte.

Alex starrte sie an. «Nicht dein Ernst.»

«Wieso? Hast du eine bessere Idee?»

«Allerdings! Du zeigst diesem grenzdebilen Steinzeitmacho und der restlichen Bagasch von Feiglingen, wo der Hammer hängt.»

Lena lachte freudlos auf. Auf so treffende Schimpfwörter kam auch nur die Alex. «Wie soll ich das bitte anstellen? Der Jack ändert doch seine Meinung nicht, nur weil ich mich drüber aufreg.»

«Du musst es ihnen halt zeigen! Die sollen noch drum betteln, dass du ihre Chefin wirst.» Alex sah sie aufgebracht an. «Du darfst nicht immer so bescheiden sein! Diese Trottel können sich alle zehn Finger danach abschlecken, so eine gescheite und fähige Frau in der Bergwacht zu haben. Wer von denen war denn überhaupt schon mal außerhalb von Bayern, geschweige denn auf Bergen wie dem Kokorum oder ...»

«Karakorum», korrigierte Lena sie lächelnd. «Und Jonas kommt aus Berlin. Er ist kein Bayer.»

«Scheiß drauf. Ein Feigling ist er trotzdem.» Alex wischte den Einwand mit einer Hand weg und sah Lena eindringlich an. «Du darfst nicht zulassen, dass Jack Reiter gewinnt.»

«Das ist doch kein Spiel, Alex!», wehrte sich Lena. «Ich hab keine Lust, mit ihm zu konkurrieren. Wir sollten ein Team sein. Mein Vater hat immer gesagt, das Team ist alles, und ohne deine Kameraden bist nix am Berg, also ...»

«... trotzdem war dein Vater der Leiter der Bergwacht», wandte Alex ein.

«Das ist was völlig anderes», wehrte Lena ab. «Mein Vater war ein super Bergsteiger ...»

«Das bist du auch.»

«Er war eine Autorität. Zu ihm haben die Leute aufgeschaut.»

Durchdringend sah Alex sie an. «Tja, warum wohl?», fragte sie.

«Weil er ein toller Mensch war!», fauchte Lena, jetzt plötzlich zornig. «Das kann man nicht vergleichen.» Sie sprang abrupt auf. «Ist ja auch egal. Ich brauch die Scheißbergwacht nicht. Es gibt auch noch andere Jobs. Und Bergführerin bleib ich ja.»

«Aber es ist nicht so, dass dir die Leute da die Tür einrennen, oder?»

«Was willst du damit sagen?», fragte Lena.

«Bergführer leben von Mundpropaganda, das weißt du doch besser als ich. Es spricht sich rum, dass du den Jubiläumsgrat nicht gehst. Die Leute glauben, das liegt daran, dass du Schiss hast. Dir die Tour nicht zutraust. Und dann gehen sie halt zu denen, die überall hingehen, weil sie glauben, das sind die Fähigeren.»

Lena presste die Lippen zusammen. Alex hatte einen wunden Punkt getroffen. Es war Hochsaison, und sie war so gut wie nicht gebucht. Die wenigen Touren, die sie seit dem Frühjahr mit Touristen gemacht hatte, konnte sie an einer Hand abzählen. Sie hatte es darauf geschoben, dass sie eine Frau war und Bergführerinnen noch immer selten waren. Die Leute vertrauten Männern daher mehr als Frauen, hatte sie sich eingeredet und gehofft, dass sich das mit der Zeit geben würde. Allerdings war es in den Jahren, seit sie zurück in Bichlbrunn war, nicht besser geworden. Eher schlechter.

«Ich muss gehen», sagte sie gepresst. «Danke fürs Abendessen.» Sie wandte sich um und trat von der Terrasse in den Garten. Ihr Gesicht brannte, und sie wusste nicht, ob vor Scham oder Wut.

«Jetzt hau doch nicht einfach ab.» Hastig sprang Alex auf und lief ihr nach. Als sie Lena erreichte, berührte sie sie am Arm. «Warte! Es tut mir leid, wenn du das nicht hören willst, aber du musst doch einsehen ...»

Lena schüttelte Alex ab. «Gar nichts muss ich», fauchte sie. «Und vor allem muss ich mir von niemandem sagen lassen, was ich zu tun und zu lassen habe.»

Alex wich zurück. «Nein. Natürlich nicht», sagte sie.

Lena wandte sich ab und verließ fluchtartig Alex' Garten.

6

Als Lena das Quad zurückbrachte, war die Halle bereits abgeschlossen und dunkel. Sie sperrte mit ihrem Schlüssel auf und stellte das Fahrzeug zurück an seinen Platz. Der Pick-up stand ebenfalls wieder in seiner Parknische, ihre Kollegen waren also inzwischen zurück von ihrem Einsatz. Lena ging hinaus, schloss ab und fuhr mit dem Fahrrad nach Hause. Es war ein wunderschöner Sommerabend. Die Berge, die Bichlbrunn von drei Seiten einrahmten, ragten still und majestätisch hinter den alten Häusern empor, die Luft war mild, und der Himmel leuchtete in diesem durchscheinenden Juniblau, das es nur während der Zeit um Sonnwend gab, in denen die Tage endlos schienen und es nicht dunkel werden mochte. Rückblickend waren diese Tage für Lena als Kind auf der Alm immer eine Zeit besonderen Glücks gewesen, eine lichte, heitere und irgendwie magische Zeit. Noch spätabends war sie barfuß auf den Wiesen herumgesprungen und hatte Kräuter gesammelt, um sie sich unter das Kopfkissen zu legen. Man sagte, auf diese Weise würde man in der Sonnwendnacht von seinem Zukünftigen träumen, doch das hatte sie damals nicht die Bohne interessiert. Sie hatte sich anderes, Zauberhafteres erhofft, als von einem der dummen Jungs in ihrer Klasse zu träumen, die sie nur nervten und an ihren Zöpfen zogen. Obwohl sie in jenen Nächten nie den ersehnten Besuch von Bergelfen, Waldgeistern oder Graszwergen erhalten hatte, hatten diese Tage nie ihre Magie verloren. Selbst jetzt, wo ihre Laune von Glück und Zauber so weit entfernt war wie die Zugspitze vom Nordpol, konnte sie sich der besonderen Stimmung, die über dem Dorf lag, nicht ganz entziehen. Unwillkürlich fragte sie sich, wie viel von den Träumen und Sehnsüchten ihrer Kindheit und Jugend sich eigentlich erfüllt hatten. Was hatte sie sich erhofft von ihrem Leben – vom Besuch eines Waldgeistes mal abgesehen? Nach dem Schulabschluss hatte sie sich gewünscht, die Welt zu sehen. Die Alm und Bichlbrunn hatten ihr nicht mehr genügt, und auch ihre Tante hatte sie ermuntert fortzugehen. Man muss weggehen, um wieder heimkommen zu können, hatte sie gemeint. Res war selbst als junge Frau eine Weile fort gewesen, in Südtirol und in der Schweiz, hatte dort Hauswirtschaft und das Käsen gelernt, bevor sie zurückgekommen und auf die Alm gezogen war.

Lena jedoch hatte es weiter weggezogen. Von ihrem Vater hatte sie ein bisschen Geld geerbt, genug, um damit fast zwei Jahre umherzureisen. Sie hatte sich treiben lassen, sich spontan anderen Backpackern angeschlossen, hatte hin und wieder ein bisschen gearbeitet, als Orangenpflückerin in Spanien, als Erntehelferin bei der Olivenernte in Griechenland und schließlich sogar in einem Camp für traumatisierte Elefanten in Thailand. Dort war sie ein paar Wochen mit den Elefanten, die zuvor als Lastentiere gedient und schließlich «entsorgt» worden waren, nur spazieren gegangen und hatte dabei viel Zeit gehabt, über ihr eigenes Leben nachzudenken. Anfangs war es wohl die Suche nach Freiheit gewesen, die sie in die Welt hinaus- und rastlos immer weiter getrieben hatte. In Thailand ging ihr auf, dass dieses Freiheitsgefühl, nach dem sie sich sehnte, gar nichts mit der Entfernung oder fremden, exotischen Ländern zu tun hatte, sondern dass sie es am ehesten in den Bergen empfand. Deshalb kehrte sie in die Alpen zurück. In Chamonix, am Fuße des Mont Blanc, lebte sie über sechs Jahre, absolvierte ihre Bergführerinnenausbildung und lernte Alain kennen, einen Schweizer aus Lausanne, der dort ebenfalls als Bergführer arbeitete. Es war Liebe auf den ersten Blick. *Un coup de foudre,* wie Alain, der charismatische Draufgänger, es formulierte, ein Blitzschlag, der sie beide getroffen hatte. Mit ihm begann ein neuer Lebensabschnitt, von dem sie glaubte, er brächte sie ihrer Sehnsucht nach Freiheit noch ein wenig näher: Alain betrieb das Bergsteigen und Klettern sehr viel intensiver als sie, er war immer auf der Suche nach neuen Extremen, und Lena ließ sich mitreißen. Mit Alain bestieg sie ihren ersten Achttausender und erklomm Gipfel in den entlegensten Ecken der Welt. Bis in Nepal einer ihrer Freunde vor ihren Augen tödlich verunglückte und Alain darauf bestand, trotzdem weiterzugehen. Damit war es vorbei. Lena hatte das Gefühl, aus einer Trance zu erwachen. Sie sah Alain plötzlich mit anderen Augen. Sein Egoismus und sein Ehrgeiz, der ihn buchstäblich über Leichen gehen ließ, stießen sie dermaßen ab, dass sie es nicht mehr ertrug, mit ihm in einem Zelt zu schlafen. Sie brach die Expedition auf der Stelle ab und fuhr allein zurück nach Frankreich. So endete diese Beziehung, die mit einem *coup de foudre* begonnen hatte, gleichermaßen abrupt, und zurück blieb der Schmerz über eine Liebe, von der sie am Ende nicht mehr wusste, was davon echt, was Illusion gewesen war. Alain hatte ihre Trennung nicht akzeptiert, er hatte gar nicht begriffen, was ihr Problem gewesen war, und nach einer Weile war in Lena der Wunsch entstanden, wieder ganz nach Hause zurückzukehren. Ihr war damals klar geworden, dass es gar nicht die Freiheit war, nach der sie sich wirklich sehnte, sondern das Bedürfnis, irgendwo anzukommen, eine Heimat zu finden, die nicht nur darin bestand, an dem Ort zu leben, wo sie zufällig geboren war.

Vielleicht lag es daran, dass sie ohne Mutter aufgewachsen war, am frühen Verlust ihres Vaters oder auch an beidem, dass sie ständig diese Unruhe verspürte, eine Unrast, die sie immer weiter vorwärtstrieb, ohne dass die Sehnsucht kleiner wurde. Es war eine gute Entscheidung gewesen, nach Bichlbrunn zurückzukommen. Sie liebte diesen Ort heute mehr als früher. Aber war sie tatsächlich auch heimgekommen? War ihre Suche beendet, ihre Sehnsucht befriedigt, war sie am Ziel? Sie hatte keine Ahnung. Heute, nach diesem Tag, noch weniger als vorher.

Langsam fuhr sie durch die engen Gassen und über den Dorfplatz. Es war noch nicht spät, vor der Eisdiele und im Biergarten des Dorfwirts saßen viele Gäste unter den Lichterketten, die zwischen den Kastanien gespannt waren, und heiteres Gemurmel drang zu ihr herüber. Sie blieb kurz stehen, und ihr Magen zog sich schmerzhaft zusammen, als sie an ihr Gespräch mit Alex und die verfahrene Situation mit der Bergwacht dachte. Womöglich war sie bei ihrem Bemühen um Zugehörigkeit zum Team der gleichen Illusion aufgesessen wie damals in ihrer Beziehung mit Alain. Womöglich hatte sie auch hier ihre Sehnsucht mit Erfüllung verwechselt? Damals hatte sie gar nicht bemerkt, dass sie dem Traum eines anderen folgte. Und heute war ihr aufgegangen, dass all das, was sie für die Erfüllung ihrer Wünsche gehalten hatte, gar nicht den Tatsachen entsprach. Und das galt nicht nur für die Bergwacht. Selbst wenn sie es nicht hatte hören wollen: Alex hatte recht mit ihrer Kritik. Auch als Bergführerin brauchte Lena hier niemand. Diese Arbeit, für die sie drei Jahre harte Ausbildung und eine Menge Geld investiert und durch die sie zu einem echten Berg-Profi geworden war, war am Ende auch nicht mehr als der oberflächliche Versuch, einem Leben Sinn zu geben, das irgendwie ins Leere lief. Sie wusste nicht, wann die Leere sich ausgebreitet hatte, doch es war nicht zu leugnen: Sie hatte keine Ahnung mehr, warum sie das alles eigentlich tat und wonach sich ihr Herz wirklich sehnte.

Lena stieg wieder auf ihr Rad und trat trotzig in die Pedale.

Als sie zu Hause ankam und ihr Fahrrad in den Flur schob, hörte sie aus dem Hinterhof Gitarrenmusik. Jemand spielte einen Blues, und einige Leute pfiffen und klatschten. Lena erkannte das Stück, es war *Signe*, eines ihrer Lieblingsstücke von Eric Clapton, außerordentlich gut gespielt. Sie blieb stehen und lauschte eine Weile dem unbekannten Musiker. Es war lange her, dass sie Eric Clapton gehört hatte, und plötzlich fragte sie sich, wieso eigentlich? Wie hatte sie ihre Liebe zu dieser Musik nur vergessen können? Der Hinterhof gehörte zur Bongo-Bar, und sie konnte auch durch den Hausflur dorthin gelangen. Spontan entschloss sie sich, noch kurz bei Mike vorbeizuschauen. Sie würde oben in ihrer Wohnung ohnehin jeden einzelnen Ton hören, also konnte sie genauso gut noch etwas trinken. War vermutlich nicht die schlechteste Idee als Abschluss dieses furchtbaren Tags: sich ordentlich zu betrinken.

Sie trat auf den Hinterhof, der von bunten Lampions beleuchtet war. Mike hatte das schmucklose Karree mit einem Sammelsurium von alten Bistrotischen und Stühlen aller Farben und Stile bestückt, was er Vintage nannte. Unter einem Vordach stand eine alte moosgrüne Sofagarnitur und daneben ein abgewetzter Biertisch mit den dazugehörigen Bänken. Der Gitarrenspieler saß auf einem Barhocker auf der improvisierten Bühne, bestehend nur aus ein paar zusammengenagelten Paletten unter einer bunten Lichterkette – ausreichend für die gelegentlichen Jamsessions und Auftritte von Musikern aus der Gegend. Manchmal spielte auch Mike selbst.

Lena blieb abrupt an der Tür stehen, als sie den Gitarrenspieler erkannte, dem ein grauer Wollhaufen zu Füßen lag. Das konnte doch nicht wahr sein? Es war niemand anderes als Ben. Sie lachte kurz auf. Es war verrückt. Wie oft war sie diesem

Mann nun schon begegnet in den beiden Tagen, in denen er hier war? Ben spielte auf Mikes Gitarre, die normalerweise in der Bar an der Wand hing. Gerade klimperte er vor sich hin, probierte herum, spielte dann erneut einen Blues. Diesen kannte Lena nicht, aber offenbar einige der Gäste, denn sie klatschten anerkennend.

Einen Moment blieb Lena unschlüssig hinter der schwindsüchtigen Yuccapalme stehen, die Mike jeden Sommer aus der Bar ins Freie schleppte, um ihr Sonne zu gönnen und dabei ein bisschen karibisches Feeling zu verbreiten, wie er meinte. Die Palme war jedoch von den Wintern in der dunklen, schlecht belüfteten Bar so mitgenommen, dass die vergleichsweise kurzen Sommer in Bichlbrunn es gerade so schafften, dass sie sich halbwegs davon erholte. Sollte sie wieder gehen? Das kam ihr plötzlich albern vor. Sie konnte Ben Fellner offenbar ohnehin nicht entrinnen. Im Übrigen war das hier *ihre* Kneipe, *ihr* Kiez, und wenn er mit ihr ein Problem hatte, konnte er ja gehen. Endlich gab sie sich einen Ruck, verließ ihre Deckung und schlenderte betont langsam zu Mike an die Bar.

«Aloha, Lena!», begrüßte sie Mike, was Lenas Laune sofort hob. Niemand in ganz Bayern außer Mike Wildgruber sagte «Aloha» zur Begrüßung.

Sie bestellte ein Bier, und während Mike es zapfte, betrachtete sie Ben unauffällig. Die Gitarre passte gut zu ihm, musste Lena widerwillig zugeben. Er spielte konzentriert und lässig zugleich, wie jemand, der sich seiner Sache sicher ist. Schon als Sechzehnjähriger hatte er Gitarre gespielt, allerdings hätte er sich damals eher kreuzigen lassen, als es öffentlich zu tun. Sie glaubte sogar, niemand außer ihr und vermutlich seinen Eltern hatte davon gewusst. Als sich der Tag vor achtzehn Jahren, an dem sie es zufällig erfahren hatte, wieder in ihre Erinnerung drängte, erschauerte sie. Sie hatte es verdrängt, anfangs, nicht daran denken wollen und schließlich vergessen, doch bereits in dem Moment, in dem Ben ihr als der neue Ranger vorgestellt worden war, war ihr diese Geschichte wieder vor Augen gestanden. Lena griff nach dem Bier, das Mike ihr hingestellt hatte, und trank einen großen Schluck. Und noch ein paar, in der Hoffnung, sich abzulenken. Doch die Erinnerung war mächtiger als ihr Bemühen, sie zurückzudrängen. Sie ploppte an die Oberfläche wie Luftblasen in einem tiefen, stillen Gewässer.

Auf der Rückseite des Rabensteins, dort, wo der sanfte Bichlbrunner Hausberg zerklüftet und rau wurde, zwischen glatt geschliffenen Felsbrocken und bizarr geformten Kiefern, die sich mit ihren Wurzeln in den schmalen Erdritzen zwischen den Felsen festklammerten, lag die Blaue Gumpe. Ein unregelmäßig geformtes, natürliches Becken von etwa fünfzehn Meter Durchmesser, das der Katzenbach, der etwas oberhalb in einem spektakulären Wasserfall aus dem Berg stürzte, in den Felsen gegraben hatte. Das Wasser war leuchtend türkisgrün und wirkte wie ein polierter Edelstein, von grauem Fels gefasst. Es war eiskalt, sogar im Hochsommer, und sehr, sehr tief. Keiner wusste, wie tief tatsächlich. Hin und wieder trafen sich Lena und ihre Schulfreunde an der Blauen Gumpe. Es galt als Mutprobe, von den Felsen ins Wasser zu springen. Lena traute sich als einziges Mädchen, sogar vom Genickbrecherfelsen einen Kopfsprung zu machen, kopfüber hinunter in die von dieser Höhe aus erschreckend klein wirkende, türkisgrüne Tiefe.

An diesem Tag vor achtzehn Jahren jedoch waren alle ihre Freunde am Rabensteiner See. Einer ihrer Mitschüler hatte Geburtstag, und sie wollten den ganzen Nachmittag dort verbringen und am Abend grillen. Lena hatte keine Lust gehabt.

Es war der siebte Juli. Genau ein Jahr war ihr Vater nun tot, und die Welt hatte sich trotzdem einfach weitergedreht, für alle, nur für ihn nicht. Sie hatte eine schlechte Note für einen Deutschaufsatz erhalten und zudem einen Rüffel von ihrem Mathematiklehrer, weil sie ihm angeblich eine freche Antwort gegeben hatte. Dabei war sie nicht frech gewesen, nur genervt, genervt von diesen sinnlosen Zahlen und Gleichungen an einem Tag, an dem eigentlich die Uhren stillstehen, die ganze Welt hätte innehalten müssen. Tatsächlich hatte außer Res und Alex niemand daran gedacht. Alex hatte sie am Morgen umarmt und ihr ein kleines Blumensträußchen aus dem Garten ihrer Mutter mitgebracht. Nach der Schule, als klar war, dass Lena nicht an den Rabensteiner See mitkommen würde, hatte sie gefragt, ob sie bei ihr bleiben sollte. Doch Lena hatte abgelehnt, und es war Alex anzumerken gewesen, dass es sie ein klein wenig erleichterte, den strahlenden Sommertag mit ihren Schulkameraden am See verbringen zu können und nicht ihre beste Freundin trösten zu müssen. Lena nahm ihr das nicht übel. Niemand konnte ermessen, was der Tag für sie bedeutete, niemand konnte fühlen, was sie fühlte. Daher war es am besten, ihn allein zu verbringen, und sie wusste auch schon, wo.

Es war brütend heiß, als sie auf ihr Rad stieg und den Weg zum Rabenstein hinauffuhr. Sie bog in Richtung Vogelwarte ab und folgte dann dem Forstweg hinter der alten Villa in Richtung Blaue Gumpe. Weit konnte man mit dem Rad nicht fahren, der Weg endete, kaum dass sie die Lichtung verlassen hatte. Sie ließ es an eine Kiefer gelehnt stehen und ging zu Fuß weiter, ihre Schultasche mit den Badesachen geschultert, Alex' welkes Sträußchen in der Hand. Die Blumen hatten schon in der zweiten Stunde angefangen zu welken, obwohl Lena sie in ein Glas Wasser gestellt hatte. Toni Brunner, der Idiot, hatte wissen wollen, ob sie heute Geburtstag habe. Sie hatte keine Antwort gegeben, aber ihr Blick hatte gereicht, um ihn schleunigst das Weite suchen zu lassen. Ihr Geburtstag war erst in sechs Monaten, dann würde sie sechzehn werden. Ein lang ersehntes Datum, das seinen Reiz verloren hatte.

Ihr Vater war nicht mehr da.

Er würde nicht sehen, wie sie erwachsen wurde, er würde nicht da sein, wenn sie ihren Mopedführerschein machte, auf den sie schon so lange sparte, er würde nicht da sein, wenn sie Abitur machte, heiratete, Kinder bekam. Er würde nie mehr da sein, um mit ihr in die Berge zu gehen, würde nie mehr mit ihr lachen, streiten, sie trösten.

Tränen stiegen Lena in die Augen, während sie sich durch das Unterholz kämpfte, immer dem schmalen, kaum sichtbaren Trampelpfad nach. Auch im Wald war es kaum kühler, die warme Luft war gesättigt von den ätherischen Ölen der Bäume, es roch so intensiv nach Tannennadeln und Harz, dass Lena davon schwindlig wurde. Der Schweiß rann ihr übers Gesicht, vermischte sich mit ihren Tränen, und sie musste um sich schlagen, um sich der Bremsen zu erwehren, die bei diesem Wetter besonders lästig waren. Nach etwa zwanzig Minuten Fußmarsch hatte sie die Blaue Gumpe erreicht.

Sie ging zu ihrer üblichen Badestelle, wo sich ein kleiner, etwa fünf Meter breiter Strand befand. Wie erwartet, war niemand dort. Hastig riss sie sich die durchgeschwitzten Shorts und ihr Top vom Leib, schlüpfte in ihren Bikini und stieg in das türkisgrün schimmernde Wasser. Selbst an diesem heißen Tag war das Wasser kalt, und es würde noch kälter werden, je weiter sie sich vom Ufer entfernte. Sie schloss die Augen und tauchte unter. Kälte schloss sie ein, nahm ihr die Luft zum Atmen. Sie stieß sich von einem der Ufersteine ab und begann, unter Wasser zu schwimmen, lange, kraftvolle Züge in eisiger Kälte. Am anderen Ende der Gumpe tauchte sie wieder auf, nach Luft schnappend. Langsam verwandelte sich die Kälte in das Gegenteil, ihre Gliedmaßen fühlten sich warm an. Lena streckte Arme und Beine aus und ließ sich treiben. Über ihr ragte der Genickbrecherfelsen in den makellos blauen Himmel. Eine einzelne Kiefer stand dort oben, gefährlich nahe am Abgrund. Weit oben kreiste ein Raubvogel und stieß einen schrillen Schrei aus. Dann drang etwas anderes an ihr Ohr, etwas Ungewohntes: zunächst leises Klimpern, dann eine kleine Melodie, verträumt und melancholisch. Doch es war niemand zu sehen. Sie begann, im Wasser zu treten, und lauschte, versuchte zu hören, woher die Töne kamen. Als sie die Richtung herausgefunden hatte, schwamm sie zurück ans Ufer und stieg aus dem Wasser. Die Musik kam von einem Felsen in unmittelbarer Nähe ihrer Badestelle, einem riesigen, fast runden, verwitterten Eiszeitklotz, der am Rand der Gumpe lag wie ein überdimensionaler Ball, den ein Riese dorthin geschleudert hatte. Nach kurzem Zögern begann sie, barfuß den Felsen hinaufzuklettern, begierig zu erfahren, wer in dieser Einsamkeit wohl diese Klänge herbeizaubern mochte. Während sie zügig nach oben kraxelte, veränderte sich das Spiel. Es wurde zu einem Lied, das sie kannte: ein alter Cat-Stevens-Song, den sie schon auf Schulfreizeiten am Lagerfeuer gesungen hatte und den sie gerne mochte, weil er so traurig und gleichzeitig so schön war: *Lady D'Arbanville.* Oben angelangt, sah sie den Gitarrenspieler. Er saß in einer Felsnische etwas unterhalb von ihr auf der anderen Seite des Findlings und hatte ihr den Rücken zugewandt. Lena hielt den Atem an, als sie den braun gebrannten, mageren Jungen in abgewetzten Badeshorts erkannte, der dort wie ein Wassergeist auf dem Stein saß und völlig in sich versunken ein Lied von Sehnsucht und Liebe und Tod sang: Es war ihr Erzfeind, seit sie zur Schule ging. Ben Fellner. Sie wusste, sie sollte auf der Stelle umdrehen und sich so leise wie möglich davonmachen. Das hier war ein so intimer, privater Moment, dass Ben es ihr nie verzeihen würde, wenn er sie entdeckte. Doch sie konnte nicht. Statt den Rückzug anzutreten, ging sie in die Hocke und hörte ihm zu, wie er mit rauer, etwas ungelenker Stimme sang: *«I loved you my lady, though in your grave you lie ...»* Er sang mit so viel Trauer, Schmerz und Sehnsucht in der Stimme, dass ihr die Tränen in die Augen stiegen, und plötzlich erschien ihr Ben nicht mehr wie das brutale Ekelpaket, das sie kannte und verabscheute, sondern wie ein einsamer Junge, den sie, eigentlich, ganz tief in ihrem Herzen verborgen, gerne mochte.

Sie wusste nicht, ob sie ein Geräusch oder eine unbedachte Bewegung gemacht hatte, doch plötzlich brach das Spiel ab, der Gesang verstummte, und Ben drehte sich um. Lena war wie gelähmt, als sein Blick sie traf. Er sprang auf wie ein Puma, sein Gesicht verzerrte sich zu einer hässlichen Fratze, und Lena glaubte schon, er würde sie angreifen. Stattdessen packte er mit einem Aufschrei der Wut seine Gitarre mit beiden Händen und schlug sie auf den Felsen. Lena hörte das Holz zerbersten, es gab ein dissonantes Sirren, als die Saiten rissen, dann nur noch Splittern, Krachen und Bens Wutgeschrei.

«Hau ab!», brüllte er völlig außer sich, das Gesicht rot, die Augen voller Tränen.

Jetzt erst gelang es ihr, sich aufzurappeln. Sie wich zurück, das Entsetzen über diesen Wutausbruch vibrierte in ihr wie ein Stromschlag. Sie konnte kein Wort sagen. Zunächst ging sie langsam rückwärts, wie man es beim Anblick eines wilden Tieres machen sollte, um es nicht weiter zu reizen, doch als Ben blind vor Wut einen Stein aufhob und nach ihr warf, lief sie los und begann, so schnell sie konnte, den Felsen hinunterzuklettern. Der Stein landete neben ihr, er war nicht groß und schlecht gezielt, aber das Geräusch des Aufpralls genügte, um sie restlos in Panik zu versetzen. Sie rutschte und stolperte abwärts, riss sich dabei Hände und Knie blutig, rutschte ein Stück ins Leere. Nachdem sie unsanft auf dem Boden gelandet war, raffte sie atemlos ihre Kleidungsstücke zusammen, packte ihre Schultasche und ergriff die Flucht.

Dies war das letzte Mal, dass sie Ben sah. Er kam am nächsten Tag nicht in die Schule, und nach einer Woche hieß es, er sei mit seiner Mutter nach München gezogen.

Lenas Mund war trocken geworden. Sie trank ihr Bier aus und orderte bei Mike ein weiteres. Hasste Ben sie noch immer dafür, dass sie damals Zeugin seiner Schwäche, seiner Tränen und seiner zerstörerischen Wut geworden war? Dachte er überhaupt noch daran, oder war nur sie es, die diese Geschichte in ihrem Bewusstsein gespeichert hatte? Niemals würde sie es wagen, ihn das zu fragen.

Jetzt war der Blues zu Ende, und Ben stellte die Gitarre zur Seite. Die Gäste klatschten und forderten eine Zugabe, so lange, bis Ben sich überreden ließ und mit einem Schulterzucken das Instrument wieder in die Hand nahm. Er zögerte ein wenig, seine linke Hand wanderte zunächst suchend über die Saiten, als müsste er sich an die Griffe erinnern. Als er dann jedoch zu spielen anfing, stellten sich Lena die Haare im Nacken auf. Das Intro war so charakteristisch wie unverwechselbar und beantwortete Lenas Frage, ob Ben noch an jenen Sommertag im Juli vor achtzehn Jahren dachte, mit einer Wucht, die ihr wie damals den Atem stocken ließ.

«My Lady D'Arbanville, why do you sleep so still ...», begann Ben zu singen, und es wurde mucksmäuschenstill in Mikes Hinterhof. Ausnahmslos jeder lauschte dem zarten, leisen Lied, das so völlig anders war als die kernigen Bluesstücke, die

Ben zuvor gespielt hatte. Lena klammerte sich an ihrem Bierglas fest. Warum zur Hölle tat Ben das? Warum spielte er dieses Lied, hier und jetzt, wo sie nur wenige Meter von ihm entfernt saß und zuhörte? Konnte er ihre Gedanken lesen? Wollte er sie verhöhnen? Sie begriff es nicht. Womöglich ist es einfach reiner Zufall, versuchte sie vergeblich, sich zu beruhigen, während sich an ihren Unterarmen die Härchen aufstellten. Er hatte kein einziges Mal in ihre Richtung geschaut. Vermutlich hatte er sie noch gar nicht bemerkt. Wie auch immer, Lena wollte jedenfalls nicht zuhören, sie wollte die Zeilen nicht hören, nicht Bens Stimme, die tiefer und männlicher war als damals, aber dennoch unverwechselbar zu dem mageren braun gebrannten Jungen gehörte, der dort auf dem Felsen gesessen und so voller Verzweiflung in der Stimme gesungen hatte. Doch genau wie damals blieb sie trotzdem sitzen, und die Tränen liefen ihr über die Wangen.

7

Ben wusste nicht, was ihn ritt, als er das Lied anstimmte, das ihn so schmerzlich an einen Nachmittag erinnerte, den er all die Jahre aus seinem Gedächtnis zu tilgen versucht hatte. Damals hatte er in seiner Wut mehr zerstört als seine Gitarre. Seine Selbstachtung war zerborsten, zersplittert wie das Instrument, das ein Geschenk seiner Eltern zu seinem sechzehnten Geburtstag gewesen war. Und er hatte das einzige Mädchen auf immer vertrieben, das ihm etwas bedeutet hatte, auch wenn er es nie hatte zeigen können. An jenem Tag hatte Ben die Trümmer der Gitarre mit nach Hause genommen und sie seinem Vater vor die Füße geworfen, wohl wissend, dass ihn diese Geste zur Weißglut bringen würde. Der Alte hatte sich in der letzten Zeit zurückgehalten, Ben war groß geworden, stärker, wütender, vielleicht hatte er Angst, sein Sohn würde eines Tages zurückschlagen. Doch an diesem Tag hielt er sich nicht zurück. Ben steckte die Schläge ein, ohne sich zu wehren, ließ sich zu Boden schlagen und blieb dort einfach liegen, die Augen geschlossen, darauf wartend, dass seinem Vater die Lust am Prügeln verging. Seine Mutter fand ihn dort, als sie von ihrem Dienst im Krankenhaus nach Hause kam. Sie half ihm auf, verarztete die Platzwunde im Gesicht und sagte die zwei Worte, auf die Ben seit Jahren vergeblich gewartet hatte: «Es reicht.»

In derselben Nacht packte sie die Koffer, ihren und seinen, und sie verließen Bichlbrunn. Doch obwohl Ben seine Mutter vorher unzählige Male angefleht hatte, dies endlich zu tun – in dieser Nacht berührte es ihn nicht mehr. Er verspürte keine Erleichterung, keine Hoffnung auf ein anderes Leben. Seit dem

Nachmittag, seit er das Entsetzen in Lenas Gesicht gesehen hatte, ihre Angst vor ihm gespürt hatte, war er überzeugt davon, seinem verhassten Vater nicht mehr entfliehen zu können. Er trug ihn längst in sich.

Ben musste erst nach Kanada reisen und mit Wölfen arbeiten, die so viel klüger waren als Menschen, und auf Jugendliche treffen, die Ähnliches und Schlimmeres erlebt hatten, um zu begreifen, dass das nicht stimmte. Und doch gab es noch heute dunkle Augenblicke, in denen er sich dessen nicht ganz sicher war.

Während er weiterspielte und sang und dabei spürte, wie die Gäste der Bar ihm aufmerksam zuhörten, eine Verbindung zwischen ihnen und ihm entstand, wurde ihm klar, was ihn dazu getrieben hatte, dieses Lied heute, hier und jetzt, wo Lena auf dem Barhocker nur wenige Meter von ihm entfernt saß und ihm zuhörte, zu spielen. Es war etwas, das er seit achtzehn Jahren mit sich herumtrug: die Bitte um Verzeihung. Er hatte nie mit ihr über diesen Moment auf dem Felsen sprechen können und auch mit niemandem sonst je darüber geredet. Auch jetzt konnte er sie dabei nicht einmal ansehen. Sie verabscheute ihn, und er konnte es so gut verstehen. Ben schloss die Augen, sang weiter, sang und spielte diesen alten Song, den er als Teenager immer und immer wieder angehört und sich so selbst beigebracht hatte, und hoffte gegen jede Vernunft, damit irgendetwas geraderücken zu können. Als das Lied zu Ende war und die Leute zu klatschen begannen, gab er sich einen Ruck und sah zur Bar hinüber. Er hoffte, in Lenas dunklen Augen, die er immer so gemocht hatte, weil sie ungefiltert alles zeigten, was Lena dachte, so etwas wie Vergebung zu lesen. Doch der Barhocker, wo sie eben noch gesessen hatte, war leer. Der Anblick des verwaisten Platzes fühlte sich an wie ein Schlag in die Magengrube. Lena war nicht mehr da. Sie war gegangen, noch während er das Lied für sie gesungen hatte. Stattdessen standen jetzt dort nur ihre beiden Bergwachtkollegen, Jack Reiter und Andreas Kornbichler.

Einsatzprotokoll

Freitag, 24. Juni

Einsatzort: ~~Zentrale~~ Jubiläumsgrat
Wetter: sonnig
Besondere Bemerkungen: ~~Keine besonderen Vorkommnisse~~ Der Tod und die Stille danach

1

Als Lena am nächsten Morgen in die Geschäftsstelle kam, warf sie als Erstes einen Blick auf den Dienstplan für das Wochenende, der neben ihrem Arbeitsplatz an der Wand hing. Sie war nicht eingeteilt. Weder heute noch die nächsten beiden Tage, was sie nach gestern nicht weiter verwunderte. Es war schließlich ihr Entschluss gewesen, auf der Stelle aus der Bergwacht auszusteigen. Auch wenn sie nicht im Team darüber gesprochen hatten, hatte sie dies ziemlich deutlich gemacht. Alle hatten begriffen, dass sie auf sie nicht mehr zählen konnten, nachdem sie ihren Spind ausgeräumt und den Piepser auf den Tisch geworfen hatte. Wer weiß, vielleicht hatten sie sogar aufgeatmet? Jack ganz sicher, vermutlich auch Andi. Als die beiden am vorigen Abend doch tatsächlich noch in die Bongo-Bar gekommen waren, war sie sofort gegangen.

Denen beiden auch noch zu begegnen, war einfach zu viel gewesen. Die Genugtuung hatte sie Jack nicht gegönnt, sie, beschwipst von den beiden schnellen Bieren, heulend auf dem Barhocker sitzen zu sehen. Am Ende glaubte er noch, er wäre der Grund dafür. Sie schnaubte wütend bei dem Gedanken daran. Bald war das hier Geschichte. Heute Vormittag noch, vier Stunden Arbeit, dann konnte ihr die Bergwacht für immer gestohlen bleiben.

Sie nahm die Notiz von dem gestrigen Einsatz am Brunnenkogel zur Hand. Jonas hatte sie geschrieben, sie erkannte seine Handschrift. Das war gut, Jonas war immer sehr sorgfältig und genau, sie musste nichts weiter tun, als seine Aufzeichnungen in den Rechner einzugeben. Dann erledigte sie noch ein wenig Schriftverkehr, füllte Statistiken aus, verfasste eine Information für die Presse und für Instagram, schrieb Einladungen für das diesjährige Sommerfest – an dem sie nicht teilnehmen würde – und verschickte sie. Sie erledigte ein paar Telefonate, kümmerte sich um den Wetterbericht, trank zwei Tassen Kaffee und warf immer wieder einen Blick auf die Uhr. Die Zeit wollte einfach nicht vergehen. Gegen halb elf kam Jonas in seiner Polizeiuniform herein.

«Guten Morgen, Lena», sagte er.

«Hallo.» Lena sah nicht auf.

«Ich hole mir einen Espresso und ein Hörnchen von Paolo. Soll ich dir was mitbringen?» Er klang verlegen. Und ziemlich unsicher.

«Nein danke, mir steckt das Cornetto von gestern noch im Hals», gab Lena kühl zurück.

Jonas räusperte sich. «Lena, deshalb wollte ich mit dir reden. Ferdi und ich ... also wir beide ... wir sind nicht ...»

«Spar's dir», unterbrach ihn Lena schroff. «Ich hab keine Lust, mit dir dadrüber zu reden.»

«Aber ...»

«Hörst du schlecht?»

Jonas schwieg nun, und Lena hielt ihren Blick starr auf den Bildschirm gerichtet, schrieb irgendeinen Blödsinn, nur um Jonas nicht ansehen zu müssen. Erst als sie hörte, wie sich die Tür hinter ihr leise schloss, hielt sie inne und atmete in einem Stoß aus. Sie hatte einen bitteren Geschmack im Mund. Ausgerechnet Jonas, der ihr der Liebste von allen gewesen war. Doch auch er hatte geschwiegen, hatte sich nicht für sie eingesetzt.

Nach einem weiteren Blick auf die Uhr, deren Zeiger seit dem letzten Mal unerklärlicherweise kaum weitergerückt waren, beschloss sie, dass es reichte. Sie würde jetzt nach Hause gehen. Falls noch Anrufe eingehen sollten, würden sie automatisch zur Leitstelle nach Garmisch umgestellt – und nicht mehr auf ihr Handy wie sonst. Da fiel die alte Kladde ihres Vaters in ihr Blickfeld. Es gab noch den Eintrag für den heutigen Tag zu machen. Sie schlug das Buch auf, blätterte ihre letzten Einträge durch und bemerkte mit Erstaunen, dass sie inzwischen auf der letzten Seite angekommen war. Nach dem heutigen Eintrag würden nur noch ein paar leere Zeilen übrig bleiben.

«Wie passend», murmelte sie bitter, und eine Träne tropfte auf das Papier, während sie das Datum und die nüchternen Informationen notierte, so wie sie es sechs Jahre lang getan hatte. Die nichtssagenden Worte und kurzen Sätze kamen ihr plötzlich vollkommen sinnlos vor, sodass sie versucht war, die Seite herauszureißen und in den Papierkorb zu werfen. Doch dann hätte sie auch gleich die ganze Kladde wegwerfen können, und das brachte sie nicht über sich. Sie sah zu dem Foto ihres Vaters.

«Ich hab's versucht», sagte sie leise. «Aber ich bin nicht du.»

Entschlossen schlug sie die Kladde zu, packte sie in ihren Rucksack und verließ das Büro.

Auf ihrem Weg nach draußen schaute sie erst kurz in die Bücherei, gab Irmi den Schlüssel zum Büro und schwang sich dann draußen auf ihr Fahrrad. Heute Nachmittag würde sie zu Res auf die Alm fahren und vielleicht sogar das ganze Wochenende bleiben, nahm sie sich vor.

Zu Hause schaltete sie als Erstes ihr Handy aus, dann durchstöberte sie ihren Kühlschrank nach etwas Essbarem. Außer dem alten Stinker, einem Stück Butter und ein paar Eiern von Res war nichts da. Egal, sie würde ja das Wochenende ohnehin nicht hier sein. Zwei ruhige Tage auf der Alm – wie herrlich! Sie freute sich schon auf die anstrengende, aber gleichmäßige Arbeit mit den Tieren und die friedliche Atmosphäre. Gleich nach dem Mittagessen würde sie losradeln. Etwas lustlos bereitete sie sich ein Omelett zu, krümelte etwas von dem alten Stinker hinein und schnitt zwei Scheiben Brot ab. Sie hatte gerade die Hälfte des Omeletts gegessen, als es an der Tür Sturm klingelte. Überrascht stand sie auf. Wer konnte das denn sein?

«Ja doch!», murrte sie, als es zusätzlich noch klopfte, während sie in den Flur ging.

Sie öffnete die Tür, vor ihr standen Jonas und Ferdi.

«Haut ab, ich will euch nicht sehen!», schnauzte sie die beiden an.

«Lena, wir haben einen Einsatz!» Ferdi stellte einen Fuß in die Tür, noch bevor sie sie wieder zuschlagen konnte. Er trat in den Flur, Jonas folgte ihm. «Wir haben versucht, dich anzurufen, aber dein Handy ist aus.»

«Ja, weil ich's ausgeschaltet hab.» Lena blieb mit verschränkten Armen im Flur stehen, ohne sie weiter hereinzubitten.

«Deinen Piepser hast auch im Büro gelassen.»

«Ich bin nicht mehr dabei. Ihr könnt euren Mist ohne mich machen. Jack soll sich einen Anwärter aus der Jugendgruppe holen, einen, der dazugehört.»

«Das können wir alles später besprechen, aber jetzt brauchen wir dich. Es gibt einen Einsatz am Jubiläumsgrat, und dazu brauchen wir alle erfahrenen Leute.» Ferdi sah auf die Uhr. «Der Heli ist schon angefordert. Er kommt in ein paar Minuten. Zieh dich an, wir müssen uns beeilen.» Erst jetzt fiel Lena auf, dass beide in voller Bergsteigermontur waren.

«Am Jubiläumsgrat?», wiederholte sie, und ihr Magen krampfte sich zusammen, wie immer, wenn sie diesen Namen hörte. Franz!, schoss es ihr dann nach einer weiteren Schrecksekunde durch den Kopf, und ihr Widerstand löste sich von einer Sekunde auf die andere in Luft auf. «Franz ist da oben!», rief sie, während sie in ihr kleines Schlafzimmer lief, um sich umzuziehen. «Er wollte den Grat heute mit einem Freund gehen.»

In fliegender Hast schlüpfte sie in ihre Bergschuhe und raffte die Bergwachtsausrüstung zusammen, die sie in die Ecke gepfeffert hatte, in der festen Absicht, sie nie wieder zu benutzen. Ihr gestriger Streit, ihre Wut und Enttäuschung waren mit einem Schlag in den Hintergrund gerückt.

Durch die angelehnte Tür hörte sie Ferdi fluchen. «Bist du dir sicher?», rief er ins Zimmer.

«Er hat's mir jedenfalls so gesagt.» Endlich war sie fertig und trat mit ihrem Rucksack in den Flur. Gemeinsam mit den beiden Männern verließ sie die Wohnung und rannte die Treppe hinunter.

«Wer hat den Notruf abgesetzt?», fragte sie, während sie sich noch schnell ihre Haare zu einem Zopf flocht. Jonas riss bereits die Haustür auf.

«Eine Gruppe Bergsteiger, die am Teufelskopf unterwegs sind. Sie haben es mit dem Fernglas gesehen. Da liegt einer unterhalb der Vollkarspitze. Er bewegt sich nicht.»

«Nur einer? Ganz sicher?» Lena spürte, wie sich die schwarze Leere, die sie in dem Moment erfasst hatte, als sie das Wort «Jubiläumsgrat» gehört hatte, weiter in ihr ausbreitete und jede andere Regung verdrängte: Angst. «Aber wenn's nur einer ist, ist es jemand anders», versuchte sie sich und ihre beiden Kameraden zu beruhigen, während sie mit ihnen hinaus auf den Parkplatz trat, wo der Pick-up mit laufendem Motor auf sie wartete.

«Denke ich auch. Es sind sicher einige am Grat unterwegs. Heut ist perfektes Bergsteigerwetter», antwortete Ferdi. Doch er klang genauso beunruhigt, wie Lena sich fühlte. Jonas sagte kein Wort.

Jack Reiter saß am Steuer, Flo auf dem Beifahrersitz. Der junge Anwärter war sichtlich nervös. Es würde sein erster Einsatz am Grat sein.

Kaum dass sie alle drei eingestiegen waren, fuhr Jack mit quietschenden Reifen los in Richtung Gewerbehof zum Hubschrauberlandeplatz. Ferdi erzählte Jack und Flo hastig von Franz, und wie zuvor Ferdi stieß Jack einen heftigen Fluch aus. Lena versuchte einstweilen, Franz Schaller per Handy zu erreichen. Doch das Handy war aus, es war nicht einmal ein Freizeichen zu hören.

Ihre Beunruhigung wuchs. «Wo ist Andi?», fragte sie.

«Er ist mit seinem eigenen Auto unterwegs zur Seilbahn», entgegnete Jack. «Jonas und du, ihr fliegt zusammen mit dem Notarzt», erklärte er den Einsatzplan. «Andi, Ferdi, Flo und ich fahren mit der Seilbahn auf den Osterfelderkopf und gehen von dort weiter zur Grieskarscharte, dann können wir von dort zum Grat aufsteigen, falls eine Bergung mit dem

Heli nicht möglich sein sollte. Es ist heut ziemlich windig da droben, hat der Pilot mir gefunkt.»

Alle schwiegen. Eine Bergung mit dem Helikopter vom Jubiläumsgrat aus war verteufelt schwierig, weil man nirgends landen konnte und auch eine Absetzung über die Kufen nicht möglich war. Der Grat war zu steil und zu schmal dafür. Die einzige Möglichkeit bestand darin, das Tau für die Bergung zu nutzen, um sich in der Nähe absetzen zu lassen und den Verletzten anschließend hochzuwinschen. So nahe an der Felswand war das jedoch extrem risikoreich und nur unter optimalen Bedingungen möglich.

«Warum ich?», fragte Jonas schließlich beklommen. «Wär's nicht besser, du würdest mit Lena ...?»

«Nein», antwortete Jack barsch. «Eine Bergung über die Grieskarscharte ist genauso riskant wie mit dem Heli, und der Flo ist erst Anwärter. Auf den Ferdi kann ich nicht verzichten, das ist unser Notfallsanitäter, und es braucht mindestens noch zwei erfahrene Bergsteiger, um einen oder gar mehrere Verletzte auf diesem Weg runterzubringen. Du bist noch nicht lange genug dabei, um das mit dem Andi allein zu machen.»

Jonas erwiderte nichts, und auch Lena schwieg. Ihr ganzer Körper war ein einziges, konzentriertes Stoßgebet: Möge es sich bei dem Verletzten nicht um Franz Schaller handeln. Bitte, bitte, bitte!

Als sie am Landeplatz ankamen, war über ihnen schon das Knattern des Hubschraubers zu hören. Am Steuer saß Christian Berger und winkte ihnen zu. Gleich wurde Lena etwas ruhiger. Mit Christian hatte sie schon viele Rettungseinsätze geflogen, er war seit über zwanzig Jahren dabei. Auf ihn konnte sie sich hundertfünfzig Prozent verlassen.

Schnell sprang sie mit Jonas aus dem Auto, Jack und die beiden anderen fuhren weiter zur Seilbahn, die sie zum Osterfelderkopf bringen würde, einer Erhebung unterhalb der Alpspitze. Von dort konnten sie den Aufstieg zum Grat beginnen. Es würde trotzdem noch mindestens drei Stunden dauern, bis sie die Vollkarspitze erreichten, wo der Verletzte gesichtet worden war. Zeit, die dieser womöglich nicht mehr hatte.

2

Während der Helikopter mit ihnen, dem Notarzt Charlie Seiler und dem HEMS-TC – einem bei der Luftrettung stets zwingend erforderlichen medizinisch-technischen Besatzungsmitglied – aufstieg und Kurs auf den Jubiläumsgrat nahm, schloss Lena die Augen und lenkte ihre Aufmerksamkeit auf die Atemübungen, die sie sich vor heiklen Einsätzen angewöhnt hatte. *Ein – aus. Und wieder tief ein- und ausatmen.* Während eines solchen Einsatzes war höchste Konzentration gefordert, alltägliche Gedanken, ein voller Kopf hatten dabei nichts zu suchen. Wenn es sehr schnell gehen musste, so wie jetzt, blieb wenig Zeit, vom Alltag auf die Extremsituation umzuschalten. Da halfen diese Übungen, sich zu fokussieren. Sie hatte auch Jonas geraten, sich eine Technik anzueignen, die ihm den Übergang besser zu bewältigen half, und er hatte es beherzigt. Anders als Lena jedoch hielt er die Augen nicht geschlossen, sondern schaute aus dem Fenster, den Blick in die Ferne gerichtet. Jeder hatte eine andere Methode, seine Konzentration zu finden, doch eines war allen gemeinsam, mit denen Lena bisher im Helikopter unterwegs gewesen war: Sie schwiegen. Das Bedürfnis nach belanglosen Gesprächen oder sonstiger Ablenkung verspürte in diesen Momenten keiner mehr.

Lena verbannte nicht nur ihren Streit mit Jack Reiter aus ihren Gedanken, sondern auch ihre Angst um Franz Schaller. Es spielte in den nächsten Minuten oder Stunden weder eine Rolle, wen sie retteten, noch, auf welche Weise die Person sich in Gefahr gebracht hatte. Sie retteten Leichtsinnige und Erschöpfte ebenso wie Schwerverletzte, solche, die sich aus

Naivität und mangelnder Kenntnis überschätzt hatten, genauso wie Profis, die ohne eigenes Verschulden in eine missliche Lage gekommen waren. Der einzige Grund, eine Rettung abzubrechen, war die Eigengefährdung und die Gefährdung des Teams. Dazu bedurfte es genauer Abwägung, die dem Einsatzleiter oblag, deren Kriterien aber alle kannten.

Es dauerte nur ein paar Minuten, dann knackte es in Lenas Headset, und sie hörte Christian Bergers Stimme an ihrem Ohr: «Wir sind jetzt am Grat und fliegen gleich unterhalb der Vollkarspitze entlang.»

Der Helikopter kam von Osten, passierte gerade die rund 2600 Meter hohe Alpspitze, die in der Regel das Ende der Tour über den Grat markierte, weil die meisten Bergsteiger von der Zugspitze aus aufbrachen. Sie übernachteten meist im Münchner Haus, der Alpenvereinshütte auf dem Zugspitzgipfel, um bei Sonnenaufgang loszugehen und die Tour an einem Tag zu schaffen. Für die, die langsamer unterwegs waren oder etwa wegen der Wetterbedingungen in Not gerieten, gab es kurz vor der inneren Höllentalspitze das Grathüttl, eine Biwakschachtel, in der man die Nacht verbringen konnte. Die Vollkarspitze, wo sich das Unglück offenbar ereignet hatte, befand sich bereits im letzten Drittel der Tour und war als Klettersteigkategorie D eine der schwierigsten zu bewältigenden Stellen.

Lena beugte sich vor, um aus dem Fenster zu schauen. Unter ihnen war nur noch nackter Fels zu sehen. Schroffe Kanten und Zacken, schmale Rinnen, Geröll und grau zusammengeschmolzene Schneefelder. Eine zutiefst menschenfeindliche Umgebung. Und doch schlugen die Berge seit jeher unzählige Menschen in den Bann, Lena eingeschlossen.

Der Flug wurde ruppiger, als sie sich der Wand unterhalb der

Vollkarspitze näherten. «Der Wind ist verflucht stark heute», rief der HEMS-TC, der neben Christian saß. Er hieß Daniel und schien gut ins Team zu passen. Auf Lena wirkte er ruhig und kompetent. Kein Dampfplauderer. Gerade deutete er Richtung Westen. «Da kommt noch was.»

Lenas Blick folgte seiner ausgestreckten Hand. Tatsächlich war am Horizont ein dunkles Wolkenband zu erkennen. Noch weit entfernt, es würde vermutlich erst am Abend das Wettersteinmassiv erreichen, aber es führte schon jetzt zu Turbulenzen. Sie flogen so nah an die Wand heran, wie es gerade zu verantworten war. Hier war der Wind noch einmal stärker, böige Aufwinde versetzten dem Helikopter heftige Stöße, und Christian Berger hatte viel zu tun, ihn auf Kurs zu halten. Da entdeckten sie unter ihnen einen roten Punkt.

«Das muss er sein!», rief Lena.

Christian drehte eine Schleife auf der Suche nach einer Landungsmöglichkeit. «Keine Chance!», rief er. «Das geht nur mit der Winde.»

Lena nickte. Das hatte sie sich schon gedacht. Sie sah nach unten, wo der Helikopter einen verschwindend kleinen Schatten auf das endlose Grau der Steine warf. Sie befanden sich über einem weitläufigen Geröllfeld, dahinter stieg die Wand steil in die Höhe bis zur wuchtigen Erhebung der Vollkarspitze. Dort oben verlief der Jubiläumsgrat. Das Geröllfeld fiel steil ab und war zusätzlich von glatten Felsplatten durchsetzt, auf denen der lose Schotter wie ein Kugellager ruhte. Möglichkeiten zur Sicherung gab es keine. Ein falscher Schritt, und man wurde selbst ein Fall für die Bergrettung.

Jonas, Lena und Charlie Seiler machten sich bereit. Christian versuchte, sie so nah wie möglich an der Stelle abzusetzen, wo sich der Verunglückte befand, doch es gelang nicht auf Anhieb. Der Wind war zu stark. Der Heli musste mehrere Schleifen fliegen, bevor er bei etwa fünfundzwanzig Höhenmetern einigermaßen stabil verharren konnte. Der HEMS-TC würde die Rolle des Operators übernehmen, was bedeutete, dass er die Winde bediente und Christian per Funk dirigierte. Da der Pilot rechts saß, die Winde sich jedoch links befand, konnte dieser nicht sehen, wo genau er hinfliegen musste, und war auf die Hinweise des Operators angewiesen. Jetzt öffnete Daniel die Seitentür und kletterte hinaus auf die Kufe. Ein heftiger Windstoß drang herein, und das Knattern des Rotors wurde so laut, dass man sich nicht mehr direkt verständigen konnte. Im Nu wurde es kalt im Innenraum des Helikopters, der Wind zerrte an den Jacken und Rucksäcken der Bergwachtler. Lena hatte diesen Moment während ihrer ersten Luftrettungs-Trainingseinheiten immer am meisten gefürchtet. Die offene Schiebetür schien einen in die Tiefe zu ziehen, die Illusion eines sicheren Raumes verflüchtigte sich. Man spürte plötzlich mit jeder Faser des eigenen Körpers, was man vorher nur mit dem Verstand erfasst hatte: die völlige Ausgesetztheit, das Ausgeliefertsein des Menschen angesichts der Höhe und der unwirtlichen Umgebung, in der auch ein Helikopter nicht mehr als ein Spielzeug zu sein schien. Man musste verdammt schwindelfrei sein, um in dieser Höhe auf den Kufen eines Helikopters zu stehen. Lena hatte diese Rolle bereits in vielen obligatorischen Übungsflügen trainiert und auch schon hin und wieder bei Einsätzen übernommen, aber es war bis heute eine Sache, die sie nicht gerne machte. Es war etwas völlig anderes, an einem Felsen zu klettern, gleichgültig, wie hoch und ausgesetzt er sein mochte, oder auf den glatten Kufen eines schwankenden Helikopters zu stehen, über sich die knatternden Rotorblätter und unter sich nichts als Leere. Sie beneidete Daniel nicht um seine heutige Aufgabe. Die Böen waren extrem stark und ruppig, und er musste sich gut festhalten, während der Helikopter sich immer wieder zur Seite neigte und erneut Schleifen drehen musste, um sich zu stabilisieren.

Jonas war ziemlich blass um die Nase, während sie warteten, bis es so weit war, mit der Winde hinuntergelassen zu werden. Gemessen an seiner Erfahrung fand Lena ihn eigentlich schon recht besonnen, was vermutlich auch an seiner Polizeiausbildung lag. Doch es würde noch eine Weile dauern, bis er kaltblütig genug war, dass ihm dieser Teil der Rettungseinsätze nichts mehr ausmachte.

Jetzt kam der Helikopter wieder zum Stehen. «Beeilt euch», rief Christian per Headset. «Sonst muss ich noch mal abdrehen.»

Charlie Seiler und Jonas wurden als Erste abgelassen, dann folgte Lena. Inzwischen hatte der Wind wieder zugenommen, und der Helikopter neigte sich zur Seite, während sie an dem so dünn wirkenden Drahtseil vergleichsweise sanft nach unten glitt. Das Knattern des Hubschraubers und das Pfeifen des Windes waren ohrenbetäubend laut, und der Wind zerrte von allen Seiten an ihr. Sobald sie etwas versetzt von den anderen unten ankam und sich aus dem Seil klinkte, drehte der Helikopter ab, und das Knattern des Rotors entfernte sich. Christian würde etwas von der Wand entfernt Warteschleifen ziehen, bis sie ihn wieder benötigten.

Lena sah über das Geröllfeld nach oben. Der Verletzte war von hier aus nicht zu sehen, aber sie hatte sich die Stelle anhand einer markanten Felsformation in der Nähe ungefähr gemerkt. Sie lag etwa fünfzig Meter unterhalb des Grates, genau dort, wo sich der mächtige Buckel der Vollkarspitze emporwölbte. Falls der Verunglückte tatsächlich vom Grat abgestürzt war – und eine andere Erklärung gab es in diesem unwegsamen Gelände eigentlich nicht –, würde es an ein Wunder grenzen, wenn er den Sturz überlebt hatte. Lena erkannte an Charlie Seilers Miene, dass er das Gleiche dachte. Das flaue Gefühl in ihrem Magen so gut wie möglich ignorierend, machte sie sich mit den beiden Männern an den Aufstieg. Das Geröllfeld war erheblich steiler als von oben vermutet. Vorsichtig setzten sie einen Schritt vor den anderen, suchten sich dabei möglichst große Steine aus, auf die sie treten konnten, und mieden die Felsplatten. Dennoch konnten sie nicht verhindern, dass sich immer wieder Steine unter ihren Füßen lösten und in die Tiefe kollerten. Ein Geröllfeld war immer in Bewegung.

Endlich, nach unzähligen quälend kleinen Schritten, kam der Verunglückte in Sicht. Bei allen Versuchen, ruhig und besonnen zu bleiben, konnte Lena nicht mehr vermeiden, dass ihr Magen sich schmerzhaft verkrampfte und ihr Herz irgendwo in Halsnähe hämmerte. Es durfte nicht Franz sein. Er durfte es einfach nicht sein! Stück für Stück näherte sie sich ihm. Der Mann lag auf dem Bauch, sodass sie sein Gesicht nicht sehen konnte. Auch die Haarfarbe war unter dem Helm nicht zu erkennen. Allerdings trug er einen roten Anorak, der Lena beunruhigend bekannt vorkam. Sie zwang sich dennoch, langsam weiterzugehen.

Als sie nah genug waren, zog Jonas scharf die Luft ein, und Charlie schüttelte schweigend den Kopf. Auch Lena sah, was sie alle bereits befürchtet hatten: Hier kam jede Hilfe zu spät. Der Mann lag völlig verdreht da, wie eine Gliederpuppe, die durch die Luft geschleudert worden war, seine Gliedmaßen unnatürlich abgewinkelt. Gleiches galt für seinen Kopf, der einen so scharfen Winkel zum Rumpf bildete, dass sogar ein Laie erkennen konnte, dass das Genick gebrochen war. Lenas Blicke flogen über den leblosen Körper und blieben dann wieder an dem Anorak hängen. Sie wollte nicht wahrhaben, was sie da sah. Ihre Hände begannen zu zittern. Es war Franz Schallers Anorak. Sie erkannte ihn an dem Aufnäher am rechten Arm, dem Edelweiß mit dem roten Kreuz in der Mitte. Das Zeichen der Bergwacht. Darunter stand mit schwarzem Garn gestickt sein Name: *Schaller.* Sie hatten mehrere dieser Aufnäher vor einiger Zeit bekommen, um sich auch dann als Bergwachtsangehörige kenntlich zu machen, wenn sie nicht ihren rotblauen Dienstanorak anhatten. Lena trug einen davon auf einer Fleecejacke, einen zweiten auf ihrem Skianorak. «Nein. Bitte ... bitte nicht ... nein ...», flüsterte sie unablässig vor sich hin wie eine Beschwörungsformel, während sie auf den Toten zuging. Die anderen konnten sie nicht hören, der Wind pfiff so stark, dass ihr die Worte von den Lippen gerissen wurden, sobald sie ausgesprochen waren.

Charlie holte sie ein und ging neben ihr vor dem Körper in die Knie. Rein routinemäßig überprüfte der Notarzt den Mann auf Lebenszeichen und schüttelte dann den Kopf. Dann drehte er ihn behutsam um. Lena hielt den Atem an. Die weit geöffneten Augen des Toten starrten blicklos ins Leere. Sein Gesicht war mit Steinstaub und Blut bedeckt und hatte zahlreiche tiefe Schrammen. Dennoch waren seine Züge noch gut zu erkennen.

Es war nicht Franz Schaller.

Lena entfuhr ein Seufzer der Erleichterung, und ihre Knie gaben nach. Sie sank neben Charlie Seiler in die Hocke, während Jonas per Funk Bericht an die Hubschrauberbesatzung, die Leitstelle in Garmisch und die anderen Kameraden erstattete. Für die Bergung von Toten war die Bergwacht nicht zuständig, das war Sache der Polizei, die mit einem eigenen Hubschrauber kommen würde. Jonas war blass unter seinem Helm, und in seiner Miene spiegelten sich ähnlich widerstreitende Gefühle wie bei Lena wider: tiefe Betroffenheit darüber, nicht mehr helfen zu können. Und grenzenlose Erleichterung, dass es sich bei dem Toten nicht um Franz Schaller handelte.

«Multiple, schwerste Verletzungen an Thorax und Kopf», sagte Charlie, als er sich wieder aufrichtete. «Er war mit Sicherheit sofort tot.»

Lena betrachtete den Mann genauer. Er war schlank, und sein wettergegerbtes Gesicht bezeugte, dass er offenbar viel Zeit in der Natur verbracht hatte. Seine Ausrüstung schien in Ordnung zu sein, die Bergschuhe bereits abgenutzt, ebenso der Helm. Er war mit Sicherheit kein Greenhorn gewesen. Sie beugte sich vor und schloss ihm sanft die Augen. Dann ließ sie ihre Hand noch eine Weile auf seiner Wange liegen, so als wollte sie ihm noch etwas mitgeben auf seiner letzten Reise. Es war nicht der erste Tote, dem sie in den Bergen begegnete, und jedes Mal hatte sie das Bedürfnis, sich auf diese Weise zu verabschieden, dem Unbekannten etwas von sich mitzugeben, ein letztes bisschen Wärme, Respekt, Zuneigung und vor allem die Botschaft, dass er gefunden worden war, dass er nicht einsam und von Gott und der Welt verlassen zwischen Felsen und Geröll, Wind, Wetter und den Krähen ausgesetzt, seine letzte Ruhestätte finden würde. Ihre Kameraden warteten schweigend, bis sie ihre Hand sanft hob.

«Warum trägt er Franz' Anorak?», fragte sie, mehr an sich selbst als an die anderen gerichtet, und deutete auf den Ärmel mit dem Aufnäher. «Was hat das zu bedeuten?» Sie betastete den Anorak nach einem Handy, fand jedoch keines, stattdessen eine Brieftasche und darin einen Ausweis. *Josef Amstätter.*

Ihr wurde kalt, als sie den Namen las. Josef. *«Morgen krieg ich Besuch von einem alten Freund aus Berchtesgaden. Der Sepp und ich wollen am Freitag den Jubiläumsgrat gehen ...»,* hatte Franz gesagt. Sie drehte den Ausweis um und las den Wohnort: Berchtesgaden. Alarmiert sprang sie auf.

«Das muss Franz' Kamerad sein, mit dem er die Tour gemacht hat», rief sie Jonas und Charlie zu, «sie haben aus irgendeinem Grund ihre Jacken getauscht!» Ohne eine Reaktion abzuwarten, funkte sie den Heli an. «Christian! Franz Schaller muss noch hier irgendwo in der Wand sein. Wir müssen weitersuchen!»

Hastig begann sie, das Geröllfeld weiter nach oben zu steigen, während der Hubschrauber wieder näher kam. Jonas und Charlie folgten ihr.

«Bist du dir sicher?», rief Jonas einige Schritte hinter ihr.

«Der Tote heißt Josef und ist aus Berchtesgaden», antwortete Lena aufgeregt, während sie sich der Wand näherten.

Der Wind hatte noch weiter zugenommen, er pfiff jetzt scharf vom Grat herunter, und sie mussten fast schreien, um sich zu verständigen. Dohlen mit windzerrupftem Gefieder segelten waghalsig an den Felsrinnen entlang, und ihr heiseres Gekrächze schien Unheil zu verkünden.

«Genau wie der Freund von Franz. Und er trägt Franz' Anorak, das kann doch kein Zufall sein!»

«Du meinst, sie sind beide abgestürzt?», fragte Jonas schockiert.

«Keine Ahnung, was passiert ist, aber wenn nur sein Freund abgestürzt wäre, hätte Franz uns doch sofort alarmiert.» Sie kniff die Augen zusammen und sah die steile Felswand hinauf. «Ich denke, er ist irgendwo da oben. Verletzt oder ...» Sie sprach den Gedanken nicht aus. Das Gebiet hier war so zerklüftet und unübersichtlich, es konnte lange dauern, bis sie ihn fanden.

Der Hubschrauber flog im Sicherheitsabstand an der Wand entlang, während Lena und die anderen von unten mit ihren Ferngläsern die Felsen absuchten. Lenas Nerven waren bis zum Zerreißen gespannt. Diese Momente, in denen sie jemanden suchte, von dem sie wusste, dass er verunglückt war, aber die Stelle nicht kannte, waren bei einem Einsatz besonders schwer zu ertragen. Sie verdammten einen zu Untätigkeit und gaben dabei gleichzeitig das Gefühl, dass jede Minute, die verstrich, eine Minute zu viel sein konnte.

Konzentriert suchte sie jeden Meter der Wand ab, die hier fast senkrecht verlief, bevor sie in den wuchtigen Überhang der Vollkarspitze mündete. Auch ein so erfahrener Bergsteiger wie Franz hätte hier jederzeit abstürzen können. Eine Sekunde der Ablenkung genügte. Es gab keine Möglichkeit, sich irgendwo festzuhalten, der Grat war durchweg exponiert, nur an wenigen Stellen gab es kurze Klettersteige. Lena sah zum Himmel. Dieser war jetzt nicht mehr wolkenlos blau, sondern von feinen Kumuluswolken bedeckt, die das nahende Gewitter ankündigten. Sie mussten sich beeilen, das Wetter würde schneller umschlagen als vorhergesagt.

Es knackte im Funkgerät. «Wir haben ihn. Eine verletzte Person etwa auf halber Höhe der Wand.»

Lenas Herz setzte einen Schlag aus. «Ist es Franz? Hängt er im Seil?»

«Wer's ist, kann ich von hier nicht erkennen. Er hängt nicht im Seil, sondern liegt auf einem schmalen Vorsprung. Kein Lebenszeichen erkennbar», antwortete Christian.

Die Verbindung wurde unterbrochen, kurz darauf meldete sich Daniel. «Vorsprung ist zu viel gesagt. Keine Ahnung, was ihn da überhaupt hält. Das ist nicht mehr als ein kleiner Zacken in der Wand.»

«Könnt ihr mich mit der Longline raufbringen?», fragte Lena.

«Keine Chance! Da komm ich nicht so nah ran», meldete sich Christian wieder zu Wort. «Und selbst wenn, ich könnte dich nirgendwo absetzen. Damit würden wir außerdem riskieren, dass er am Ende doch noch abrutscht und unten bei seinem Kameraden landet.»

Lena fluchte. Dann sah sie nach oben. «Kannst du direkt davorfliegen, damit ich sehe, wo es ist?»

Der Helikopter flog näher heran, drehte sich mit der Schnauze zur Wand, verharrte ein paar Sekunden dort und drehte dann wieder ab. Lena folgte dem Manöver durchs Fernglas. In dem Moment erfasste ihn eine Windböe, und vor Schreck blieb ihr beinahe das Herz stehen. Er neigte sich seitlich, sodass die Rotorblätter gefährlich nahe an den Felsen kamen. Erst als sie ihn schon fast berührten, erlangte Christian wieder die Kontrolle und drehte ab. Lena atmete auf. Christian war ein ausgezeichneter Pilot, doch gegen die Naturkräfte kam auch er nicht an. Es wäre tatsächlich reiner Wahnsinn, bei diesem Wind eine Rettung mit dem Seil zu versuchen. Der Helikopter würde vermutlich an der Wand zerschellen. Lena durchforstete mit dem Fernglas akribisch die Stelle, auf die der Heli gedeutet hatte, Millimeter für Millimeter, und tatsächlich entdeckte sie etwas, was wie ein grüner Anorak aussah, etwa dreißig Meter über ihnen. Daniel hatte recht gehabt. Der Vorsprung war winzig. Es war nur eine Frage der Zeit, eine winzige Bewegung, ein Windstoß, bis Franz in den sicheren Tod abrutschte – falls er überhaupt noch lebte. Für sie bestand kein Zweifel mehr, dass es sich bei dem Verletzten um ihren väterlichen Freund handelte.

Sie sah ihre beiden Kollegen an. «Ihr habt mitgehört, was Christian gesagt hat?» Beide nickten ernst. Lena kontaktierte Jack und schilderte ihm die Lage.

Jack schwieg einen Moment, dann antwortete er durchs Funkgerät: «Bleibt, wo ihr seid. Wir sind in etwa zwei Stunden oben, dann machen wir die Bergung von oben, das ist sicherer. Wir winschen ihn dann von weiter unten in den Heli.»

«So lange können wir nicht warten, Jack», wandte Lena ein. «Der Verletzte liegt sehr exponiert, er kann jeden Moment abrutschen, und der Wind wird stärker ...»

«Ich weiß auch, dass es windig ist, danke für den Hinweis», blaffte Jack sie an. «Aber es geht nicht anders. Dreißig Meter in der Wand! Was wollt ihr von unten machen, wenn der Heli nicht rankommt?»

Lena sah nach oben. Die Wand war fast senkrecht, und das Gestein schien brüchig zu sein. Trotzdem waren dreißig Meter zu schaffen. «Ich geh hoch zu ihm», sagte sie. «Ich versuche ihn abzuseilen.»

«Spinnst du?», rief Jack erbost. «Wie willst du das machen? Wenn der Vorsprung so klein ist, wie Berger gesagt hat, kannst du da oben keinen Standplatz bauen. Und Jonas ist ...»

«Ich mach das allein. Ohne Jonas.»

«Bist du narrisch?» Jack schrie jetzt. «Wenn du glaubst, du musst uns hier was beweisen, nur weil ...»

«Ich muss euch nichts beweisen», gab Lena ruhig zurück. «Ich weiß, was ich kann.» Damit unterbrach sie die Verbindung.

Jonas und Charlie sahen sie erschrocken an. «Willst du das wirklich machen?», fragte Jonas, als Lena bereits begann, die Länge ihrer Seile zu überprüfen. Er sah beklommen die Wand hinauf.

«Ist nicht die erste Wand, die ich solo klettere.»

«Aber Jack ist der Einsatzleiter. Wenn er sagt, dass ...»

«Er ist nicht vor Ort und kann die Situation nicht einschätzen», gab Lena entschieden zurück. «Selbst wenn er hier wäre, würde ich den Teufel tun und hier herumstehen und warten, bis Franz in den Tod stürzt.»

«Aber ...»

«Das ist meine Sache. Ich bin Bergführerin, schon

vergessen? Ich kenn mich mit diesen Dingen ein bisschen besser aus als Jack Reiter», unterbrach sie ihn mit fester Stimme und ließ Jonas einfach stehen. Charlie zog es vor, sich gar nicht erst einzumischen.

Lena trat an die Wand. Sie atmete tief durch, konzentrierte sich voll auf den Fels und den Verunglückten, fixierte den kleinen grünen Punkt, den man von ihrer Position aus nur sehen konnte, wenn man wusste, wo er sich befand. Dann legte sie für sich die Route fest, wie sie aufsteigen wollte. Sie würde Franz dort herunterholen, davon war sie so überzeugt, wie sie noch nie von etwas überzeugt gewesen war. Gerade suchte sie eine Einstiegstelle, da veränderte sich das Licht. Die dichter werdenden Wolken hatten sich wie ein Schleier vor die Sonne geschoben und gaben der Szenerie etwas Nebelhaftes. Es wurde augenblicklich kühler. Erneut sah sie nach oben zum Grat, auf dem sie noch nie gewesen war. Die gezackte Linie seines Verlaufs erschien gegen das gedämpfte Licht unwirklich, fast entrückt. «Der Jubiläumsgrat ist ein Schinder», hieß es in Bichlbrunn über diese Tour, die bei aller Schönheit eben auch das Höchste abverlangte, kein Ende nehmen wollte mit ihrem Auf und Ab zwischen den beiden Gipfeln. Wie häufig schon hatten Ortsunkundige sie unterschätzt, weil sie glaubten, man könne mehr oder weniger geradeaus von Gipfel zu Gipfel spazieren.

Als sie ihren Fuß in die Wand setzte, hörte sie hinter sich das Knirschen von Schritten auf dem Geröll, dann trat Jonas neben sie und sah ebenfalls nach oben. «Du schaffst das», sagte er. Und fügte dann schüchtern hinzu: «Ich würde es an deiner Stelle genauso machen.»

Lena lächelte ihm zu und nickte.

Das Gestein war brüchig, und sie musste sowohl beim Sichern als auch beim Greifen höllisch aufpassen, um eine belastbare Stelle zu erwischen. Sie machte sich so flach wie möglich, saugte sich förmlich am Fels fest. Je höher sie stieg, desto kräftiger blies der Wind. Er zerrte an ihren Haaren, rüttelte an ihrer Kleidung, ihrem Rucksack. Sie war schon eine Weile nicht mehr auf diese Weise geklettert, spürte die Anstrengung in ihren Fingern und Beinen. Auf der Suche nach sicheren Stellen musste sie Umwege nehmen und kam langsamer voran als erwartet. Sie hatte eine Route gewählt, die nicht direkt unter dem Verletzten verlief, um nicht von ihm mitgerissen zu werden, falls er fallen sollte. So war sie aber gezwungen, den Bogen noch weiter zu schlagen. Nervosität ergriff sie, die Angst, zu spät zu kommen, nur weil sie sich für diesen oder jenen Weg entschied.

Sie versuchte, schneller zu klettern, eine direktere Route zu wählen, und griff dabei nach einem Vorsprung, ohne ihn vorher zu prüfen. Prompt brach der Stein ab, sie verlor den Halt und fiel ins Seil. «Vorsicht!», schrie sie nach unten, während der Felsbrocken neben ihr in die Tiefe fiel, und fluchte leise, ärgerlich über sich selbst.

Es knackte in ihrem Funkgerät. «Gottverdammt, was tust du?», schrie Jonas in ihr Ohr. «Bist du okay?»

Sie gab keine Antwort, sondern hob nur den Daumen, wissend, dass er ihren Aufstieg mit dem Fernglas verfolgte. Der Schock hatte ihre Nervosität vertrieben. Sie lauschte auf ihren Herzschlag und atmete wieder ein paar Mal tief ein und aus, um sich zu beruhigen. Dann erst stieg sie weiter, Armlänge um Armlänge, bis sie endlich die Höhe des Vorsprungs erreicht hatte.

Tatsächlich war es nicht mehr als eine kleine Felszacke, die Franz Schallers Sturz in die Tiefe aufgehalten hatte. Er lag in einer kleinen Mulde zwischen Zacke und Wand und bewegte sich nicht. Seine Augen waren geschlossen.

«Franz!», rief Lena angstvoll, während sie vorsichtig zu ihm hinüberstieg. Als sie glaubte, durch das Geheul des Windes ein leises Stöhnen herauszuhören, machte ihr Herz einen kleinen Sprung. «Beweg dich nicht! Ich bin da.»

Jetzt hatte sie ihn erreicht, kroch hinter ihn auf die Felsnase und sicherte zunächst sich selbst mittels eines Klemmkeils. Dann erst richtete sie ihre Aufmerksamkeit auf Franz Schaller.

Er sah übel zugerichtet aus, die linke Gesichtshälfte war blutig zerschrammt und bläulich verfärbt, sein linker Arm hing schlaff nach unten. Womöglich hatte er sich die Schulter ausgekugelt oder gebrochen. Als ihr Blick jedoch auf seine Beine fiel, musste sie sich zusammenreißen, um nicht aufzuschreien. Am rechten Schienbein stak der Knochen aus der Hose wie ein abgebrochener Ast.

Lena brach der Schweiß aus. Jeder Versuch, diese Wunde auch nur minimal zu versorgen, würde Franz unerträgliche Schmerzen bereiten, und vermutlich würde er sich unkontrolliert bewegen. Sie überprüfte Puls und Atmung. Gut, er hatte keinen unmittelbaren Schock.

«Franz!», sprach sie ihn an. «Hörst du mich?»

«Lena?» Er öffnete kurz die Augen, und sein Kopf bewegte sich ein wenig in ihre Richtung.

«Ja. Ich bin's. Ganz ruhig. Wir sind da. Wir holen dich runter.» Sie überprüfte seine Pupillenreaktion, strich ihm über Wange und Brust, versuchte, ihn durch die Berührung so zu beruhigen, dass er nicht auf die Idee kam, sich mehr zu bewegen. Nacheinander tastete sie Arme und Beine ab und fragte: «Spürst du das?»

Er nickte jedes Mal schwach, und Lena atmete auf. Offenbar war die Wirbelsäule unverletzt. Dann informierte sie Jonas und Charlie und bat, den Heli zu rufen, damit er bereit war, wenn sie unten ankamen.

«Was ist mit ihm?», wollte Jonas wissen. «Wie geht es ihm?»

«Er ist bei Bewusstsein», sagte Lena. «Ich bereite ihn jetzt vor.»

Sie unterbrach die Verbindung. Franz hatte die Augen wieder geschlossen. Sein Atem ging unregelmäßig und hörbar unter Qualen. Mit Sicherheit hatte er sich auch einige Rippen gebrochen.

«Wir werden uns jetzt zusammen abseilen», sagte sie in ruhigem Ton, während sie vorsichtig weiter seinen Körper abtastete. «Der Heli wartet schon. Charlie Seiler ist da, den kennst du doch.» Sicherheitshalber fügte sie hinzu: «Der arbeitet im Klinikum in Garmisch und ist Mitglied bei der dortigen Bergwacht. Er ist ein super Arzt. Alles wird gut.»

Er nickte erneut schwach, seine Augen flatterten. «Sepp?», flüsterte er.

«Er ist in Sicherheit», log Lena, während sie anfing, Ankerpunkte für das Abseilen und die Hintersicherung zu schaffen, und das Seil an den Enden verknotete für den Fall, dass es wider Erwarten zu kurz sein sollte. Zum Glück trug Franz noch seinen eigenen Klettergurt, sodass sie diesen nur auf Beschädigungen überprüfte, Franz aber nicht mehr als notwendig bewegen musste, um ihm einen neuen anzulegen. Dann klinkte sie sich und Franz an den Klettergurten am Abseilachter ein.

Per Funk kündigte sie an, das Seil hinunterzuwerfen. «Er hat eine ausgekugelte oder gebrochene Schulter und einen offenen Bruch», gab sie noch, an Charlie gerichtet, durch. «Fixierung? Notschiene?»

Charlie bestätigte es ihr, und sie öffnete den Reißverschluss ihres Notfallrucksacks, um die Aluschiene herauszuholen. Dabei bemerkte sie, wie ihre Finger vor Anspannung zitterten. Sie hatte schon öfter eine Notversorgung durchgeführt, doch noch nie bei jemandem, der ihr so nahestand wie Franz. Und noch nie an einer derart exponierten Stelle wie dieser. Der Wind pfiff ihr um die Ohren und riss ihr die offene Klappe des Rucksacks aus der Hand. Sie flatterte im Wind, knatternd wie eine Fahne, und Lena hatte Mühe, sie wieder zu fassen zu bekommen. Zunächst versuchte sie, so vorsichtig es ihr möglich war, den linken Arm mit der ausgekugelten Schulter mit dem Dreieckstuch am Körper zu fixieren. Doch bereits als sie seinen Arm nur berührte, stöhnte Franz und bewegte sich ruckartig.

«Schschsch!» Lena hielt inne und warf einen Blick auf die schmale Felsnase, auf der sie sich beide befanden. Kleine Steine lösten sich und fielen in die Tiefe. Sie konnte es nicht riskieren, es musste ohne gehen. Doch die Notschiene für den offenen Bruch musste sie versuchen anzubringen, damit sich das Bein nicht unkontrolliert bewegte. Die Schmerzen, die das verursachen würde, wollte sie sich nicht vorstellen.

Als Erstes schulterte sie den Rucksack wieder, dann rutschte sie weg von seinem Oberkörper zu den Beinen. «Das wird jetzt ein bisschen wehtun», sagte sie, während sie sich mit der Schiene und den Fixierungsriemen nach vorne zu seinem Bein beugte. «Kannst du bitte trotzdem versuchen, ruhig zu bleiben?»

Franz gab keine Antwort, doch als sie mit einem Ruck die Schiene an seinem Unterschenkel festzog, schrie er auf und machte eine heftige Bewegung. Beide rutschten zur Seite – Lena hielt den Atem an: direkt unter ihnen fünfundzwanzig Meter Leere. Der Wind jaulte ihr in den Ohren und rüttelte an ihrem Rucksack. Bei jeder Böe, die sie traf, musste sie sich bewusst dagegenstemmen, um auf dem schmalen Sims nicht das Gleichgewicht zu verlieren. Wenn sie jetzt abrutschten, würden sie trotz Sicherung fallen. Das konnte für Franz Schaller verheerend sein. Womöglich hatte er sogar innere Verletzungen. Da er seine Beine und Arme bewegen konnte, ging sie davon aus, dass die Wirbelsäule nicht betroffen war, aber ganz sicher konnte sie nicht sein.

Gab es eine Alternative? Sie warf einen Blick zum Himmel, der sich zunehmend verdüsterte. Sollte sie lieber mit Franz hier oben warten, bis Jack, Andi, Flo und Ferdi über den Grat zu ihnen gelangten? Er verlief noch gut zwanzig Meter über ihnen, und sie würden sich ebenfalls mit Franz abseilen oder ihn nach oben auf den Grat holen müssen, was nicht viel besser war. Sie hob den Kopf in den Nacken und musterte die Vollkarscharte, die sich schräg über ihr wölbte. Sie befanden sich noch etwa hundert Meter vor dieser wuchtigen Erhebung, die es auf dem Weg von der Zugspitze zur Alpspitze zu überwinden galt. Franz und Sepp mussten abgestürzt sein, noch bevor sie den Aufstieg begonnen hatten. Da Jack und die anderen jedoch von der anderen Seite kamen, würden sie dieses Hindernis erst einmal überwinden müssen, um zu ihnen zu stoßen. Es war recht optimistisch, für den ganzen Weg von der Alpspitze bis hierher nur zwei Stunden zu veranschlagen. Selbst wenn es ihnen gelänge, war vermutlich eine Rettung per Helikopter vom Grat aus nicht mehr möglich, da das Wetter sich minütlich verschlechterte. Dann hätten sie wertvolle Zeit verloren. Zeit, die womöglich für Franz entscheidend war. Sie dachte an Christian Bergers riskantes Helikopter-Manöver gerade eben an der Wand und fröstelte. Sie musste eine Entscheidung treffen. Hier und jetzt. Es war ihre Verantwortung.

Sie würde es wagen. Es war alles vorbereitet und doppelt und dreifach geprüft. Die Sicherung wird halten, sagte sie sich, immer und immer wieder, wie ein Mantra. *Ich kann das. Ich habe es zahllose Male geübt.* In der Bergführer-Ausbildung musste sie bis an die neunzig Kilo, also das Gewicht eines Mannes, bei der Sicherung halten können, etwas, was sich viele Frauen nicht zutrauten. Doch sie konnte es. Sie würde Franz halten können.

«Kannst du dich mit einer Hand abstützen?», fragte sie, doch Franz reagierte nicht.

Seine Haut war blass geworden, und als sie seinen Puls suchte, war er kaum noch zu spüren. Ihr Herz begann, schneller zu klopfen, und jeder Muskel ihres Körpers spannte sich an. Sollte es zu spät sein? Hatte sie zu lange gebraucht? Zu lange gezögert?

«Ich komme jetzt runter», sagte sie hastig mit bebender Stimme in ihr Funksprechgerät, dann rutschte sie zusammen mit Franz, der reglos im Klettergurt hing, an die Kante und ließ sich vorsichtig ins Seil gleiten. Als sie von der Felsnase glitten, fiel Franz schwer wie ein Sack Kartoffeln auf ihren Oberkörper, und sie hatte Mühe, den Ruck aufzufangen.

Einen Moment lang schwebten sie in der Luft, leicht schaukelnd im Wind, dann gab sie Zentimeter für Zentimeter Seil, und sie begannen, sich langsam, im Schneckentempo nach unten zu bewegen. Sie durfte auf keinen Fall zu schnell werden, denn das würde nicht mehr einzufangen sein. Nach etwa der Hälfte musste sie innehalten. Ihr Körper zitterte vor Anstrengung, ihr Atem ging stoßweise. Trotz des kalten Windes stand ihr der Schweiß auf der Stirn, rann ihr in die Augen. Sie zwinkerte, und plötzlich hatte sie das Gefühl, das Seil trotz Sicherung über den Achter nicht mehr halten zu können. Ihre Finger waren verkrampft, und ihre Armmuskeln brannten wie Feuer. Sie konnte Jonas und Charlie sehen, die unter ihr standen, noch klein und viel zu weit entfernt, nicht in der Lage, sie aufzufangen, sollten sie ungebremst fallen.

Lena biss sich auf die Lippen, schmeckte den salzigen Schweiß und dachte an ihren Vater. «Immer gschmach», war sein Rat gewesen, als er ihr am Schneggensteig als kleines Mädchen das Klettern beigebracht hatte. Gschmach, was so viel wie sanft oder langsam bedeutete, war auch sein Rat beim Skifahrenlernen gewesen, als Dreijährige, als sie noch in jeder Kurve hingefallen war. Es war allgemein eines seiner Mottos gewesen: langsam, ein Schritt nach dem anderen, nichts überstürzen, nicht im Leben und nicht beim Klettern.

«Immer gschmach», flüsterte sie sich zu und überwand sich, ihren verkrampften Griff ein wenig zu lockern und einen Zentimeter zuzugeben. Und noch einen. Und noch einen. Sie sah nicht nach unten dabei, schloss nach einer Weile sogar die Augen, um sich ausschließlich auf den nächsten Zentimeter zu konzentrieren.

Als ihre Füße schließlich den Boden berührten und starke Arme sie umfassten, war sie eine Sekunde lang überrascht, dann gaben ihre Beine nach, und sie sank völlig erschöpft in Jonas' Arme. Noch einmal rappelte sie sich mit letzter Kraft auf und half den Männern, Franz vorsichtig aus dem Seil zu lösen und auf den bereits vorbereiteten Bergesack zu legen, dann klappten ihr die Beine endgültig weg, und sie setzte sich mit dem Rücken zur Wand auf den Boden. Ihre Arme zitterten unkontrolliert, und sie hatte Mühe, ihre schmerzenden Finger zu öffnen.

Jonas musterte sie mit einer Miene, die zwischen Anspannung und Erleichterung wechselte. «Heilige Scheiße!», rief er mit sich überschlagender Stimme und fuhr sich mit beiden Händen übers Gesicht. «Echt jetzt! Ich konnte nicht mehr hingucken! Hätte mir fast in die Hose gemacht.» Sein Berliner Tonfall war in der Aufregung so deutlich zu hören wie selten.

Lena wollte etwas erwidern, irgendeinen flotten Spruch,

doch sie konnte nicht, daher lächelte sie nur schwach, und Jonas erwiderte ihr Lächeln.

Charlie hatte augenblicklich mit der Akutversorgung begonnen. Über ihnen schwebte der Helikopter. Sobald Franz bereit war, winschten sie ihn und den Notarzt mit der Winde nach oben. Als Lena zusah, wie sie sich rasch entfernten, traten ihr vor Erleichterung Tränen in die Augen.

Sie wandte sich ab und begann mit den gewohnten Routinearbeiten, die das Ende eines Einsatzes markierten und ihr immer dabei halfen, sich zu beruhigen, wieder runterzukommen – im wahrsten Sinne des Wortes.

Sie rollte die Seile wieder ordentlich auf, packte ihre Ausrüstung zusammen und ließ sich dann, als alles geordnet und verpackt war, erneut mit dem Rücken an die Felswand gelehnt nieder, ein paar Meter von dem Toten entfernt, der dort, ebenfalls in einen Bergesack gehüllt, auf seine Abholung wartete. Während Jonas sich neben sie setzte, funkte sie Jack an.

«Ihr könnt abbrechen», sagte sie knapp und merkte, wie nicht nur ihr Körper, sondern auch ihre Stimme zitterte. «Wir haben den Verletzten bergen können. Es ist Franz. Er lebt und ist auf dem Weg ins Krankenhaus.»

Dann blieb nichts mehr, als zu warten, bis der Helikopter zurückkommen und sie abholen würde.

Inzwischen war es später Nachmittag geworden, und das weiche Licht der tiefer stehenden Sonne, das noch gelegentlich durch die dichter gewordenen Wolken drang, ließ die Gipfel um sie herum orange aufleuchten, während das Geröllfeld, wo sie und Jonas saßen, bereits im Schatten lag. Lena lehnte sich gegen die rissige Wand und genoss jede Erhebung, jeden rauen Zacken, der sich in ihren Rücken bohrte, genoss den leichten Schmerz, der ihr sagte, dass sie am Leben war. Weder sie noch Jonas wussten irgendetwas zu sagen. Daher schwiegen sie.

Langsam kühlte ihr erhitztes Gesicht ab. Jetzt, wo das ohrenbetäubende Knattern des Helikopters verstummt war, umgab sie wieder vollkommene Stille, nur vom Pfeifen des Windes und einem gelegentlichen Krächzen der Dohlen unterbrochen. Sie schloss erschöpft die Augen, verschränkte die Finger, betete kurz und unbeholfen für Franz und den Toten neben ihnen. Ihr Atem beruhigte sich. Die Stille am Berg, nur umgeben von nacktem Stein, war etwas völlig anderes als die Stille im Tal. Sie war ewig, absolut. Und selbst in einer Situation wie dieser verlieh sie einem einen gewissen Frieden, auf eine Weise, wie man sie nirgendwo sonst finden konnte. Jede Faser ihres Körpers wurde davon durchdrungen, bis sie im tiefsten Inneren ebenfalls ganz still wurde. Die Stille war mächtiger als der Schock und die Angst um Franz. Die Berge trösteten, selbst wenn es keinen Trost gab.

3

Es gab wenige Dinge, die Lena so sehr hasste wie Krankenhäuser. Nicht dass sie sich schon häufig darin aufgehalten hätte, es gab auch keine traumatischen Erfahrungen, die sie mit Krankenhäusern in Verbindung brachte, von einer Nacht in der Notaufnahme in Kathmandu vielleicht einmal abgesehen, als sie sich bei einem dummen Sturz auf der Straße einen rostigen Nagel in die Hand gerammt hatte. Sie konnte nicht genau sagen, woran es lag, dass sie Krankenhäuser am liebsten nur von außen sah. Es war vermutlich der Geruch, die beklemmende Zweckmäßigkeit der Apparaturen und der vor Sauberkeit glänzenden langen Flure, die geheimnisvolle Bedeutsamkeit, mit der das Personal in Kitteln und leisen Schuhen herumlief, und ganz sicher war es das Gefühl des Ausgeliefertseins, der fehlenden Kontrolle, das sie mit Widerwillen erfüllte, sobald sie die Türschwelle überschritt. Jetzt saß sie schon seit über einer Stunde auf einem der unbequemen türkisfarbenen Plastikstühle vor der Notaufnahme. Charlie hatte sich längst verabschiedet, er war zusammen mit Christian Berger zu einem neuen Einsatz gerufen worden. Lena knetete ihre Finger, sie waren noch immer kalt und rau von der Kletterei.

Nachdem der Helikopter sie beim Gewerbehof abgesetzt hatte, waren sie und Jonas von Bichlbrunn direkt ins Klinikum nach Garmisch gefahren. Die Ärztin, die Franz Schaller in Empfang genommen hatte, hatte kurz mit ihnen geredet und versprochen, sie zu informieren, sobald sie Näheres wusste. Sie hatte außerdem gefragt, ob es Angehörige gab, die benachrichtigt werden mussten, die Situation sei ernst. Franz war

Witwer, doch Lena hatte ihr die Namen der beiden Töchter genannt, sie lebten beide in München und waren nun auf dem Weg hierher.

Jonas war die ganze Zeit nicht von Lenas Seite gewichen. Jetzt kam er von dem Getränkeautomaten zurück, der im Flur stand, und reichte ihr eine Cola, bevor er sich wieder setzte.

«Wie lange kennst du Franz eigentlich schon?», wollte er wissen, während er die Flasche öffnete und daraus trank.

«Mein ganzes Leben», erwiderte Lena bedrückt. «Er war der beste Freund meines Vaters. Sie haben viel zusammen unternommen, er war oft bei uns zu Hause, und als mein Vater gestorben ist, hat er sich um mich gekümmert. Fast wie ...» Ihre Stimme versagte für einen Moment, und ihr kamen die Tränen. «Fast wie ein Vater.» Sie schluchzte auf, und Jonas legte unbeholfen den Arm um sie.

«Es tut mir leid», sagte er unvermittelt. «Ich habe mich gestern wie ein Arschloch benommen. Ferdi auch. Und Flo checkt sowieso nichts. Wir haben Jack die Meinung gesagt, danach, aber da warst du schon weg.»

Lena schwieg. Der Streit schien ihr mit einem Mal so unwichtig. So weit weg. Im Moment zählte für sie nur Franz und ob er überleben würde.

«Ist schon okay», sagte sie müde. «Jack kann ziemlich furchteinflößend sein. Es spielt keine Rolle mehr. Ich höre sowieso auf.»

«Was?» Jonas sah sie entsetzt an. «Aber das kannst du doch nicht machen ...»

In diesem Moment schwang die elektrische Eingangstür auf, und Andi, Ferdi, Flo und Jack kamen herein. Sie trugen wie auch Lena und Jonas noch ihre Bergwachtskleidung.

«Wie schaut's aus?», wollte Ferdi atemlos wissen, während die vier auf sie zueilten.

Jonas klärte sie über das Wenige auf, das sie bisher wussten, und sie setzten sich. Lena hob nicht einmal den Kopf. Wenn Jack es wagen sollte, irgendeine Kritik an ihrem eigenmächtigen Handeln zu üben, würde sie ihm mit ausgefahrenen Krallen ins Gesicht springen.

Entweder spürte Jack ihre Wut, oder er war selbst zu erschüttert, um ihr Vorwürfe zu machen. Jedenfalls sagte er kein einziges Wort.

Sie warteten noch eine weitere Stunde, bis sich die Schiebetür, die zum Behandlungsbereich führte, wieder öffnete und die Ärztin erneut heraustrat. Ihre Miene war ernst, und sie wirkte erschöpft.

Alle sprangen auf, als sie zu ihnen trat. «Herr Schaller ist so weit stabil und befindet sich nicht mehr in akuter Lebensgefahr», begann sie nüchtern, und ein Seufzer der Erleichterung ging durch die gesamte Gruppe. Sie nickte knapp und fuhr dann fort: «Allerdings hat er ein schweres Schädel-Hirn-Trauma und zahlreiche Knochenbrüche und Prellungen. Wir haben ihn in ein künstliches Koma versetzt, damit der Organismus sich erholen kann.»

Als sie sich räusperte und einen langen Blick in die Runde warf, begann Lenas Herz trotz der Erleichterung schneller zu klopfen. Da war noch etwas.

Tatsächlich fügte die Ärztin nach einer kurzen Pause hinzu: «Außerdem hat ein Riss in der Leber eine Notoperation erforderlich gemacht. Die Einblutung in den Bauchraum musste gestillt werden. Unserer Einschätzung nach war das buchstäblich Rettung in letzter Minute. Ein großes Kompliment an Sie. Wäre Herr Schaller eine halbe Stunde später zu uns gekommen, wäre er vermutlich verblutet.»

Keiner sagte etwas.

Lediglich Jonas schaffte es nach einem kurzen Moment

des Schocks, sich bei der Ärztin für die Informationen zu bedanken.

«Keine Ursache.» Sie lächelte. «Ich habe Ihnen zu danken. Wir wissen Ihre Arbeit sehr zu schätzen.» Franz Schaller würde nun das Wochenende über im künstlichen Koma bleiben und vermutlich im Laufe der kommenden Woche ansprechbar sein. «Dann können Sie Ihren Kameraden besuchen.» Mit einem weiteren knappen Nicken verabschiedete sich die Ärztin und hastete davon. Die Bergwachtstruppe blieb betreten zurück.

«Eine halbe Stunde», sagte Ferdi fassungslos. «Das hätten wir nie geschafft.»

Lena spürte, wie sich die Augen aller ihrer Kameraden auf sie richteten, doch es gab von ihrer Seite aus nichts zu sagen. Die Fakten sprachen für sich. Dennoch: Sie war nicht stolz darauf, nur unendlich erleichtert. Fröstelnd rieb sie sich die nackten Oberarme und griff nach ihrer Jacke.

«Ich fahr nach Hause», sagte sie und nickte vage in die Runde. Dabei fing sie einen Blick von Jack Reiter auf. Tiefe Erschütterung war darin zu lesen. Und noch etwas, was sie nicht zu deuten wusste. Scham? Reue? Wut? Schnell drehte sie sich weg und wandte sich an Jonas. Sie waren zusammen mit dem Pick-up der Bergwacht gekommen. «Willst du mit zurück?»

Jonas nickte. Nachdem sie die Notaufnahme verlassen hatten, rief er kopfschüttelnd: «Wenn du nicht gewesen wärst ...!» Nach einer Weile fügte er hinzu: «In Jacks Haut möchte ich jetzt nicht stecken.»

Lena hob die Schultern. «Ich auch nicht.» Und fast tat ihr der Kollege ein wenig leid.

Gegen sieben Uhr abends brach das Gewitter, das sich am Nachmittag bereits angekündigt hatte, mit voller Wucht los. Der Himmel verdunkelte sich schlagartig, die Berge verschwanden hinter einer Wand aus Wolken, und der Wind trieb den Regen in Böen vor sich her. Lena saß an der offenen Balkontür in ihrer Küche im Schneidersitz am Boden und blickte hinaus. Durch das tiefe Vordach einigermaßen geschützt, sah sie zu, wie Blitze am Himmel zuckten und alles in ein unheimliches violettes Licht tauchten. Der Donner krachte und grollte von allen Seiten, wurde von den Bergen als Echo zurückgeworfen, sodass man meinen konnte, er wäre in dem engen Tal gefangen.

Lena fühlte sich ähnlich gefangen. Wie ein Tier im Käfig war sie durch ihre kleine Wohnung getigert, seit sie aus dem Krankenhaus zurückgekommen war. Sie hatte ihre Siebensachen bereits in den Rucksack gepackt, um mit dem Mountainbike auf die Alm zu fahren, doch das Gewitter war schneller gekommen als gedacht, und nun musste sie abwarten. Regen machte ihr nicht unbedingt etwas aus, aber bei einem Gewittersturm auf die Alm zu radeln war definitiv kein Spaß.

Sie hatte das Krankenhaus mit gemischten Gefühlen verlassen. Da war die große Erleichterung, dass Franz das Unglück überlebt hatte. Gleichzeitig saß ihr doch die Angst im Nacken, dass es weiterhin zu Komplikationen kommen könnte. Immer wieder schob sich ihr das Bild vor Augen, wie er hilflos und schwer verletzt auf diesem aberwitzigen Felsvorsprung gelegen hatte. Eine einzige Bewegung hätte genügt, und er wäre in die Tiefe gestürzt, womöglich sogar mit ihr zusammen. Sie schauderte, und ihr stellten sich die Haare an den Unterarmen auf.

Wenn die Bergsteiger am Teufelskopf nicht den Verunglückten auf dem Geröllfeld gesehen und die Bergwacht alarmiert hätten, wäre Franz dort oben gestorben, würde er jetzt vermutlich noch immer dort liegen, der leblose Körper dem Gewitter und dem Sturm ausgesetzt. Ihr wurde übel, als sie daran dachte, ihr Magen krampfte sich jäh zusammen. Leise stöhnend beugte sie sich nach vorne und wartete mit geschlossenen Augen, bis die Schmerzen abflauten und schließlich ganz verschwanden. Sie kannte diese Schmerzen, wusste, woher sie kamen, wollte jedoch auf keinen Fall darüber nachdenken. Nicht jetzt und am liebsten niemals.

Der Regen wurde stärker, vereinzelt prasselten jetzt auch Hagelkörner auf den Balkon. Sie streckte die Hand aus und klaubte ein paar der Brocken auf, während sich das Rauschen des Regens zu einem ohrenbetäubenden Trommeln steigerte. Passanten hasteten aus dem Supermarkt in ihre Autos und hielten sich dabei schützend ihre Jacken über den Kopf. Lena liebte Gewitter – sofern sie nicht gerade in einer Wand hing oder sich an einem eisernen Klettersteig festhielt, versteht sich. Sie liebte es, zu spüren, wie die Naturgewalten sich entluden, es faszinierte und belebte sie, als ob sie die Kraft, die von der Natur in diesen Momenten ausging, in sich aufsaugen könnte.

Vermutlich lag das an ihrer Kindheit auf der Alm, wo sie dem Wetter sehr viel stärker ausgesetzt war als im Tal. Schon damals hatte sie sich magisch angezogen gefühlt von den Blitzen, die über den Himmel zuckten oder krachend in eine Baumspitze in der Nähe einschlugen. Am liebsten wäre sie bei jedem Gewitter auf der Wiese herumgelaufen, völlig angstfrei und sich der Gefahr nicht bewusst. Res hatte ihr das jedoch streng verboten und sie sofort in die Hütte geholt, doch dort hatte sie es nie lange ausgehalten. Schließlich hatten sie sich darauf geeinigt, dass Lena auf der Bank vor der Alm sitzen und zuschauen durfte, während Res im Innern der Hütte eine schwarze Wetterkerze anzündete, die Schaden vom Haus und von den Tieren abwenden sollte.

Oft hörten sie bei starken Gewittern vom Tal herauf die Kirchenglocken läuten. Die Bichlbrunner Pfarrkirche verfügte über eine spezielle Wetterglocke, und sie hatte sogar einen Namen: Marie. Wenn die Glocken im Tal ertönten, rezitierte Res stets denselben Spruch:

Weadamari hoaß i,
olle Weada woaß i,
Weadamari bleib i,
olle Weada vertreib i.

Aus früheren Zeiten hatte diese Hoffnung im Dorf überdauert, dass die Glocke imstande wäre, die Gewitterwolken zu vertreiben: *Wettermarie heiß ich, alle Wetter weiß ich, Wettermarie bleib ich, alle Wetter vertreib ich.* Dies hatte weniger mit Aberglauben zu tun als mit der Überzeugung, dass der Schall der großen Glocke Einfluss auf die Wolken ausüben könne. Lena wusste als Kind nichts von Schall und Aberglauben, doch es gruselte sie jedes Mal wohlig, wenn sie von unten die Glocken hörte, weil sie dann wusste, dass es sich um ein richtig heftiges, wildes, ungestümes Gewitter handelte, was ihr einerseits einen Schauer über den Rücken jagte und sie andererseits die Arme ausstrecken und jubeln ließ, wenn sie schon nicht auf der Wiese hüpfen und springen durfte.

«Du bist ein Sturmkind», sagte Res dann zu ihr. «Das liegt wahrscheinlich dran, dass du während eines Schneesturms geboren bist.»

Eigentlich hätte der Umstand, dass sie während eines Jahrhundertschneesturms zur Welt gekommen war, eher dazu führen müssen, dass sie Unwetter verabscheute, war dies doch der Grund für den Tod ihrer Mutter gewesen. Die Straße nach Garmisch war durch eine Lawine unpassierbar geworden, ihre hochschwangere Mutter hatte nicht mehr rechtzeitig das Krankenhaus von Garmisch erreicht. Die Presswehen hatten eingesetzt, während Lenas Vater noch versucht hatte, mit der Polizei zu verhandeln, um sie durchzulassen – was nichts gebracht hätte, wie man am nächsten Tag hatte sehen können: Die gesamte Straße war verschüttet worden, es hätte kein Durchkommen gegeben.

Lena kannte die Bilder von einem Zeitungsartikel, in dem über die tragische Geschichte ihrer Geburt berichtet worden war. Sie war im Auto zur Welt gekommen, dabei hatte es Komplikationen gegeben, die Blutung bei ihrer Mutter hatte nicht aufgehört, und bis ihr Vater über die verschneite Straße zurück nach Bichlbrunn und zum damals einzigen Arzt im Ort gefahren war, einem Allgemeinarzt kurz vor der Rente, war es zu spät gewesen. Dr. Lechner hatte ihr nicht mehr helfen können. Die Gebärmutter war bei der Geburt gerissen. Lenas Mutter war verblutet.

Man hatte Lena die Geschichte erzählt, sobald sie alt genug dafür gewesen war, sie zu verstehen, und sie hatte sie zunächst zur Kenntnis genommen wie etwas, das zwar tragisch war, sie aber nicht wirklich betraf. Ihre Mutter hatte Lena nicht gefehlt, zumindest nicht so, wie einem jemand fehlt, den man gekannt und dann verloren hatte. Sie hatte früher oft darüber nachgedacht, wie ihre Mutter wohl gewesen sein mochte und dass es schön gewesen wäre, eine Mutter zu haben, doch wirklich geschmerzt hatte der Verlust sie nicht. Mit Res und ihrem Vater hatte sie alles gehabt, was sie brauchte, und etwas anderes hatte sie nie gekannt. Umso schlimmer war der Tod ihres Vaters gewesen. Damit war ihr bewusst geworden, dass sie nun ganz allein auf der Welt war. Zwar hatte sie noch ihre

Tante, doch bei aller Liebe und Geborgenheit, die sie ihr gab, war es nicht dasselbe.

Wieder wanderten ihre Gedanken zu Franz und daran, was er nach dem Tod ihres Vaters für sie bedeutet hatte. Dabei wurde ihr noch einmal überdeutlich bewusst, wie knapp sie heute an einer furchtbaren Tragödie vorbeigeschrammt waren. Eine Tragödie nicht nur für Franz' Familie und die Bergwacht, sondern auch für sie ganz persönlich. Sie wusste nicht, wie sie damit hätte umgehen können, wenn Franz dort oben, an diesem verfluchten Grat, gestorben wäre. Erneut sandte ihr Magen leise Zeichen einer Verspannung aus, und sie atmete tief ein und aus, versuchte, nicht mehr daran zu denken, wie sie dort oben auf dem Felsvorsprung mit Franz gekauert hatte, versuchte, den Anblick seines leichenblassen Gesichts zu verdrängen, den bleichen, blutigen Knochen, der aus seiner Hose stak, wollte nicht mehr daran denken, wie sie sich gefühlt hatte, mit ihm am Seil zu hängen, nahezu am Ende ihrer Kräfte.

Auch jetzt läuteten die Wetterglocken der Pfarrkirche, doch längst nicht mehr verursachte die Wettermarie bei Lena jene Mischung aus Grusel und Begeisterung wie als Kind. Heute erschien ihr das Geläut eher ein Nachhall des Unglücks zu sein, das Echo der Tragödie, die sich am Nachmittag am Jubiläumsgrat ereignet hatte. Lena betrachtete die Hagelkörner, die in ihrer Hand schmolzen. Ihr war, als hätte sich in den letzten Tagen ihr ganzes Leben von Grund auf geändert, als bräche alles zusammen, was sie bis jetzt für sicher und verlässlich gehalten hatte. Sie wusste nicht, wie es weitergehen sollte, und das machte ihr mehr Angst als jedes Gewitter dieser Welt.

4

So schnell, wie es gekommen war, verzog sich das Gewitter auch wieder. Ben hatte am Fenster gesessen und fasziniert hinausgesehen, während Hilde sich winselnd in irgendeine dunkle Ecke verkrochen hatte. Seit dem ersten Donnerschlag hatte Ben sie nicht mehr gesehen. Im Gegensatz zu Hilde, die ein reiner Stadthund war, kannte er die heftigen Gewitter dieser Gegend noch von früher, auch wenn er in den letzten Jahren in der Stadt vergessen hatte, was für ein Ehrfurcht gebietendes Schauspiel sie waren.

Als der Regen aufhörte, war nur noch das Tropfen der lecken Dachrinne zu hören und das Knacken des Feuers im großen Herd, den Ben gleich am Morgen eingeheizt hatte. Das Feuer hielt sich erstaunlich lange darin, er musste nur selten nachschüren, und auch das Wasser in dem kleinen Behälter auf der Herdplatte war immer heiß. Ben hatte die elektrische Kaffeemaschine bisher noch nicht benutzt, weil er sich wie damals mit seinem Großvater den Kaffee mit dem heißen Wasser aus dem Herd aufbrühte. Das fand er viel praktischer.

Jetzt stand er auf und holte sich ein Bier aus dem Kühlschrank. Er rief nach Hilde, doch sie kam nicht, noch nicht einmal, als er sie mit einem Leckerli lockte. Er machte sich auf die Suche nach ihr und fand sie schließlich im Schlafzimmer, vergraben unter seiner Bettdecke.

«Also wirklich!», rief er, als er einen Zipfel hochhob und ihm ein zotteliges Hundegesicht entgegenblickte. «Bett ist verboten. Das gilt auch bei Gewitter.» Er lüpfte die Bettdecke. «Komm, sei tapfer! Wir gehen raus.»

Das Gewitter war nahezu abgezogen, als er mit einer sehr

widerwilligen Hilde im Schlepptau aus der Tür trat. Im Süden zeigte sich schon wieder der blaue Himmel, nur gegen Norden hingen die Wolken noch bedrohlich über den Bergen. Entfernt donnerte es, und Hilde winselte, zog den Schwanz ein und wollte kehrtmachen. Doch Ben hielt sie am Halsband fest und setzte sich zu ihr auf den mit einer Reihe Steinfliesen gepflasterten Boden neben der Tür, der, geschützt von dem ausladenden Vordach, trocken geblieben war.

«Alles gut», murmelte er ihr ins zottige Ohr und kraulte sie beruhigend am Nacken. «Ich pass auf dich auf.»

Nach einer Weile setzte sich Hilde ebenfalls, wenngleich sie wachsam blieb.

Ben lehnte sich an die Hausmauer, trank von seinem Bier und streckte die Beine aus, während er Hilde weiter kraulte und beruhigende Worte murmelte. Beim nächsten Donner, kilometerweit weg und nicht mehr als ein Grummeln, sprang ihm die Hündin auf den Schoß und jaulte. Er umschlang sie mit seinen Armen und hielt sie fest. So saßen sie eine ganze Weile: Ben am Boden, die Arme um Hilde geschlungen, und der große Hund eng an ihn geschmiegt, den Kopf auf seine Schulter gelegt.

«Ben? Ist alles in Ordnung?»

Beim Klang einer Frauenstimme so dicht neben sich erschrak er, während Hilde nur den Kopf drehte und freundlich mit dem Schwanz wedelte. Es war Miri, die vor ihnen stand und ein wenig irritiert dreinschaute.

«Oh», sagte Ben. «Du bist es.» Er rappelte sich etwas auf, ohne jedoch Hilde loszulassen.

Miri lächelte etwas unsicher. «Hab ich euch bei etwas gestört?»

«Gewittertherapie», erklärte Ben.

«Wer von euch beiden hat denn Angst?»

«Hilde.»

«Ach. Ich hätte wetten können, dass sie es ist, die dich tröstet.»

Ben hob die Schultern und lächelte vage. «So genau weiß man das nie.»

Miri hob eine Flasche Wein in die Höhe. «Lust auf ein Gläschen?»

Ben zögerte, überrumpelt von diesem Spontanbesuch seiner Nachbarin. Er sehnte sich nicht nach Gesellschaft. Und die Erfahrung mit Lena gestern in der Bongo-Bar hatte ihn gelehrt, dass er gut daran tat, sich den Menschen hier besser nicht zu sehr zu öffnen.

«Keine Sorge, ich werde mich nicht hemmungslos betrinken und dir heulend mein ganzes Leben erzählen», sagte Miri augenzwinkernd, die seine Zurückhaltung richtig deutete.

Ertappt musste Ben lachen. Er nickte und griff nach der Bierflasche, die neben ihm stand. «Ich bleibe allerdings lieber beim Bier.»

«Alkohol ist Alkohol. Wenn's dir recht ist, hole ich drinnen ein Glas für mich. Ich kenn mich aus.»

Zwei Minuten später kam sie mit einem Weinglas und einem Korkenzieher zurück. Sie entkorkte die Flasche, goss sich großzügig von dem Rotwein ein und setzte sich neben Ben auf den Boden.

«Wir könnten uns auch auf Stühle setzen. Es gibt immerhin einen Klappstuhl, und ich kann noch einen Stuhl aus der Küche holen ...»

«I wo. Ich sitz gern auf dem Boden. Das erdet mich», gab Miri zurück. Sie tranken jeder einen Schluck, dann holte Miri einen kleinen Aschenbecher und Zigaretten aus ihrer Jacke. «Stört's dich?»

Ben schüttelte den Kopf.

Sie zündete sich eine Zigarette an und nahm einen tiefen Zug. «Manchmal brauch ich das einfach.»

Ben nickte und streichelte Hilde weiter, die sich hingelegt hatte, entspannt mit dem Kopf auf Bens Oberschenkel.

«Wie läuft's mit Fredo?», wollte Miri wissen, während sie die Gummistiefel und Socken abstreifte und mit den Zehen wackelte.

«Gestern hat er sich etwas von dem Baumstumpf geholt. Obwohl Hilde und ich nicht weit weg waren.»

«Super!» Miri strahlte. Wenn sie nicht Zigarette und Rotweinglas in den Händen gehalten hätte, hätte sie vermutlich vor Begeisterung in die Hände geklatscht. «Ich hab mir Sorgen um ihn gemacht. Er akzeptiert dich also langsam. Das wird schon. Biete ihm regelmäßig was an. Vielleicht frisst er dir irgendwann aus der Hand.»

«Aus der Hand?» Fragend hob Ben die Brauen, die scharfen Klauen und den kräftigen Schnabel des Vogels vor Augen.

«Ja, klar! Greifvögel können das lernen, wenn sie an Menschen gewöhnt sind. Also ... versuch's einfach. In der Küchenkommode muss noch mein alter Lederhandschuh liegen, den brauchst du gegen die scharfen Krallen. Außerdem wird Fredo ihn wiedererkennen.» Ihr Blick wurde schwärmerisch. «Es ist ein wunderbares Gefühl, wenn ein stolzes, schönes Tier dir so vertraut, dass es sich auf deiner Hand niederlässt.»

«Kann ich mir vorstellen.»

Ben dachte an die Wölfe in der Auffangstation in Kanada, wie sie anfangs noch voller Angst und Aggression gewesen waren. Es war jedes Mal ein Moment vollkommenen Glücks gewesen, wenn endlich eines der Tiere zu ihm Vertrauen gefasst hatte.

«Es ist besser als Sex», stellte Miri fest.

Amüsiert sah Ben seine neue Kollegin von der Seite an. «Interessanter Vergleich.»

«Apropos Sex», sie drückte ihre Zigarette aus, «hast du schon wieder ein bisschen Fuß gefasst im Dorf?»

Ben lachte. «Was den Sex anbelangt, nein, aber danke der Nachfrage. Im Übrigen hat sich erstaunlich wenig geändert, seit ich weggegangen bin. Ich habe mich gleich wieder zu Hause gefühlt.»

Miri warf ihm einen forschenden Blick zu, bestimmt hatte sie die bittere Ironie in seiner Stimme gehört. Doch sie hakte nicht nach, sondern fragte nur: «Warst du schon in der Bongo-Bar?»

Er antwortete mit einem Nicken. Er dachte wieder an Lena, und ihm wurde heiß vor Zorn und Scham. Was verflucht noch mal hatte er sich nur gedacht?

«Nachdem die Bar das einzige Nachtleben hier im Ort darstellt, kommst du eh nicht drum rum, wenn du nicht jeden Abend im Pförtnerhäuschen versauern willst. Hast du schon was dort gegessen? Mike kocht nicht schlecht. Ich liebe U2, da könnte ich mich reinsetzen. Alice Cooper ist auch nicht schlecht, aber Bonos Whiskyzwiebeln sind einfach unschlagbar.»

Wovon um alles in der Welt faselte Miri da?

Doch er kam nicht dazu nachzufragen, denn sie redete schon weiter. «Musikalisch gesehen sind Mike und ich nicht so auf einer Wellenlänge, ich bin ein Fan von Udo Jürgens und Marianne Rosenberg, aber das macht nichts, solange die Sandwiches gut sind.» Sie schenkte sich noch von ihrem Rotwein ein. «Toast Marianne oder Udo-Sandwich klingt auch nicht so sexy.»

Er hörte nur noch mit halbem Ohr zu. In Gedanken war er noch immer beim gestrigen Abend und all den Erinnerungen, die damit wieder in ihm hochgekocht waren und jetzt auf einem gefährlichen Level vor sich hin brodelten.

«Kennst du eigentlich Lena Veith?», fragte er plötzlich.

«Die Lena? Ja klar. Wieso?»

Ben spürte, wie Miri ihm einen interessierten Blick zuwarf. Er zuckte betont gleichgültig mit den Schultern. «Ach nur so. Ich kenne sie noch von früher.»

«Die Lena ist ein feiner Mensch, sie lässt sich nicht so leicht unterkriegen. Ich kenn auch ihre Tante und ...» Unvermittelt brach sie ab und schlug sich an den Kopf. «Ach Gott, da fällt mir ein, dass ich dir erzählen wollte, was heut passiert ist», rief sie. «Ich hab's gerade beim Pilates erfahren. Tina, meine Pilateslehrerin, ist die Frau von Andi Kornbichler, er ist bei der Bergwacht und hat sie vom Krankenhaus aus angerufen.» Sie sah ihn aufgeregt an. «So was erfährt man hier am Ort sofort. Schneller als das Internet. Dir ist doch auch der Hubschrauber heute Nachmittag aufgefallen, oder?»

Ben nickte. «War nicht zu überhören.» Mindestens eine Stunde hatte er im Tal umhergeknattert.

«Da ist heute ein schlimmes Unglück geschehen, am Jubiläumsgrat.»

«Mit Lena?» Ben sah sie erschrocken an. Hilde spürte seinen Schrecken und sah zu ihm auf.

Zu seiner Erleichterung schüttelte Miri jedoch den Kopf. «Nein, zum Glück nicht. Der Franz Schaller, der Leiter der Bergwacht, und sein Freund sind abgestürzt, er ist mit schweren Verletzungen im Krankenhaus, und sein Freund ist tot.» Miri blähte die Wangen und blies dann ruckartig die Luft aus. «Anscheinend hat der Franz es der Lena zu verdanken, dass er noch lebt. Sie hat ein recht waghalsiges Rettungsmanöver unternommen, ganz allein und gegen den Willen von Jack Reiter, der den Einsatz geleitet hat. Wie man sich erzählt.» Sie warf Ben einen Blick zu. «Kein Wunder, dass sie alles riskiert hat, um ihn zu retten. Wenn du Lena kennst, weißt du ja sicher, dass Franz seit dem Tod ihres Vaters wie ein Ersatzvater für sie war.»

Ben gab keine Antwort. Das Gewitter hatte sich inzwischen ganz verzogen, die Wolkendecke war aufgerissen, und die Strahlen der untergehenden Sonne tauchten die Berge dahinter in ein schmerzhaft schönes Licht. Er versuchte, sich vorzustellen, wie Lena dort oben jemanden ganz allein aus einer Felswand rettete, und konnte es nicht. Er hatte sie gekannt, als sie noch ein Mädchen gewesen war. Die Frau, die sie geworden war, kannte er nicht.

«Tja, dann werd ich mal nach Hause gehen», ließ Miri sich vernehmen und riss ihn damit aus seinen melancholischen Gedanken. Sie rappelte sich auf und griff nach ihren Socken und Gummistiefeln. «Am Ende trinke ich sonst noch die ganze Flasche aus und erzähle dir meine Lebensgeschichte. Dann komme ich morgen nicht aus dem Bett. Dabei fangen Maxi und ich morgen mit dem Monitoring der Birkhühner an.»

Ben schob Hilde sanft von seinem Bein und stand ebenfalls auf. «War nett, dass du mich besucht hast.» Er lächelte und wunderte sich ein weiteres Mal darüber, wie angenehm und stressfrei er die Gesellschaft der Vogelwartin empfand. Vermutlich lag es daran, dass sie ihn nicht von früher kannte und er nicht auf der Hut sein musste. «Das nächste Mal musst du deinen Wein nicht selbst mitbringen. Ich kaufe welchen.»

«Das brauchst du nicht, ich habe ein paar Kisten im Keller», erwiderte Miri gut gelaunt. «Man gönnt sich ja sonst nichts.»

«Was macht eigentlich der Fuchs?», fiel Ben ein, als sie sich bereits zum Gehen wandte.

Sie drehte sich noch einmal um. «Keine Ahnung. Ich war seitdem nicht mehr dort. Ich könnte es nicht ertragen, noch ein geplündertes Nest zu sehen. All die hübschen kleinen Eier, ausgesaugt und kaputt ...» Betrübt zuckte sie mit den Schultern, hob die Hand zum Gruß und ging barfuß, mit Weinflasche und Stiefeln in der Hand über die Auffahrt hinauf zur Villa.

Ben sah ihr nachdenklich nach, dann ging er mit Hilde ins Haus. Er öffnete den Kühlschrank und holte die Schachtel Eier heraus, die er gestern gekauft hatte. Ihm war eine Idee gekommen, wie man den Fuchs möglicherweise vertreiben konnte. Er stellte die Schachtel neben dem Herd ab und räumte den Tisch frei, der mit Papieren und Notizen übersät war. Bevor das Gewitter über dem Pförtnerhäuschen hereingebrochen war, hatte er sich mit dem Gutachten beschäftigt, das die angebliche Unbedenklichkeit des Bauvorhabens bescheinigte, und begonnen, es Satz für Satz zu zerpflücken. Er würde auf alle Fälle versuchen zu verhindern, dass so ein wertvolles Stück Wald der Habgier irgendwelcher Ignoranten geopfert wurde. Doch das hatte noch Zeit. Die entscheidende Gemeinderatssitzung würde erst gegen Ende August stattfinden, das hatte er noch vom Bürgermeister erfahren.

Jetzt ging es erst einmal um den Fuchs. Er legte alle Zutaten, die er für seine Operation für nützlich erachtete, bereit, dann stellte er die große Pfanne auf den Herd, gab etwas Butter hinein und begann, ganz vorsichtig Ei für Ei aufzuschlagen.

«Jetzt gibt's erst mal Spiegeleier zum Abendessen», sagte er zu Hilde, die wie üblich neben ihm stand und ihn aufmerksam musterte. «Und dann erteilen wir unserem roten Freund eine Lehre, die er so schnell nicht mehr vergessen wird.»

5

Lena bremste ab. Sie hatte die Obermoosalm fast erreicht, es gab nur noch einen letzten Anstieg zu bewältigen. Die Forststraße endete hier, der Weg wurde schmal und steil und war mit Wurzelwerk und Steinen durchsetzt. Sie hatte das Ende des Gewitters nicht abgewartet. In dem Augenblick, in dem der Regen und das Donnergrollen schwächer geworden waren, hatte sie sich ihren Rucksack geschnappt und war losgefahren. Sie musste hinaus, hinauf auf die Alm, konnte es keinen einzigen Moment mehr im Dorf, in ihrer Wohnung aushalten. Jetzt machte sie eine kurze Pause, holte ihre Wasserflasche aus dem Rucksack und trank einen Schluck.

Die Gewitterwolken hatten sich inzwischen verzogen, der Himmel war wieder wolkenlos. Langsam versank die Sonne hinter den Bergspitzen. Die Luft war angenehm frisch, es roch nach Gras und Feuchtigkeit, der Natur hatte der Regenguss gutgetan. Trotz der vergleichsweise kühlen Temperaturen schwitzte Lena und keuchte, sie war gefahren, als wäre der Teufel höchstpersönlich hinter ihr her. Erst jetzt, wo um sie herum nichts als Natur war, Wiesen und Wald, die Kuppe des Frauenbodens vor ihr, kam sie langsam zur Ruhe. Sie beobachtete ein Eichhörnchen, das am Waldrand entlangsprang und dann flink auf einen Baum kletterte. Schon war das leise Klingeln der Kuhglocken und das hellere, fröhliche Bimmeln der kleinen Glöckchen von Res' Ziegen zu hören. Bei dem vertrauten Klang wurde die Sehnsucht schier unerträglich. Lena schob ihre Trinkflasche zurück in den Rucksack und schwang sich erneut auf ihr Mountainbike.

Eine Viertelstunde später hatte sie die Hochebene des

Frauenbodens erreicht. Die Obermoosalm lag geduckt in der flachen Senke, aus dem Kamin stieg eine Rauchfahne empor. Schon von Weitem konnte sie Res sehen, umringt von Tieren. Sie war gerade dabei, die Ziegen zusammen mit den beiden Kühen in den Stall zum Melken zu treiben. Lena strampelte los. An der Alm angekommen, ließ sie ihr Rad auf die Wiese fallen, schleuderte den Rucksack auf die Veranda und folgte Res.

Als sie in den Stall trat, umhüllte sie der warme, vertraute Geruch nach Heu und den Tieren, die sich, einem immer wiederkehrenden Ritual folgend, auf ihre abendlichen Plätze verteilten. Agi sah Lena zuerst, sprang fröhlich auf sie zu und ließ sich schwanzwedelnd kraulen. Da kam Res mit dem Melkgeschirr aus dem kleinen Nebenraum.

«Lena!», rief sie und lächelte.

Lena umarmte ihre Tante, roch den vertrauten Duft nach Kräutern, frischer Luft und gebackenem Brot, und endlich, endlich fiel die Anspannung des Tages von ihr ab.

Sie schloss einen Moment die Augen, überwältigt von dem Gefühl von Heimat und Geborgenheit. Dann nahm sie Res wortlos das Melkgeschirr aus der Hand und begann mit der Arbeit.

Später saßen sie zusammen an dem großen Holztisch in der Hütte und aßen zu Abend. Nach dem Gewitter war es draußen noch kühl. Es gab Kartoffeln mit Kräuterquark und Brote mit geschmolzenem Käse, dazu einen Wildkräutersalat. Lena hatte Res viel zu erzählen, angefangen von Jack Reiters Wutausbruch über ihren Streit mit Alex bis zu dem furchtbaren Unglück am Nachmittag. Von Letzterem wusste Res bereits, was Lena erstaunte. Ihre Tante besaß zwar ein Handy, der Empfang war jedoch so schlecht, dass man immer ein Stück den Weg hinuntergehen musste, um telefonieren zu können. Auch Radio und Fernseher gab es hier oben nicht.

Res lachte auf, als sie Lenas erstauntes Gesicht sah. «Was glaubst du denn?», sagte sie. «Die Buschtrommeln sind in solchen Sachen schneller als jedes Internet. Zwei Bergsteiger waren da, kurz bevor du gekommen bist, sie haben das Gewitter abgewartet und sind dann den Schneggensteig runter. Einer von ihnen ist bei der Bergwacht in Garmisch, und er kennt natürlich auch den Berger Christian und den Seiler Charlie. Die haben es denen haarklein erzählt und dich dabei in den höchsten Tönen gelobt.»

Lena spürte, wie sie errötete. «Ach geh, das war doch selbstverständlich. Ich konnt den Franz doch nicht da oben liegen lassen.»

Res sah sie mit ihren leuchtend blauen Augen einen Moment lang an, dann strich sie ihr mit dem Handrücken über die Wange und sagte, noch immer lächelnd: «Ach, Lena. Du bist so ein Schaf.»

«Wie bitte?» Lena war empört. «Wieso sagst du das?»

«Weil's stimmt.» Res stand auf und begann, den Tisch abzuräumen. «Magst einen Schnaps? Ich hab einen neuen ausprobiert. Vogelbeere.»

Misstrauisch sah Lena sie an. Res' Experimente waren mitunter etwas riskant. Zwar waren die Schnäpse meist sehr lecker, aber die Auswirkungen waren nicht immer abzuschätzen. Ihr «Hexenschnaps», den sie vor einigen Jahren zum ersten Mal aus vielerlei Kräutern angesetzt hatte, war noch heute legendär. Lena hatte ihn nie gekostet, aber die Geschichten darüber gehört. Die Story von dem Stammtisch braver Frauen mittleren Alters, die nach dem Genuss dieses Getränks nach draußen gelaufen waren, Ringelreihen getanzt und dabei lauthals zweifelhafte Lieder gesungen hatten, kannte das gesamte

Dorf. Res hatte gemeint, das sei nicht die Schuld ihres Schnapses aus ganz normalen Wiesenkräutern gewesen, sondern die des Vollmonds, der mit Frauen manchmal gspaßige Dinge anstelle, doch sie hatte mit dieser Erklärung niemanden überzeugen können. Noch heute kamen hin und wieder Frauen zu ihr, die nach dem Abbeten hinter vorgehaltener Hand verschämt nach einem Flascherl Hexenschnaps fragten.

«Ich glaub, Zirbe wär mir lieber», sagte Lena vorsichtig.

«Nix da», erwiderte Res streng. «Den probiern ma jetzt.» Sie öffnete den kleinen, mit Blumen bemalten Wandschrank, wo sie ihre Spirituosen aufbewahrte, nahm eine volle Flasche heraus und zwei Gläser. «Vogelbeeren verschaffen klare Sicht», erklärte sie und fügte dann mit einem Augenzwinkern hinzu: «Aber erst, wennst wieder nüchtern bist.»

Der Schnaps war höllisch stark, und Lena, eigentlich an Res' Schnäpse gewöhnt, traten Tränen in die Augen, und sie musste husten.

Ihre Tante zwinkerte kurz, nachdem sie ihr Glas gekippt hatte. «Oha, der is rass.»

Es blieb bei dem einen, und Res verstaute die Flasche wieder im Schrank, wo er noch ein bisserl zur Besinnung kommen sollte, wie sie sich ausdrückte.

Lena lehnte sich auf der Eckbank zurück und streichelte abwechselnd die beiden Katzen, die sich zwischen ihr und Res niedergelassen hatten. «Was soll ich denn jetzt machen?», fragte sie, nachdem sich ihre Kehle von der Vogelbeere wieder einigermaßen erholt hatte.

«Was meinst?»

«Ich hab die Kündigung schon geschrieben und wollte sie am Montag dem Franz geben und ihm sagen, dass ich aus der Bergwacht aussteige. Aber jetzt liegt er im Krankenhaus, wer weiß, wie lange.»

«Du willst also wirklich aufhören?»

«Ja, freilich!» Lena sah sie aufgebracht an. «Ich lass mich doch von dem Deppen nicht so zusammenstauchen. Und die anderen haben den Mund auch nicht aufgekriegt! Ich bleib nicht, wo man mich nicht will.»

«Früher warst nicht so», sagte die Tante nachdenklich.

«Wie, so?», fragte Lena ungeduldig. Res war ihr wahrlich keine große Hilfe bei ihrem Dilemma.

Die lächelte nur. «So ein Schisser.»

«Ich bin kein Schisser», widersprach Lena entrüstet. Sie hatte sich Trost erhofft, einen guten Rat, aber nicht, als Angsthase belächelt zu werden.

«Als du in die Schule gekommen bist, hast du gesagt, ich bin die Lena, und da will ich sitzen. Dann hast dich vorne in die erste Bank gesetzt, bevor die Lehrerin was sagen konnte. Und als dich mal ein Mitschüler damit aufgezogen hat, dass du auf der Alm wohnst und nur ein Plumpsklo hast, hast du dich mit ihm geprügelt.» Sie überlegte. «Das war doch der Bub vom Fellner Rudi, wie hieß der noch mal …?»

«Ben. Und er hat mich nicht nur damit aufgezogen. Er hat mich Plumpsklo *genannt.*» Sie überlegte kurz, ob sie ihrer Tante auch von Bens Rückkehr nach Bichlbrunn erzählen sollte, doch eigentlich hatte sie keine Lust dazu. Es gab jetzt Wichtigeres zu bereden als Ben Fellner. «Das war doch ganz was anderes, Tante. Ich hab keine Angst, ich will nur nicht das Team durcheinanderbringen. Der Papa hat immer gesagt, am Berg sind deine Kameraden alles, ohne deine Kameraden bist nix …»

«Ach, mein Gott, der alte Spruch schon wieder!» Res verdrehte die Augen. «Der Rupp war immer so pathetisch. Ein Mannsbild halt.»

«Aber er hat doch recht gehabt», empörte sich Lena.

«Das kann man sehen, wie man mag», erwiderte Res kryptisch.

Lena schwieg verdrossen. «Der Papa würd mir sicher recht geben», meinte sie nach einer Weile trotzig.

Res lachte trocken. «Wennst meinst.»

«Glaubst nicht?» Lena hatte sich schon oft danach gesehnt, ihren Vater wenigstens einmal um seine Meinung bitten zu können.

«Ich hab keine Ahnung. Frag ihn halt.»

«Super Rat, Res, wirklich.» Lena schnaubte wütend. «Würd ich gern tun, wenn er nicht schon neunzehn Jahre tot wär.»

Unbeeindruckt zuckte Res mit den Schultern. «Na dann ...» Sie gähnte und stand auf. «Sei mir nicht bös, aber ich geh jetzt ins Bett. Sind bloß noch ein paar Stunden bis zum Aufstehen. Gute Nacht.»

«Gute Nacht, Tante.»

Lena schaute Res nach, wie sie, gefolgt von ihrer treuen Agi, die Treppe zu den Schlafkammern hinaufstieg. Früher war es Fanny, die sie nach oben begleitet hatte, und als Fanny zu alt geworden war, um die steile Treppe hinaufzusteigen, hatte Res den rund zwanzig Kilo schweren Border Collie jeden Abend hinauf- und am Morgen wieder hinuntergetragen. Die Hündin hatte ganz selbstverständlich weiter in ihrem Bett geschlafen, und als es nicht mehr ging, Fanny vor Schmerzen nicht mehr aufstehen konnte und sich weigerte zu fressen, hatte Res sie hinaus auf die Weide getragen und dort erschossen und im Wald begraben.

Tante Res ist ein harter Knochen, dachte Lena, während sie noch eine Weile in der Stube saß und dem Knacken des langsam ausgehenden Feuers zuhörte. Hart im Nehmen, aber zugleich liebevoll und unbedingt verlässlich, wenngleich ihre Ratschläge das nicht immer vermuten ließen.

«Frag ihn doch!», murmelte sie und schüttelte den Kopf. Vermutlich war dieser Rat dem Vogelbeerschnaps zuzuschreiben, der allerdings an Klarheit einiges vermissen ließ. Lena stand auf, räumte die Gläser weg und spülte das Geschirr. Dann ließ sie Fritz hinaus, der seine Nächte lieber draußen und im Stall verbrachte, während Mimi gähnend einen Katzenbuckel machte und sich Lena anschloss, als sie ebenfalls hinauf in ihre Kammer ging.

In der Nacht wachte Lena mit einem Ruck auf, ohne sagen zu können, was sie geweckt hatte. Sie setzte sich auf und sah sich benommen um. Mimi schlief zusammengerollt neben ihr im Bett, durch das Fenster schien das schwache Licht einer sternklaren Nacht. Es war kühl in der Kammer, und Lena wickelte sich zuerst in ihre Decke, bevor sie aufstand, vorsichtig, um Mimi nicht zu wecken, und sich auf das tiefe Fensterbrett setzte. Es musste gegen vier Uhr sein, der Himmel war im Osten schon ein klein wenig heller, und die Venus blinkte verheißungsvoll, während der Mond als dünne Sichel am Horizont hing. Nicht mehr lang, und der neue Tag würde anbrechen. Sie schaute zu dem Bergmassiv des Wettersteingebirges hinauf, das sich klar und wie gemeißelt vom Himmel abhob und die kleine Almhütte, Bichlbrunn, ja das gesamte Tal zu behüten schien. Auf der Weide rund um die Alm schliefen oder grasten die Tiere, vereinzelt war das schläfrige Klingeln einer Glocke zu hören.

Lena sah Fritz durch das Gras schleichen. Offenbar hatte er eine Maus entdeckt, denn er erstarrte plötzlich mitten in der Bewegung und machte dann einen Satz, spielte mit etwas, was Lena nicht erkennen konnte. Kurz darauf lief er in Richtung Hütte, ein kleines dunkles Tier im Maul. Lena war sich sicher, sie würde es später auf der Türschwelle vorfinden. Erneut wandte sie den Blick hinauf zum Jubiläumsgrat und dachte an Franz und an ihren Vater.

«Es wird Zeit», hatte Franz Schaller gesagt und gemeint, ihren Vater loszulassen. Und Res, in ihrer trockenen, beiläufigen Art, bei der man nie genau wusste, wie ernst sie es meinte, hatte wiederum vorgeschlagen, ihn um Rat zu fragen. Doch beide hatten ihr nicht sagen können, wie sie das machen sollte.

«Frag ihn halt.»

Sie erinnerte sich an früher, als Res Lenas pubertäre Dramen mit einem einzigen knochentrockenen Satz kommentiert und ihre Fragen mit ähnlich kryptischen Ansagen wie heute Abend scheinbar unbeantwortet gelassen hatte. Meistens jedoch hatte Lena hinterher, wenn sie noch eine Weile darüber nachgedacht hatte, begriffen, was Res gemeint hatte. Noch einmal sah sie hinaus, betrachtete die gewaltige Gebirgskette, unwirklich in der fahlen, noch kaum merklichen Morgendämmerung. Ein Frösteln lief über ihren Körper und hinterließ ein Prickeln in den Händen, als ihr plötzlich aufging, wo sie nach Antworten suchen musste. Alles in ihr sträubte sich gegen diese Erkenntnis, doch einmal in ihrem Kopf, ließ sie sich nicht mehr vertreiben. Es wurde tatsächlich Zeit. Sie hatte schon viel zu lange gewartet.

Lena sprang vom Fensterbrett, schälte sich aus ihrer Decke und legte sie ordentlich auf das Bett zurück. Mimi hob kurz ihr Köpfchen und kroch verschlafen darunter, während Lena im Dunkeln ihre Siebensachen zusammenklaubte und sich anzog. Sie schlich die Treppe hinunter in die Stube, heizte den Herd ein, damit Res es warm hatte, wenn sie nach unten kommen würde, und schrieb ihr eine Nachricht. Nachdem sie ein Glas Buttermilch getrunken hatte, steckte sie sich eine Scheibe Brot und einen Apfel ein und verließ die Hütte.

Draußen auf dem Fußabstreifer lag eine kleine tote Spitzmaus. Daneben hockte Fritz und sah sie erwartungsvoll an. Lena lobte und streichelte ihn, dann stieg sie auf ihr Rad, setzte sich ihre Stirnlampe auf und fuhr hinunter ins Tal.

Einsatzprotokoll

Samstag, 25. bis Sonntag, 26. Juni

Einsatzort: Jubiläumsgrat
Wetter: sonnig
Besondere Bemerkungen: Mein Vater

1

Lena bahnte sich einen Weg durch die Touristen, die schon am frühen Morgen auf dem Gipfel der Zugspitze die Bergstation und die Sonnenterrasse des Münchner Hauses bevölkerten. Eine große Gruppe Japaner machte schnatternd und lachend Fotos, während andere vor Weißbier und Bockwurst oder Apfelstrudel und Kaffee auf der Terrasse saßen.

Sie machte einen kurzen Abstecher ins Münchner Haus und klopfte an die Küchentür, um den Wirtsleuten der Alpenvereinshütte Guten Tag zu sagen. Sie kannten sich seit vielen Jahren. Danach reihte sie sich ein in die Schlange der Leute, die den kurzen Weg zum Gipfelkreuz hinaufgingen. Natürlich wollten sie alle dort Fotos machen, mit denen sie beweisen konnten, tatsächlich am höchsten Punkt Deutschlands gewesen zu sein. Lena bog jedoch schon kurz vor dem Gipfel ab in Richtung Anstieg aus dem Höllental und ging dann weiter in Richtung Grat.

Das Sprachgewirr verstummte, und es wurde schlagartig still. Weit vor ihr gingen zwei Bergsteiger, die offensichtlich das gleiche Ziel wie sie hatten, ansonsten war sie allein. Vor dem vertrauten Hinweisschild blieb sie stehen, berührte es sacht mit ihren Fingern, fuhr die leicht erhöhten Buchstaben auf dem Blech nach.

Jubiläumsgrat
Nur für sichere, ausdauernde Kletterer
Es wird davor gewarnt, bei unsicherer
Witterung (Vereisung, Blitzschlag) den Grat
zu begehen. Notabstieg vor der inneren
Höllentalspitze über Brunntalgrat
zur Knorrhütte möglich.

Lena war bereits unzählige Male davorgestanden. Jedes Mal, wenn sie auf die Zugspitze gefahren oder gegangen war, bei jedem Besuch der Wirtsleute, bei jedem Einsatz, wenn danach noch Zeit geblieben war – und einige Male auch mit dem festen Vorsatz, loszugehen. Ihn endlich zu gehen, diesen Grat, der ihr schon so viele Albträume, schlaflose Nächte, Tränen, Panikattacken und Magenkrämpfe beschert hatte. Sie hatte keinem Menschen je ein Sterbenswörtchen von dieser irrationalen, panischen Angst erzählt, die sie packte, wenn sie die Bilder zuließ, die sich ihr bei dem Gedanken an diese Tour aufdrängten. Hatte nie über die Magenschmerzen gesprochen, das Gefühl zu fallen, über die nachtschwarze Verzweiflung, die sie erfasste. Bei keinem anderen Berg und keiner anderen Herausforderung, der sie sich in ihrem Bergsteigerleben bisher gestellt hatte, hatte sie auch nur ansatzweise Ähnliches erlebt. Im Gegenteil, sie galt als nervenstark, traute sich vieles zu, wo andere eher zögerten. Mit Ausnahme dieses Grates. Mit den Jahren war es besser geworden, sie hatte gelernt, die Bilder nicht mehr zuzulassen, die in ihr auftauchten, wenn vom Jubiläumsgrat die Rede war, und aus der Panik war nach und nach ein beherrschbares Magenproblem geworden, ein Stresssymptom, wie es viele andere bei anderen Gelegenheiten auch hatten.

Lena warf einen Blick auf den Weg, der vor ihr lag. Von hier aus konnte sie fast die gesamte Route einsehen: ein stetiges Auf und Ab auf zahlreichen kleineren und größeren Gipfeln, nackt und grau, immer exponiert, ohne Baum und Strauch, ohne Klettersteig, ohne Halt, nirgends. Technisch gesehen war es kein Problem für Lena, auch konditionell nicht, sie hatte schon ähnliche, auch schwierigere Touren bewältigt. Sie würde den Grat auch nicht auf einmal, sondern in zwei Tagen gehen. Sie hatte mehr als genug Proviant und Wasser für eine Nacht im Biwak eingepackt, und das Wetter würde der Vorhersage nach das ganze Wochenende stabil bleiben. Aber würde auch ihr Kopf dem Wagnis standhalten, ihre Seele? Ihr Magen fühlte sich flau an, schmerzte noch nicht, aber das hatte nichts zu bedeuten. Die Krämpfe kamen überfallartig, nicht vorhersehbar und waren auch nicht das Schlimmste. Das Schlimmste war die Angst. Eine lähmende Angst, die es ihr schon am Boden, im Tal, bei der Arbeit schwer machte, mit dem weiterzumachen, womit sie gerade beschäftigt war. Während einer Tour auf einem Grat in rund zweitausendfünfhundert Meter Höhe konnte sie jedoch zu einem echten Problem werden. Doch heute würde Lena nicht mehr umkehren. Heute würde sie es durchziehen.

Als Lena das Schild losließ, war ihr, als ließe sie die Hand eines Vertrauten los, und sie taumelte leicht. Das fing ja schon gut an. Sie atmete tief und machte den ersten Schritt.

Der Weg war schmal, oft nicht mehr als einen halben Meter breit, und bestand aus brüchigem Kalkgestein. Die ersten Minuten ging es überraschend problemlos. Sie setzte einen Fuß vor den anderen, verfiel in die gewohnte Routine einer Bergtour, aufmerksam, bedächtig, mit den Kräften haushaltend. «Gschmach», wie ihr Vater gesagt hätte. Abrupt blieb sie stehen. Es war ein Fehler gewesen, ausgerechnet jetzt an dieses Wort, an ihren Vater zu denken. Gestern hatte es ihr geholfen. Nicht heute. Nicht hier oben. Ihre Hände wurden feucht. Sie zwang sich, einen weiteren Schritt zu machen und noch einen, ruhig weiterzugehen, während das Herz in ihrer Brust heftiger zu klopfen begann und ihr Magen sich langsam zu einem harten, festen Ball zusammenzog. «Es wird besser werden», sagte sie vor sich hin. «Es wird werden. Du musst dir nur selbst vertrauen.»

Sie kam an eine erste Kletterstelle, eine Rinne, in die sie absteigen musste, und blieb stehen. Unter ihr, Hunderte Meter tief, lag das Höllental. Um sie war es ganz still, im Gegensatz zu gestern ging kaum Wind, sie hatte das Gefühl, völlig allein auf der Welt zu sein. Und so war es auch. Wenn sie jetzt dort nicht hinunter- und danach wieder hinaufkletterte, wenn sie nicht weiter und immer weiter ging, würde es keiner für sie tun. Lena wischte sich die feuchten Hände an ihrer Hose ab und stieg langsam in die Rinne. Konzentriert setzte sie ihre Füße auf, kletterte langsam hinunter, den Blick in das Höllental vermeidend, konnte jedoch nicht verhindern, dass ihre Hände bei jeder Bewegung zitterten, ungewohnt unsicher nach Halt tasteten. Es war Wahnsinn, was sie hier tat, ging es ihr plötzlich auf. In einem derart labilen Zustand eine solche Tour alleine zu unternehmen, war unverantwortlich. Sie hätte jemanden mitnehmen sollen. Normalerweise hätte sie vielleicht Jonas fragen können, doch nach dem, was inzwischen vorgefallen war, war das nicht mehr infrage gekommen. Selbst wenn Jonas sich entschuldigt hatte und sie keinen Groll mehr gegen ihn hegte, nicht einmal ihm gegenüber hätte sie jetzt noch eine solche fundamentale Schwäche zugegeben.

Sie hatte die Rinne halb durchquert, als sie plötzlich nicht mehr weiterkonnte. Ihre Arme gehorchten ihr nicht mehr, und ihr Magen rebellierte. Es war, als weigere sich ihr Körper, nur noch einen Meter weiterzugehen. Ihr brach der Schweiß aus. Sie befand sich mitten in der brüchigen Felswand, unter ihr der Abgrund, und konnte sich nicht bewegen. Ihr Atem beschleunigte sich, und sie spürte, wie das Gestein unter ihren Fingern feucht und rutschig wurde. Lange konnte sie in dieser Haltung nicht verharren. Irgendwann würde sie abrutschen. Und das würde das Ende sein. Einfach so. Einen Absturz hier, an dieser Stelle, überlebte man nicht. Unsinnigerweise gingen ihr ausgerechnet jetzt ihre Einsätze am Jubiläumsgrat durch den Kopf. Um die dreißig waren es jedes Jahr, viele davon endeten glimpflich, nicht zuletzt durch ihr Einschreiten. Aber jedes Jahr waren Tote zu beklagen.

Lena dachte an Franz und an das unglaubliche Glück, das er gehabt hatte, auf diesem Vorsprung gelandet zu sein. So etwas passierte nicht zweimal hintereinander. Ihre linke Hand glitt ab, und in ihrem hastigen Bemühen nachzugreifen, verlor ihr linker Fuß ebenfalls den Halt. Steine kollerten in den Abgrund. Sie hatte sich nicht gesichert und verfluchte sich jetzt dafür. Schwer atmend lehnte sie ihr Gesicht an den kühlen rauen Fels und schloss für einen Moment die Augen. Sie konnte das. Berge, Felsen, Steine, das war ihre Welt. Sie konnte fast alles klettern, das hatte sie bewiesen. Jubiläumsgrat war nur ein Name. Der Fels war überall der gleiche. Sie konnte das. Sie versuchte, sich eine andere schwierige Klettertour vorzustellen, die sie gemeistert hatte ... Die Aiguille Verte in Frankreich fiel ihr ein, die grüne Nadel, einer der schwierigsten Viertausender der Alpen.

Ihr Blick heftete sich auf den Stein, und sie konzentrierte sich einzig und allein auf die nächste Bewegung. Den Haltepunkt der linken Hand loszulassen, erschien ihr plötzlich als das Schwierigste, was sie je in ihrem Leben gemacht hatte. Finger für Finger löste sie ihre Hand, und die Anstrengung, sich dazu zu überwinden, ließ sie keuchen. Weiter. Nächsten Haltepunkt suchen. Ihre Hand kroch zittrig wie ein ängstliches Tier über den rauen Felsen, ertastete einen Vorsprung und krallte sich daran fest. Jetzt das linke Bein. Vorsichtig warf sie einen Blick nach unten, schob ihren Fuß weiter, quer über den Abgrund, bis sie wieder stabilen Halt fand. Sie war an der Aiguille Verte, in Frankreich, weit weg von zu Hause. Langsam verlagerte sie ihr Gewicht, dann wieder loslassen, greifen, nächster Schritt. Sie keuchte, und ihr Herz klopfte so heftig, als wollte es ihr aus der Brust springen. Der Schweiß rann ihr übers Gesicht, sammelte sich im Nacken und zwischen den Schulterblättern. Langsam, fast unmerklich, zog sich die Angst zurück. Lena hievte sich nach oben, kam der Gratschneide wieder näher.

Als sie den höchsten Punkt erreichte und die Rinne endlich hinter ihr lag, blieb sie ein paar Minuten bäuchlings liegen. Sie spürte die raue Oberfläche an Bauch und Brust, spürte ihr Herz schlagen, sie kam wieder zu Atem, und endlich entspannten sich ihre Bauchmuskeln, der Druck ließ nach, und der Schmerz wurde weniger.

Sie rappelte sich auf. Die Sonne schien ihr ins Gesicht, und sie fühlte sich, als wäre sie gerade ins Leben zurückgekehrt, fast euphorisch, während ihr andererseits der Schreck noch in den Knochen saß. Zu ihrer Linken erhob sich der Große Waxenstein, dort unten lag Garmisch-Partenkirchen. Der Teufelskopf und Bichlbrunn waren von dieser Perspektive nicht zu sehen.

Nach geraumer Zeit stand sie auf und ging weiter, die Gratschneide entlang. Dreieinhalb Kilometer Luftlinie war die Etappe von der Zugspitze bis zur Biwakschachtel, und sie hatte etwa vier Stunden dafür eingeplant. Vermutlich musste sie ein bisschen Zeit zugeben, da sie langsamer vorankam als erwartet. Bedächtig setzte sie Fuß vor Fuß, fokussierte sich nur auf ihren Atem, schaltete jeden anderen Gedanken aus. Es folgte ein exponierter Aufstieg, eine extrem schmale Stelle direkt auf der Gratschneide, bei der sie sich fast wie eine Seiltänzerin vorkam. Dann ein weiterer luftiger Abstieg in eine unwegsame, brüchige Scharte mit einem üblen Überhang, bis sie zur einzigen Abzweigung hinab ins Tal kam.

Abstieg Brunntalgrat – Knorrhütte

Einen Moment lang blieb sie an dem Schild stehen.

Sie fühlte sich noch immer zittrig, ihr Magen war nervös, doch den Weg bis hierher war es ihr gelungen, die lähmende Angst in Schach zu halten, auch wenn es sich angefühlt hatte, als bewegte sie sich gegen Widerstand, gegen eine Strömung oder mit Gegenwind vorwärts.

Jetzt jedoch, an diesem Abstieg, kam sie erneut ins Zögern. Noch konnte sie zurück. Sie musste nicht bis zur Biwakschachtel gehen, nicht dorthin, wo vor neunzehn Jahren noch das Grathüttl gestanden hatte. Dorthin, wo das Grauen auf sie wartete. «Sei vernünftig», riet ihr eine Stimme im Kopf. «Du musst das Schicksal nicht herausfordern. Ein zweites Mal schaffst du es nicht.» Kurz war sie versucht nachzugeben. Doch was wäre gewonnen, wenn sie jetzt abstieg? «Du bescheißt dich selber, Lena», sagte sie streng, während sich ihr Magen erneut bemerkbar machte, gab sich einen Ruck und ließ die Abzweigung hinter sich. Jetzt konnte ihr nur noch der Herrgott helfen, wie man so schön sagte. Oder sie sich selbst.

Von da an ging es schneller als erwartet, und es war halb ein Uhr, als sie die Innere und die Mittlere Höllentalspitze überwunden hatte und die Biwakschachtel in Sicht kam.

Knallrot stand sie gut verankert im Windschatten des Grats, wie ein kleiner runder Wohnwagen.

In der Theorie wusste Lena alles über den Jubiläumsgrat, kannte alle Berichte, alle Fotos, die im Netz veröffentlicht wurden, hatte jede Erzählung ihrer Kollegen verinnerlicht. Auch bei Rettungseinsätzen rund um den Grat war sie regelmäßig dabei. Es war ein Paradox, das sie nie hatte auflösen können: Seit dem Tod ihres Vaters verfolgte sie alles, was mit dem Jubiläumsgrat zusammenhing, mit geradezu obsessivem Interesse – und das, obwohl es ihr im wahrsten Sinne des Wortes körperliche Schmerzen bereitete. Das Unbehagen, nicht einmal die gelegentlichen Panikattacken, die sie ereilt hatten, als sie noch jünger gewesen war, hatten sie davon abhalten können, alles zu lesen und jedes Mal die Ohren zu spitzen, wenn irgendwo vom Jubiläumsgrat die Rede war.

Und jetzt war sie hier.

Sie schauderte, als ihr bewusst wurde, was das bedeutete. Sie ging ein paar Schritte auf die Biwakschachtel zu und sah hinunter in das lang gezogene, einsame Reintal. Ihr Frösteln wurde stärker, und es lag nicht nur daran, dass sie verschwitzt war.

Hier, an dieser Stelle, unweit des damaligen Grathüttls war ihr Vater am siebten Juli vor neunzehn Jahren abgestürzt.

Lena wurde schwindlig, und sie musste sich setzen. Vor der Biwakschachtel gab es nur einen schmalen Streifen, der halbwegs eben war, wo man stehen oder sitzen konnte, bevor Geröll und brüchiger Fels in die Tiefe führte. Sie lehnte sich mit dem Rücken an die Metallwand des Biwaks und versuchte, zu begreifen, dass sie tatsächlich hier war. Es kam ihr absolut irreal vor. Seit fast zwanzig Jahren hatte sie sich diesen Ort nur vorgestellt, hatte von ihm geträumt, war weinend erwacht, hatte ihn verflucht, sich vor ihm gefürchtet, und nun war sie wirklich hier. Sie betrachtete ihre Hände. Sie zitterten, wieder waren ihre Handflächen schweißnass. Sie durfte jetzt nicht ausweichen, das war Lena klar. Sie musste die Gedanken zulassen, noch ein einziges Mal wenigstens. Furchtsam sah sie hinunter in den Abgrund. Nur Fels und Stille. Und Tod. Das Zittern ihrer Hände wurde stärker.

Noch immer lag ihr Vater irgendwo dort unten. Man hatte ihn nie gefunden. Es gab kein Grab. Rupp Veith war in irgendeine Spalte gerutscht, irgendwo zwischen unwegsamen Felsen liegen geblieben, unsichtbar für die Rettungskräfte der Bergwacht, seine Kameraden, die noch wochenlang immer wieder aufs Neue gesucht und lange nicht aufgegeben hatten. Ihr Papa war dort liegen geblieben, tot, Wind und Regen und den Dohlen ausgesetzt. Bis der Winter gekommen war und Schnee und Eis ihn zugedeckt hatten. Er lag noch immer dort, zwischen Himmel und Erde gefangen, war selbst zu einem Teil dieses Gebirges geworden, das er so geliebt hatte.

«Papa», flüsterte Lena, und Tränen traten ihr in die Augen. «Ich bin da! Es tut mir leid, dass ich nicht früher gekommen bin. Es tut mir so leid ... Ich bin da ...» Sie begann zu weinen, die Tränen flossen nur so aus ihr heraus, wollten nicht aufhören zu fließen, sie schluchzte auf wie das Mädchen, das sie damals gewesen war, als man ihr die Nachricht überbracht hatte, so schonend wie möglich, nach und nach, was dazu geführt hatte, dass sie noch Wochen, Monate später gehofft hatte, man würde ihn noch lebend finden, ein Wunder würde geschehen.

Sie hatte damals begonnen, auf Zeichen zu achten, eine Amsel, die vor ihrem Fenster sang, ein besonders geformter Stein, der ihr auf dem Weg zur Schule aus dem Nichts vor die Füße fiel, ein Schneckenhaus, das neben ihren Schuhen lag, nur um jedes Mal enttäuscht zu werden. Sie war nachmittags nirgends mehr hingegangen, nur hastig in die Schule und sofort wieder zurück, zu den Wildgrubers, bei denen sie nach den Sommerferien gewohnt hatte, nachdem im September die Schule wieder angefangen hatte, aus Angst, die Nachricht zu verpassen, dass ein Irrtum, ein Wunder, irgendetwas geschehen und ihr Papa wieder aufgetaucht war. Natürlich hatte niemand im Herbst mehr an so etwas geglaubt, die Trauerfeier hatte längst stattgefunden, wenngleich ohne Sarg, und es war eine Inschrift auf dem Grabstein der Mutter angebracht worden, die Lena sich jedoch nie ansah.

Lena weinte um ihren Vater, dem keine letzte Ruhe bei seiner Frau vergönnt war, dessen Körper hier irgendwo in dieser menschenfeindlichen Einsamkeit zurückgelassen werden musste, dem sie nie Blumen hatte bringen können, an dessen Grab sie nie hatte weinen können. Und sie weinte um sich, um ihre Einsamkeit in den Jahren nach seinem Tod, ihre Sehnsucht nach irgendetwas, was sie nicht benennen konnte, sie weinte um die Leere in ihrem Herzen, die nichts hatte füllen können. Nach einer Weile schlang sie die Arme um sich in dem Versuch, das traurige Mädchen zu trösten, das sie gewesen war, das sich nächtelang vorgestellt hatte, wie ihr

Papa schwer verletzt irgendwo im Fels lag und langsam und qualvoll starb, allein, ohne sie.

Und irgendwann war es vorbei. Sie hob den Kopf, wie aus einem Traum erwacht. Die Sonne war weitergewandert, und ein Blick auf ihre Armbanduhr sagte ihr, dass es schon drei war. Sie hatte zwei Stunden an diesem Ort gesessen und geweint, und sie war völlig erschöpft davon. Mühsam zog sie sich hoch, steif von der Anstrengung der Tour und dem langen, starren Sitzen, und streckte sich. Sie sah noch einmal den Abgrund hinunter, sah das Reintal grün dort unten liegen, dann nahm sie ihren Rucksack und betrat die Biwakschachtel.

2

Die Hütte war mit Schlafplätzen für zwölf Personen relativ geräumig, wurde allerdings weder gereinigt noch auf andere Weise gepflegt, weshalb es hier drin nicht besonders ordentlich war. Lena hatte eingedenk der Tatsache, dass die Decken in solchen Schutzhütten nicht gewaschen wurden, ihren eigenen Schlafsack mitgebracht sowie einen Gaskocher, Teebeutel und ausreichend Lebensmittel, um sich ein kleines Abendessen und Tee zum Frühstück zuzubereiten. Doch bis dahin war noch Zeit. Sie richtete sich ihr Lager am besten Platz gleich neben dem runden Fenster ein, für den Fall, dass im Laufe des Tages noch weitere Bergsteiger kommen würden, und ging wieder hinaus. Dort setzte sie sich erneut vor die Biwakschachtel, trank ein paar Schlucke Wasser und atmete tief ein.

Sie fühlte sich merkwürdig. Erschöpft und befreit zugleich. Der Blick den zerklüfteten Abgrund hinunter machte ihr keine Angst mehr, der Gedanke, der ihr vorher gekommen war – dass ihr Vater nach all den Jahren Teil dieses Gebirges geworden war, bereitete ihr keinen Kummer mehr, sondern tröstete sie überraschenderweise. Ihr Vater hatte die Berge und vor allem den Jubiläumsgrat geliebt. Wenn er es sich hätte aussuchen können, wo und wie er sterben würde, womöglich hätte er sich für genau das entschieden?

Er war bei einem Bergwachtseinsatz gestorben. Es hatte plötzlichen Wetterumschwung gegeben, hier am Grat hatte es sogar geschneit. Ein Bergsteiger, der alleine unterwegs gewesen war, war als vermisst gemeldet worden, und sobald die Umstände es zugelassen hatten, hatte sich die Bergwacht auf den Weg zum Grathüttl gemacht, denn dort war er zuletzt gesehen worden, von einem anderen Bergsteiger, der dort, ebenfalls vom Wetter überrascht, mit ihm die Nacht verbracht hatte. Als er morgens aufgestanden war, war der andere nicht mehr in der Hütte gewesen, nur seine Ausrüstung. Es wurde vermutet, dass er nachts zum Pinkeln hinausgegangen und auf einer Schneewechte abgerutscht sei.

Man konnte später nicht mehr genau rekonstruieren, was passiert war. Franz hatte ihr nur erzählt, dass sie sich zu dritt abgeseilt und nach dem offenbar Abgestürzten gesucht hatten. Die Wetterbedingungen hätten sich jedoch schnell wieder verschlechtert, und sie mussten den Rückzug antreten. Dabei war das Unglück passiert.

«Dein Vater ist ausgerutscht, als wir schon fast wieder oben waren. Wir konnten ihn nicht halten. Plötzlich war er weg. Wir haben sofort angefangen, nach ihm zu suchen, aber konnten ihn nicht finden. Irgendwann war es zu spät, es wurde dunkel, und wir mussten den Einsatz abbrechen. Am nächsten Tag sind wir wiedergekommen und die Tage darauf auch, aber es gab keine Spur von ihm.»

Der Bergsteiger, dessentwegen sie ausgerückt waren, wurde ein paar Tage später entdeckt, tot, etwa zweihundert Meter unterhalb der Biwakschachtel, aber Lenas Vater blieb verschwunden. Lena wusste, dass dieser Unfall und die Tatsache, dass sie ihren Vater nicht finden konnten, für Franz und auch die anderen sehr belastend gewesen war. Franz hatte ihr einmal erzählt, dass auch er lange gebraucht hatte, um sich zu überwinden, den Grat wieder zu gehen.

Von einer tiefen und unerwarteten Zufriedenheit erfüllt, packte Lena ihren Proviant aus und begann, etwas zu essen. Sie hatte sich so vor dem Moment gefürchtet, die Absturzstelle zu sehen. Jetzt freute sie sich geradezu darauf, den Abend und die Nacht hier allein zu verbringen. «Nicht ganz allein», korrigierte sie sich. Allein mit ihrem Vater.

Sie war noch nicht ganz mit ihrer Wurstsemmel fertig, da sah sie von der Zugspitze herüber zwei Bergsteiger auf sich zukommen.

Oh nein. Sie verzog das Gesicht. Es war schon halb vier. Hoffentlich würden die beiden nicht auch hier übernachten wollten. Auf Gesellschaft war sie heute Abend wirklich nicht scharf.

«Servus», rief der eine schon von Weitem, ein schlanker Mann etwa Ende dreißig. Die andere Person konnte Lena erst nicht erkennen. Als sie näher kam, sah sie, dass es sich um eine Frau in ihrem Alter handelte. Sie schien erschöpft.

Keuchend ließ sie sich auf den Boden fallen, kaum dass sie die Biwakschachtel erreicht hatte. Ihr Gesicht war rot vor Anstrengung.

«Grüß euch», begrüßte Lena die beiden verhalten und räumte den Rest ihrer Brotzeit ein.

Der Mann nickte ihr zu und packte seine Wasserflasche aus. «Machst du auch eine kleine Pause?» Er duzte sie nach Bergsteigermanier, wirkte aber nicht, als ob er aus der Gegend käme, sprach astreines Hochdeutsch.

«Eher eine große. Ich geh erst morgen weiter.»

«Ach?» Er hob erstaunt die Brauen. «Wir machen die Tour an einem Tag, nicht wahr, Berenike?» Aufmunternd lächelte er seiner Begleitung zu.

Diese gab jedoch keine Antwort. Sie hatte die Augen geschlossen und atmete schwer.

Lena warf der Frau einen prüfenden Blick zu. «Du schaust ganz schön erschöpft aus», stellte sie fest.

«Bin ich auch, verflucht noch mal», keuchte die Bergsteigerin, ohne die Augen zu öffnen.

«Das wird schon wieder», sagte der Mann. «Über die Hälfte haben wir geschafft.»

«Es wird aber nicht einfacher», wandte Lena ein. «Die kniffligen und kräfteraubenden Stellen kommen erst noch. Der Klettersteig an der Vollkarspitze hat Schwierigkeitsgrad D.»

Der Bergsteiger sah sie gereizt an. «Das wissen wir, danke. Meine Freundin hat viel trainiert für diese Tour.»

Die Frau war schlank und wirkte sportlich, allerdings auch ziemlich fertig. «Geht's dir gut?», fragte Lena sie.

«Ja, passt schon.» Die Bergsteigerin namens Berenike öffnete die Augen und lächelte mühsam. «Ich weiß auch nicht, warum ich so außer Atem bin.» Sie hustete.

«Eventuell bist du nicht richtig in Form? Hast du eine Erkältung?»

«Nur ein bisschen Husten.»

Lena sah von ihr zu ihm und rang einen Moment mit sich. Eigentlich war es für sie eine gute Nachricht, dass die zwei nicht hier übernachten wollten. Sie sollte sie kommentarlos ziehen lassen. Andererseits gefiel ihr der Gedanke gar nicht, dass die Frau in dem erschöpften Zustand weitergehen würde. Die zwei hatten offenbar ziemlich lange bis hierher gebraucht, und es war schon viel zu spät, um noch rechtzeitig zur letzten Talfahrt der Seilbahn an der Alpspitze anzukommen. «Vielleicht solltet ihr es langsamer angehen lassen und auch erst morgen weitergehen», sagte sie schließlich.

«Quatsch», rief der Mann. «Wir machen die Tour an einem Tag. Berenike ist super drauf.» Er wandte sich an seine Freundin. «Lass dich doch nicht so hängen, du packst das. Was haben wir besprochen?»

Seine Partnerin lächelte etwas gequält. «No pain, no gain.»

«Richtig. Man muss auch mal an seine Grenzen gehen. Raus aus der Komfortzone.»

«Was für ein Schwachsinn.» Lena verdrehte die Augen. Wie viele solcher Vollpfosten hatten sie schon bei ihren Einsätzen retten müssen.

Er warf ihr einen aufgebrachten Blick zu. «Was geht dich das überhaupt an?»

«Ich habe Augen im Kopf. Außerdem ist es mein Beruf. Ich bin Bergführerin, und ich sehe es, wenn jemand eine Pause braucht.»

Er schnaubte. «Diese Besserwisserei ist ja nicht auszuhalten. Komm, Berenike. Wir gehen weiter.»

Doch diese machte keine Anstalten aufzustehen. «Vielleicht hat sie ja recht, Chris. Es ist schon zu spät. Ich hab viel zu lange gebraucht. Wir schaffen es eh nicht mehr.»

«Was wolltet ihr denn schaffen?», fragte Lena.

«Den Grat in sieben Stunden gehen.»

«Du meine Güte!», entfuhr es Lena. «Seid ihr auf der Flucht?»

Er zog es vor, nicht zu antworten. Stattdessen trat er ungeduldig auf der Stelle und sah seine Partnerin eindringlich an. «Berenike, wir waren uns doch einig, dass das eine Challenge werden soll!»

«Ja, schon», antwortete Berenike zögernd. «Aber es ist schon halb vier und ...»

«Deshalb müssen uns jetzt beeilen, sonst erwischen wir die letzte Bahn ins Tal nicht mehr. Streng dich einfach mal ein bisschen an! Ich will doch meine Bestzeit toppen ...»

Sie runzelte die Stirn. «Ach, darum geht's dir? Ich dachte, du willst mir deine Lieblingstour zeigen?»

«Ja, natürlich!», sagte ihr Freund eilig. «Du und ich, wir zwei gemeinsam auf dieser Challenge.»

«Ich dachte, du und ich allein in den Bergen!», fauchte Berenike, jetzt zunehmend gereizt. «Scheiß auf die Challenge!» Sie hustete erneut. «Ich habe keine Lust, weiter hinter dir herzuhetzen. Ich möchte hierbleiben und morgen in Ruhe weitergehen.»

«Was?» Dem Mann namens Chris fielen fast die Augen aus dem Kopf. «Du willst hierbleiben?»

«Sag ich doch.»

«Das ist Blödsinn. Das hat dir diese Frau nur eingeredet!» Er trat auf seine Freundin zu und packte sie am Arm. «Komm, wir gehen jetzt weiter.»

Sie entwand sich ihm. «Geh du weiter. Ich bleibe hier.»

«Wenn du das tust ...» Seine Stimme bebte vor unterdrücktem Zorn.

«Ja, was dann?», fragte Berenike herausfordernd.

Er stutzte, dann lachte er verächtlich auf. «Das machst du nicht. Du willst mich nur provozieren. Ohne mich schaffst du den Grat niemals. Du kannst ja nicht mal einen Karabiner von einer Wäscheklammer unterscheiden.»

Lena sah, wie die Frau zusammenzuckte.

«Sie ist nicht allein», sagte sie spontan und fragte sich gleichzeitig, was zur Hölle sie gerade anrichtete. Hatte sie sich nicht eben noch gefreut, den Abend und die Nacht hier allein zu verbringen?

Doch sie konnte nicht anders. Sie konnte nicht zulassen, dass dieser Idiot wegen irgendeiner albernen Challenge, die er sich selbst auferlegt hatte, seine völlig erschöpfte Freundin noch weiterhetzte. Sie würden den Rest des Weges unmöglich bis zur letzten Talfahrt schaffen und dann auch noch von der Alpspitze absteigen müssen. Außerdem verabscheute sie Typen wie diesen, die glaubten, ihr kümmerliches Ego auf Kosten ihrer Freundinnen aufpolieren zu müssen. Mit entschlossener Stimme fügte sie also hinzu: «Ich bin auch noch da.» Sie sah Berenike an. «Wir können morgen den Rest der

Tour zusammen gehen, wenn du magst. Ganz gemütlich. Wir haben den gesamten Tag Zeit.»

«Das würdest du tun?» Berenike sah sie halb ungläubig, halb erleichtert an.

Lena nickte lächelnd und stellte fest, dass sie tatsächlich kein Problem damit hatte, in der Nacht nun doch nicht allein zu sein.

Ihr war, als wäre ihr, als sie hier, an diesem Ort, um ihren Vater geweint hatte, eine zentnerschwere Last von der Seele genommen worden. Eine Last, die sie all die Jahre gelähmt und die sie gehindert hatte, freie Entscheidungen zu treffen. Jahrelang hatte sie nichts mehr gefürchtet, als hierherauf zu kommen, hatte zugleich mit dem Tod ihres Vaters nicht abschließen können, und das hatte sie unfrei gemacht. Diese Freiheit, die sie ihr ganzes Leben gesucht hatte, in vielen Ländern und auf vielen Gipfeln, war keine äußere Freiheit, auch kein Heimkommen an einen Ort, wie sie zuletzt gemeint hatte. Es war die Sehnsucht nach innerer Freiheit gewesen, eine Sehnsucht nach Heimkommen zu sich selbst. Sie hatte sich von der Geschichte ihres Vaters lösen müssen, die hier oben vor neunzehn Jahren geendet war. Dabei spielte es keine Rolle mehr, ob es ein Grab gab oder nicht. Das hatte sie erst jetzt begriffen. Und fühlte sich unendlich erleichtert. Sie war frei. Und zu Hause.

«Ich mache das gern», sagte sie und meinte es auch so. «Wir haben ja ohnehin den gleichen Weg.» Sie reichte der jungen Frau die Hand. «Ich heiße übrigens Lena.»

«Das war's dann wohl», sagte Berenike.

Sie sahen Berenikes Freund nach, der nach ein paar Momenten ungläubigen Wartens wutentbrannt davongestapft war.

«Er wird sich schon wieder beruhigen», erwiderte Lena. «Die Höhenluft stellt manchmal komische Dinge mit den Menschen an.»

«Das glaub ich nicht. Und wenn, ist es mir egal.» Berenike lehnte sich gegen die rote Aluminiumwand der Biwakschachtel und lachte müde auf. «Ich kann gar nicht glauben, dass ich so etwas sage. Bis vor ein paar Stunden war ich noch so schrecklich verliebt in Chris.»

«Ihr kennt euch noch nicht lange?»

«Ein Dreivierteljahr. Er ist Kletterlehrer. Seinetwegen habe ich mit dem Bergsteigen angefangen.» Sie zuckte mit den Schultern.

Lena fragte sich, welcher Kletterlehrer auf die Idee kam, mit jemandem auf eine solche Tour zu gehen, der erst vor so kurzer Zeit mit dem Bergsteigen angefangen hatte.

Als hätte sie Lenas Gedanken erraten, fügte Berenike entschuldigend hinzu: «Ich bin ganz gut in Form, glaub ich. Ich fahre viel Mountainbike und gehe ins Fitnessstudio. Da haben wir uns kennengelernt. Außerdem haben wir in der kurzen Zeit ganz schön viele Touren zusammen gemacht. Allerdings kleinere als diese hier.» Besorgt sah sie Lena an. «Meinst du, er hat recht und ich krieg das nicht hin?»

Lena dachte an ihre Angst in der ersten Rinne, an ihre Unfähigkeit weiterzugehen und daran, wie sie es dennoch geschafft hatte, und wusste plötzlich ohne jeden Zweifel, dass sie Berenike helfen konnte, diese Tour zu Ende zu gehen. «Schmarrn. Freilich kriegst du das hin. Wenn du bis hierher gekommen bist, kommst auch bis zum Ende», erklärte sie überzeugt.

Als die Schatten im Tal länger wurden und der Tag langsam in den Abend überging, kochte Lena mit ihrem Gaskocher eine Packung Instant-Ramen-Nudeln, die sie mit Berenike teilte.

Diese steuerte noch Müsli- und Eiweißriegel und zwei Äpfel bei, sodass sie ein recht schmackhaftes und ausreichendes Abendessen zustande brachten. Nach der Mahlzeit holte Lena noch eine Flasche Bier aus ihrem Rucksack.

«Oh», sagte Berenike und machte runde Augen. «Eine Party auf zweitausend Meter Höhe?»

«Kann man so sagen. Lass uns so richtig auf die Pauke hauen!» Lena lächelte.

Ihr gefiel diese Frau, die den Streit mit ihrem Freund dem Anschein nach so locker weggesteckt hatte und nicht den Eindruck erweckte, als ließe sie sich allzu leicht unterkriegen. Sie hatte sich von ihrer Erschöpfung weitgehend erholt und wirkte entspannt.

«Eigentlich wollte ich mit meinem Vater anstoßen», erzählte sie verlegen, nachdem sie die Flasche geöffnet und die Hälfte des Biers in Berenikes Trinkflasche gefüllt hatte.

«Hat er Geburtstag?»

«Nein. Er ist vor neunzehn Jahren tödlich verunglückt.» Sie klopfte neben sich auf den Boden. «Genau hier, an diesem Ort.»

«Oh Gott.» Berenike sah sie entsetzt an. «Wie furchtbar. Dann kommst du jedes Jahr hierher?»

«Um ehrlich zu sein, es ist das erste Mal.» Lena spürte, dass sie noch verlegener wurde.

«Oh», sagte Berenike nur, und Lena war ihr dankbar dafür.

«Ich hab mich bisher nicht getraut», gestand sie und wunderte sich über sich selbst. So offen hatte sie darüber noch mit kaum jemandem gesprochen, und dabei kannte sie diese Frau nicht einmal. Aber vielleicht war genau das hilfreich: mit einer Fremden zu sprechen.

«Und wie war es, als du dich heute getraut hast?» Berenike sah sie neugierig an.

Lena dachte an den Morgen, als sie durch das Fenster der Almhütte in den Himmel hinaufgeblickt hatte und ihr klar geworden war, dass der Moment gekommen war; daran, wie sie in dieser Rinne ihre Angst überwunden und hier, an diesem Fleck, wo sie jetzt saßen, schließlich begriffen hatte, dass es an ihr lag loszulassen. Dass es gar nichts mehr gab, woran sie festhalten musste. «Wunderschön», sagte sie leise. «Ich fühle mich ein bisschen wie ein Schmetterling, der zu lange in seinem Kokon festgesteckt hat.» Sie breitete spontan ihre Arme aus und lachte auf einmal leise auf. Sie konnte es nicht anders beschreiben, jede weitere Erklärung hätte zu weit geführt.

«Dann sollten wir jetzt auf deinen Papa anstoßen», sagte Berenike und hob ihre Trinkflasche. «Wie hieß er denn?»

«Rupert Veith», antwortete sie. «Aber alle haben ihn nur Rupp genannt.»

Berenike hob ihre Flasche gen Himmel, der sich langsam rot färbte. «Auf dich, unbekannter Rupp! Danke, dass du mir heute deine Tochter geschickt und mich so vor einem Idioten und totaler Erschöpfung bewahrt hast!» Sie stieß mit Lena an, und beide tranken.

Langsam ging die Sonne unter und tauchte die gesamte Bergwelt um sie herum in ihr magisches Licht.

«Oh mein Gott, ist das schön!», flüsterte Berenike und verstummte. Schweigend sahen sie dem Schauspiel weiter zu. «Man kommt sich so unglaublich winzig vor», sagte sie nach einer Weile, als der glutrote Himmel langsam ins Violette überging.

«Wir *sind* unglaublich winzig», erwiderte Lena. «Nicht mehr als kleine Ameisen, die auf diesen riesigen Felsen herumkrabbeln.»

Deshalb zog es sie immer und immer wieder auf die Berge. Im Angesicht der gewaltigen Dimensionen wurden die eigenen Probleme klein und unbedeutend. Man verließ für ein paar Stunden die übliche Perspektive, in der sich alles um den Menschen drehte, und begriff, dass man nur ein winziger, unbedeutend kleiner Teil des großen Ganzen war.

Berenike nickte. «Es ist ein wenig unheimlich, darüber nachzudenken, wie ausgesetzt und einsam man hier ist, jetzt, wo es Nacht wird. Und gleichzeitig möchte man nie wieder weg.»

Nachdem die Sonne untergegangen war, wurde es trotz der dicken Fleecejacken, die sie beide trugen, schnell empfindlich kalt, und sie krochen in ihre Lager.

Lena lag noch eine Weile wach und lauschte der Stille um sie herum, bis ihr schließlich die Augen zufielen.

3

Lena schlief tief und traumlos. Als sie aufwachte, sickerte bereits graues Morgenlicht durch das kleine Bullaugenfenster der Biwakschachtel. Sie warf einen Blick auf ihre Uhr: Es war fünf, die Sonne würde gleich aufgehen. Leise, um Berenike nicht zu wecken, kletterte sie aus dem Bett und trat nach draußen.

Als die Sonne im Osten langsam über den Horizont kroch, wurde der Weg, den sie heute gehen würden, von einem dünnen Lichtfinger beleuchtet, und es erschien ihr wie ein Hinweis auf den neuen Weg, der vor ihr lag. Sie lächelte und freute sich.

Hinter ihr ging die Tür auf, und Berenike kam heraus, noch in die grobe Decke gewickelt. «Guten Morgen!», sagte sie und gähnte.

«Gut geschlafen?», fragte Lena, während sie Wasser erwärmte, um Tee zu kochen.

«Geht so», antwortete Berenike. Sie fuhr sich mit den Fingern durch ihre Haare. «Es war alles ein bisschen surreal, ich bin mir vorgekommen, als würde ich nur träumen, hier oben in dieser Schachtel zu liegen und zu schlafen. Ich habe Chris geschrieben und gefragt, ob er gut angekommen ist, und sogar eine Antwort bekommen: Er hat mir die Zeit geschrieben, die er gebraucht hat. Irgendetwas unter acht Stunden. Nichts weiter, kein persönliches Wort. Ist das zu fassen?» Sie schüttelte den Kopf. «Da musste ich erst auf diesen Berg steigen, um zu kapieren, was das für ein Idiot ist.»

Lena nickte mitfühlend. «Man sagt, die Berge sind unbestechlich», erwiderte sie und blickte auf die Bergspitzen zu ihrer Rechten, die sich aus dem morgendlichen Nebeldunst wie die Gipfel des mystischen Olymps emporhoben, während das Reintal darunter noch im tiefen Schatten lag. «Das bedeutet zum einen, wenn ein Unglück geschieht, ist es immer der Mensch, der die Schuld daran trägt, nie der Berg. Aber auch zum anderen, dass der wahre Charakter eines Menschen in den Bergen deutlicher zutage tritt als anderswo. Hier oben kann man sich nicht verstellen. Hier zählt nur, wie man ist, und nicht, wie man gerne wäre oder wie andere einen sehen.»

Berenike hatte ihr aufmerksam zugehört, und plötzlich fiel sie Lena unvermittelt um den Hals. «Ich bin so froh, dass ich dich getroffen habe», flüsterte sie irgendwo neben Lenas Ohr.

«Ich auch», erwiderte Lena gerührt und drückte die Frau, die sie gestern zum ersten Mal getroffen hatte und die sich jetzt schon wie eine Freundin anfühlte. Erst Berenikes Auftauchen hatte ihr begreiflich gemacht, dass sie ihren Vater nicht mehr brauchte. Dass sie selbst genug war.

Etwas verlegen lösten sie sich voneinander und lächelten sich an. «Danke für den Tipp mit den unbestechlichen Bergen», sagte Berenike und zwinkerte Lena zu. «Jede neue Männerbekanntschaft werde ich in Zukunft als Erstes auf einen Berg schleppen. Kann ich dich dafür buchen? So als Liebesorakel?»

Lena lachte. «Das wäre eine überlegenswerte Geschäftsidee.»

«Im Ernst, ich habe noch nie eine weibliche Bergführerin getroffen. Vielleicht hätte ich schon viel früher mit dem Klettern angefangen, wenn ich nicht Angst gehabt hätte, von einem dieser toughen, durchtrainierten, kernigen Kerle, die man als Bergführer so vor Augen hat, ausgelacht zu werden.»

Nachdenklich nickte Lena. «Ich kann dich verstehen. Obwohl ich zur Ehrenrettung meiner Kollegen sagen muss, dass sie nie auf den Gedanken kämen, eine Frau auszulachen, die mit ihnen eine Tour macht. Es gibt sehr viele gute, toughe Bergsteigerinnen. Und ebenso viele Männer, die's eher nicht so draufhaben. Selbst wenn sie theoretisch ganz gut klettern können.»

«Warum fällt mir da sofort ein Name ein?» Berenike verdrehte die Augen.

Sie lachten beide, und Lena hatte tatsächlich das Gefühl, auf dieser Tour zu allem Wunderbaren, das sie begriffen hatte, auch noch eine Freundin gefunden zu haben.

Sie tranken den Tee, dann packten sie ihre Sachen zusammen. Als sie wieder auf dem Grat standen, wo weit entfernt ihr Ziel erkennbar war, sagte Berenike beklommen: «Oje, das sieht doch weit aus. Meinst du wirklich, ich pack das?»

Lena schaute sie an. «Ich hätte dir nicht angeboten, dich mitzunehmen, wenn ich nicht glauben würde, dass du das schaffst. Wir werden diesem Chris heute ein Bild von dir auf dem Gipfel der Alpspitze schicken, versprochen.» Sie lächelte ihr aufmunternd zu. «Langsam und bedächtig. Wir haben alle Zeit der Welt.»

Sie schulterten ihre Rucksäcke, und bevor sie losliefen, blieb Lena noch ein letztes Mal stehen, blickte auf ihr Nachtlager zurück und dachte an ihren Vater.

Berenike wartete schweigend. Als Lena sich wieder dem Weg zuwandte, rief sie unvermittelt: «Du, ich hab eine Idee!» Sie nahm ihren Rucksack ab und kramte darin herum. Nach einer Weile zog sie ein kleines, buntes Stoffbündel heraus. «Das ist eine tibetische Gebetsfahne. Ich hab sie online bestellt, aber sie ist original aus Tibet, kein Plastik oder so.» Sie wurde ein wenig rot. «Ich wollte sie am Ende der Tour an der Alpspitze ans Gipfelkreuz hängen. Chris meinte, das wäre total albern, überhaupt nicht authentisch, und schließlich wär das hier keine Himalaja-Expedition. Aber ich finde den Gedanken schön, dass man damit Gebete vom Wind in den Himmel tragen lässt. Das kann man doch überall, nicht nur im Himalaja.» Schüchtern reichte sie Lena das Bündel. «Vielleicht magst du sie hier aufhängen? Als Erinnerung an deinen Papa? Und daran, dass du heute hier warst?»

Lena traten Tränen in die Augen. Sie kannte die Tradition der Gebetsfahnen aus Tibet und hatte den Brauch unter den Bergsteigern in Europa auch manches Mal belächelt, für sie war es zu einer Mode geworden, etwa so, wie Schlösser an Brücken zu hängen, ohne dass jemand noch den Sinn dahinter verstand. Jetzt jedoch rührte sie diese Geste zutiefst. Sie nahm Berenike das Bündel ab. «Sehr gerne», sagte sie. «Dann hast du allerdings am Ziel nichts mehr.»

«Das ist egal. Ich bin deinem Papa so dankbar, da kann er die Fahnen gerne haben.»

Sie gingen die paar Schritte zur Biwakschachtel zurück, und Lena knotete die Schnur mit den blau, weiß, rot, grün und gelb gefärbten Stoffquadraten an eines der Verankerungsseile der Notunterkunft. Sofort begannen sie im Wind zu flattern. Erneut traten Lena die Tränen in die Augen. Berenike versuchte nicht, sie zu trösten, dafür war Lena ihr dankbar.

Lena wischte sich über die Augen und sah ein letztes Mal ins Reintal hinunter. «Servus, Papa», sagte sie. «Bis bald.»

Schließlich wandte sie sich dem Weg zu, der vor ihnen lag, und sie gingen los.

Sie folgten dem Auf und Ab des Grates, Berenike hielt sich gut, und Lena spürte kein einziges Mal mehr etwas von der Angst und Beklemmung, die sie gestern beim Anfang des Weges überfallen hatte. Ihr war, als hätte sie auch dies an der Biwakschachtel zurückgelassen. Sie gab Berenike Tipps und bestärkte diese, wenn sie an kniffligen Stellen nervös wurde. Da die zwei Bergsteigerinnen bereits kurz nach Sonnenaufgang gestartet waren, hatten sie den Grat ganz für sich allein und mussten nicht auf andere Bergsteiger Rücksicht nehmen. Sie machten häufige kurze Pausen und genossen das Traumwetter, das ihnen eine schier unendliche Sicht bescherte. Nach ungefähr zwei Stunden blieb Lena vor einer ausgesprochen schroffen, riskanten und steilen Spitze stehen. Hier mussten Franz Schaller und sein Freund abgestürzt sein, und sie wusste immer noch nicht, was genau passiert war. Sie hütete sich, Berenike davon zu erzählen, und zwang sich, auch selbst nicht daran zu denken. Das, was jetzt kommen würde, erforderte ihre ganze Konzentration.

«Das ist die Vollkarspitze», erklärte sie, «die Schlüsselstelle der Tour, dieser Klettersteig hat Schwierigkeitsgrad D. Bist du D schon mal gegangen?»

Berenike war beim Anblick des Berges blass geworden. «N-nnein», stotterte sie. «Chris meinte, mit ihm zusammen würde das schon gehen, ich sollte mir keine Sorgen machen.» Sie sah nach oben. «Müssen wir da etwa ganz hinauf? Gibt es keinen Weg vorbei?»

Lena schüttelte den Kopf und verfluchte in Gedanken Klugscheißer-Chris erneut. «Zusammen kriegen wir das hin. Du musst genau das machen, was ich dir sage, und möglichst nicht nach unten sehen.»

Lena sicherte Berenike, dann begannen sie hintereinander den Aufstieg über die brüchige Flanke. Ursprünglich hatte die Vollkarspitze einmal aus zwei Spitzen bestanden, doch bei einem Felsabbruch vor über zehn Jahren hatte sich ein großer Teil gelöst und war hinunter ins Matheiserkar gestürzt. Ein ockerfarbener Streifen im grauen Gestein zeugte noch von der Bruchstelle. Der Klettersteig führte nahezu senkrecht parallel daran entlang. Berenike sagte kein Wort, während sie langsam aufstiegen. Ihr Gesicht war angespannt, ihr war anzusehen, dass sie Angst hatte. Doch sie beklagte sich nicht. Mit zusammengepressten Lippen zog sie sich Meter für Meter hoch, ohne sich umzusehen. Lena gab ihr ruhig Anweisungen, lobte sie und feuerte sie hin und wieder laut an, wenn sie zögerte. Ein Moment des Zweifels konnte schon zu viel sein. Wieder dachte Lena an ihre Panik, die sie selbst in der Rinne gepackt hatte. Der Schock saß ihr noch in den Knochen. Dennoch gab sie sich größte Mühe, Gelassenheit auszustrahlen. Berenike durfte nicht den Eindruck haben, dass sie selbst Angst hatte. Wenn sie anfing nachzudenken, der Angst Raum zu geben, war der Weg zur Panik nicht mehr weit. Das hatte Lena am eigenen Leib erst vor einem Tag erfahren müssen, und sie schauderte, als sie daran dachte. Vielleicht hatte es auch etwas Gutes gehabt, dachte sie dann, während sie Berenike half, ein überhängendes Stück zu überwinden, und sie dann überschwänglich lobte. Sie kannte dieses Gefühl der Lähmung jetzt sehr viel genauer als früher und konnte so Berenike und auch ihren zukünftigen Schützlingen besser helfen, es gar nicht so weit kommen zu lassen.

Doch noch waren sie nicht über die Vollkarspitze hinweg. Als sich kurz davor ein Stück Fels aus der brüchigen Wand löste, schrie Berenike angstvoll auf. Lena sah, wie ihre Hände zitterten, und sie hielt inne.

«Ich trau mich nicht mehr weiter!», wimmerte Berenike mit vor Angst bebender Stimme.

«Wir sind gleich oben», beruhigte Lena sie. «Stell dir vor, der dämliche Chris ist gestern auch da raufgestiegen. Wir zeigen ihm, dass du das auch schaffst. Von wegen: Wäscheklammer nicht von einem Karabiner unterscheiden können. Du machst das ganz hervorragend!»

Berenikes angstvolle Miene entspannte sich etwas, und Lena konnte beobachten, wie ihre Entschlossenheit zurückkehrte.

«Nur noch ein paar Meter!», feuerte sie Berenike weiter an. «Das Schwierigste liegt schon hinter dir.»

Und dann hatten sie es wirklich geschafft. Aus eigener Kraft zog sich die junge Frau auf den Gipfel. Lena war mindestens so erleichtert wie Berenike, auf deren schweißbedecktem Gesicht ein mattes, aber triumphierendes Lächeln erschien. Die rund vierzig Meter hohe Kante mit einer Fast-Anfängerin zu besteigen, war für Lena eine Herausforderung gewesen. Darunter ging es noch mindestens hundert Meter senkrecht in die Tiefe. Es war die Wand, an der Franz gehangen hatte.

Sie gönnten sich eine Pause, um wieder zu Atem zu kommen, dann machten sie sich an den Abstieg. Er war etwas leichter als der Aufstieg, dennoch nicht zu unterschätzen. Das Gestein war brüchig, und sie hatten, anders als beim Aufstieg, den Abgrund immer vor Augen. Berenike jedoch schien wie beflügelt. Dabei bewegte sie sich nach wie vor umsichtig und genau nach Lenas Anweisungen, was Lena sehr erleichterte. An solchen Schlüsselstellen war oft nicht einmal fehlendes Können das Problem, sondern Unachtsamkeit, gepaart mit konditioneller Schwäche. Ein falsch aufgesetzter Fuß, ein Nachgeben, weil die Oberschenkelmuskeln nicht mehr mitmachten, das waren oft Auslöser für tragische Unfälle.

Als sie unten angekommen waren, war Berenike fast am Ende ihrer Kräfte. Wäre sie gestern mit ihrem Freund weitergegangen, wäre dies mit Sicherheit ein Einsatz für die Bergwacht geworden – hoffentlich mit gutem Ausgang und nicht wegen eines Absturzes. Entkräftet konnte man die Vollkarspitze nicht bewältigen. Nach einer kurzen Rast gingen sie langsam weiter. Die letzte hohe Erhebung vor der Alpspitze, den Hochblassen, umgingen sie über die Grieskarscharte, dann blieb nur noch der Aufstieg zur Alpspitze.

«Wir müssen nicht unbedingt auf die Spitze», meinte Lena, während sie sich dem Klettersteig näherten. «Wenn du zu kaputt bist, steigen wir lieber gleich ab zur Bahn.»

Doch Berenike schüttelte den Kopf. «Auf gar keinen Fall. Wenn ich diesen Monsterfels dahinten bezwungen habe, werde ich doch wohl auf den letzten Gipfel auch noch kommen.»

Lena nickte und hob eine Hand. «Dann los!»

Die beiden Frauen klatschten sich ab.

Auf der Alpspitze war Lena schon oft gewesen, und es stimmte: Im Vergleich zu dem, was sie und Berenike hinter sich hatten, waren die letzten hundertfünfzig Meter ein Kinderspiel – vorausgesetzt, man war schwindelfrei. Sie gingen entlang der in den Fels eingelassenen Eisenstreben hinauf auf diesen ausnehmend schönen, markanten Gipfel, der wie ein gleichschenkliges Dreieck kühn über Garmisch-Partenkirchen thronte.

Lena registrierte, wie Berenikes Kräfte jetzt langsam am Limit waren, obwohl sie sich nichts anmerken ließ. Sie war tough, auch wenn sie sich dessen nicht bewusst war. Oben angekommen, schockierten sie die zahlreichen Bergsteiger, die sich hier tummelten. Nach dem stundenlangen Alleinsein waren so viele Personen überwältigend. Man musste sich erst wieder daran gewöhnen.

Lena machte ein Foto von der erschöpften, aber überglücklichen Berenike, bevor sie über den Ferrata-Klettersteig abstiegen. Die Ferrata war praktisch eine Treppe aus Eisen. Im Vergleich zum Grat hinter ihnen ein Spaziergang, doch man konnte auch hier abstürzen, wenn man unachtsam oder übermüdet war. Über den Osterfelderkopf gingen sie hinunter zur

Seilbahn, und kurz darauf kamen sie unten an der Talstation an.

Stürmisch umarmte Berenike Lena zum Abschied. «Ich danke dir!», rief sie euphorisch. «Ohne dich hätte ich das niemals geschafft!»

Sie fuhren mit dem Bus zusammen zum Bahnhof, von dort würde Berenike mit dem Zug zurück nach München fahren. Nachdem sie Adressen ausgetauscht und versprochen hatten, in Kontakt zu bleiben, sah Lena Berenike nach, wie sie in den Zug stieg, und winkte ihr, als sie an ihr Abteilfenster trat und ihre beiden Hände in Herzform zusammenlegte. Nachdem der Zug abgefahren war, machte sie sich selbst auf den Weg nach Hause. Sie würde mit der Zahnradbahn zurück zur Zugspitzbahn-Talstation fahren, dort hatte sie ihr Auto geparkt.

Es war später Nachmittag, und Lena taten die Knochen weh, aber ihr Kopf fühlte sich angenehm leer an. Sie wandte sich um und sah noch einmal hinauf zum Jubiläumsgrat. Dort oben flatterte jetzt die Gebetsfahne, ihrem Vater zum Andenken. Sie würde Wind, Regen, Eis und Schnee trotzen, langsam ausfransen, ausbleichen und verwittern, bis irgendwann nichts mehr von ihr übrig war. Lena atmete tief ein, die warme, weiche Sommerluft strömte in ihre Lungen, vertrieb die kalte Höhenluft und füllte sie ganz aus.

Das Gefühl der Freiheit, das sie dort oben erfasst hatte, war noch immer da. Und auch die Entscheidung über ihren neuen Weg, den sie heute Morgen gefasst hatte, fühlte sich noch richtig an. Sie würde in Zukunft für sich selbst einstehen und nicht mehr darauf warten, dass andere es taten. Sie war frei und stark genug, allen Schwierigkeiten, die hier unten im Tal auf sie warteten, zu trotzen. Beschwingt lief sie die Treppe zu der Unterführung hinunter, die zur Zahnradbahn führte. Als sie den neuen, modernen Bahnhof der alten Zahnradbahn betrat, betrachtete sie sich einen Moment in der spiegelnden Glasscheibe der Eingangstür. Eine schlanke, kleine Frau mit einem Bergsteigerrucksack auf dem Rücken und einem zerzausten Zopf, der ihr über die Schulter fiel. Das war sie. Lena Veith. Und plötzlich war ihr, als schöbe sich ein weiteres Bild dazu, eine größere Gestalt, dunkelhaarig wie sie, mit ähnlichen Gesichtszügen, ebenfalls mit Bergsteigerausrüstung. Ihr Vater. Sie lächelte ihm zu und hob grüßend die Hand.

Einsatzprotokoll

Montag, 27. Juni

Einsatzort: Teufelskopf Aufstieg / Teufelsklamm
Wetter: Gewitter, Starkregen
Besondere Bemerkungen: DIE HÖLLE

1

Was liest du da eigentlich immer?»

Nils schaute überrascht von seiner Lektüre auf. Er saß auf seinem Bett in der Pension und war ganz in das Sagenbuch vertieft gewesen. Seine Schwester richtete so selten das Wort an ihn, und das auch noch, ohne ihn anzuschnauzen, dass er nicht wusste, was er antworten sollte. «Ein Buch», antwortete er zögernd.

«Das seh ich, du Dummi», sagte Caro, aber es klang nicht böse, sie lachte sogar ein bisschen dabei, deshalb wagte er es, ihr das Buch zu reichen. Sie setzte sich neben ihn und schlug es auf.

«Das hast du doch auch unter dem Strauch gelesen, als Papa die Polizei holen wollte, oder?»

Nils nickte. «Es ist toll», sagte er. «Ein Buch über Sagen und ...» Er hatte «Märchen» sagen wollen, fürchtete aber, von Caro ausgelacht zu werden. Weil er wusste, dass seine Schwester «Herr der Ringe» und solche Sachen liebte, fügte er stattdessen hinzu: «Wie Fantasy, nur von hier.»

Caro nahm ihm das Buch ab, blätterte darin und betrachtete die Zeichnungen. An manchen Stellen hielt sie inne und las ein paar Zeilen.

Glücklich, dass sich seine Schwester für etwas interessierte, das er mochte, beugte er sich zu ihr und erzählte eifrig: «Da steht auch was von der Klamm drin, wo wir heute hingehen. Und von der Goldenen Brücke.» Er schlug die Seiten um, bis er die Stelle erreicht hatte. «Da, schau!»

Sie las die kurze Geschichte, dann sah sie ihn mit einem merkwürdigen Gesichtsausdruck an. «Deshalb willst du dorthin, oder?»

Als er lächelnd nickte, verdüsterte sich plötzlich ihr Gesichtsausdruck. «Du bist so ein dummer kleiner Idiot!», schrie sie unvermittelt und schubste ihn, dass er zurück in die Kissen fiel. Dann warf sie das Buch auf den Boden und lief aus dem Zimmer.

Nils rappelte sich erschrocken auf und bückte sich nach dem Buch. Ein paar Seiten waren umgeknickt, traurig bog er sie wieder gerade.

Er hatte geglaubt, seine Schwester wäre wieder nett geworden. Am Wochenende war sie nämlich auch ganz in Ordnung gewesen. Das hatte aber nur an Felix gelegen, einem der Jungen aus dem Dorf, mit dem sie sich zwei Mal in der Eisdiele getroffen hatte. Sie hatte ihn bei dem Ausflug auf den Rabenstein kennengelernt. Beide Male hatte sie Nils mit in die Eisdiele genommen. Als Alibi, wie sie es nannte. Er hatte jedes Mal ein Rieseneis bekommen und versprechen müssen, ihren Eltern nichts zu erzählen. Am Sonntag hatte sie ihn sogar alleine in der Eisdiele sitzen lassen und war mit Felix spazieren gegangen. Einundzwanzig Minuten. Nils hatte auf die Uhr gesehen. Wahrscheinlich haben sie rumgeknutscht, dachte er. Ihm war es egal gewesen, er hatte sein Eis gegessen und gelesen, bis sie wieder zurückgekommen waren. Felix hatte ihnen allen noch eine Cola spendiert, die Nils mit heimlicher Freude bis auf den letzten Tropfen ausgetrunken hatte, weil er wusste, dass da Koffein drin war. Letztens hatte er sich wegen Mama geschämt, weil sie so unfreundlich zur Bergwacht-Lena gewesen war, und das nur wegen einer Spezi. Danach hatte sie sich auch noch aufgeregt wegen des Quads, mit dem sie gefahren waren. Sie hatte es zu gefährlich und unverantwortlich gefunden, aber da war Lena schon nicht mehr da gewesen.

Es wäre also eigentlich ein ganz netter Sonntagabend gewesen, mit Eis und Cola und ohne Streit, wenn er nicht später, mitten in der Nacht, von Geschrei aufgewacht wäre. Er hatte nicht so tief geschlafen wie sonst, wegen der Cola wahrscheinlich, und hatte sofort gemerkt, dass Caros Bett leer war. Als er sich zur Tür schlich und sie leise öffnete, hörte er, wie seine Eltern unten herumschrien, während die Wirtin versuchte, sie zu beruhigen. Er spitzte die Ohren. Es ging um Caro. Sie war am Abend abgehauen, um sich mit Felix und seinen Freunden zu treffen, die irgendwo eine Party gefeiert hatten. Als sie nach Hause gekommen war, hatten ihre Eltern sie ertappt. Er schlich ins Bett zurück und legte sich das Kissen auf die Ohren, um das Gezeter nicht mehr zu hören. Später kam Caro herauf und verschwand mindestens eine Stunde im Bad. Er hörte sie würgen. Wann sie schließlich ins Bett gekommen war, hatte er nicht mehr bemerkt, da hatte er schon geschlafen.

Seine Mutter kam herein, sie trug Bergschuhe und eine Outdoorhose wie er selbst auch, mit dem Unterschied, dass die seiner Mutter eine langweilige Matschfarbe hatte und seine leuchtend blau war.

«Bist du fertig?», fragte sie.

Nils nickte und setzte seinen Kletterhelm auf.

«Ich glaube nicht, dass du den brauchst», sagte seine Mutter mit einem nervösen Lächeln. Das behauptete sie immer, wenn er ihn trug. Der Helm war ihr peinlich. Manchmal glaubte Nils sogar, seiner Mutter war nicht nur der Helm, sondern er selbst peinlich.

«Doch», erwiderte Nils bestimmt. «Lena hat gesagt, es tropft in der Klamm. Und Oskar findet meinen Helm cool.»

Ihre Mutter seufzte. «Na gut. Wenn Lena und Oskar das sagen ... Dann kommt Oskar wohl auch mit?»

«Klar.» Nils nickte. «Der will die Goldene Brücke doch auch sehen.»

Seine Mutter runzelte die Stirn. «Welche Goldene Brücke?»

«Äh ... die Eiserne Brücke, meine ich. Die über die Klamm führt», verbesserte sich Nils hastig und warf Oskar, der noch auf dem Bett saß, einen heimlichen Blick zu. Fast hätte er sich verplappert.

«Was war denn eben mit Caro los?», wollte seine Mutter wissen, als sie wenig später zusammen nach unten gingen.

«Wieso, was denn?», fragte Nils.

«Sie hat geweint, als sie aus dem Zimmer gekommen ist.»

Nils zuckte mit den Schultern. «Keine Ahnung.»

Seine Schwester hatte geweint? Das konnte er kaum glauben. Er konnte sich nicht erinnern, sie jemals weinen gesehen zu haben.

Vater und Caro erwarteten sie schon unten im Flur. Vater unterhielt sich mit der Wirtin, während Caro – natürlich – auf ihrem Handy herumtippte. Nils musterte sie unauffällig nach verräterischen Tränenspuren im Gesicht, konnte aber nichts entdecken. Sie war nur ziemlich käsig im Gesicht, was aber wahrscheinlich mit der Kotzerei von gestern Abend zusammenhing. Nils vermutete, dass sie Alkohol getrunken hatte. Oskar hatte gemeint, auf Partys würde immer Alkohol getrunken.

«Ich schätze, das Wetter wird nicht halten», sagte Frau Wildgruber gerade. «Vermutlich kommt nachmittags ein Gewitter. Sie sollten sehen, dass Sie bis dahin wieder zurück sind. In der Klamm ist es dann ziemlich ungemütlich.»

«Meine Wetter-App hat andere Angaben», widersprach Nils' Vater und tippte nun ebenfalls auf seinem Handy herum. «Sonnenschein und null Prozent Regenwahrscheinlichkeit.»

Die Wirtin zuckte mit den Achseln. «Diese Apps sind nicht so genau, bei uns ändert sich das Wetter oft zu schnell. Ich verlass mich da lieber auf meine Erfahrung. Es ist schwül, die Disteln im Garten öffnen sich nicht, und die Kühe sind ...»

«Ja, schon klar, die Wetterorakel der Alpenbewohner», unterbrach sie sein Vater und zwinkerte. «Wir werden ja sehen, wer recht behält. Aber ohnehin werden wir am frühen Nachmittag längst wieder zurück sein.»

«Brauchen Sie noch eine Karte für den Weg?», fragte die Wirtin, während sie einen Flyer aus dem kleinen Ständer zog, der an der Wand hing.

«Danke, nein, haben wir alles hier drin.» Wieder tippte Nils' Vater auf sein Handy.

«Na dann sind Sie ja bestens ausgerüstet», sagte Frau Wildgruber, und Nils fand, dass es ein wenig spöttisch klang. Dann wandte sie sich an ihn. «Du ja sowieso, großer Bergsteiger!» Sie klopfte leicht auf seinen Helm und lächelte ihn an. «Jetzt endlich geht's los, gell?» Sie hatte mitbekommen, wie Nils das ganze Wochenende versucht hatte, seine Eltern zu überreden, mit ihm in die Teufelsklamm zu gehen, doch zuerst hatten noch eine Fahrt nach München und ein Besuch von Schloss Linderhof auf dem Programm gestanden.

Nils lächelte zurück. «Ja, ich freu mich schon.»

«Weißt du eigentlich, woher die Teufelsklamm ihren Namen hat?», fragte die Wirtin, und Nils schüttelte peinlich berührt den Kopf, wie immer, wenn er etwas nicht wusste. Dann fühlte er sich dumm. Diese Geschichte stand auch in dem Buch, allerdings hatte er bisher nur die Überschrift gelesen. Er war zu sehr von der Sage von der Goldenen Brücke gefesselt gewesen.

«Man sagt, vor vielen Hundert Jahren wohnte in Bichlbrunn ein besonders geldgieriger Bauer, der scharf auf das Gold war, das die Venedigermännlein hier in der Gegend in den Bergen gefunden hatten. Er wollte es ihnen abluchsen, doch die Venedigermännlein sind sehr flink und schlau, und es gelang ihm nicht. Da schloss er einen Pakt mit dem Teufel, der beschaffte ihm das Gold, doch als es um die vereinbarte Bezahlung ging, wollte der Bauer dem Teufel den vereinbarten Lohn – seine Seele – nicht geben, ja nicht einmal etwas von dem Gold wollte er ihm abgeben. Da warf der Teufel von dem nahen Berg einen Felsen in die Schlucht hinunter, die damals noch Wetterwandschlucht hieß, sodass sich der Bach aufstaute. Er schwoll mächtig an und verursachte eine fürchterliche Überschwemmung, die das Haus des Bauern, seine ganze Familie und alles Hab und Gut einschließlich des Venedigergolds fortriss, sodass ihm nichts mehr blieb als sein nacktes Leben. Seitdem heißt der Berg Teufelskopf und die Schlucht Teufelsklamm, und man sagt, in dunklen Neumondnächten, wenn der Wind durch die enge Schlucht pfeift, kann man den Teufel noch immer lachen hören.»

Nils hatte mit offenem Mund zugehört, sogar Caro hatte den Blick von ihrem Handy gehoben. «Ist heute Neumond?», wollte Nils aufgeregt wissen.

Frau Wildgruber sah auf den Kalender neben dem Regal mit den Flyern an der Wand und schüttelte lächelnd den Kopf. «Ich glaub auch nicht, dass ihr über Nacht in der Schlucht bleiben wollt, oder?»

Nils konnte sich das schon vorstellen. Das Lachen des Teufels hätte er gerne gehört, auch wenn es ihn bei der Vorstellung ziemlich gruselte.

«Nun, das sind ja vielleicht Schauergeschichten, die Sie da erzählen», mischte sich jetzt Nils' Mutter ein, «nicht gerade das Richtige für einen Achtjährigen.»

«Wieso? Ich hab als Kind solche Geschichten geliebt», sagte die Wirtin und verschränkte die Arme vor der Brust. «Kann mir nicht vorstellen, dass der Geschmack der Kinder sich seitdem großartig verändert hat, oder was meinst du, Nils?» Sie zwinkerte ihm zu.

«Ich liebe solche Geschichten auch», antwortete er sofort und dachte an das Sagenbuch.

«Aber dir ist schon klar, dass das nur Märchen sind?», wollte seine Mutter wissen.

«Mama, also bitte!», mischte sich Caro ein. «Nils ist vielleicht eine Nervensäge, aber doch kein Baby mehr.»

Nils sah seine Schwester dankbar an. Es kam selten genug vor, dass sie sich für ihn einsetzte. Er beschloss, ihr später eines von seinen Bonbons zu schenken, die er für die Wanderung eingesteckt hatte.

2

Ben saß im Schneidersitz mitten auf der Wiese, den Blick konzentriert in den blauen, von zarten Zirruswolken durchzogenen Himmel gerichtet. Dort oben zog Fredo seine Kreise. Nach einer Weile hob Ben die rechte Faust, die in einem festen Lederhandschuh mit langer Stulpe steckte. Den hatte er genau wie von Miri beschrieben in der Küchenkommode gefunden. Geduldig reckte er den Arm in die Luft und fixierte dabei weiter den kreisenden Vogel, der so weit entfernt war, dass er nur die Silhouette erkennen konnte.

Seit Miris Vorschlag hatte ihm dieser Gedanke keine Ruhe gelassen, Fredo dazu zu bringen, ihm aus der Hand zu fressen. Er hatte das ganze Wochenende versucht, ihn zu sich zu locken. Fredo war jeden Tag ein paar Mal aufgetaucht, meist am frühen Morgen und gegen Abend. Hin und wieder war er auf einer der hohen Tannen am Waldrand gesessen, und manchmal war er nur über der Wiese gekreist. Gestern Abend dann hatte er tiefer seine Kreise gedreht, hatte tatsächlich Anstalten gemacht, zu Ben zu fliegen, war dann aber im letzten Moment wieder abgedreht, so nah, dass Ben geglaubt hatte, den Luftzug seiner Schwingen zu spüren.

Ben blinzelte gegen die Sonne, fixierte die dunkle Silhouette. «Komm ...», flüsterte er. «Komm her ...»

Plötzlich schien Fredo für einen Moment in der Luft zu verharren, setzte zum Sturzflug an und landete kurz darauf mit schlafwandlerischer Sicherheit auf Bens Arm. Seine Krallen gruben sich in das Leder des Handschuhs, und Ben spürte das Gewicht des überraschend großen Vogels. Die Spannweite seiner ausgebreiteten Schwingen betrug mit Sicherheit mehr als einen Meter. Jetzt klappte er seine Flügel zusammen und musterte Ben streng aus seinen dunkel umrandeten Augen.

Ben hielt den Atem an und senkte langsam den ausgestreckten Arm. Der Vogel trat von einem Bein auf das andere, dann zog er mit dem Schnabel das Fleischstück aus Bens behandschuhter Faust. Er hielt es mit seinen Krallen fest, rupfte sich einen Fetzen davon ab und schlang ihn hinunter. Ben wagte nicht, sich zu bewegen, während Fredo auf diese Weise den ganzen Brocken verschlang. Nachdem der Vogel zu Ende gefressen hatte, blieb er auf Bens Arm sitzen, trippelte freundlich hin und her und legte den Kopf schief. Vorsichtig streckte Ben seine freie Hand aus und strich ihm über das Gefieder. Der Vogel hielt ganz still, dann hüpfte er etwas näher und knabberte an Bens Ohr, während der ihn weiter streichelte.

«Hallo, Ben!» Der Ruf kam vom Haus her. Fredo breitete augenblicklich seine Schwingen aus und flog mit einem warnenden «Hihjää» davon.

Fluchend sah Ben sich um. Es war Maxi Gasser, der gerufen hatte. Jetzt kam er über die Wiese gelaufen, in der Hand hielt er eine große Papiertüte.

«Guten Morgen!», sagte er, als er bei ihm angelangt war. «Ich hab geklingelt, und als niemand aufgemacht hat, bin ich ums Haus rumgegangen ...» Er unterbrach sich und sah Ben neugierig an. «Was machst du denn hier mitten auf der Wiese? Meditierst du oder so was?»

Wütend sprang Ben auf die Füße. «Nachdem du hier herumschreist, mach ich nichts mehr, verflucht noch mal!»

Maxi sah ihn überrascht, aber wenig beeindruckt an. «Ich wollt dich nur abholen.»

Ben runzelte die Stirn. «Abholen? Wohin?»

«Zu den Totholzstämmen. Heut ist der Tag! Ich bin mir

sicher.» Er deutete zum Himmel. «Schau dir die Wolken an. Das Wetter schlägt um. Die kommen heut raus, ganz sicher!»

Immer noch missmutig sah Ben ihn an. Eigentlich hatte er sich vorgestellt, noch ein paar Tage seine Ruhe zu haben, bevor er offiziell mit der neuen Arbeit begann.

An Maxi schien sein unverkennbarer Widerwille jedoch vollständig abzuprallen. Er hob die Papiertüte hoch. «Schau, hab ich uns als Wegzehrung mitgebracht. Die gibt's im Dorf in der Eisdiele. Das sind keine Croissants, weißt, sondern Cornetti, sie schmecken wie bei uns zu Hause. Es gibt sie mit Vanillepudding gefüllt, Crema, das isch ganz fein, und mit Marmelade. Aprikose. Und mit Schokolade. Aber die waren schon aus. Ich mag die mit Vanille eh am liebsten, und ich hab mir denkt, du magst sie sicher auch.» Er hielt ihm die Tüte hin.

Ben gab irgendeinen Laut zwischen Brummen und Knurren von sich. «Was ich *nicht* mag, ist, wenn jemand unangemeldet bei mir reinplatzt und mich volllabert», sagte er unwirsch.

Maxi ließ die Tüte sinken. «Also kommst nicht mit?» Es klang enttäuscht.

Ben unterdrückte einen Seufzer. «Ich muss eh mit Hilde raus, also von mir aus.»

Im Gegensatz zu Ben hatte Hilde einen Narren an Maxi gefressen. Sonst bei Fremden eher zurückhaltend, war sie Maxi gegenüber aufgeschlossen und begrüßte ihn auch jetzt schwanzwedelnd, sobald Ben sie aus der Wohnung ließ, wo sie während seines Stelldicheins mit Fredo hatte warten müssen. Bei Lena verhielt Hilde sich ähnlich, fiel Ben dabei ein. Hilde schien sie sofort ins Herz geschlossen zu haben, und das lag nicht nur an dem Käsebrot, das sie bei ihrer ersten Begegnung dabeigehabt hatte, da war Ben sich sicher. Er schüttelte unwirsch den Kopf. Gerade noch hatte er sich nach Ruhe gesehnt, jetzt dachte er schon wieder über diese Frau nach. Eigentlich reichte schon sein käferverrückter Praktikant, er brauchte nicht auch noch Lena in seinem Kopf.

Sie gingen zusammen über den schmalen Trampelpfad an der Vogelwarte vorbei und hinauf in den Bergwald, über den sich düster der zerklüftete Gipfel des Rabensteins erhob. Die Totholzstämme, die Bens «Vorgänger» Xaver Feichtmeier angelegt hatte, befanden sich an der Ostflanke des Bergs, auf einer Lichtung im Rabensteiner Forst, der Teil des kleinen Naturschutzgebiets war, um das sich Ben fortan kümmern würde.

Ben ging neben Maxi her, der noch immer unentwegt plapperte. Er spürte, wie sich sein Ärger auf den jungen Kerl legte. Der Wald hatte diese Wirkung auf ihn. Das war schon als Kind so gewesen, wo er sich oft hierhergeflüchtet hatte, wenn ihm alles zu viel zu werden drohte. Wenn er in den Wald ging, tauchte er ein in eine andere Welt, in der er sich nicht verteidigen und nicht verstellen musste. Niemand beurteilte, niemand verurteilte ihn, noch nicht einmal er sich selbst. Der Wald war der einzige Ort, wo er sich uneingeschränkt mochte.

Sie stiegen langsam querfeldein den Bergwald hinauf, und Hilde lief entspannt neben ihnen her. In den wenigen Tagen, in denen sie nun hier waren, hatte Hilde sich schon erheblich gewandelt. Sie war weniger ängstlich und schien langsam anzufangen, die Natur zu genießen, auch wenn sie sich nie weit von Ben entfernte.

Schließlich verstummte auch Maxi, und nur noch ihr Atem, ihre rhythmischen Schritte und das leise Knacken der Zweige unter ihren Schuhen waren zu hören. Irgendwo über ihnen klopfte ein Specht. Nach einer Weile entdeckte ihn Ben an einer hohen, fast kahlen Fichte. Er blieb stehen und betrachtete den Vogel eine Weile durch sein Fernglas. Es war ein Buntspecht, ein erwachsenes Männchen, Ben erkannte es an dem roten Genickfleck. Eifrig hackte es mit seinem kräftigen Schnabel in die Rinde des Baumes und hüpfte dabei immer weiter um den Stamm herum. Ben entdeckte auch noch einige Eichhörnchen, die auf den Ästen herumsprangen und deutliche Warnlaute von sich gaben, sobald Hilde sich näherte. Die Hündin interessierte sich jedoch nicht für Eichhörnchen. Die kannte sie schon aus den Parks und Grünanlagen der Stadt. Hilde hatte schnell begriffen, dass sie kein Eichhörnchen je erwischen würde, gleichgültig, wie schnell sie war.

Endlich erreichten sie die Totholzstämme. Die Lichtung lag an einer unwegsamen Stelle hoch über Bichlbrunn. Unterhalb erstreckte sich dichter, steil abfallender Mischwald bis zu den Ausläufern des Dorfes, ein paar vereinzelten Häusern und Heustadeln entlang der Ache, die wie ein silbernes Band glitzernd im Sonnenlicht lag.

Ben wurde sich mit einem Mal bewusst, dass sie sich im Lawinenschutzwald über dem Wiesanger befanden, dessen teilweise Abholzung demnächst im Gemeinderat diskutiert werden würde. Seine Miene verdüsterte sich. Man sollte diese gottverdammten Sesselfurzer alle hierher mitnehmen, damit sie die Schönheit der Natur, die sie zu zerstören gedachten, mit eigenen Augen sahen. Aber vermutlich würde das nichts nutzen. Er war schon mit genug Leuten im Wald gewesen, in Kanada und hier, die angesichts der Bäume nur die Holzpreise sahen und weder ihre Schönheit bemerkten noch vom Wald als schützenswertem Gesamtorganismus einen blassen Schimmer hatten.

Es war schwül, und Bremsen umschwirrten ihn und Maxi, als sie auf die Stämme zugingen, die aufrecht nebeneinander wie verwitterte Totempfähle am Hang standen.

Maxi hatte sein Handy gezückt, um Fotos zu machen. Er unterhielt einen Instagram-Account namens «@alpenbock_rescue», den er Ben jetzt zeigte und dabei erzählte, dass er dort penibel jeden seiner Besuche hier dokumentierte. Ben scrollte die Fotos hinunter und überflog die Beiträge, die jeweils darunterstanden und intensiv von Followern kommentiert und diskutiert wurden. Maxi hatte ganze Romane zum Thema Alpenbock verfasst, dessen kurzes, intensives Leben in Käferform nur ein paar Wochen dauerte. Der Account hatte immerhin achthundert Follower, was Ben ziemlich kurios fand. Er stellte sich vor, wie sage und schreibe achthundert Menschen Maxis Fotodokumentation der kleinen, ovalen Nistlöcher verfolgten und mit ihm fieberhaft darauf warteten, bis die Käfer endlich schlüpften.

Sie gingen langsam die Stämme ab und kontrollierten jedes einzelne der Nistlöcher, die Maxi – wie konnte es anders sein – genauestens dokumentiert und durchnummeriert hatte. Sie betrachteten jedes Loch genau. Maxi hatte zu diesem Zweck sogar eine große Lupe mitgebracht. Hilde lag längst dösend im Gras, sie hatte sich genau auf die Länge eines Baumschattens ausgestreckt und die Augen halb geschlossen.

Als sie bei einer der letzten Stellen angelangt waren und Bens Aufmerksamkeit bereits nachließ, packte Maxi ihn am Arm. «Da! Schau!», flüsterte er aufgeregt.

Ben richtete seinen Blick auf das unscheinbare, ovale Loch. Und tatsächlich bewegte sich dort etwas. Feiner Holzstaub rieselte heraus. Maxi riss sein Handy in die Höhe und stellte die Videofunktion ein. Dann legte er warnend einen Finger auf die Lippen. Schweigend betrachteten beide, wie weiter Holzstaub aus dem Loch rieselte, dann winzige schwarze Beine sichtbar wurden und schließlich ein Käfer herauskrabbelte und auf dem trockenen, sonnenbeschienenen Baumstamm sitzen blieb. Maxi filmte noch ein paar Sekunden, dann ließ er das Handy sinken.

«Ist er nicht unglaublich?», flüsterte er, und seine Stimme bebte vor Ehrfurcht und Begeisterung gleichermaßen.

Ben nickte. Fast gegen seinen Willen war er tief beeindruckt. Er kannte den Alpenbock von Abbildungen, hatte jedoch noch nie einen in natura gesehen. Der Käfer war riesig, größer als jeder andere Käfer, den er bisher gesehen hatte, er maß mindestens drei Zentimeter, war leuchtend himmelblau mit tintenschwarzen Flecken. Seine blau-schwarz gestreiften Fühler waren länger als sein gesamter Körper und schwangen in zwei eleganten Bögen nach hinten. Maxi legte ein Lineal an.

«Fünfunddreißig Millimeter», sagte er jetzt wieder in normaler Lautstärke und notierte etwas in seinem Notizbuch. «Das ist stattlich. Wahrscheinlich ein Männchen. Bei den Weibchen sind die Fühler kürzer.» Wieder zückte er sein Handy und nahm ein Video auf, dieses Mal von sich selbst. Es folgte eine enthusiastische Rede an seine Community, dann ein Schwenk zu Ben und schließlich zu dem gerade geschlüpften Alpenbock, bevor das Video endete. Dann machte er noch ein paar Fotos von dem Käfer. «Unglaublich! Ich werd gleich dem Xaver die Fotos schicken. Der wird ausrasten vor Freude!»

Auch wenn Ben sich nicht so glühend für Käfer interessierte, wie Maxi es tat, er konnte dessen Enthusiasmus voll und ganz nachvollziehen. Auch ihn versetzte die Natur und alles, was darin kreuchte und fleuchte, immer wieder in Begeisterung. Er dachte an Fredo und das Vertrauen, das das wilde Tier ihm heute erwiesen hatte. Und er wusste, dass seine Entscheidung richtig gewesen war, hierher zurückzukommen. Er war nicht wegen der Menschen hier, sondern wegen der Natur. Wie Miri es so treffend ausgedrückt hatte: Die wunderbare Natur hier hatte es verdient, dass jemand sich mit ganzer Leidenschaft um sie kümmerte.

Er bat um das Handy seines Praktikanten und machte ein paar Porträtaufnahmen von Maxi zusammen mit dem blauen Käfer. Auch wenn das Tierchen neben Maxis Kopf sehr klein und eher unscheinbar wirkte, waren auf dem Foto Maxis Stolz und Begeisterung genau zu sehen. Er schaute aus wie ein stolzer Papa kurz nach der Geburt.

«Drei Jahre! Denk mal, was sonst in der Zeit alles passiert!», rief Maxi, während er bereits sein Porträt auf Instagram postete. «Die kleine Käferlarve war die ganze Zeit da drin und hat geschlafen. Und jetzt ist sie da, die Rosalia alpina!»

Ben nickte etwas melancholisch. Bei ihm persönlich war in den letzten drei Jahren so viel passiert, dass er es noch immer verdauen musste. Und während er gekämpft und gehadert, gelitten und gewütet hatte, war der Käfer – beziehungsweise seine Larve – schon hier gewesen und hatte arg- und wehrlos darauf vertraut, irgendwann schlüpfen zu können, um dann in einer lächerlich kurzen Zeit von ein paar Wochen sein Leben als leuchtend himmelblaues Wunder voll auszuschöpfen.

Als sie sich schließlich zum Gehen wandten, klopfte er Maxi auf die Schulter. Weil der ihn erstaunt ansah, fragte Ben lächelnd: «Hast du noch eins von deinen italienischen Croissants?»

«Aber freilich!» Maxi reichte ihm die Tüte. «Ich würd die mit der Crema nehmen, die sind am besten. In Deutschland kriegen sie die nicht so hin. Das sind die mit dem Puderzucker drauf.»

Gehorsam nahm Ben sich ein weiß gepudertes Hörnchen und verputzte es mit Genuss, während sie einträchtig wieder hinunter zur Vogelwarte stiegen. Maxi machte den Vorschlag, für Ben auch einen Instagram-Account einzurichten, in dem er von seiner Arbeit berichten konnte. «Ich würd ihn @Ranger_Ben nennen, und ich brauch ein kerniges Foto von dir irgendwo im Wald. Mit Hilde natürlich! Und keine Sorge, ich betreue den Account. Du musst mir nur ein bissl fancy Content liefern.» Er zückte sofort sein Handy und begann zu knipsen.

«Fancy Content, aha. Von mir aus.» Ben nickte friedfertig. Wenn Maxi Spaß an so was hatte, sollte es ihm recht sein.

Einmal machten sie an einem Bach halt, wo Hilde schlabbernd trank, und die beiden Männer füllten ihre Wasserflaschen auf. Es war inzwischen später Vormittag und noch heißer und schwüler geworden. Im Wald roch es intensiv nach Harz und Tannennadeln. Bens Nacken brannte, und es juckte ihn überall von den zahlreichen Bremsenstichen, die ihm die Mistviecher auf ihrer Wanderung zugefügt hatten. Sein T-Shirt klebte ihm feucht am Rücken und an der Brust, und er sehnte sich nach einer Dusche, trotzdem war er so glücklich und zufrieden wie schon lange nicht mehr.

Sobald sie aus dem Wald traten, brannte die Sonne unbarmherzig auf sie herab. Die dünnen Wolkenschleier milderten die Hitze kein bisschen, im Gegenteil, der Himmel schien weiß zu glühen.

An der Vogelwarte verabschiedete sich Maxi von Ben. Er wollte an den Rabensteiner See zum Baden fahren, und Ben freute sich auf die Kühle der dicken Mauern seines neuen Zuhauses.

Doch als er sich dem Pförtnerhaus näherte, stutzte er. Neben seinem Defender parkte ein weiteres Auto. Ein champagnerfarbenes Mini-Cabrio mit Münchner Kennzeichen. Misstrauisch ging er weiter. Er kannte den Wagen nicht, ihm schwante jedoch Übles. Und tatsächlich kam genau in dem Moment, in dem er die Tür aufsperren wollte, eine Frau von der Wiese her um die Ecke seines Hauses geschlendert: Sie trug ein luftiges, knöchellanges Kleid mit Spaghettiträgern, das aussah wie von einem Hippiemarkt auf Ibiza, aber vermutlich aus ihrer eigenen Boutique unweit der Maximilianstraße stammte und dort ein paar Hundert Euro kostete. Dazu hatte sie Bastsandaletten an den Füßen und eine riesige Sonnenbrille in ihr kastanienbraunes, glänzendes Haar zurückgeschoben.

«Hallo, Ben!»

Das Glücksgefühl von gerade eben verflüchtigte sich. «Victoria?»

3

Lena zuckte zusammen, als sie in das Krankenzimmer trat. Nachdem Franz Schaller gestern aus dem künstlichen Koma geweckt worden war, war er an diesem Morgen von der Intensivstation auf die normale Station verlegt worden. Das hatte ihr eine seiner Töchter berichtet, der Lena auf dem Flur begegnet war. Franz bot einen erschreckenden Anblick: bleich, mit Kopfverband und zahlreichen Blessuren und Blutergüssen im Gesicht, kaum wiederzuerkennen. Der offene Schienbeinbruch war nach der Operation mithilfe eines äußeren Gestells fixiert worden, Metallstifte staken, von orangefarbenem Jod und Schorf umgeben, aus der Haut. Lena bemühte sich, nicht hinzusehen. Allerdings fiel es ihr gleichzeitig schwer, irgendwo anders hinzusehen, ohne eine Gänsehaut zu bekommen.

Als sie ihn begrüßte, hellte sich sein zerschundenes Gesicht auf. «Lena!» Seine Stimme war rau und kratzig. Er streckte vorsichtig seine rechte Hand nach ihr aus, und als Lena sie ergriff, drückte er sie fest.

«Was machst du denn für einen Mist?», murmelte Lena. Überwältigt von Emotionen, hatte sie Mühe, Worte zu finden. Sie setzte sich auf den Stuhl neben seinem Bett, ohne seine Hand loszulassen. Eine Weile schwiegen sie.

«Meine Mädels haben mir erzählt, was du getan hast», sagte Franz nach einer Weile mühsam, es klang undeutlich, wegen der Schwellungen in seinem Gesicht fiel es ihm offenbar schwer zu sprechen. «Ich danke dir.»

«Das war doch selbstverständlich.» Am liebsten hätte Lena über die Details seiner Rettung gar nicht mehr gesprochen.

Weder wollte sie Jack bloßstellen noch für ihr eigenmächtiges Handeln gerügt werden.

Er schüttelte mühsam den Kopf. «War's nicht. Eigentlich war's ein Verstoß gegen alle unsere Regeln. Sich gegen den Einsatzleiter zu stellen, auf das Eigengefährdungsverbot pfeifen ...» Er hustete mühsam. «Und eigentlich müsste ich mit dir schimpfen.»

Also wusste er es bereits. Jemand musste es seinen Töchtern erzählt haben. «Das war mir in dem Moment wurscht», sagte sie ehrlich.

Er nickte. «Manchmal muss man halt auch solche Entscheidungen treffen. Wenn man sich traut. Ich jedenfalls bin dir unendlich dankbar dafür, auch wenn ich dir für diese waghalsige Aktion am liebsten eine watschen würde.» Er verzog seinen Mund zu einem mühsamen Lächeln.

«War Jack schon da?»

Franz schüttelte den Kopf. «Noch nicht. Du bist die Erste der Truppe. Die anderen werden wahrscheinlich erst in ein paar Tagen kommen dürfen. Aber ich hab drum gebeten, dass sie dich gleich zu mir lassen, wenn du kommst.»

«Was ist denn da oben passiert?», platzte Lena mit der Frage heraus, die sie schon die ganze Zeit beschäftigte.

«Ich weiß es nicht genau. Dem Sepp ist's plötzlich nicht gut gegangen. Ihm war schwindlig, und dann ist ihm auch noch schlecht geworden. Er hat Schüttelfrost gekriegt, und ich hab ihm meine Jacke gegeben, weil die wärmer war als seine. Das war kurz vor der gachen Spitze. Der Sepp war fix und fertig, und dabei hatten wir mit dem Anstieg noch gar nicht begonnen, so kenn ich den gar nicht. Ich glaub, es könnt was mit dem Herz gewesen sein. Er hat geschwankt und sich an die Brust gefasst. Ich wollt ihn stützen. Und dann bin ich dabei abgerutscht ...» Er schloss für einen Moment die

Augen. «Mehr weiß ich nicht. Ich war halb bewusstlos, bin immer wieder ein bissl aufgewacht, aber nicht gscheid. Hab mich auch nicht bewegen trauen, weil ich nicht sehen konnte, wo ich gelandet bin. Und da war niemand mehr. Hab den Sepp nicht mehr gehört, hab gar nichts mehr gehört.» Ihn fröstelte. «Ich hab geglaubt, das war's jetzt. Bis plötzlich du da warst.» Er drückte wieder ihre Hand, aus müden Augen sah er sie an. Dann fielen ihm die Lider zu.

«Ich war oben», sagte Lena leise. «Bin am Wochenende den Grat gegangen.»

Franz reagierte nicht, vermutlich war er eingeschlafen. Doch als sie leise aufstand und ihre Hand aus seinem Griff löste, murmelte er: «Das ist gut.»

Ich hab nachgedacht, wollte sie noch sagen. Du hattest recht, ich werd die Leitung übernehmen, falls die anderen mich wollen.

Doch von Franz kam keine Reaktion mehr.

Still verließ sie das Krankenzimmer und fuhr wieder nach Hause.

Zurück in Bichlbrunn, ging Lena in die Bücherei und holte sich von Irmi ihren Schlüssel für das Büro zurück. Mit einer bedächtigen Bewegung öffnete sie ihren Spind und räumte alle Sachen, die sie am vergangenen Donnerstag ausgeräumt hatte, wieder hinein. Dann setzte sie sich an ihren Schreibtisch und steckte die Kündigung in den Aktenvernichter, der danebenstand.

Sie würde Jack Reiter die Stirn bieten und sich der Wahl zu Leiterin der Bergwacht stellen. Sie war kein Schisser.

Als Nächstes rief sie ihre eigene Bergführerwebsite auf und ergänzte die angebotenen Touren um den Jubiläumsgrat. Nach kurzem Zögern fügte sie eine Passage ein, die sie mit «Frauentouren» überschrieb: *Du liebst die Berge, traust dir aber eine große Bergtour als Frau nicht zu? Du glaubst, Bergsteigen sei immer noch eine Männerdomäne?*

Sie dachte an Berenike und fügte mit einem kleinen Lächeln hinzu:

Du hast Angst, man(n) könnte dir womöglich vorwerfen, dass du einen Karabiner nicht von einer Wäscheklammer unterscheiden kannst? Dann bist du bei mir richtig. Ich biete Winter- und Sommertouren in allen Schwierigkeitsstufen speziell für Frauen an: Mädels, lasst uns raufgehen und einfach Spaß haben!

Danach öffnete sie den Bereitschaftsplan. Bestimmt hatte Jack sie wieder nicht eingetragen. Sie nahm sich vor, mit ihm zu reden – doch zu ihrer großen Überraschung war sie ab sofort für jeden Tag bis zum Wochenende eingeteilt. Wer hingegen nicht auf dem Plan stand, war Jack Reiter selbst. Sie runzelte die Stirn.

Kurz entschlossen ging sie hinüber in Jonas' Büro. Dieser war gerade mit Lisl Untersberger beschäftigt, einer betagten Dame, die in dem Haus neben der Eisdiele wohnte und immer auf der Bank davor saß.

«Sie müssen dem nachgehen», verlangte sie gerade nachdrücklich. «Das ist so ein Enkeltrick, wie man ihn in der Zeitung immer wieder liest. Und im Fernsehen sieht. In der Sendung mit dem Zimmermann, *Kein X für ein U* oder so ...»

«Sie meinen *Aktenzeichen XY*?», fragte Jonas geduldig nach.

«Ja, genau!»

«Das moderiert aber jetzt jemand anderes.»

«Ach geh? Nimmer der Zimmermann?»

«Schon seit ich die Sendung kenne, nicht mehr.»

«Ach, Sie sind ja noch jung!» Lisl Untersberger wedelte mit der Hand. «Jedenfalls ist das sicher so ein Enkeltrick ...»

Jonas warf einen Blick auf seine Notizen. «Sie sagten doch,

ihre Katze sei verschwunden, wieso sollte das ein Enkeltrick sein?»

«Die haben meine Sissi entführt, und jetzt wollen sie sicher bald Lösegeld! Und wenn ich zur Bank gehe ... rauben die mich aus, und meine Sissi seh ich nie wieder.» Die alte Frau beugte sich vor und erklärte gewichtig: «Die Sissi ist nämlich eine Rassekatze. Siam.» Sie klopfte mit dem Finger auf Jonas' Notizblock. «Schreiben Sie das auf: S I A M! Sie heißt nach der Kaiserin Sissi, weil sie so vornehm ist. Mein Mann selig hat sie gekauft, kurz bevor er gestorben ist, der Arme, sein Herz hat nimmer mitgemacht, ich hab ja immer gsagt, er soll nicht so fett essen, wenigstens die Schwarten bei der Schweinshaxn weglassen ...»

«Ähm, ja, entschuldigen Sie mich bitte einen Moment», bat Jonas freundlich, stand auf und kam zur geöffneten Tür, wo Lena gewartet hatte. Er verdrehte die Augen und flüsterte: «Frau Untersberger kommt mindestens einmal im Monat. Mal wegen ihrer Katze, mal wegen ihrer Nachbarn, die sie angeblich drangsalieren, oder wegen Paolo von der Eisdiele, den sie für einen Mafioso hält. Was gibt's? Etwas Neues von Franz?»

«Es geht ihm besser. Er ist aufgewacht.» Lena erzählte ihm kurz von ihrem Besuch bei Franz Schaller. «Aber ich wollte dich was anderes fragen. Jack Reiter steht nicht mehr im Dienstplan. Was ist mit ihm?»

Jonas seufzte. «Er hat uns gebeten, ihn für die Woche auszutragen. Er braucht Zeit zum Nachdenken, hat er gesagt.»

«Macht er sich Vorwürfe?»

«Er hat kein Wort darüber verloren. Im Grunde kann man ihm nichts vorwerfen, er hat sich an die Vorschriften gehalten. Doch wenn ich er wäre ...» Er zuckte mit den Schultern, und Lena nickte.

«Ich hol ihn zurück», sagte sie. «Wir brauchen ihn.»

Jonas sah sie zweifelnd an. «Nichts für ungut, Lena, aber du bist mit Sicherheit der allerletzte Mensch, den Jack jetzt sehen will.»

«Das ist mir klar. Trotzdem, ich werd's versuchen.»

«Herr Polizeibeamter!», kam es von drinnen. «Mir ist noch was eingefallen. Da war gestern so ein junger Bursche bei mir, angeblich hat er fürs Rote Kreuz gesammelt. Ich bin mir sicher, der hat die Sissi ... Wo bleiben Sie denn? Wir müssen doch noch ein Protokoll machen!»

Jonas drehte sich um. «Ich komme schon, Frau Untersberger.»

«Dann ist ja gut», kam es gnädig von der alten Dame. «Ich hab schließlich nicht den ganzen Tag Zeit ...»

Jonas wandte sie noch einmal zu Lena zurück und nickte ihr zu. «Viel Glück!», sagte er. Dann widmete er seine Aufmerksamkeit wieder voll und ganz Sissi und Frau Untersberger.

Lena ging ebenfalls zurück an ihren Schreibtisch. Ihr war klar, dass sie nicht auf Jack verzichten konnte und es bei allem Ärger, den er ihr beschert hatte, auch nicht wollte. Jetzt, wo Franz erst mal ausfiel oder vor seinem endgültigen Rückzug womöglich gar nicht mehr zurückkam, brauchten sie Jack unbedingt. Außerdem wollte Lena nicht, dass das Team wegen dieser Geschichte auseinanderbrach. Das war nicht gut. Diese Sache würde immer im Raum stehen.

Sie nahm ihren Piepser aus dem Büro, stellte das Telefon um und schwang sich auf ihr Fahrrad.

4

Prüfend betrachtete Nils den Himmel, der – von ein paar dünnen Wolken abgesehen – noch immer ziemlich blau war. Für ihn sah das nach schönem Wetter aus, da musste er Papa recht geben. Er war so glücklich, dass seine Eltern entschieden hatten, ihm heute seinen sehnlichsten Wunsch zu erfüllen. Papa schien sich sogar richtig auf die Wanderung zu freuen. Er hatte Nils auf seiner neuen App, die er extra für diesen Urlaub gekauft hatte, die Route gezeigt, die sie gehen würden, und gemeint, es würde ihnen sicher alle großen Spaß machen, mal so eine echte Bergtour zu machen. Mama und Caro hatten zwar nicht so ausgesehen, als ob ihnen das Spaß machen würde, aber Mama hatte sich wenigstens um ein Lächeln bemüht und gesagt: «Na, Nils, freust du dich?»

Und ob er sich freute. Nach der Geschichte, die Frau Wildgruber ihnen über den Namen der Teufelsklamm erzählt hatte, war er noch einmal nach oben ins Zimmer gelaufen und hatte das Sagenbuch in seinen Rucksack gepackt, heimlich, denn Papa hätte sicher mit ihm geschimpft, wenn er gesehen hätte, dass er «überflüssigen Ballast» mit sich herumschleppte. Dabei war das Buch bei dieser Wanderung ganz und gar nicht überflüssig. Im Gegenteil. Es war unverzichtbar. Gewissermaßen der Kompass auf seinem Weg. Noch war die Klamm jedoch nicht in Sicht.

Schon seit über einer Stunde wanderten sie eine langweilige Forststraße entlang, die ziemlich steil bergauf führte. Es war schrecklich heiß, und man musste aufpassen, dass einen die Bremsen nicht stachen. Mama hatte zwar die ganze Familie vorher mit etwas eingesprüht, das nach Zitrone roch, aber die

Bremsen ließen sich davon nicht abschrecken. Caro quietschte dauernd auf und fuchtelte mit den Armen herum, und auch Nils hatte schon einen Stich an seiner Wade abbekommen.

Endlich endete die langweilige Forststraße, und es ging auf einem Weg zwischen niedrigen Latschen und verkrüppelten Kiefern weiter. Sie kamen an eine Kreuzung mit einem Schild, auf dem *Teufelsklammrundweg* stand, aber Papa warf einen Blick auf seine App und meinte, sie müssten noch weitergehen. Caro stöhnte demonstrativ. Nach einer weiteren halben Stunde erreichten sie den Fuß des Teufelskopfs. Hier stand auch ein Schild:

Teufelsklamm über Oststeig

Papa tippte mit dem Finger zufrieden auf sein Handy. «Na, wer sagt's denn? Das ist ein super Programm. Total übersichtlich. Man braucht wirklich keine Karten mehr.»

Statt zu antworten, sahen alle nach oben. Nils' Herz begann schneller zu klopfen. Der Weg zur Klamm führte in Serpentinen schwindelerregend steil an der Bergflanke entlang. Es gab kein Geländer und keine Begrenzung, nur ein Stahlseil, das in regelmäßigen Abständen im Fels befestigt war und an dem man sich festhalten konnte. Hier wuchsen keine Bäume mehr, nur der nackte Fels erhob sich vor ihnen, grau und durchfurcht, und als Nils den Gipfel betrachtete, fand er, dass die Furchen darin tatsächlich ein bisschen wie ein fies lachender Teufel aussahen. Ein Schauer überlief ihn.

«Ach du Scheiße», murmelte Caro neben ihm. «Da hoch? Ich könnte jetzt schon kotzen.»

Sie begannen den Aufstieg im Gänsemarsch. Papa ging voraus, dann folgten Nils und Caro, die Nachhut bildete Mama, die ständig wiederholte: «Haltet euch gut fest! Und schaut, wo ihr hintretet.» Sie klang ängstlich, und Nils' Magen begann vor Aufregung zu flattern. Schluss mit harmlosen Spaziergängen auf breiten Wegen und öden Forststraßen. Das hier war ein Abenteuer! Jetzt erst waren sie wirklich in den Bergen.

5

Lena! Warte!» Ludwig Ramsauer kam aus dem Rathaus gelaufen, gerade als Lena wegfahren wollte.

Sie blieb stehen.

«Wie geht's Franz?», wollte er etwas außer Atem wissen, und Lena erzählte ihm das Gleiche wie eben Jonas.

«Gott sei Dank.» Ramsauer griff sich mit zwei Fingern zwischen Kehle und Kragen und lockerte diesen ein wenig. Er trug keine Krawatte, und der oberste Hemdknopf stand offen. «Was für eine Hitze.» Er sah prüfend nach oben. «Gut, dass wir das Heu schon drin haben. Heute kommt noch was.» Dann wandte er sich wieder Lena zu. «Ich weiß, es ist vielleicht grad nicht so passend, wegen Franz' Unfall, aber wir haben doch Ende August die Gemeinderatssitzung, bei der über den Bau des Hotels am Wiesanger abgestimmt werden soll. Habt ihr schon eine gemeinsame Erklärung der Bergwacht verfasst? Dann könnte ich sie vor der Sommerpause noch verschicken.»

Lena schüttelte den Kopf. «Tut mir leid, aber daran hat bisher noch keiner gedacht. Ich glaub auch nicht, dass wir eine zustande bringen. Jack Reiter ist immerhin der Schwager von Ernst Habacher, und außerdem arbeitet er dort.»

Missmutig runzelte Ramsauer die Stirn. «Hab ich mir gedacht. Das hat er ja beim letzten Treffen schon angedeutet.» Er zuckte mit den Achseln. «Ich hab das Unbedenklichkeitsgutachten der Investorenfirma gelesen. Ein rechter Mist ist das, reine Gefälligkeit, wennst mich fragst, aber es klingt gut und ist nicht so einfach zu widerlegen. Ich hab's Ben Fellner gegeben, er kennt sich mit so was aus, hat er gesagt, und bemüht sich, es zu entkräften. Hoffentlich schafft er das, sonst seh ich schwarz. Die Gemeinderäte haben's schon gelesen, und ich glaub, die lassen sich davon blenden. Wir könnten eure entschiedene Stellungnahme echt gut brauchen.»

«Meinst du wirklich, dass es im Gemeinderat eine Mehrheit dafür gibt, den Lawinenschutzwald abholzen zu lassen?», fragte Lena ungläubig. «Das wär doch Wahnsinn!»

«Nicht nur der Jack ist finanziell abhängig vom Habacher Erich. Es gibt noch einige andere, die sich Vorteile vom Bau des Hotels versprechen.» Er rieb vielsagend Daumen und Zeigefinger aneinander.

«Ich werde kommen und meine Meinung dazu sagen, wenn das was nützt», versprach Lena.

«Das würd mir sehr helfen.» Ramsauer wischte sich den Schweiß von der Stirn. «Ben ist auch schon mal förmlich eingeladen. Vielleicht regt sich das Gewissen der Gemeinderäte, wenn jemand da ist, dem der Naturschutz wichtig ist.»

«Es ist ja noch ein bisschen Zeit hin», versuchte Lena, Ramsauer und auch sich selbst zu beruhigen. «Stimmungen ändern sich schnell, und bis in zwei Monaten schaut die Sache vielleicht wieder ganz anders aus.»

Der Bürgermeister sah sie zweifelnd an. «Manche Sachen ändern sich aber auch in tausend Jahren nicht, Lena, und meiner Erfahrung nach gehört die Gier der Leut dazu.»

Sie nickte beklommen. Hoffentlich behielt Ramsauer in diesem Fall nicht recht.

Die beiden verabschiedeten sich, und Lena fuhr durch das Dorf und weiter in das Neubaugebiet, wo Jack Reiter seit ein paar Jahren mit seiner Familie lebte. Sie hoffte, ihn über Mittag hier anzutreffen.

Sie hatte nicht anrufen wollen, um nicht mit irgendwelchen mauen Floskeln oder gar erneuten Beschimpfungen abgewürgt zu werden. Wenn er nicht da war, würde sie es im Sägewerk versuchen.

Früher hatten die Reiters im alten Ortskern in der Nähe von Alex' Pension gewohnt, in Jacks Elternhaus, das seit dem Auszug von Jack und seiner Familie leer stand und immer mehr verwahrloste. Alle im Dorf fragten sich, was Jack mit dem großen alten Haus vorhatte und warum er es nicht endlich verkaufte. Offenbar fiel es ihm schwer, sich davon zu trennen. Darin befand sich noch immer seine Schreinerwerkstatt, aber soweit Lena wusste, bastelte er dort nur noch nach Feierabend herum, seit er bei seinem Schwager im Sägewerk arbeitete. Jack Reiter war ein guter Handwerker, aber kein besonders talentierter Geschäftsmann, was man so hörte. Mit Sicherheit verdiente er im Sägewerk mehr als mit seiner Arbeit als Schreiner.

Das Neubaugebiet bestand nur aus einer Straße mit Wendehammer und etwa einem halben Dutzend schmucken Einfamilienhäusern in teils stattlicher Größe. Da war das Haus der Bachmaiers, er Rechtsanwalt in Garmisch, sie Eventmanagerin, oder das der Meinharts, beide Ärzte im Garmischer Klinikum. Die hatten sogar einen Swimmingpool im Garten. Im Vergleich dazu machte sich Jack Reiters Häuschen in der Kurve des Wendehammers geradezu bescheiden aus. Trotzdem musste es eine Stange Geld gekostet haben, mehr, als man in einem Sägewerk und als Gelegenheitsschreiner verdienen konnte. Vermutlich stammte ein Teil des Geldes von der Familie Habacher. Babsi, Jacks Frau, legte auf solche Dinge wert: die richtige Wohnadresse, standesgemäßes Auto. Lena fiel wieder ein, was Franz ihr erzählt hatte. Angeblich hing der Haussegen bei den Reiters schief, was wohl nicht dazu beitrug, Jacks ohnehin immer etwas explosive Grundstimmung zu verbessern.

Einerseits graute Lena vor der Begegnung mit ihm. Andererseits hatte sie das dringende Bedürfnis, ihm ihre Meinung zu sagen. Viel zu lange hatte sie sich davor gedrückt. Seit den zwei Tagen auf dem Jubiläumsgrat sah sie vieles klarer. Und somit auch die Probleme, an denen sie selbst auch eine gewisse Mitschuld trug. Sie hatte sich Jack Reiter gegenüber nie wirklich behauptet, hatte zu viel Angst gehabt, anzuecken oder abgelehnt zu werden. Sie hatte sich kleiner gemacht, als sie war, um die Harmonie des Teams nicht zu stören. Doch wie sie jetzt erst begriffen hatte, war diese gar nicht echt – jedenfalls nicht aus Jacks Sicht. Sie hatte das Andenken an ihren Vater benutzt, um sich dahinter zu verstecken. Ihre Tante hatte recht gehabt: Sie war ein Schisser gewesen. Und noch etwas hatte sie am Wochenende begriffen, als sie Berenike dabei unterstützt hatte, diese Tour zu gehen, die diese ohne Lena vermutlich nicht geschafft hätte. Jener von ihr heiliggesprochene Satz ihres Vaters, wonach man ohne sein Team nichts sei, war nur die halbe Wahrheit. Ein Team brauchte auch einen guten Kopf, und es schwächte das gesamte Team, wenn man nicht bereit war, Verantwortung zu übernehmen, obwohl man dafür qualifiziert war.

Bei Jacks Haus angekommen, stellte sie ihr Rad auf der Auffahrt ab, wo auch sein Auto stand. Auf dem von Kinderhand getöpferten und bunt bemalten Schild neben der Klingel las sie *Hier wohnt Familie Reiter*. Es klang nach harmonischer Familie, was aber wohl nicht stimmte, wenn sie Franz Glauben schenken durfte. Lena klingelte, und ein melodischer Glockenton schallte durch das Haus. Dann kamen Schritte näher, und die Tür wurde geöffnet. Barfuß, in Jogginghose und Unterhemd stand Jack vor ihr, er war unrasiert, seine roten Haare standen ihm zu Berge. Augenscheinlich arbeitete er heute nicht. Als er Lena sah, kniff er die Augen zusammen.

«Was willst du? Mich zur Sau machen?», blaffte er sie an. «Nur zu. Dann sind wir schon zu zweit.»

Lena schüttelte den Kopf. «Ich will mit dir reden. Kann ich reinkommen?»

Erst zögerte Jack, dann riss er die Tür ganz auf. «Von mir aus.» Während er durch den Flur vorausging, fügte er mit bitterem Spott hinzu: «Erwarte aber nicht, dass es Kaffee und Kuchen gibt. Die Dame des Hauses ist abwesend.»

Lena folgte ihm schweigend in die Küche. Sie war noch nie bei den Reiters zu Hause gewesen und staunte über die ultramoderne Küche aus Edelstahl, die so gar nicht zu Jack passte. Sie hätte zumindest etwas Holz erwartet, immerhin war er Schreiner. Aber in der Küche war überhaupt nichts aus Holz, noch nicht mal der Boden. Stattdessen anthrazitgraue Fliesen, Schiefer, Edelstahl und spiegelglatte weiße Flächen. Im Kontrast dazu stand das Chaos: eine Menge ungewaschenes Geschirr, Pizzaschachteln, Bierflaschen, leere Gläser, auf dem Boden eine große, zur Hälfte ausgepackte Kiste. Styropor und Verpackungsfolie verteilten sich darum herum. Lena konnte Schläuche und einen aluminiumfarbenen Zylinder erkennen. Eine Rohrzange und ein Akkuschrauber lagen auf dem Küchentisch.

«Renovierst du?», fragte sie, nur um irgendetwas zu sagen. Sie konnte sich nicht vorstellen, was in dieser Küche, die, abgesehen von der Unordnung, aussah wie aus einem Wohnprospekt, renoviert werden musste.

Jack lachte freudlos auf. «Nein, ganz sicher nicht. Eher würd ich alles kurz und klein schlagen. Das Ding da hat Felix ausgepackt.» Er stieß die große Schachtel wütend mit dem Fuß an. «Aber er hat keine Ahnung, wie man es einbaut, und ich werd den Teufel tun. Ich werd's wieder zurückschicken. Oder Babsi und ihren Eltern vor ihre verdammte Tür stellen.»

«Was ist das denn?», wollte Lena wissen. Jack war zwar ziemlich geladen, aber sie war froh, dass er wenigstens halbwegs normal mit ihr sprach.

«Das ist ein Mistding von Quooker. Meine Frau hat ihn bestellt, musste ja unbedingt sein. Weil ein Wasserkocher und normales Wasser aus der Leitung natürlich nicht reichen und alle ihre Freundinnen auch so was haben. Erst kam er nicht, jetzt steht er hier rum, aber in der Zwischenzeit hat meine Frau beschlossen, unsere Ehe zu beenden. Und ich werde ganz sicher nicht dreitausend Euro für einen verfluchten Wasserhahn zahlen, aus dem Mineralwasser und kochend heißes Wasser kommt!» Er fuhr sich durch die borstigen Haare und schaute Lena misstrauisch an, als wäre ihm gerade erst wieder aufgefallen, mit wem er da eigentlich redete. «Was willst du?», fragte er noch einmal.

«Du hast dich aus dem Dienstplan ausgetragen», sagte Lena. «Das geht nicht. Wir brauchen dich.»

Jack lachte wieder, und es war voller Selbsthass. «Niemand braucht mich. Franz wäre gestorben, wenn's nach mir gegangen wär.»

«Jetzt ist aber mal gut mit der Selbstkasteiung», fuhr Lena ihn an. «Du hast eine Entscheidung nach den Vorschriften getroffen, und das war korrekt. Ich war vor Ort und konnte daher die Situation besser beurteilen, also hab ich anders gehandelt. Weiter gibt's dazu nichts zu sagen. Du bist ein guter Bergwachtler, und du lässt uns jetzt nicht hängen.»

Aus zusammengekniffenen Augen musterte Jack sie. «Warum schicken sie ausgerechnet dich damit? Du musst doch eine Sauwut auf mich haben wegen ...»

«Glaubst du tatsächlich, ich brauch jemanden, der mich schickt?», unterbrach ihn Lena. «Stell dir vor, ich hab mich ganz allein dafür entschieden, so etwas kann ich.»

«Du kannst doch froh sein, wenn du mich los bist.»

«Wenn du weiter so einen selbstmitleidigen Mist laberst, bin ich es vielleicht doch noch», fauchte Lena. «Aber nein, ich bin nicht froh, wenn du dich klammheimlich davonmachst. Das hätte *ich* fast gemacht, aber ich habe Gott sei Dank rechtzeitig kapiert, dass das ein Fehler gewesen wäre. Ich will, dass du in unserem Team bleibst, und die anderen wollen das auch. Und wenn du dich nicht selbst wieder in den Dienstplan einträgst, dann mach ich das.»

Einen Moment lang starrten sie sich wütend an, dann schüttelte Jack den Kopf. «Vergiss es. Wie könnte ich Franz in Zukunft gegenübertreten?»

«Er versteht das. Er hat selbst schon unzählige Einsätze geleitet und weiß, wie schwierig es ist, die richtige Entscheidung zu treffen. Deshalb gibt es ja die Regeln.»

«Und die anderen? Alle wissen, dass ich Mist gebaut habe.»

Lena sah ihn an. «Ich dachte immer, wir wären ein Team, in dem jeder Einzelne seine Stärken und Schwächen hat. Allerdings hast du mir ja letzte Woche in deiner unnachahmlich charmanten Art mitgeteilt, dass du das ganz anders siehst.»

«Das tut mir leid.» Tatsächlich schaute er ein wenig schuldbewusst drein. «Ich war stinksauer auf Franz wegen dem, was er auf seiner Geburtstagsfeier gesagt hat ...»

«Das kann ich verstehen. Ich war auch stinksauer. Aber weißt du was? Ich denke trotzdem noch immer, dass wir ein Team sind. Du kannst mir das nicht ausreden, egal, wie ekelhaft du dich mir gegenüber benimmst.»

Jack schluckte. Er wirkte aufgewühlt. War er wütend? Ihre Worte waren immerhin sehr deutlich, so deutlich hatte sie noch nie mit ihm gesprochen. Er schien mit sich zu kämpfen.

Und dann sagte er, wenngleich etwas weniger schroff als zuvor: «Tut mir leid, aber es bleibt dabei. Ich bin raus.»

Als Lena wieder auf der Straße stand, wehte ihr ein unangenehm warmer Wind ins Gesicht. Der Himmel hatte sich teilweise bezogen, von Westen näherte sich eine mächtige Gewitterfront, die bereits die Sonne verdunkelte. Der böige Wind wirbelte Staub und Papierfetzen aus dem Rinnstein auf und kehrte die Blätter der Bäume von unten nach oben. Im Garten nebenan bemühte sich eine Nachbarin hektisch, den riesigen Sonnenschirm zu schließen, der bereits bedrohlich flatterte.

«Mist, Mist, Mist.» Das Ergebnis ihres Gesprächs war nicht wie erhofft. Aber was hatte Lena auch erwarten können bei diesem Sturkopf? Sie schwang sich auf ihr Rad und trat kräftig in die Pedale, um nach Hause zu kommen, bevor das Gewitter losbrach.

6

Was zum Teufel hast du hier zu suchen?», fragte Ben seine Ex-Freundin. Er starrte sie wütend an.

«Freut mich auch, dich zu sehen», erwiderte Victoria gelassen und strich sich durch ihr glänzendes Haar. «Ich war auf einer Messe in Mailand, und auf dem Rückweg dachte ich, ich mach einen kleinen Abstecher nach ...», sie wedelte mit der Hand wie eine Zauberkünstlerin, «... Bichlbrunn. Da, wo sich Fuchs und Hase Gute Nacht sagen.» Sie lachte.

«Woher wusstest du, wo ich bin?», wollte Ben wissen. Sie hatten sich seit Monaten nicht gesehen.

«Ich habe dich gestalkt.» Victoria lächelte zufrieden, doch als sie Bens Miene sah, wurde sie ernst. «Nein, im Ernst, ich habe deinen Kollegen Lothar getroffen, das hatte ich dir doch am Telefon schon gesagt. Er hat mir erzählt, dass du gekündigt hast, wollte mir aber nicht sagen, wieso. Der Rest war einfach. Ich hab deinen früheren Vermieter nach deiner Adresse gefragt. Der kannte mich noch und hat sie mir ohne Zögern gegeben.» Wieder dieses Lächeln. «Ich glaube, er stand immer ein bisschen auf mich.»

Ben lächelte nicht. «Und was willst du?»

«Mensch, Ben, jetzt mach hier doch nicht einen auf Hinterwäldler, nur weil du neuerdings im Wald wohnst!», rief Victoria. «Willst du mich nicht wenigstens hereinbitten? Ich könnte ein Glas Wasser gebrauchen bei dieser Hitze.»

Ben brummte unwirsch, sperrte dann aber die Haustür auf. «Bitte schön!»

«Danke dir.» Als Victoria den Flur betrat, drängte sich Hilde rüde an ihr vorbei in die Küche und begann geräuschvoll aus ihrem Wassernapf zu schlabbern. Victoria wich zurück, als der Hund sie berührte. «Ach, du meine Güte. Gehört dieses Zottelmonster etwa zum Inventar?»

«Nein. Ich hab sie aus München mitgebracht. Sie heißt Hilde.»

«Oh. Dann wette ich, du hast sie irgendeinem Obdachlosen oder Drogensüchtigen für eine Pulle Schnaps abgekauft!» Auf dem Weg in die Küche machte Victoria einen großen Bogen um die Hündin. «Ich hoffe, sie ist geimpft? Und entlaust?» Sie wischte sich über ihr Kleid.

«Nein, wieso?», fragte Ben in der vagen Hoffnung, sie damit zu vertreiben. Victoria hatte seit jeher eine irrationale Angst, sich mit irgendetwas anzustecken. «Sie hat keine Läuse, also, das glaub ich jedenfalls. Du musst nur auf Zecken aufpassen. Vermutlich ist sie voll davon. Wir waren gerade im Wald. Lästige kleine Dinger.»

Victoria zuckte zusammen, doch dann fragte sie misstrauisch: «Du nimmst mich doch auf den Arm?»

«Würd ich mich nie trauen.» Er nahm zwei Gläser vom Küchenbord und füllte sie mit Leitungswasser. Eines davon reichte er Victoria, während er das andere selbst in durstigen Zügen austrank.

Dann lehnte er sich gegen das Waschbecken, verschränkte die Arme und musterte sie finster. Er bot ihr keinen Platz an, hoffte, sie würde schnell wieder gehen, wenn er sich von seiner unhöflichsten Seite zeigte, doch was solche Dinge betraf, war Victoria immer schon erstaunlich dickfellig gewesen. Das war einer ihrer zahlreichen Widersprüche. Sie konnte einen Heulkrampf bekommen, weil sie sich einbildete, ein simpler Mückenstich verursache bei ihr eine Blutvergiftung. Widerstände, Unhöflichkeiten, Kritik und sogar offene Beleidigungen ließ Victoria hingegen mit einer Nonchalance an sich abperlen, die Ben, der schon beim geringsten Anzeichen von Ablehnung an die Decke ging, früher immer bewundert hatte. In den sechs Jahren, in denen sie zusammen gewesen waren, hatte Ben nie herausfinden können, ob sie es einfach nicht merkte, wenn ihr jemand nicht wohlgesonnen war, oder ob sie es bewusst ignorierte. Anfangs hatte ihm das gefallen, er hatte es für Mumm und gesundes Selbstbewusstsein gehalten, später hatte ihn diese Ignoranz oft genervt, weil es Teil ihrer Ichbezogenheit und ihrer Unfähigkeit war, sich auf andere Menschen einzulassen. Und dennoch: Ben hatte Victoria geliebt. Ihre unbekümmerte Art, über Dinge hinwegzusehen, die sie nicht sehen wollte, ihren Humor und ihre Schlagfertigkeit. Im Vergleich zu ihr war er sich manchmal schwerfällig und unbeweglich wie ein knorriger alter Baum vorgekommen, dessen Wurzeln zu tief ins Erdreich hinuntergewachsen waren und der daher Dinge gespürt, erfahren und gesehen hatte, von denen er lieber nichts gewusst hätte. Victoria hingegen war eher ein Falter, ein bunter Schmetterling, der mehr oder weniger ahnungslos durchs Leben taumelte und auch gar nicht mehr sehen und begreifen wollte.

Auch jetzt ignorierte sie Bens Unhöflichkeit vollkommen. Anmutig ließ sie sich auf einen der Stühle nieder, die den groben Küchentisch umstanden, und sah sich skeptisch um. «Hier wohnst du also jetzt?» Sie nippte an ihrem Glas. «Die Küche sieht aus wie aus dem Heimatmuseum.»

«Ich bin hier groß geworden, zumindest zeitweise. Meine Großeltern haben hier gewohnt.» Ben gab sich geschlagen und setzte sich auf die Eckbank. «Sag mir, wieso du hier bist, und dann fahr wieder», verlangte er schroff. «Ich habe für deine Spielchen keine Zeit.»

Victoria sah ihn ernst an. «Keine Spielchen, versprochen.» Sie streckte ihre Hand nach seiner aus, doch Ben lehnte sich zurück und vergrößerte vorsichtshalber den Abstand zwischen ihnen. Solange sie sich ignorant und oberflächlich gab, war es leicht, sich ihr zu widersetzen. Wenn sie allerdings ernst wurde und echte Gefühle zeigte, war die Sache weitaus schwieriger. Sie zog ihre Hand wieder zu sich. «Du hast mir gefehlt. Und als ich gehört habe, dass du weg aus München bist, habe ich mir Sorgen gemacht.»

«Sorgen? Du?» Ben hob spöttisch die Brauen. «Das ist ja ganz was Neues.»

«Ben, bitte!»

Es klang drängend, ja fast flehentlich, und Ben betrachtete sie genauer. Etwas war anders. Ihm fiel auf, dass sich ihr Gesicht in den Monaten, in denen sie sich nicht gesehen hatten, verändert hatte. Es war schmaler geworden, die Augen waren trotz der Sonnenbräune leicht umschattet, und an ihren Mundwinkeln zeigten sich erste Fältchen.

«Es stimmt nicht, dass Lothar mir nicht verraten hat, weshalb du gekündigt hast», gab sie schließlich zu. «Er hat mir erzählt, was passiert ist. Und es tut mir leid.»

Ben richtete sich abrupt auf. «Wieso sollte dir das leidtun? Es ist doch genau das passiert, was du immer prophezeit hast.» Mit verächtlicher Miene ahmte er sie nach: «Ben, du hast die Distanz verloren, diese Ghettokids ziehen dich in den Abgrund ... aber ohne mich, sie oder ich ...» Es sollte höhnisch klingen, tat es aber nicht. Es klang einfach nur erbärmlich und traurig.

«Ghettokids hab ich nie gesagt.»

«Aber gemeint.» Ben sah aus dem Fenster. Er dachte an den Jungen, den er betreut hatte. Lukas, gerade fünfzehn und schon ein Jahr Jugendstrafe wegen Körperverletzung, Diebstahl, Sachbeschädigung hinter sich. Damals hatte Ben ein Naturcamp geleitet für eine kleine Gruppe Jugendlicher, die gerade ihre Strafe abgesessen hatten, und ein paar von ihnen auch noch danach betreut. Sie hatten zusammen an Naturschutzprojekten gearbeitet, Nistkästen gebaut, Biber umgesiedelt, Müll gesammelt. Lukas war einer der Eifrigsten gewesen, Ben hatte das Gefühl gehabt, er habe tatsächlich so etwas wie Halt gefunden, und ihn dabei bestärkt. Dann hatte das Projekt plötzlich geendet, vor der veranschlagten Zeit, die Mittel für die Jugendarbeit waren gekürzt worden, und die Kürzungen hatten vor allem Bens Arbeit betroffen. Es war eine politische Entscheidung gewesen. Irgendwelche Krawalle in Berlin hatten für Unruhe gesorgt, und die üblichen Hardliner in der bayerischen Politik hatten sofort versucht, sich zu profilieren, indem sie den angeblichen Kuschelkurs der Justiz anprangerten. Für «Feelgood»-Projekte wurden keine Mittel mehr zur Verfügung gestellt. Ben hatte Lukas trotzdem noch ein paar Mal getroffen, privat, um ihn nicht aus den Augen zu verlieren. Der Junge hatte Ben an sich selbst erinnert, als er in seinem Alter und ständig zornig gewesen war. Eines Nachts hatte Lukas ihn angerufen, völlig aufgelöst, und sie hatten sich getroffen. Lukas hatte ihm erzählt, dass das Jugendamt entschieden hatte, dass er von der Pflegeeinrichtung zurück zu seinen Eltern dürfe. Das hatte den Jungen in Panik versetzt. Er stammte aus guten Verhältnissen, nach außen schien alles in bester Ordnung zu sein, doch Lukas' Reaktion zeigte, dass irgendetwas dort sehr wohl noch immer im Argen lag. Ben hatte nicht lange gefackelt und angeboten, dass er eine Weile bei ihm bleiben konnte, bis sie eine andere Lösung gefunden hatten. Doch seine Vorgesetzte erfuhr davon, und es gab ein Riesentheater.

«Er hat sich vor die S-Bahn geworfen», sagte er und starrte hinaus auf den Wald in der Ferne. Der starrte zurück, dunkel und schweigend wie ein Vorwurf.

«Das hat mir Lothar erzählt. Und dass du aus dem Büro deiner Chefin Kleinholz gemacht hast, als du es erfahren hast.»

Ben schwieg.

Nach einer Weile hörte er das zarte Rascheln von Victorias Kleid. Sie war aufgestanden, kam um den Tisch herum und setzte sich neben ihm auf die Bank. Er widerstand dem Impuls, von ihr wegzurücken, blieb steif und starr sitzen. Ein knorriger Baum, dessen Wurzeln zu tief in die Erde reichten. Er passte einfach nicht zu einem Schmetterling.

Vorsichtig legte sie ihm die Hand auf den Arm, eine sachte Berührung, kaum wahrnehmbar. «Es war nicht deine Schuld.»

Er lachte bitter. «Er würde noch leben, wenn ich ...»

«Du hast ihm geholfen. Mehr konntest du nicht tun.»

«Er dachte, ich hätte ihn verraten. Ich habe es in seinen Augen gesehen, als sie ihn abholten. Er dachte, ich hätte das Jugendamt informiert.» Er schüttelte Victorias Hand ab und rieb sich mit den Händen über das Gesicht. Den Ausdruck in den Augen des Jungen würde er nie vergessen. «Was willst du hier?», fragte er noch einmal, um von der Geschichte abzulenken, jetzt weniger barsch.

«Ich wollte sehen, wie es dir geht. Findest du es eine gute Idee, dich nach dieser furchtbaren Geschichte ausgerechnet hier zu verkriechen? Ausgerechnet an diesen Ort deiner Kindheit, wo du nie wieder hinwolltest, wie du mir immer gesagt hast?»

«Man kann seine Meinung ändern.»

«Ja, schon, aber man kann sich auch in Selbstvorwürfen verlieren.»

Endlich wandte er sich zu ihr um, sah in ihre schönen, ausdrucksvollen Augen, und ihr vertrauter Geruch nach Vanille und Mandel stieg ihm in die Nase. «Das geht dich nichts mehr an, Victoria. Du hast mir den Laufpass gegeben.»

Sie seufzte. «Ja, ich weiß, und es war auch richtig, damals. Ich habe es nicht mehr ausgehalten. Immer diese Kinder und Jugendlichen, all diese gestörten, kaputten Typen, um die du dich mehr als um alles andere gekümmert hast. Du hast gar nicht bemerkt, wie sie dich ausgesogen haben. Wie Spinnen ihre Beute. Von dir war am Ende gar nichts mehr übrig.»

Ben schwieg. Er wusste, dass Victoria zumindest teilweise recht hatte. Er hatte sich zu sehr vereinnahmen lassen, zu wenig im Team gearbeitet, die Regeln nicht beachtet, die Distanz verloren. «Du hast mir ein Ultimatum gestellt», sagte er dennoch bitter. «Die Kids oder ich.»

«Das war ein Hilferuf! Ich habe jahrelang versucht, dir zu sagen, dass du in Gefahr bist, alles Schöne und Gute in der Welt nicht mehr zu sehen, weil du dich immer nur mit diesem Dreck beschäftigst, und du hast mir vorgeworfen, eine ignorante Schickimickitante zu sein.»

«Die du ja auch bist», erwiderte Ben und musste unwillkürlich lächeln. «Wir beide haben noch nie zusammengepasst.»

Sie lächelte auch. «Stimmt. Aber ich habe mich geändert, Ben.»

«Schön für dich. Ich habe mich auch geändert.»

«Bitte, Ben, sag mir wenigstens, ob du irgendwann zurückkommst. Du hast dich doch in der Stadt immer wohlgefühlt.»

Ben betrachtete sie eine Weile nachdenklich. Seine Zeit mit Victoria, sein Leben in der Stadt erschien ihm schon so weit weg, als wäre er seit Monaten fort und nicht erst seit ein paar Tagen. Er schüttelte den Kopf. «Sieht nicht so aus, als ob ich Lust dazu hätte. Ich bin nach Bichlbrunn zurückgekommen, um zu arbeiten.»

«Hier?» Victoria riss ungläubig die Augen auf. Das hatte ihr Lothar nicht erzählen können, weil niemand außer ihm selbst davon gewusst hatte.

«Ich bin der neue Ranger.»

Sie biss sich auf die Lippen. Offenbar brachte diese Information sie aus dem Konzept. «Ich dachte, du nimmst dir nur eine Auszeit und kommst dann nach München zurück.»

Ben schüttelte den Kopf. «Hat dir mein Vermieter nicht gesagt, dass ich gekündigt habe?»

«Doch, aber ich dachte, du suchst dir vielleicht was Kleineres oder ...» Ratlos hob sie ihre braun gebrannten Schultern. «Dann war's das jetzt?»

«Sieht so aus.»

«Ich ...» Sie zögerte, wollte offenbar noch etwas sagen, stand dann aber auf. «Darf ich dich denn noch mal besuchen kommen? Irgendwann?»

Ben wollte den Kopf schütteln, wollte ihr sagen, dass schließlich sie es gewesen sei, die aus seinem Leben verschwunden war, doch es gelang ihm nicht. Er sah die Frau an, die er einmal geliebt hatte und die jetzt bittend vor ihm stand, schön, grazil, in diesem zarten bunten Kleid, und schwieg.

7

Das hat ja wohl mit einer Wanderung nichts mehr zu tun», murmelte Caro dicht hinter Nils, während sie langsam und im Gänsemarsch nach oben stiegen. Ihre Stimme klang komisch, und als er sich zu ihr umdrehte, sah er, dass sie kreidebleich geworden war. Sein Magen begann nervös zu flattern, als er begriff, was das bedeutete: Seine große Schwester, die sich nie vor irgendetwas fürchtete, hatte Angst.

Er blieb stehen und sah nach oben. Sie waren jetzt schon eine Weile auf diesem schmalen Weg den Teufelskopf hinauf unterwegs, und es war immer steiler und unwegsamer geworden. Doch das, was jetzt vor ihnen lag, war gar kein Weg mehr. Da war nichts als eine steile, zerklüftete Felswand mit einer schmalen Ameisenspur, keine zwei Fuß breit, und einem läppisch dünnen Drahtseil zum Festhalten.

Ein paar Meter vor ihnen hing ein Schild.

Hochalpines Gebiet!
Schwindelfreiheit und Trittsicherheit
erforderlich!
Begehen auf eigene Gefahr!
Vorsicht bei Gewitter und Vereisung!

Er schluckte. Das waren ganz schön viele Ausrufezeichen für so wenige Wörter.

Caro trat hinter ihn und las ebenfalls, was auf dem Schild stand. «Fuck!», murmelte sie. In ihren Augen lag etwas, was Nils noch nie gesehen hatte. War das Panik? «Wir kommen aus Hamburg, verflucht noch mal!», rief sie, und obwohl es lässig klingen sollte, konnte Nils Caros Angst jetzt deutlich hören. Ihre Stimme klang kläglich, obwohl Caro so tat, als mache sie einen Witz, und sie zitterte. «Hamburg befindet sich gerade mal 6 Meter über dem Meeresspiegel. Da kann doch wohl niemand von mir erwarten, dass ich mir wegen meines dämlichen kleinen Bruders auf so einem bayerischen Scheißberg den Hals breche.»

«Caro!», rief Mama. «Hör auf zu fluchen!»

«Ich geh keinen Schritt weiter!», japste Caro, ohne auf den Einwand ihrer Mutter zu achten.

Nils spürte, wie ihm die Tränen kamen. Sollte ihre Bergtour in die Teufelsklamm so kurz vor dem Ziel vorbei sein?

Mama hatte jetzt aufgeschlossen und sah zweifelnd nach oben. «Es sieht ziemlich anspruchsvoll aus», meinte sie zögernd. «Bist du dir sicher, Hendrik, dass das nicht zu schwer für Nils ist?», rief sie Papa zu, der bereits weitergegangen und bei der ersten Kehre angekommen war.

«Nein! Mir ist es nicht zu schwer!» Nils war empört. «Ich kann supergut klettern!»

Caro verdrehte die Augen. «Weil du einmal eine Stunde in der Boulderhalle warst? Das ist ja wohl was anderes als das hier.»

«Es ist nur halb so wild, wie es aussieht», rief Papa und lächelte. «Außerdem sind es nur ein paar Hundert Meter, dann biegt der Weg ab und führt um den Berg herum, sagt meine App. Schließlich wollen wir ja nicht auf den Gipfel. Ihr müsst nur aufpassen, wohin ihr tretet, und euch gut am Seil festhalten. Wie im Klettergarten.»

«Nur dass im Klettergarten drunter ein Netz gespannt ist», murmelte Caro missmutig, doch sie sagte es so leise, dass nur Nils es hören konnte.

Und dann hörte er noch etwas: Caros Handy brummte.

Und das Brummen kam nicht aus dem Rucksack, so wie Papa es angeordnet hatte, sondern aus ihrer Hosentasche. Nils überlegte, ob man das Brummen des Handys zu den Klingeltönen zählen musste. «Klingeltöne ausschalten und Handy im Rucksack verstauen», hatte die Anweisung heute beim Frühstück geheißen. «Es reicht schon, wenn du beim Essen ständig draufguckst. Beim Wandern, noch dazu in einer Klamm, ist das gefährlich.» Caro hatte genickt und zu Nils' grenzenloser Überraschung nicht einmal den Versuch unternommen zu widersprechen. Das sah ihr gar nicht ähnlich. Er hatte es darauf geschoben, dass ihr womöglich von gestern noch immer übel war, doch jetzt wusste er, dass Caro nur deshalb nicht widersprochen hatte, weil sie sich nicht drum scherte.

Ihr Handy brummte erneut, und jetzt hatte sie es auch gehört. Sie warf Nils einen scharfen Blick zu, und er schüttelte unmerklich den Kopf. Er würde nichts verraten, solange Caro nur weiterging. Er machte eine entsprechende Laufbewegung mit zwei Fingern nach, und Caro nickte ungeduldig. Sie drehte den Kopf und wandte sich an Mama.

«Können wir bitte Plätze wechseln?», fragte sie. «Es macht mich nervös, wenn jemand hinter mir geht. Ich gehe lieber in meinem eigenen Tempo.»

Mama sah sie unentschlossen an. «Ist es nicht sicherer, wenn ein Erwachsener das Schlusslicht macht? Nils ist schließlich noch klein ...»

«Ich passe auf ihn auf!», sagte Caro.

«Ich bin nicht klein! Auf mich muss niemand aufpassen, verflucht noch mal!», protestierte Nils und setzte zum Nachdruck noch ein «Fuck!» hinterher.

Mama schnalzte mit der Zunge und machte ein ärgerliches Gesicht. «Siehst du, was du mit deiner Flucherei anrichtest,

Caro?», schimpfte sie. «Jetzt hat sich Nils schon wieder was abgeguckt.»

Caro zuckte mit den Schultern. «Als ob ich hier die Einzige wäre, von der man fluchen lernen kann.»

«Was willst du damit sagen, junges Fräulein?», fragte Mama.

«Nichts.» Caro sah so unschuldig drein, dass Nils sofort kapierte, dass sie durchaus etwas sagen wollte, auch wenn Nils nicht ganz verstand, was.

«Ich find's gut, wenn Caro am Schluss geht und auf uns alle aufpasst», sagte er, weil er das Gefühl hatte, Caro irgendwie helfen zu müssen. «Aufpassen kann sie gut. Außerdem ist ja Oskar auch noch da.»

Mama sah von ihm zu Caro und wieder zurück. Oskar ignorierte sie natürlich wie immer. «Na gut», gab sie schließlich nach. «Aber macht keinen Blödsinn. Und wenn wir zu schnell gehen oder irgendwas ist, ruft!»

«Klar!» Caro nickte, und dann schob sich die Mutter an Caro und Nils vorbei, während Papa von oben rief: «Wo bleibt ihr denn?»

Langsam, einen Schritt vor den anderen setzend, gingen sie weiter.

Der Weg wurde immer schmaler, und nun wurde auch Nils etwas mulmig zumute. Seine Füße in den Bergschuhen passten nicht mehr nebeneinander auf den Weg, und dabei hatte er die kleinsten Füße von allen. Man musste so nah am Fels geschmiegt gehen, dass die Schulter am Gestein entlangschabte. Er warf einen Blick nach unten und wandte den Kopf sofort wieder ab. Am besten er sah nur noch geradeaus, beschloss er. Nicht hinauf und schon gar nicht nach unten, befahl er sich. Und vor allem nicht in Caros Gesicht, das, wie er nach einem flüchtigen Blick nach hinten hatte sehen können, schon wieder starr vor Angst war.

Mama wartete an der ersten Kehre auf sie. «Wie geht's?», fragte sie.

«Fantastisch», antwortete Caro. «Und wenn ich diese Hölle hier überlebe, geht's mir noch besser.»

Mama schwieg und bekam diesen Gesichtsausdruck, den sie oft hatte, wenn Caro pampig war oder Nils irgendetwas tat oder sagte, was ihr nicht gefiel. Caro nannte diesen typischen Mama-Gesichtsausdruck den Womit-hab-ich-das-verdient-Blick. Nils hasste ihn. Er machte ihm immer ein schlechtes Gewissen, selbst wenn Mama nicht ihn, sondern Caro so ansah. In letzter Zeit zeigte sich dieser Ausdruck ganz häufig in ihrem Gesicht, und das war auch so eine Sache, von der er sich wünschte, sie würde endlich wieder verschwinden.

Von wegen, ein paar Hundert Meter! Papa und seine App hatten sich gründlich verrechnet. Seit einer Stunde krochen sie jetzt schon hintereinanderher, und es war noch immer kein Ende in Sicht. Nils wurde langsam müde. Das Stahlseil unter seinen verschwitzten Fingern war rau und rutschig zugleich, und die Sonne brannte auf seinen Helm. Bei jeder Kehre verkündete Papa von vorne optimistisch: «Gleich haben wir's geschafft!» – und dann ging es doch immer noch weiter. Und weiter. Und weiter hinauf.

Sie waren inzwischen so hoch, dass es Nils schwindlig wurde, wenn er nach unten schaute. Dann hatte er das Gefühl zu fallen, und er musste schnell die Augen schließen und das Seil fester umklammern. Caro ging es noch schlechter. Sie kroch wie eine Schildkröte hinter ihm her, die Schultern hochgezogen, die Augen halb geschlossen, und traute sich kaum, beim Gehen die Füße anzuheben. Das Stahlseil ließ sie gar nicht los, rutschte mit den Händen nur daran entlang. Wieder brummte ihr Handy.

«Willst du nicht nachsehen, wer das ist?», flüsterte Nils ihr leise über die Schulter zu. «Mama und Papa können dich nicht sehen.»

«Nein», sagte Caro, und ihre Stimme zitterte, obwohl sie sich hörbar Mühe gab, forsch zu klingen. «Ich kann nicht», gestand sie schließlich nach einer Weile. «Ich hab das Gefühl zu fallen, wenn ich das Seil loslasse.»

«Hab ich auch», pflichtete ihr Nils bei. «Der Boden bewegt sich auf mich zu, wenn ich nach unten gucke.» Probeweise warf er einen Blick aus den Augenwinkeln hinunter. Das niedrige Latschengestrüpp tief unten, dort, von wo sie gestartet waren, schien näher zu kommen. Dann drehte sich alles vor seinen Augen, der Boden strudelte ihm entgegen, und er konnte spüren, wie er fiel. Er schaute schnell wieder weg.

«Hinaufsehen geht auch nicht», stellte er fest. Wenn er den Kopf in den Nacken legte und die brüchige, von Rinnen und Furchen durchzogene Felswand betrachtete, durch die der schmale Steig nach oben führte, war es ihm, als neige der Fels sich ihm zu, ja als stürze er sich ihm entgegen, und er musste sich beherrschen, um nicht unwillkürlich auszuweichen und damit einen Schritt ins Leere zu riskieren. «Du musst immer nach unten auf deine Füße schauen», riet er Caro.

«Danke, Klugscheißer, da bin ich auch schon draufgekommen», fauchte sie. «Wenn ich nicht so einen bekloppten Bruder hätte, wäre ich gar nicht auf diesem beschissenen Berg.»

Nils hielt es für besser, nichts mehr zu sagen. Man konnte mit Caro einfach nicht mehr normal reden. Es war, als ob zwei verschiedene Menschen in ihr steckten. Manchmal kam die nette Caro zum Vorschein, seine frühere große Schwester, die sich um ihn gekümmert und mit ihm gespielt hatte. Und wenn er dann Vertrauen fasste, funkte sofort die andere dazwischen – Caro, das Biest, wie Oskar sie immer nannte.

Nils ging weiter, den Kopf gesenkt, und achtete genau darauf, nirgendwo anders hinzusehen als auf seine Füße, die mechanisch Schritt für Schritt vorwärtsschlichen. Seine Füße taten ihm bei jedem Schritt weh, er hatte sich an der Ferse eine Blase gelaufen, und der Nacken brannte. Wahrscheinlich hatte er dort einen Sonnenbrand, obwohl Mama seinen Nacken, sein Gesicht und sogar die Ohren mit der dicken weißen Sonnencreme eingeschmiert hatte, die sich nicht verreiben ließ und die er deswegen hasste. Caro hatte sich geweigert, sich damit einzucremen, und das hatte sie jetzt davon: Ihr Gesicht und ihre Schultern waren schon ganz rot. Sie trug auch nur ein Shirt mit Spaghettiträgern unter ihrem Rucksack, obwohl Mama gemeint hatte, sie solle eines mit Ärmeln anziehen.

Nils war vollkommen auf den eintönigen Rhythmus seiner Bewegungen konzentriert, als es plötzlich dunkel wurde. Überrascht blieb er stehen, Caro wäre fast auf ihn draufgelaufen.

«He!», rief sie. «Was ist los?»

Er hob den Kopf und merkte, dass sich eine Wolke vor die Sonne geschoben hatte. Nein, keine Wolke, korrigierte er sich erschrocken, während er sich den Schweiß von der Stirn wischte, der ihm unter dem Helm heraus ätzend wie Säure in die Augen tropfte und dafür sorgte, dass seine Brillengläser immer wieder beschlugen. Er nahm die Brille ab und wischte sich über die Augen, dann sah er wieder nach oben. Es war eine Wolkenwand oder eher ein gewaltiges Wolkengebirge, das sich unbemerkt herangeschoben hatte und bereits den halben Himmel bedeckte. Nils blieb vor Schreck der Mund offen stehen. Wo waren diese Megawolken so plötzlich hergekommen? Sie türmten sich wie bedrohlich erhobene Riesenfäuste am Horizont und kamen schnell näher. Schon hatten sie den Gipfel der Zugspitze eingehüllt.

«Papa, die Wolken!» Nils hörte selbst, wie kläglich seine Stimme plötzlich klang.

Caro, die seinem Blick gefolgt war, murmelte tonlos: «Ach du Scheiße ...»

Vorsichtig schaute er den Weg hoch, wo die Eltern ebenfalls stehen geblieben waren. Als er Papas besorgtes Gesicht sah, rutschte ihm das Herz endgültig in die Hose. Sein Magen wurde flau, und seine Beine begannen zu zittern.

«Wir müssen umkehren, Hendrik», rief Mama nervös, den Blick in den Himmel gerichtet. «Hier am Felsen ist ein Gewitter lebensgefährlich.»

Nils' Blick fiel auf das Stahlseil, das er umklammert hielt, und ihm wurde kalt. Natürlich! Er wusste doch Bescheid: Dieses Seil konnte ihnen den Tod bringen. Sie durften sich nicht mehr festhalten, wenn das Gewitter näher kommen sollte. Der Blitz konnte dort einschlagen.

«Ich kann nicht zurück ...», wimmerte Caro hinter ihm wie ein kleines Mädchen, und als er sich zu ihr umdrehte, bemerkte er, wie ihr die Tränen über das Gesicht rannen. «Ich kann nicht ...»

Er hörte, wie Mama vorsichtig von oben zurückkam. Steine lösten sich über ihnen und kollerten in die Tiefe. Nils war froh über seinen Helm.

«Was ist los? Geht es dir nicht gut?», fragte Mama.

Caro zitterte. «Ich kann nicht umdrehen. Mir wird schlecht.» Sie ging in die Hocke und würgte.

«Was ist mit Caro?», fragte Nils ängstlich.

Mama, die jetzt bei ihnen angekommen war, antwortete in diesem falschen fröhlichen Ton, den sie in letzter Zeit so oft benutzte: «Alles gut. Ihr ist nur ein bisschen schwindlig. Geht gleich wieder, nicht wahr, Caro?»

«Nichts ist gut, verdammt noch mal!», schrie Caro. Ihre

Stimme klang fremd, so schrill, als würde sie sich jeden Moment überschlagen. «Ich kann da nicht runtergehen!», kreischte sie und drängte sich enger an die Felswand. Tränen sprangen ihr aus den Augen, und ihr Gesicht war vor Angst verzerrt.

Nils begriff erst jetzt, dass Caro beim Abstieg vorausgehen würde, da der Weg inzwischen viel zu schmal war, um sich aneinander vorbeizuschieben. Und er würde ihr folgen müssen. Vor seinen Eltern. Ihm wurde kalt bei dieser Vorstellung.

«Was ist denn bei euch verflucht noch mal los?», rief Papa ungeduldig von oben, und Mama erklärte es ihm. Ihre Stimme klang scharf und hart wie eine Felszacke.

«Wenn wir nicht absteigen können, müssen wir eben versuchen, in Richtung Klamm Schutz zu finden», erwiderte Papa. «Dort oben, nach der nächsten Kehre, ist die Abzweigung. Ganz sicher. Ich kann es in der App sehen. Von dort geht es sicher leichter.»

Nils schluckte, als er die Nervosität in Papas Stimme hörte. Diesen Ton kannte er nicht von ihm. Papa war streng. Ungeduldig. Manchmal ungerecht. Aber er hatte keine Angst. Niemals. Nils schloss die Augen und versuchte, ruhiger zu atmen, um sein aufgeregt pochendes Herz zu beruhigen.

«Pah! Das hast du schon vor einer halben Stunde gesagt», gab Mama mit ihrer Felszackenstimme zurück. «Hast du überhaupt eine Ahnung, wo du uns hinführst? Ich wette, du hast keinen blassen Schimmer. Du wolltest ja auch auf die Warnung der Wirtin nicht hören, dass es einen Wetterumschwung geben würde. Nein, Hendrik Paulsen mit seiner Mist-Wetter-App weiß es natürlich besser!» Sie machte eine wütende Handbewegung zu Papa hinauf und trat einen Schritt zur Seite, gefährlich nahe an den Rand des Wegs. Erneut kollerten ein paar Steine in die Tiefe.

«Ach. Jetzt bin ich wieder schuld, ja?», schrie Papa von oben herab. «Wer ist denn überhaupt auf die Schnapsidee gekommen hierherzufahren? Als ob so ein verlogener Familienurlaub irgendetwas besser machen würde ...»

«Papa!», rief Caro flehend und richtete sich mühsam auf. «Bitte sei still!» Nils spürte, wie Caros Blick besorgt auf ihm ruhte, und fragte sich, wieso.

Aber Papa hörte nicht auf Caro. Er schimpfte einfach weiter. «So wie früher! Dass ich nicht lache. Als ob jemals etwas wieder so wie früher werden könnte.»

«Papa, bitte!»

«Und wessen Schuld ist das?» Mama zitterte jetzt vor Wut. Ihr schweißbedecktes Gesicht war rot angelaufen, und Nils betrachtete sie mit Schrecken. So hatte er seine Mama, die Streit und Unfrieden doch eigentlich hasste, noch nie gesehen. «Du hattest doch noch nie Interesse an deiner Familie. Nur deine Arbeit, immer nur deine Arbeit, und dann diese unerträgliche Arroganz mir gegenüber. Weil ich nur popelige Kunstgeschichte studiert habe und das nicht einmal abgeschlossen. Der Kinder wegen, übrigens, falls du dich daran erinnerst. Und dabei willst du einfach nicht wahrhaben, dass du nur ein mittelmäßiger Architekt in einem mittelmäßigen Büro bist und im Leben keine Zaha Hadid mehr wirst ...»

«Pass auf, was du da sagst!» Papa war so dicht an die Kante getreten, dass Nils das Gefühl hatte, er müsse jeden Moment zu ihnen hinunterstürzen. «An mir liegt es nicht, dass die Scheidungspapiere beim Anwalt liegen. Du hast dir ja unbedingt einen neuen Stecher zulegen müssen ...»

«PAPA!» Caro kreischte so laut, dass ihre Stimme von der Felswand widerhallte.

Einen Moment lang waren alle still. Der Augenblick war eingefroren wie auf einem Foto. Nils sah Papa über ihnen, seine Miene verkniffen, die Lippen wie zu einem Strich aufeinandergepresst; direkt vor sich Mama, ihr Gesicht dunkelrot, mit bebenden Lippen. Sie hatte die Fäuste geballt.

«Lass Otmar aus dem Spiel», sagte sie, bedrohlich leise. «Er hat damit nichts zu tun, und das weißt du genau.»

«Ach, der arme Otmar!», höhnte Papa. «Konntest du dir nicht wenigstens jemand anderen suchen als deinen lebensuntüchtigen Galeriechef? Dieses Weichei mit Fliege und Tweedjackett ist eine Beleidigung für mich. Ich hätte ja wetten können, der wäre schwul. Aber du musst es ja besser wissen.»

«Das höre ich mir nicht länger an», flüsterte Mama, während Nils noch versuchte zu begreifen, wovon Papa sprach. Sie wedelte mit der Hand in Caros und Nils' Richtung. «Kommt, Kinder, wir gehen.»

«Aber Mama, das Gewitter», wandte Caro ein und deutete nach oben.

Nils sah ebenfalls nach oben. Fast hätte er über den Streit das Wetter vergessen. Die Wolken hatten sich weiter verdichtet, nur noch ein schmales Stück blauer Himmel war zu sehen.

«Außerdem kann ich nicht ...», begann Caro erneut, doch Mama unterbrach sie:

«Du wirst eben müssen. Oder willst du hier übernachten? Los jetzt, geh schon.»

«Was ist ein Stecher?», fragte Nils, noch immer bemüht zu begreifen, was soeben passiert war. Er sah zu Papa und dann zu Caro und Mama. Alle drei schienen erschrocken, als hätten sie vergessen, dass er auch noch hier war.

Caro wandte sich ihm zu. «Papa ist ausgezogen, weil sich unsere Eltern scheiden lassen», sagte sie leise. «Mama hat einen neuen Freund.»

Nils starrte sie an. «Du lügst», flüsterte er. «Du bist so gemein ...»

«Caro!» Der Ruf kam von ihren Eltern nahezu gleichzeitig.

«Wie kannst du nur!», rief Mama, völlig außer sich. Ihre Augen funkelten wutentbrannt. «Es geht nicht immer nur um dich! Kannst du nicht einmal, ein einziges Mal etwas Rücksicht ...»

Sie machte eine Bewegung, als wollte sie doch versuchen, an Nils vorbei auf Caro zuzugehen, da brach ein Stück Fels unter ihrem Fuß ab und kollerte nach unten. Mama schwankte. Es wirkte wie in Zeitlupe, und gleichzeitig ging es so schnell, dass weder er noch Caro, geschweige denn sein Vater reagieren konnte. Im Versuch, Halt zu finden, trat Mama über die Kante des Pfads. Nils' Mund öffnete sich zu einem Schrei, doch es kam kein Ton heraus. Er streckte die Arme nach Mama aus, doch er bekam sie nicht mehr zu fassen. Sie drehte sich in einer seltsamen, fast tanzenden Bewegung und stürzte in die Tiefe. Nils hörte einen harten Aufprall und das Poltern vieler sich lösender Steine. Er stand wie erstarrt, die Arme ausgestreckt im vergeblichen Versuch, Mama zu halten. Erst als er Papa aufschreien hörte, wagte er einen Blick zu ihr. Sie lag furchtbar tief unten, zwischen niedrigen Latschen und Steinen, und rührte sich nicht. Jetzt erst kam ein Geräusch aus seinem Mund, doch es war kein Schrei, sondern ein leises Wimmern, das ihm selbst Angst machte.

Papa kam polternd zu ihnen herunter, seine Hände hielten das Seil fest umklammert. Weitere Steine lösten sich, und Nils zog den Kopf ein.

«Juliane!», rief Papa zu Mama hinunter. Ein leises, schmerzerfülltes Stöhnen antwortete ihm. «Bist du verletzt?»

Statt einer Antwort hörten sie wieder nur dieses Stöhnen. Es ging Nils durch Mark und Bein. «Mama?», schluchzte er.

Caro, die wie erstarrt dagestanden und bisher geschwiegen hatte, wandte sich Papa zu. «Wir müssen Hilfe holen!»

Er nickte. «Ruf den Notruf an. Ich gehe zu ihr runter. Vielleicht kann ich helfen.»

«Nein! Bitte nicht!», bat Caro angstvoll. «Was, wenn du auch noch abstürzt? Das sind gut zehn Meter.»

«Ich passe schon auf. Los, ruf den Notruf an. Und rührt euch nicht von der Stelle.»

Mit zitternden Fingern zog Caro ihr Handy aus der Tasche. Sie wollte gerade den Notruf eintippen, als Nils etwas einfiel. «Nein!», rief er. «Nicht den Notruf. Ruf gleich Lena an.»

Verständnislos sah Caro ihn an.

«Die Bergwacht. Ich weiß ihre Nummer.» Er ratterte sie herunter. Zahlen konnte er sich super merken.

Caro nickte und tippte die Nummer ein, während Papa vorsichtig zu Mama hinunterrutschte. Sie lag an einer Stelle seitlich des Wegs, die weder vom oberen Teil des Weges noch von unten leicht zu erreichen war. Nils sah ihm bange zu, und während er sich Zentimeter für Zentimeter in ihre Richtung bewegte, wurde Nils klar, dass sein Vater niemals alleine wieder nach oben kommen würde. Er und Caro waren ab sofort auf sich allein gestellt. Er fröstelte und warf einen ängstlichen Blick nach oben, wo sich die Wolken immer dichter zusammenballten. Caro machte am Handy den Lautsprecher an, und Nils konnte hören, wie jemand am anderen Ende abhob. Zu seiner Enttäuschung war nicht Lena dran, sondern ein Mann.

«Notrufleitstelle der Bergwacht Garmisch-Partenkirchen, wie kann ich Ihnen helfen?»

Caro begann mit vor Angst atemloser Stimme zu sprechen, verhaspelte sich und stockte schließlich nervös. Nils zupfte sie am Ärmel. «Die fünf Ws», sagte er leise. «Wo, was, wer, wie viele, warten, bis die Leitstelle den Anruf beendet, nicht vorher auflegen.» Das hatte er von Lena gelernt, an dem Nachmittag, als sie ihm die Ausrüstung gezeigt und sie Quad gefahren waren. Sie hatten sich ein Spiel daraus gemacht und die einzelnen W-Wörter gesungen wie das Lied in der Sesamstraße. Caro warf ihm einen dankbaren Blick zu, und trotz seiner Angst wurde Nils warm ums Herz. Er konnte helfen. Langsam und souffliert von Nils gab Caro alle benötigten Informationen weiter, doch die Verbindung war schlecht und riss mehrmals ab, sodass sie immer wieder von vorne beginnen mussten. Der Mann an der Leitstelle war freundlich und ruhig und ermahnte sie, an Ort und Stelle zu warten, bis die Bergwacht Bichlbrunn eintreffen würde.

«Aber das Gewitter», stotterte Caro.

Nils warf einen weiteren Blick nach oben, wo die Wolken jetzt den letzten Rest blauen Himmels verschluckt hatten. Die ersten Regentropfen klatschten auf den Felsen und ihm ins Gesicht.

«Die Bergwacht kommt, so schnell es geht. Gibt es die Möglichkeit, sich irgendwo unterzustellen? Kannst du mir etwas genauer sagen, wo ihr seid?», fragte der Mann Caro nun.

«Auf dem Weg zur Teufelsklamm», wiederholte Caro, was sie eben schon gesagt hatte.

«Seid ihr noch im Wald oder schon vor der Klamm?»

«Hier ist kein Wald, und die Klamm ist auch noch nicht da.» Caro sah sich nervös um.

Laut rief Nils ins Mikrofon des Handys: «Wir sind auf einem Felsenweg, da sind nur Steine, und es ist steil und hoch. Es gibt nur ein Seil zum Festhalten.»

«Ihr seid auf dem Steig?», fragte der Mann, und Nils fand, dass er erschrocken klang. In der Leitung knackte und rauschte es jetzt wieder. Wind kam auf, Nils schauderte.

«Keine Ahnung», meinte Caro. «Papa hat so eine Wander-App, die hat uns den Weg gezeigt. Über uns ist der Gipfel vom, äh ...»

«Teufelskopf», sagte Nils erneut vor, und Caro gab es weiter.

«Gut. Verstanden», antwortete der Mann. «Wenn es keine Schutzmöglichkeit gibt, entfernt euch von exponierten Stellen, haltet euch nicht am Drahtseil fest, und kauert euch irgendwo so klein wie möglich zusammen», riet er in der zunehmend knacksenden Leitung, dann brach die Verbindung ab.

«Sie kommen!», rief Caro zu ihrem Vater hinunter, der noch ungefähr eine Armlänge von ihrer Mutter entfernt war.

«Gott sei Dank.» Selbst von hier oben konnte Nils sehen, wie Papa aufatmete. «Caro, ich komme nicht mehr zu euch hoch, du musst dich um ...» Ein Blitz zuckte grell, gefolgt von einem ohrenbetäubenden Donnerschlag, der den Rest des Satzes verschluckte, und Nils stockte für einen Moment der Atem.

Caro schrie vor Schreck auf und kauerte sich auf dem Weg zusammen, die Hände vors Gesicht geschlagen, ihr Vater zuckte unten ebenfalls zusammen und verlor dabei den Halt, rutschte unkontrolliert weiter nach unten und riss dabei ihre Mutter mit. Das Letzte, was Nils von ihnen hörte, war Mamas Schrei, hoch, spitz und schmerzvoll. Angstvoll sah er den Abhang hinunter und konnte die beiden gar nicht mehr richtig erkennen. Nur noch zwei farbige Punkte, weit, weit weg von ihm. Seine Eltern würden sterben, er wusste es plötzlich ganz genau. Er und Caro würden alleine zurückbleiben, und dann würden sie vom Blitz getroffen werden und auch sterben ... Genau in diesem Moment durchzuckte ein weiterer gleißender Blitz den dunkel gewordenen Himmel, und als der Donner fast parallel dazu einsetzte, wusste Nils, dass das Gewitter direkt über ihnen war. Nein, das stimmte nicht, verbesserte er sich voll Grauen, als er nach oben blickte. Der Teufelskopf war nicht mehr zu sehen. Alles, wirklich alles oberhalb von ihnen war in dunklen Nebel gehüllt. Das Gewitter war nicht über ihnen, sie waren mittendrin! Zeitgleich begann es wie aus Eimern zu regnen, so heftig, dass Nils im Handumdrehen völlig durchnässt war. Dazu kam heulender Wind. Der Nebel – oder war es die Gewitterwolke? – bewegte sich so schnell wie Rauch.

Hastig ließ Nils das Drahtseil los. Die Blitze, dachte er.

Dann begannen seine Gedanken plötzlich seltsame Dinge zu tun: schwebten um ihn herum, als gehörten sie nicht mehr zu ihm, wirbelten mit dem Nebel. Der war jetzt so dicht, dass er nicht mehr sehen konnte, wo der Weg aufhörte und der Abgrund begann. Was sollte er jetzt tun? Seine Eltern waren verschwunden, Caro war im Nebel nicht mehr auszumachen. Er war ganz allein in dieser Welt, in dieser grauen, tosenden Hölle. Dann sah er Oskar. Er stand ein paar Meter über ihm an der nächsten Kehre und winkte ihm.

«Komm schon», rief er ungeduldig, als Nils zögerte. «Wir müssen doch zur Brücke! Dann kannst du dir wünschen, dass deine Eltern nicht tot sind.»

Nils zwinkerte die Nässe in seinen Augen weg, von der er nicht wusste, ob es Regentropfen oder Tränen waren. Er dachte an die Geschichte im Buch. *Seine* Geschichte, die ihm gesagt hatte, was zu tun war. Plötzlich wurde er ganz ruhig. Er setzte seinen Rucksack ab, öffnete die Schnallen, zog seine Regenjacke heraus und schlüpfte hinein. Oskar zeigte ihm einen erhobenen Daumen und nickte anerkennend. Mit einem Ratsch zog Nils den Reißverschluss der Jacke bis zum Kinn zu, schulterte den Rucksack und ging vorsichtig weiter. Oskar erwartete ihn mit einem Lächeln.

«Gut gemacht», sagte er. «Komm, wir müssen uns beeilen, damit niemand stirbt und alles wieder gut wird.» Er lief voraus, und Nils beeilte sich, ihm zu folgen.

Sturzbäche rannen jetzt den Felsen hinunter und umspülten die schmale Kante des Wegs, der kaum mehr zu sehen war. Doch Nils ging weiter. Er hatte Angst, auch noch Oskar zu verlieren. Der Regen rann ihm in den Kragen, durchnässte seine Hose und Schuhe. Er war von innen und außen nass, es gab keine trockene Stelle mehr am Leib, und er schlotterte vor Kälte. Da waren jetzt nur noch dieser Berg, die Nässe und der schneidende Wind. Und Oskar, weit vorne. Schritt für Schritt ging Nils weiter, eingehüllt von der Gewitterwolke, aus der die Blitze zuckten und ohrenbetäubend laut der Donner krachte.

Als er die nächste Kehre erreicht hatte, tauchte dort wie ein Wunder etwas Gelbes aus dem grauen Tosen auf: Es war eines der gelben Wanderschilder, kaum erkennbar hinter dem Regenschleier. Er trat näher und las: *Teufelsklamm fünf Minuten.* Darunter zeigte ein Pfeil nach links. Sein Herz machte einen Sprung. Jetzt war er gleich am Ziel. Und er würde sie alle retten, Mama, Papa und Caro, und dann wäre alles wieder wie früher. Alles wieder gut.

Er folgte dem Weg, der von der Felswand wegführte und wieder leicht bergab ging. Er war etwas breiter, und es wuchsen auch wieder vereinzelt Latschen. Nils spürte, wie sich ein kleines, zaghaftes Lächeln auf sein Gesicht stahl. Der Weg war die Rettung aus dem Grauen der Felswand. Gleich würde es vorbei sein. Er wagte einen letzten Blick zurück. Der Weg, von dem er gekommen war und wo die Eltern und Caro verschwunden waren, war kaum mehr im Nebel zu erkennen, er sah den Berg nur als einen dunklen Schatten durch den Nebelschleier aufragen. Ein neuerlicher Blitz zuckte auf, violett und vielfach verästelt. Er schlug direkt über Nils in den Fels ein. Ein leises Summen war zu hören, und Nils spürte, wie seine Haare, die unter dem Helm hervorlugten, sich im wahrsten Sinne des Wortes aufstellten. Alles an ihm vibrierte. Er begann zu laufen.

8

Alle Kameraden waren per Piepser alarmiert worden und trafen praktisch gleichzeitig vor der Halle ein – fast alle.

«Wo ist Jack?», fragte Flo überrascht.

«Er kommt nicht», sagte Lena knapp und in einem Ton, der anzeigte, dass jedes Nachfragen sinnlos war. Ihr oblag in einem solchen Fall die Einsatzleitung.

Jonas warf ihr einen fragenden Blick zu, und sie schüttelte den Kopf. Die Gruppe betrat die Halle durch die Seitentür, und Lena drückte auf den Knopf, um das Rolltor hochzufahren.

Draußen tobte das Gewitter. Der Himmel war schwarz, und man konnte glauben, es wäre bereits später Abend und nicht erst zwei Uhr nachmittags. Lena sprach mit der Leitstelle. Unterhalb des Teufelskopfs war eine Frau abgestürzt und hatte sich verletzt, berichtete der Kollege aus der Zentrale.

«Wir wissen nicht ganz genau, wo», berichtete der Kollege, der den Notruf entgegengenommen hatte. «Die Tochter der Verletzten hat angerufen. Sie heißt Karoline, den Nachnamen habe ich nicht verstanden, die Verbindung war miserabel und ist dann ganz abgebrochen. Sie waren auf dem Weg zur Teufelsklamm. Allerdings nicht über den normalen Weg, sondern ihrer Beschreibung nach vermutlich über den Oststeig. Könnte sein, dass sie irgendwo in der Wand sind. Der Vater ist zur Absturzstelle abgestiegen, um der Mutter zu helfen, und kommt nicht mehr hoch.»

Ein Raunen ging durch den Raum. «Die sind mit einem Kind über den Steig? Das kann ich mir nicht vorstellen.» Andi schüttelte den Kopf.

«Zwei Kinder. Es gibt da noch einen kleinen Bruder.»

«Wir müssen zu Fuß rauf», entschied Lena. «Das Wetter ist definitiv zu schlecht für den Heli.»

«Wir sollten ihn trotzdem vorsorglich anfordern», schlug Ferdi vor. «Vielleicht ist das Gewitter schnell vorbei, dann kann er losfliegen. Jemanden vom Oststeig zu Fuß zu holen ist eine Schinderei für alle Beteiligten. Wir wissen nicht, wie schwer die Verletzungen der Frau sind.»

Lena nickte. «Das erledigst du von unterwegs. Er soll uns Bescheid geben, sobald er abheben kann. Fordere außerdem gleich einen Krankenwagen an.»

Sie fuhren mit zwei Einsatzfahrzeugen in Richtung Teufelskopf. Lena saß am Steuer des Pick-ups, Ferdi neben ihr und Flo im Fond. Jonas folgte ihnen zusammen mit Andi im anderen Wagen, mit dem man zur Not auch eine Krankenliege transportieren konnte. Lena bretterte durch das Dorf, das wie ausgestorben wirkte. Sie fuhr so schnell, wie es auf der regennassen Straße möglich war, Jonas folgte dichtauf. Auf beiden Autodächern blinkten blaue Signalleuchten. Als der kleine Konvoi das Dorf verließ, kam ihnen ein Auto entgegen, fuhr direkt auf sie zu, bremste ab und parkte in der Wiese. Jemand im blau-roten Bergsteigeroutfit sprang heraus, einen Rucksack geschultert.

«Jack!», rief Ferdi, und Lena bremste scharf.

Wie selbstverständlich kletterte Jack Reiter zu Flo auf die Rückbank.

«Welche Einzelheiten haben wir?», fragte er, und Flo erzählte ihm das wenige, was sie von der Leitstelle erfahren hatten.

Während Flo redete und Ferdi Hubschrauber und Krankenwagen orderte, warf Lena im Rückspiegel einen Blick auf Jack. Seine Miene war verschlossen, doch als sich ihre Augen im Spiegel trafen, nickte er ihr knapp zu. Sie nickte ebenfalls, hob kurz einen Daumen und konzentrierte sich wieder auf die Straße.

Als sie die letzten Meter die steile Forststraße zur Teufelsklamm hochfuhren, war im Auto nur noch das hektische Geräusch der Scheibenwischer zu hören und das Knacken des Funkgeräts. Draußen tobte das Gewitter unvermindert weiter. Laub und kleinere Äste lagen auf dem Boden, wo schmutzig graues Regenwasser ihnen in Sturzbächen entgegenkam. Lena fuhr langsamer. Sie musste der tiefen Furche, die das herabstürzende Wasser in die unbefestigte Straße gegraben hatte, mehrmals ausweichen, um nicht aufzusitzen. Auch einen umgestürzten Baum musste sie umfahren.

Nach einer guten Viertelstunde hatten sie das Ende der Straße erreicht. Von hier ging es nur noch zu Fuß weiter. Lena parkte am Straßenrand, Jonas hinter ihr, und alle sprangen aus den Wagen. Flo und Ferdi holten die Gebirgstrage. Noch immer goss es wie aus Kübeln, dass sie kaum etwas sehen konnten. Das Gewitter war unverändert heftig, es blitzte und grollte von allen Seiten.

Andi blickte skeptisch den Weg hinauf, der auf den Teufelskopf führte. «Die Gewitterzelle ist direkt über dem Gipfel, sagt der Wetterdienst. Könnte riskant werden.»

Lena nickte. «Wir gehen nur so weit, wie es ohne Risiko möglich ist.»

Sie marschierten los. Zunächst war der Weg leicht zu gehen, ein normaler Wanderweg, dann kamen sie an eine unscheinbare Wegkreuzung, die mit *Teufelsklammrundweg* beschildert war.

«Hier geht der Weg zur Klamm ab», sagte Lena nachdenklich und sah nach rechts, wo der Wanderweg sich weiter durch den Wald schlängelte. «Aber der Beschreibung des Mädchens nach ist die Familie offenbar die Strecke gegangen, die über den Oststeig auf den Teufelskopf führt.» Sie zeigte geradeaus, wo der Weg nach ein paar Metern auf freies Gelände und den Teufelskopf hinaufführte, dessen Gipfel in dichten Nebel gehüllt war. «Da gibt's doch auf halber Höhe die Abzweigung zur Klamm runter.»

«Das ist aber keine Familientour», wandte Jack ein. «Ich kann mir nicht vorstellen, dass sie mit zwei Kindern dort raufgegangen sind. Das wäre ziemlich waghalsig.»

«Laut Leitstelle haben die Kinder den Weg, auf dem sie sind, allerdings als steil und felsig beschrieben», erklärte Lena. «Und sie sagten, dass es nur ein Seil zum Festhalten gibt. Das klingt nicht nach dem Rundweg.»

«Es gibt aber dort auch eine Stelle mit einem Seil», mischte sich Andi ein. «Und zwar bei dem Felsabbruch, wo vor ein paar Jahren die Moräne abgegangen ist. Da ist der Weg mit einem Drahtseil gesichert. Vielleicht hat sie das gemeint. Ich meine, das sind Kinder. Für die ist schnell mal was steil und felsig. Wir sollten dort als Erstes nachsehen.» Er sah Jack fragend an.

«Nein», erwiderte Lena, noch bevor Jack antworten konnte. «Nur weil es Kinder sind, heißt das nicht, dass wir ihre Aussagen nicht ebenso ernst nehmen müssen wie die von Erwachsenen. Sie waren sehr besonnen, hat der Kollege gesagt. Trotz des Gewitters und obwohl die Verbindung miserabel war, haben sie ganz genaue Angaben gemacht, alles abgehakt, wie im Lehrbuch.»

«Aber wenn die Verbindung so schlecht war, dass er nicht mal ihre Namen verstanden hat, können wir nicht sicher sein, was an der Ortsbeschreibung dran ist», wandte Andi ein. «Aus Bruchstücken kann man sich vieles zusammenreimen.»

«Er sagte, die Beschreibung des Ortes war deutlich zu verstehen», widersprach Lena. «Er hat extra noch mal nachgefragt. Wie ich das sehe, haben wir ohnehin keine Wahl. Eine terrestrische Bergung am Oststeig ist kompliziert, das Gelände ist unwegsam. Außerdem wissen wir nicht, ob der Vater auch verletzt ist. Wir brauchen daher alle Leute und können uns nicht aufteilen und auf beiden Wegen suchen.» Sie machte eine kurze Pause, dann sagte sie entschieden: «Wir gehen zum Steig. Alle.»

«Seit wann hast du das zu bestimmen?», fragte Andi, und in seiner Stimme schwang ein aggressiver Unterton mit. «Soweit ich weiß, hat immer noch Jack die Einsatzleitung.» Auffordernd sah er Jack an. Dieser aber schwieg und machte dabei ein Gesicht, als ginge ihn das alles nichts an.

«Als wir den Anruf bekamen und losfuhren, war Jack nicht da», entgegnete Lena, «er ist nicht über alles eins zu eins informiert.» Sie sah in die Runde. «Leute, wir verlieren kostbare Zeit, wenn wir hier rumstehen und diskutieren. Ich bin mir sicher, dass sie am Oststeig sind.»

«Und was bitte macht dich da so sicher?», hakte Andi angriffslustig nach, als hätte Lena nicht gerade eine ausführliche Begründung abgegeben. «Etwa deine weibliche Intuition?» Er lachte auf. Niemand stimmte ein.

Lena warf ihm einen nachsichtigen Blick zu. «Deine Loyalität Jack gegenüber ehrt dich, Andi, aber jetzt ist nicht die Zeit dafür. Sie ist auch nicht notwendig, niemand von uns hat ein Problem mit Jack, ich am allerwenigsten.»

Ein paar Sekunden lang schwiegen sie alle, dann räusperte sich Jack und murmelte widerstrebend: «Lena hat recht. Lasst uns zum Steig gehen.»

Andi sah ihn fassungslos an, sagte jedoch nichts mehr, als sie sich in Bewegung setzten.

Der Weg wurde schnell steiler, dann führte der Steig direkt an der Felswand entlang. Er war gut ausgebaut und gesichert und für eine erfahrene Bergsteigerin wie Lena nicht schwer, dennoch fand sie diese Route viel zu anspruchsvoll für Kinder. Und bei diesem Wetter war sie geradezu lebensgefährlich. Sie mochte sich nicht vorstellen, in welcher Verfassung sie die Familie vorfinden würden.

«Also ich glaub ja nicht, dass die hier raufgegangen sind», ließ Andi ein weiteres Mal von hinten vernehmen. «So was macht man doch nicht mit Kindern.»

Niemand antwortete, und so gingen sie schweigend weiter, so rasch, wie das Wetter und die mitzuschleppende Ausrüstung es zuließen. Zusehends verlagerte sich das Gewitter, der Abstand zwischen Blitz und Donner wurde länger und das Grollen leiser, doch es regnete unvermindert stark. Hin und wieder riefen sie nach den Vermissten durch den dunklen Regenschleier, doch es kam keine Antwort.

«Warum rufen wir das Mädchen nicht an?», schlug Jonas nach einer Weile vor. «Wir haben doch die Handynummer.»

«Hab ich schon versucht», antwortete Ferdi leicht gereizt. «Aber hier ist ein miserabler Empfang.»

Nach einer weiteren Viertelstunde raschen Aufstiegs vernahmen sie endlich eine Antwort auf ihr Rufen. Eine Männerstimme war zu hören: «Hier! Hier sind wir!»

«Das kommt von da unten!», sagte Ferdi, der hinter Lena ging. Er deutete nach links. Sie beschleunigten ihren Schritt, bis sie die Kehre erreicht hatten, und spähten nach unten, wo neben dem Weg eine tiefe Scharte im Fels steil abwärtsführte.

«Wir müssen abseilen», stellte Jack fest, während sie das Gelände betrachteten. Lena nickte und begann bereits mit den Vorbereitungen, während Ferdi beruhigend mit dem Mann sprach und ihn bat, die Situation unten bei der Verletzten zu schildern.

«Meine Frau hat starke Schmerzen», rief dieser atemlos hinauf, jedoch durch den Wind und das Rauschen des Regens kaum zu verstehen. «Sie kann sich nicht bewegen. Hier ist alles steil und brüchig.» Seine Stimme brach ab. Dann waren nur noch Wortfetzen zu hören. «... nirgends ... weder ... noch ... unten ... Abgrund ...»

«Wir kommen!» Während Ferdi sich mit dem Notfallkoffer zu den beiden abseilte, berieten sich die anderen kurz.

«Es wird schwierig werden, sie von da unten rauszubekommen», sagte Andi. Er wirkte ein wenig kleinlaut angesichts der Tatsache, dass Lena recht behalten hatte. «Die Stelle ist verdammt knifflig. Von unten kommen wir nicht ran, das ganze Gelände ist zu zerfurcht und steil, also müssen wir die Verletzte nach oben auf den Weg holen und von hier ins Tal bringen.» Er sah sich um. «Für die Trage ist es hier verflucht schmal. Ohne Heli wird es eine Ewigkeit dauern, sie runterzubringen.»

«Wir müssen es trotzdem so versuchen. Der Heli schafft es vorerst nicht, und wir können nicht warten, bis es aufklart, solange wir nicht wissen, wie schlimm die Verletzung ist», gab Lena zurück. Die anderen nickten. Es gab keine Alternative.

Jack und Andi legten sich die Klettergurte um und folgten Ferdi den rutschigen, zerklüfteten Fels nach unten, während Jonas und Flo sicherten.

«Was ist mit den Kindern?», fragte Lena. Warum hatten sie sie noch nicht gesehen? Das war seltsam. Sie funkte Ferdi an. «Kannst du schon was zu den Verletzungen sagen? Und frag bitte mal den Vater, ob er weiß, wo die Kinder sind.»

Kurz darauf meldete sich Ferdi zurück: «Die Frau steht unter Schock. Kann sich nicht bewegen. Vermutlich eine Unterschenkelfraktur und eine Fraktur des Handgelenks. Mit Sicherheit eine schwere Gehirnerschütterung. Wir versuchen jetzt, sie transportfähig für die Trage zu machen. Der Mann ist nur leicht verletzt.» Es knackte in der Leitung, dann war Ferdi erneut zu hören. «Die Kinder sind ein ganzes Stück weiter oben, dort, wo die Absturzstelle ist. Es ist eine steile Kehre an einem Felsüberhang. Der Vater hat ihnen gesagt, sie sollen dort Schutz suchen und warten. Ein Mädchen, vierzehn, und ein achtjähriger Bub.»

Lena sah nach oben. Durch den Regenschleier konnte sie die Stelle ausmachen, die der Vater vermutlich gemeint hatte. An einer Kehre ein gutes Stück über ihr wölbte sich eine markante Ausbuchtung aus dem Felsen hervor. Sie schüttelte leicht den Kopf. «Acht!», murmelte sie leise. «Was denken sich die Leute eigentlich?» Zu Jonas gewandt, sagte sie: «Ich werde die beiden runterbringen. Wir bleiben per Funk in Kontakt.» Jonas nickte.

Doch als sie die Stelle mit dem überhängenden Felsen erreicht hatte, wo den Angaben zufolge die Kinder sein sollten, fand sie dort niemanden vor. Der Weg war von heruntergeschwemmtem Geröll überlagert und kaum mehr als solcher zu erkennen. Lena sah sich im nebligen Zwielicht um. Verflucht, wo waren die beiden? Sie würden sich doch nicht so weit von der verletzten Mutter entfernen. Noch dazu bei Gewitter. Sie sah über die Seite nach unten, dorthin, wo die Frau abgestürzt war. Sie konnte weder ihre Kollegen von hier oben sehen noch etwas hören. Der Nebel war zu dicht, und der Regen verschluckte alle Geräusche. Sie kontaktierte die anderen per Funk.

«Hier sind die Kinder nicht», sagte sie beunruhigt. «Ich gehe noch ein Stück weiter nach oben, obwohl ich mir nicht vorstellen kann, dass sie so weit weggelaufen sind.»

Nachdenklich sah sie an der abweisenden Wand hoch, an der sich der Steig hinaufwand. Das Wasser stürzte den Felsen herab wie ein Wasserfall. Es war schwer vorstellbar, dass zwei Kinder dort während des Gewitters hinaufgelaufen waren, während die Eltern verletzt irgendwo unten lagen und auf Hilfe warteten. Es ergab keinen Sinn. Was war passiert? Waren sie in Panik gewesen? Langsam ging sie weiter, versuchte, durch den Nebel etwas auszumachen, und rief dabei immer wieder den Namen des Mädchens. Niemand antwortete. Der Weg war hier glitschig und teilweise unterspült, sie musste höllisch aufpassen, um nicht auszurutschen. Nach einigen Metern kam sie an eine Stelle, an der ein Stück des Gesteins abgebrochen war. Felsbrocken und Geröll lagen auf dem Weg. Ihr stockte für einen Moment der Atem. Waren die beiden Kinder vom Steinschlag getroffen und unter den Brocken begraben worden? Vorsichtig kam sie näher und sah sich um. Als sie keinen Hinweis darauf entdeckte, stieg sie über die Steine, hangelte sich langsam über das Geröll vorwärts und warf einen Blick auf die andere Seite. Nichts. Lena atmete auf. Der Felsabsturz war nicht breit genug, um einen oder gar zwei Menschen vollkommen unter sich zu begraben. Wären die Kinder getroffen worden, wäre noch etwas von ihnen zu sehen. Nach ein paar weiteren Schritten im Nebel sah sie etwas Buntes unter einem Felsüberhang liegen. Sie lief darauf zu und bückte sich. Ein Kinderbuch! Es war völlig durchnässt. Vermutlich hatte es eines der Kinder verloren. Der Achtjährige? Aber weshalb schleppte man ein Buch auf einer Bergtour mit? Es war doch nur unnötiger Ballast. Sie drehte das Buch ein wenig unschlüssig in den Händen. *Sagen aus dem Wettersteingebirge* lautete der Titel auf dem hübsch gemachten Cover. Es kam ihr bekannt vor, irgendwo hatte sie es schon einmal gesehen. Bloß wo?

Plötzlich hielt sie die Luft an. Sie erinnerte sich wieder: Nils hatte es ihr an ihrem gemeinsamen Quad-Nachmittag gezeigt! Er hatte wissen wollen, wie man zur Teufelsklamm kam, und sie hatte es ihm erklärt. Sie fröstelte, als sie begriff, was das bedeutete: Karoline! Nils' Schwester hieß Caro! Die Verunglückten und ihre Kinder, das waren Nils und seine Familie! Doch wo konnten die Kinder sein? Warum hatte Nils nicht auf die Rettung durch die Bergwacht gewartet, wo er sie doch als Helden so verehrte?

Ratlos sah sie sich um, doch der Nebel war einfach zu dicht. Verdammt! Sie rief ein paar Mal Nils' und Caros Namen, doch nur das Heulen des Windes und das unablässige Rauschen des Regens waren als Antwort zu hören.

Ihr Blick fiel erneut auf das Buch in ihren Händen. Es war Nils so wichtig gewesen, dass er es kaum aus der Hand gelegt hatte. Er hatte ihr auch etwas davon erzählen wollen, doch dann hatte er den Anruf von seiner Schwester bekommen, und sie hatte ihn nach Hause gebracht, ohne dass sie noch einmal darüber gesprochen hatten. Sie schlug das durchnässte Buch auf, und die verklebten Seiten öffneten sich an einer Stelle. *Die Sage von der Goldenen Brücke* stand dort als Überschrift einer Geschichte, die durch den Regen kaum noch lesbar war. In Klammern stand ein Hinweis darunter: *[Die Teufelsklamm am Teufelskopf bei Bichlbrunn. Sage aus dem späten 19. Jh. – nach dem Bau der sog. Eisernen Brücke].* Neugierig geworden, überflog Lena den kurzen Text.

Die Sage von der Goldenen Brücke

Es war einmal ein Junge, der war so niedergedrückt von den Sorgen seiner Familie, die ein großer Streit entzweit hatte, dass er keinen Ausweg mehr wusste. Da machte er sich eines Tages auf und bestieg den Teufelskopf, einen düsteren Berg unweit der Zugspitze, um dort, in der wilden Teufelsklamm, seinem Leben ein Ende zu setzen. Es war ein trüber, regnerischer Tag, und der Weg dorthin war steil und beschwerlich,

doch das kümmerte ihn nicht. Schritt für Schritt näherte er sich der Schlucht, die der Wetterwandbach hoch oben in den Fels gegraben hatte.
Er trat durch das Tor, das vor vielen Jahren in den Felsen geschlagen worden war, und folgte dem in den Stein gehauenen Weg, bis er an die Stelle kam, wo man vor einigen Jahren eine eiserne Brücke gebaut hatte, die hoch über die Schlucht führte. Von dort oben, so hatte er in der Nacht beschlossen, wollte er sich hinunter in die Schlucht stürzen. Wenn er tot war, würden seine Eltern ihn beweinen und über die Trauer wieder zueinanderfinden, dachte er. Genau in dem Moment jedoch, als er oben angelangt war, trat die Sonne hinter den Wolken hervor und hüllte die Brücke in ihr goldenes Licht. Aus den Strahlen heraus ertönte eine Stimme, die den Jungen, der von der Helligkeit ganz geblendet war, mit Namen ansprach.
Die Stimme wusste alles über ihn, sie wusste von seinen Sorgen und seinen Nöten, und sie sagte, alle seine Wünsche würden von nun an in Erfüllung gehen. Und mit einem Mal hob sich seine Hoffnungslosigkeit und Verzweiflung wie ein Schleier, und er sah die Dinge neu. Er war plötzlich so von Glück erfüllt, dass er zu lachen begann, und das Echo der Klamm ließ sein Lachen von allen Felswänden widerhallen, immer und immer wieder, bis es schien, als freuten sich sogar die Steine mit ihm. Und er drehte um und lief zurück nach Hause, wo sich seine Eltern wie durch ein Wunder wieder versöhnt hatten.
Sie lebten glücklich bis an ihr Lebensende, und der Junge wuchs zu einem ebenso glücklichen Mann heran, dem alles gelang, was er berührte. Seitdem wird die Eiserne Brücke in der Teufelsklamm auch die Goldene Brücke genannt, und man sagt, jeder, der sie betritt und in Nöten ist, die größer

sind als er selbst, wird von ihnen befreit werden in dem Moment, in dem ein goldenes Licht das Eisen berührt.

Lena klappte das Buch zu und schob es in die Innentasche ihrer Regenjacke. Sie wusste jetzt, wo sie suchen musste – und warum.

Über Funk erreichte sie Jack. «Die Kinder sind in der Teufelsklamm. Ich geh zu ihnen und bringe sie von dort nach unten zum Ausgang. Das ist weniger riskant als über den Steig zurück.»

«Soll ich dir Jonas raufschicken?», fragte Jack, ohne nachzufragen, woher sie plötzlich so genau wusste, wo die Kinder waren.

«Nein. Ihr braucht erst mal alle Leute da unten. Ich melde mich, wenn ich Hilfe brauche.»

«In Ordnung. Pass auf dich auf.»

Lena steckte das Funkgerät zurück und ging weiter, zielstrebig und hoch konzentriert. Vielleicht hatten Nils und Caro unterwegs Schutz gesucht, und sie fand sie noch vor dem Eingang der Klamm, doch irgendetwas sagte ihr, dass es nicht so sein würde. Der Junge wollte diese Brückensache unbedingt durchziehen, das war so gut wie sicher. Das Mädchen schien Lena schon zu alt, um noch an solche Sagen zu glauben. Aber vielleicht hatte sie ihren Bruder nicht davon abhalten können und fühlte sich für ihn verantwortlich, also war sie mitgegangen. Jedenfalls hoffte Lena, dass es so war und sie beide Kinder unversehrt in der Klamm finden würde. Als sie an der Abzweigung ankam und der Weg breiter und sicherer wurde, beschleunigte sie ihren Schritt und begann zu laufen.

9

Bitte!», rief Caro, «komm mit!» Tränen liefen ihr über die Wangen.

Sie versuchte, seine Hände vom Geländer der Brücke zu lösen, doch Nils klammerte sich daran fest. «Geh weg!», schrie er gegen das Tosen des Wassers an. «Ich hasse dich!» Er hatte sie gefunden, die Brücke aus seinem Buch, und nun wollte seine dämliche Schwester, die immer alles kaputtmachte, ihn von dort wegholen.

«Hör nicht auf sie!», flüsterte Oskar ihm zu. «Du bist stark. Sie kann dich nicht von hier wegholen. Du wirst deine Familie retten, und dann wird es ihr leidtun, dass sie immer so gemein zu dir war.»

Die Brücke war sehr viel weniger imposant, als Nils sie sich vorgestellt hatte. Eher ein schmales Brücklein, das Eisen rötlich angelaufen, das Geländer eiskalt unter seinen Fingern. Seine Zähne schlugen aufeinander, und ihm war kalt, doch um nichts in der Welt würde er von hier weggehen. Nicht bevor die Sonne herauskam und ihre Strahlen die Brücke golden färbten.

Unter ihnen brauste der Wetterwandbach, der kein bisschen was mit einem harmlosen kleinen Bach zu tun hatte. Eine weiß schäumende, brodelnde Masse tobte unter der Brücke hindurch, und es schien ihm sogar, dass sie näher gekommen war, seit er hier mit seiner Schwester stand. Es regnete noch immer stark, und Nils konnte nicht sagen, woher all die Nässe kam, die ihn durchtränkte. War es nur der Regen, der von dem schmalen Streifen des düster grauen Himmels über ihm in die Schlucht herunterfiel, oder doch die eiskalte Gischt des Wassers unter ihm? Er spürte, wie Caro erneut nach seiner Hand griff, mit der er die Querstrebe des Geländers umklammerte, und er versteifte sich.

«Bitte, komm mit mir», schluchzte sie. «Das Wasser steigt, siehst du das denn nicht? Es wird uns fortreißen!»

Nils schüttelte verbissen den Kopf. Er hatte die Kapuze seiner neongrünen Jacke zum Schutz vor dem Regen über den Kopf samt Helm gezogen, doch seine Brille war trotzdem nass, sodass er nur verschwommen sah: Wasser, weiß schäumend, grauer Fels, grauer Himmel, aus dem noch immer kein Sonnenstrahl brach. «Hau endlich ab!», schrie er, und Tränen mischten sich mit dem Regen auf seinem Gesicht. Er schmeckte Salz auf den Lippen. «Mama wird sterben! Papa vielleicht auch, und du bist schuld!»

«Nein!», rief seine Schwester. «Nein! Das stimmt nicht!» Er konnte an ihrer Stimme hören, dass sie auch weinte. «Komm mit! Diese Brücke wird dir doch nicht helfen. Die Geschichte in dem Buch ist doch bloß ein blödes Märchen!»

Er löste kurz eine Hand und schubste sie. «Hau ab!» Als sich seine Finger wieder um das Geländer krallten, überlief ihn ein Schauer. Seine Hände waren inzwischen so kalt, dass er sie kaum noch spürte. Doch er durfte nicht weg. Wenn er jetzt wegging, würde alles vorbei sein. Papa und Mama würden sterben, und er wäre ganz allein. Er schluchzte qualvoll auf. Es schmerzte in seiner Kehle.

Plötzlich ließ Caro seinen Arm los, an dem sie gezerrt hatte, und umschlang ihn stattdessen von hinten mit ihren Armen. Er versteifte sich noch ein bisschen mehr, stemmte sich mit den Beinen gegen den Boden. Bestimmt wollte sie versuchen, ihn gewaltsam fortzureißen.

Doch das tat sie nicht.

Stattdessen spürte er, wie sie ihren Kopf an seinen legte und ihm ins Ohr flüsterte: «Ich bleibe bei dir. Keine Angst.»

Ihr warmer Atem berührte sein nasses Gesicht, und es war ein so tröstliches Gefühl, dass er erneut aufschluchzte. Vor seinen Augen verschwammen die Schlucht, das Wasser und der Regen zu einem wirbelnden Etwas. «Alles wird gut», sagte er und spürte, wie Caro neben ihm nickte.

«Ja, Nils», sagte sie in sein Ohr. «Alles wird gut.»

10

Als Lena die Klamm erreichte, blieb sie erschrocken stehen. Das Wasser des Wetterwandbachs war sprungartig gestiegen und toste durch die Klamm. Es hatte bereits die Kante des Wegs erreicht und ihn teilweise unterspült. Wenn es noch weiter stieg, wäre bald die gesamte Klamm überschwemmt, und auch der untere Ausgang würde unpassierbar. Lena biss sich auf die Lippen. Sie hatten nicht mehr viel Zeit, höchstens noch eine halbe Stunde, schätzte sie, wenn es so weiterregnete, vielleicht sogar noch weniger.

So schnell sie konnte, lief sie weiter. Und endlich entdeckte sie die beiden Kinder von Weitem. Sie trugen gelbe und grüne Regenjacken und leuchteten wie zwei fröhliche Glühwürmchen in der Düsternis der Schlucht. Oder besser: wie zwei tragisch-naive Glühwürmchen. Wie Lena erwartet hatte, standen sie mitten auf der Brücke, umtost von dem völlig entfesselten Wetterwandbach.

Lena warf einen Blick auf den Weg vor ihr. Er führte stetig abwärts, und sie wusste, dass weiter vorne der Abstand zwischen Weg und Bach immer geringer wurde, daher war der Weg dort mit Sicherheit schon vollständig überschwemmt. Ein Blick zurück sagte ihr überdies, dass es auch hier keine halbe Stunde mehr dauern würde. Das Wasser reichte ihr jetzt schon über die Knöchel, und beim Eingang war die Grenze zwischen Weg und Bachbett nicht mehr zu erkennen, das Wasser war in den wenigen Minuten, in denen sie hier war, schon so weit gestiegen, dass auch ein Weg zurück bald nicht mehr möglich sein würde. Doch wenn der Ausgang in beide Richtungen versperrt war, wie sollte sie die zwei zurück ins Tal bringen? Lena wandte sich wieder zur Brücke. Beim Anblick der Kinder kam ihr die rettende Idee.

Sie kontaktierte per Funk ihre Kollegen, und Jonas meldete sich. Während sie vorsichtig weiterging, schilderte sie die Lage. Der Weg war nass und rutschig, und sie kam langsamer voran, als ihr lieb war.

«Das Wasser steigt zu schnell, wir haben vermutlich keine Zeit mehr, den Weg zurück oder hinunter zum Ausgang zu laufen. Es muss jemand von oben kommen und mir helfen, die Kinder über die alte Leiter rauszubringen.»

«Welche alte Leiter?», fragte Jonas verständnislos. «Von wo oben?»

«Gib mir Jack!»

Als Jack sich meldete, sagte sie: «Du kennst doch den alten Weg zur Eisernen Brücke über den Kamm, oder?»

«Ja, freilich, aber ...»

«Ihr müsst da rauf. Sie sind bei der Brücke. Kommt mir von dort entgegen. Und beeilt euch!»

Es gab einen alten Weg, der vom oberen Eingang der Schlucht direkt über einen Felsenkamm unterhalb des Teufelskopfes oben an der Schlucht entlangführte. Dort gab es auch eine Eisenleiter hinunter zur Eisernen Brücke. Der Weg war nicht gesichert und daher auch nicht für Wanderer ausgeschildert, doch die Einheimischen kannten ihn. Er stammte noch aus der Zeit, als vor etwa hundert Jahren die Brücke gebaut worden war, und er war die schnellste Möglichkeit, aus der Schlucht zu kommen.

Lena unterbrach die Verbindung und ging rasch weiter. Gleich würde sie die Kinder erreicht haben. Sie kontaktierte noch einmal ihre Kollegen. Dieses Mal antwortete sofort Jack.

«Ich hab sie gleich erreicht. Wie schnell könnt ihr da sein?», fragte sie.

«Eine Viertelstunde, zehn Minuten», keuchte er, offenbar war er schon unterwegs. «Schneller geht's auf keinen Fall. Ich komme mit Jonas. Die anderen bergen die beiden Verletzten. Der Krankenwagen wartet schon am Ende der Straße, die Sanitäter sind da.»

«Gut. Bis gleich», sagte Lena und begann jetzt doch, vorsichtig zu laufen. Um sie herum herrschte ein ohrenbetäubendes Getöse, und immer wieder schwappte das Wasser in Wellen auf den Weg. Während sie sich der Brücke näherte, steigerte sich ihre Beunruhigung. Der Wetterwandbach umspülte bereits die Brücke, donnerte mit voller Wucht gegen die Pfeiler. Lena wusste, dass sie aufgrund ihrer Konstruktion unter Druck nachgeben würde, um zu verhindern, dass größere Hindernisse wie entwurzelte und mitgetriebene Bäume hängen blieben und eine Stauung verursachten. Es war nur noch eine Frage der Zeit, bis sie in den Bach stürzen würde.

Und mit ihr die Kinder.

Lena lief zur Brücke und wedelte mit den Armen.

«Kommt da runter», brüllte sie, so laut sie konnte, doch das Toben des Wassers riss ihr die Worte von den Lippen, kaum dass sie sie ausgesprochen hatte.

Die Kinder sahen sich nicht einmal zu ihr um. Reglos standen sie da.

Nils klammerte sich an das Geländer, als erhoffte er sich davon Halt. Und das Mädchen, Caro, stand hinter ihm und hielt ihn fest umschlungen. Es war merkwürdig. Die beiden standen dort, als kümmere sie das Chaos um sie herum nicht, als scherten sie sich nicht darum, jeden Moment fortgespült zu werden.

Das Wasser hatte bereits den Gitterboden erreicht, umspülte brodelnd die Verstrebungen, es sah aus, als ständen die Kinder in kochendem Wasser. Lena musste noch schneller handeln, als sie angenommen hatte. Sie konnte hinauflaufen und die Kinder packen, aber irgendetwas an der Haltung der beiden sagte ihr, dass es nicht so leicht sein würde, sie von dort herunterzuzerren. Sie würde sie erst überzeugen müssen, mit ihr zu kommen. Aber Himmel, für eine Diskussion blieb keine Zeit mehr! Sie ließ ihren Rucksack fallen, öffnete ihn und holte Seile und Karabiner heraus. Rasch wickelte sie das lange Seil ab und schlang es um die letzte eiserne Sprosse der Leiter, die hinauf zu dem alten Weg führte, von der Jonas und Jack hoffentlich bald kommen würden. Sie prüfte die Stabilität und sicherte sich. Dann lief sie auf die Brücke zu den Kindern und zog dabei das Seil hinter sich her. In diesem Moment übertönte ein lang gezogenes kreischendes Geräusch das Tosen. Lena spürte, wie das Eisen nachgab. Die Brücke drehte sich leicht im Wasser. Ohne Zögern lief sie, bis sie die Kinder erreicht hatte. Das Mädchen fuhr zusammen, doch Nils blieb reglos stehen.

11

Jack Reiter drehte sich um. Der Regen war wie eine Wand. Er konnte seinen Kameraden nur an dem blau-roten Anorak erkennen, der sich noch ein wenig gegen das Grau der tief liegenden Wolken abhob. Langsam und geduckt gingen sie an der Felskante entlang, bemüht, im Schutz der wenigen, verkrüppelten Kiefern zu bleiben, um dem Unwetter nicht völlig schutzlos ausgeliefert zu sein. Er hob die Hand, winkte Jonas zu sich her. Als er neben ihm stand, das Gesicht nass vom unablässigen Regen und gezeichnet von der Anspannung, deutete er nach unten.

«Dort müssen wir runter», schrie er gegen das Tosen an, doch der Wind riss ihm die Worte von den Lippen. Jonas verstand ihn auch so. Ihm war der Schrecken anzusehen. Er kannte diesen Weg noch nicht, war noch nicht lange genug hier, um sie alle zu kennen, die Abkürzungen und Schleichwege, die sich die Leute hier in der Gegend über die Jahrhunderte geschaffen hatten. Dieser hier führte direkt hinunter in die Klamm, eine Abkürzung vom Teufelskopf zur Eisernen Brücke. Und nicht umsonst war er in keiner offiziellen Wanderkarte eingezeichnet.

«Wir sichern uns ab», entschied Jack und nahm das Seil von der Schulter. «Der Weg ist im normalen Zustand schon gefährlich genug, bei dem Wetter ist er die Hölle.»

Auch diese Worte verstand Jonas wahrscheinlich nicht, Jack hatte sie mehr zu sich gesagt, seine Handgriffe jedoch waren unmissverständlich. Sie waren ein eingespieltes Team und wussten, was zu tun war. Als sie so weit waren, klopfte er Jonas kurz auf die Schulter und nickte ihm aufmunternd zu.

Er würde das locker packen, dessen war Jack sich sicher. Dem jungen Mann spielte nur der Kopf manchmal noch einen Streich, und bei diesem Einsatz war gerade viel Kopf im Spiel, schließlich ging es auch um Lena, und Jack wusste, dass Jonas sie besonders gern mochte.

Langsam stiegen sie die in den Fels gehauenen unregelmäßigen Stufen hinunter. Sie waren mal einen halben Meter breit, mal so schmal, dass kaum ein Fuß daraufpasste, und jede Stufe war so hoch, als wäre sie für Riesen gemacht. Sie kamen nur langsam voran. Von oben rann das Wasser herunter, es hatte sich ein kleiner Wasserfall gebildet, der über die Kanten sprang, sie noch rutschiger machte, den Männern die Sicht nahm, und Jack Reiter fragte sich, wie jedes Mal, wenn er hier heruntermusste, was gottlob selten vorkam, welche komplett Wahnsinnigen wohl damals auf die Idee gekommen waren, genau hier einen Weg zu bauen.

Nachdem sie einige Meter nahezu senkrecht hinuntergestiegen waren, wichen die Felsen etwas zurück, der Weg verlief jetzt in steilen Serpentinen weiter über Geröll und rutschige Wurzeln, immer an der Felskante entlang. Manchmal mussten sie sich bücken, weil der Felsen sich über ihren Köpfen vorwölbte. Das Tosen, das sie ihren ganzen Weg bereits begleitet hatte und das nicht vom Regen kam, wurde lauter. Noch eine Serpentine, dann machte der Weg eine abrupte Wendung, öffnete sich zu einem kleinen Plateau und gab den Blick auf die Klamm und die Brücke frei.

Jack wartete, bis Jonas aufgeschlossen hatte, dann traten sie auf das Plateau hinaus, von wo in die Wand geschlagene Eisensprossen direkt hinunter zur Brücke führten. Als er hinuntersah, sank ihm der Mut. «Heilige Muttergottes», entfuhr es ihm, und im Gesicht seines Kameraden stand das gleiche Entsetzen, das er selbst verspürte.

Unter ihnen kochte das Wasser. Der Fluss war in beängstigender Weise angeschwollen, auf eine Höhe, wie er es noch nie gesehen hatte. Die Brücke unter ihnen spannte sich normalerweise hoch über den Wetterwandbach, der sich im Laufe der Jahrhunderte einen Weg durch die Felsen ins Tal gegraben hatte. Jetzt jedoch umspülte das Wasser bereits die eisernen Streben, rüttelte biestig an den Pfeilern der filigranen Eisenkonstruktion, die an schönen Tagen Motiv unzähliger Fotos war.

Jonas stieß ihn an und deutete auf die linke Seite der Brücke, direkt unter ihnen. Dort waren bunte Punkte im Regenzwielicht zu erkennen. Jack riss sein Fernglas an die Augen. Doch bevor er sich vergewissern konnte, dass da unten tatsächlich Lena und die Kinder waren, durchschnitt ein durchdringendes, metallisches Kreischen das Tosen des Wassers.

Er ließ das Glas sinken. «Die Brücke», flüsterte er in den tobenden Sturm und spürte, wie die Kälte in ihm nach oben kroch. «Die Brücke ...»

12

Mit fliegenden Händen sicherte Lena Nils und Caro mit Seil und Karabiner, dann rief sie: «Es ist alles gut! Eure Eltern sind in Sicherheit. Kommt mit!»

Nils regte sich immer noch nicht, Caro zerrte an ihm, begann zu weinen. «Er hört nicht auf mich!», schrie sie verzweifelt.

«Nils, ich bin's! Das Licht war schon da, es ist alles gut!», rief Lena ihm zu, doch auch darauf reagierte er nicht.

Die Augen in Panik aufgerissen, starrte er in das schäumende Wasser. Die Angst hatte ihn gelähmt. Ein erneutes, metallisches Kreischen vom Ende der Brücke her bedeutete Lena, dass keine Zeit mehr blieb. Kurz entschlossen versetzte sie dem Jungen zwei heftige Schläge auf die Finger, die sich um das Geländer krallten. Und in dem Moment, als er mit einem Schmerzensschrei losließ, packte sie ihn und riss ihn vom Geländer fort.

Nils mit sich schleifend, Caro fest an der Hand, lief sie zurück. Es gelang ihr noch, das Mädchen am Ende der Brücke auf den Weg zu befördern und deren Karabiner zu lösen, dann gab die Eisenkonstruktion unter ihren Füßen nach und stürzte in den reißenden Bach. Das Wasser schlug über ihr und Nils zusammen und nahm ihr den Atem. Sie umschlang ihn mit einer Hand, so fest sie konnte, und griff mit der anderen nach dem Sicherungsseil. Hoffentlich hielt die Sprosse in der Wand. Kurz tauchte sie mit dem Kopf an die Oberfläche, schnappte nach Luft und versuchte, das Seil ein wenig weiter oben zu erwischen.

Womöglich durch das kalte Wasser erwachte Nils aus seiner

Erstarrung. Er klammerte sich so vehement an Lenas Hals, dass sie kaum Luft bekam und beide wieder unter Wasser gerieten. Sie ließ ihn los, hoffte, dass sein Klammergriff und die Sicherung halten würden, und zog sie beide Millimeter für Millimeter an dem Seil aus dem Wasser. Endlich erreichte sie wieder die Oberfläche, da sah sie, dass Caro verzweifelt am Seil zog. Auch wenn ihre Kräfte bei Weitem nicht ausreichten, um sie und Nils aus dem Wasser zu ziehen, nahm die Hilfe des Mädchens zumindest etwas den Zug aus dem Seil – was nützlich sein konnte, falls die Sprosse, an dem Lena es befestigt hatte, nicht so stabil war wie erhofft.

Endlich erreichte sie die Kante, streckte den Arm aus und konnte sich an den Resten des Brückenpfeilers festhalten. Sie versuchte, Nils auf festen Boden zu befördern, doch er ließ sie nicht los. Sie rangelten, Lena versuchte, seinen Griff von ihr zu lösen, doch mit nur einem Arm hatte sie einfach zu wenig Kraft, ihn gegen seinen Widerstand nach oben zu hieven. Die Eiseskälte des Wassers lähmte sie beide, und sie hoffte, dass ihre Kondition länger reichte als die des Jungen, sich an ihr festzukrallen. Als sie spürte, wie er ein wenig schwächer wurde, mobilisierte sie ihre letzten Reserven und zog sich an dem Brückenpfeiler hoch, schlang ihre Beine darum und packte Nils unter den Achseln. Seine Abwehr war in sich zusammengefallen. Zusammen mit Caro zerrte und hievte sie Nils auf den Weg, dann kroch sie völlig ausgepumpt hinterher.

«Rucksack», keuchte sie in Caros Richtung. «Decke. Schnell …» Ihre Zähne schlugen aufeinander, und sie schlotterte so, dass sie sich nicht mehr vorwärtsbewegen konnte.

Sie sah, wie Caro in ihrem Rucksack wühlte. Mit fahrigen Bewegungen zog sie die Wärmedecke heraus und legte sie über ihren Bruder. Lena konnte ihr nicht helfen, ihre Glieder waren wie eingefroren. Verflucht, wo blieben Jack und Jonas? Wie viel

Zeit war seit ihrem Gespräch vergangen? Fünf Minuten? Eine halbe Stunde? Sie wusste es nicht. Mühsam versuchte sie, sich hochzustemmen.

«Massieren», stieß sie hervor, und Caro begann, ihren Bruder zu rubbeln.

Sie mussten die Schlucht schnellstmöglich verlassen, das Wasser würde weiter steigen, und selbst wenn sie nicht ertranken, würden sie am Ende noch an Unterkühlung sterben.

Dann, plötzlich, packte sie jemand an der Schulter, schüttelte sie, und sie hörte eine Stimme: «Lena!»

Als sie aufsah, blickte sie in ein junges Gesicht, das sie erschrocken ansah. Es war Jonas.

Er hob den Jungen auf, presste ihn an sich und schrie: «Wir müssen raus! Da kommt noch was.» Er deutete nach oben, wo die eiserne Sprosse, an der sie ihr Seil befestigt hatte, den Beginn der Aufstiegsstelle über den alten Weg markierte. Stufe um Stufe führte nach oben. Jetzt erst sah sie, dass Jack hinter Jonas stand und das Mädchen bereits hinaufbugsierte.

Später konnte Lena nicht mehr sagen, wie sie den Weg hinauf bewältigt hatte. Sie erinnerte sich an endlos viele Eisensprossen, jemand half ihr, schob und stützte sie, und irgendwann kroch sie auf weiches, nasses Gras, und Jack sagte: «Wir sind oben.»

Weicher Regen fiel ihr aufs Gesicht, und sie blieb ein paar Atemzüge einfach nur liegen. Jack beugte sich über sie, riss ihr die nasse Jacke vom Leib und begann, sie abzurubbeln und zu massieren. Dann wurde sie in die goldfarbene Wärmedecke gehüllt. Sie griff nach Jacks Hand.

«Danke», sagte sie und versuchte, sich aufzusetzen. Er half ihr hoch, und dann legten sich seine Arme fest um sie.

«Was machst du denn für Sachen!», murmelte er heiser.

Sie erwiderte seine Umarmung, und eine Weile blieben sie so sitzen. Sie spürte die rasche Atmung ihres Kollegen, die Hitze seines Körpers und schloss die Augen. «Ohne Team ist man nix», flüsterte sie in die Falten seines Anoraks, nicht sicher, ob er es hörte.

Doch das war nicht wichtig. Sie hatten es beide begriffen.

Nach einer Weile spürte sie, wie sich ihr Körper langsam wieder erwärmte und ihre Glieder zu kribbeln begannen. Ungelenk löste Jack sich von ihr und stand auf, plötzlich verlegen. Jonas reichte ihr einen Becher Tee, und Lena sah sich um. Der Regen hatte fast aufgehört, es nieselte nur noch leicht. Sie saßen oben an der Kante der Schlucht, unter ihnen toste der Bach. Neben ihr saß Caro, ihren kleinen Bruder fest umschlungen, beide waren in Wärmefolie gehüllt, sodass sie aussahen wie zwei glänzende Goldkäfer. Ihnen klebten die Haare nass an Stirn und Schläfen, und sie hielten ebenfalls Teebecher in den Händen.

Ein Funkgerät knackte, und Jonas redete mit jemandem. Dann wandte er sich an die Kinder. «Eure Eltern sind auf dem Weg ins Krankenhaus», erklärte er. «Euer Papa hat sich den Knöchel leicht verstaucht, und auch der Mama wird es bald wieder besser gehen. Wir bringen euch jetzt hinunter zum Eingang der Klamm. Dort warten unsere Kollegen auf euch. Sie bringen euch ins Krankenhaus zu euren Eltern.»

Lena warf Nils einen Blick zu. «Alles gut?»

Der Junge sah zu ihr auf. Seine Brille war nass und verschmiert, und seine blonden feuchten Haare standen ihm zu Berge, nachdem er kräftig trocken gerubbelt worden war. Er nickte, und dann erschien ein Lächeln auf seinem Gesicht. «Du hast uns alle gerettet», sagte er.

Lena erwiderte sein Lächeln. «Das war ich nicht alleine. Das war die Bergwacht. Das ist unsere Aufgabe. Weißt du doch.»

Während Jack und Jonas ihre Sachen zusammenpackten, hörte es ganz zu regnen auf. Kurz darauf riss die Wolkendecke auf, und die Sonne schickte ein paar Strahlen auf die durchnässte Erde. Das Moos und die Steine begannen zu dampfen, und das furchtbare Unwetter kam Lena plötzlich vor wie ein böser Spuk.

«Der Wetterwandbach ist völlig außer Rand und Band geraten», erzählte Jonas, der sich weiter über Funk mit ihren Kollegen unterhielt. «Am Ende der Klamm, dort, wo die Schlucht noch mal ganz schmal wird, hat er offenbar den ganzen Weg weggerissen, der mit Holzpfeilern gesichert ist, die Teile wurden bis hinunter zum Waldweiher getragen. Der Parkplatz an der Seilbahn ist überschwemmt.»

«Gab es noch mehr Einsätze?», wollte Lena wissen, während sie weiter an ihrem Tee nippte.

Jonas schüttelte den Kopf. «Zum Glück nicht. Es ist ein Wunder, dass zu dem Zeitpunkt nicht mehr Leute in der Klamm unterwegs waren. Eine Gruppe, die von unten hineingehen wollte, konnte noch rechtzeitig gewarnt werden.»

Schweigend betrachtete Lena die beiden Kinder. Ihre leichenblassen Gesichter hatten inzwischen wieder einen Hauch Farbe bekommen. Der Schrecken stand ihnen zwar noch immer ins Gesicht geschrieben, doch sie wirkten wohlauf. Die Sache war glimpflich ausgegangen.

Gemeinsam beschlossen sie, den Kameraden entgegenzukommen. Sie gingen los, langsam, Jack trug Nils, der noch immer schwach und zittrig war, Caro lief neben Lena her.

«Ich hab geglaubt, ich muss dort sterben», sagte das Mädchen nach einer Weile leise. «Nils wollte einfach nicht mitkommen. Er hat da so eine Geschichte über die Brücke gelesen ...»

«Ich weiß», entgegnete Lena, kramte das Sagenbuch aus

ihrem Rucksack und reichte es ihr. «Das hab ich auf dem Weg gefunden. Er muss es verloren haben, als er etwas aus dem Rucksack geholt hat.»

Das Mädchen nahm das nasse Buch entgegen und betrachtete es. «Das ist mal so was von im Eimer», stellte sie dann nüchtern fest. «Wir werden Ärger kriegen, weil es doch von der Bibliothek ist.»

«Ganz sicher nicht», meinte Lena lächelnd. «Gib es Nils, wenn ihr zu Hause seid. Er soll es aufheben. Als Erinnerung.»

Caro traten Tränen in die Augen. «Ich bin schuld», flüsterte sie. «Ich habe ihm die Wahrheit über unsere Eltern gesagt. Sie haben uns alles zu verheimlichen versucht. Aber ich wusste schon lange, dass Mama einen Freund hat und sie längst entschieden haben, sich scheiden zu lassen.»

«Nichts davon ist deine Schuld», erwiderte Lena und schüttelte entschieden den Kopf. «Deine Eltern hätten es euch beiden längst erzählen müssen. Aber manchmal ist es eben schwer, das Richtige zu tun.»

«Woher wusstest du, was das Richtige war, als du uns gerettet hast?» Caro blickte zu ihr auf. «Warum hattest du keine Angst?»

«Ich hatte eine Heidenangst. Aber ich habe gelernt, dass es lebenswichtig sein kann, auch bei Angst vernünftig zu handeln. Das klappt nicht immer, aber ich geb mir Mühe.»

«Danke», sagte Caro. «Nils hatte recht, du bist ziemlich cool.»

«Dein Bruder ist auch ziemlich cool», antwortete Lena.

Caro nickte nachdenklich. «Stimmt schon. Ist mir bisher bloß noch nicht aufgefallen.»

Sie gingen weiter, und irgendwann trat Jack neben Lena. Schweigend ging er eine Weile neben ihr her, dann sagte er, wie nebenbei: «Ich glaub, das passt. Mit dir und der Leitung, mein ich.» Jetzt erst sah er sie an, und auf seinem meist so grimmig dreinblickenden Gesicht erschien etwas, was man – wenn man Jack Reiter kannte – als Lächeln interpretieren konnte.

Lena erwiderte es und nickte. Ja, sie fand auch, dass es passte. Dann hob sie den Kopf und sah die schroffe Felswand hinauf, die sie gerade umrundeten. Die Wolken lösten sich in grobe Fetzen auf und gaben Meter für Meter den Teufelskopf wieder frei. Das Unwetter war vorüber.

Einsatzprotokoll

Donnerstag, 7. Juli

Einsatzort: Geschäftsstelle Bergwacht
Wetter: ruhiges Sommerwetter mit Gewitterneigung am Horizont
Besondere Bemerkungen: Ein neues Kapitel wird aufgeschlagen.

1

Lena klappte die Kladde ihres Vaters langsam zu und strich über den altertümlichen Einband. Sie hatte immer geglaubt, es würde sie mit Wehmut und Trauer erfüllen, dieses Buch abzuschließen, doch das tat es nicht. Im Gegenteil, ihr war feierlich zumute. Ein neues Kapitel in ihrem Leben begann, und dafür brauchte sie das alte Journal nicht mehr. Heute Morgen war sie von ihren Kollegen einstimmig zur neuen Leiterin der Bergwacht Bichlbrunn ernannt worden und Ferdi Schorer zu ihrem Stellvertreter. Sie hatte vorher Jack gefragt, ob nicht er ihr Vertreter werden wollte, doch er hatte abgelehnt. Er hatte auch seinen Posten als Jugendleiter aufgegeben, den auf seinen Vorschlag hin Andi Kornbichler übernehmen würde. Er wolle lediglich ein einfaches Bergwachtsmitglied bleiben und erst mal sein Privat- und Berufsleben in Ordnung bringen, hatte er gemeint und erstaunlich zufrieden dabei gewirkt.

Sie packte das Journal in ihren Rucksack und verließ das Büro mit dem Vorsatz, als erste Amtshandlung den traurigen Nebenraum auf Vordermann zu bringen, damit zukünftige Dienstbesprechungen in einem behaglicheren Ambiente stattfanden, was den übersprudelnden Emotionen gewisser Kollegen vielleicht ganz guttun würde.

Gerade als sie das Büro absperren wollte, hörte sie eine Kinderstimme ihren Namen rufen, und sie drehte sich um. Nils stand vor ihr, mit einem strahlenden Lächeln im Gesicht, und hinter ihm hatte sich die restliche Familie Paulsen versammelt.

Nils' Vater hielt einen mächtigen Blumenstrauß in den Händen. «Wir wollten uns noch einmal persönlich bedanken», sagte er und reichte ihr den Blumenstrauß. «Sie haben unseren Kindern das Leben gerettet.»

Überrascht nahm Lena den Strauß entgegen. «Vielen Dank. Geht's jetzt wieder nach Hause?»

Frau Paulsen nickte. «Wir sind noch ein paar Tage länger geblieben als beabsichtigt. Es war ganz gut, um ein wenig zur Besinnung zu kommen.» Den Blick, den sie dabei ihrem Mann zuwarf, konnte man zwar nicht gerade als frisch verliebt, aber immerhin als freundschaftlich bezeichnen, was Lena ebenso hoffnungsvoll stimmte wie die Tatsache, dass Caro einen Arm um ihren kleinen Bruder gelegt hatte – der heute zum ersten Mal, seit sie ihn kannte, nicht seinen Kletterhelm trug. Nils reichte ihr mit feierlicher Miene ein zusammengerolltes Blatt Papier, das mit einer roten Schleife umwickelt war.

«Oh, ein Geschenk?» Lena legte den Strauß vorsichtig auf den Boden, nahm die Schleife ab und entrollte das Papier. Es war eine Buntstiftzeichnung und zeigte Lena selbst, im blau-roten Anorak, ihr dunkler Zopf reichte ihr bis zu den Hüften. Sie stand auf einer gelben Brücke, die sich über einen wild gezackten Fluss wölbte, und winkte. Um Lena herum war die gesamte Familie Paulsen zu sehen. «Wie schön! Vielen Dank.» Lena umarmte Nils gerührt. «Das werde ich mir ins Büro hängen.» Sie betrachtete seine Zeichnung noch einmal. «Ich sehe Oskar gar nicht auf dem Bild», sagte sie dann. «Dabei hätte ich zu gern gewusst, wie er aussieht.»

«Oskar ist nicht mehr bei mir», erklärte Nils und klang nicht traurig darüber. Er rückte seine Brille gerade, die sich durch Lenas Umarmung verschoben hatte, und fuhr fort: «Er wohnt jetzt in Frau Wildgrubers Garten. Da gefällt's ihm.»

«Kann ich verstehen.» Lena nickte. «Vielleicht treffe ich ihn ja mal dort.»

«Dann kannst du ihn von mir grüßen», sagte Nils großzügig.

«Mach ich.»

Dann verabschiedete sich Familie Paulsen, und Lena winkte ihnen nach, hob den Blumenstrauß auf und verließ das Rathaus. Auf dem Dorfplatz blieb sie stehen, ihr Blick wanderte zum Jubiläumsgrat. Heute war der Todestag ihres Vaters. Sie dachte an die Gebetsfahnen, die dort oben im Wind flatterten, und lächelte. Dann betrachtete sie den riesigen Blumenstrauß in ihrer Hand. Früher hatte Alex ihr jedes Jahr an diesem Tag ein kleines Sträußchen aus ihrem Garten geschenkt. Vielleicht sollte sie heute ihrer Freundin zur Abwechslung mal Blumen schenken. Die beiden hatten sich längst wieder versöhnt und ihre durch nichts zu erschütternde Freundschaft in der Bongo-Bar kräftig begossen. Lena hatte ihr von ihrer Tour auf den Grat erzählt und von ihrer neuen Geschäftsidee, verstärkt Touren für Frauen anzubieten, die sofort gut angenommen worden war. Sie war in der letzten Woche schon zweimal für eine reine Frauentour gebucht worden. Langsam schlenderte sie über den friedlich in der Sonne liegenden Dorfplatz und nickte Miri Gulbrandt zu, die gerade aus ihrem Auto stieg und auf das Rathaus zuging.

«Grüß dich, Lena!», rief die Vogelwartin und machte einen Schwenk auf Lena zu. Sie hielt eine Eierschachtel in der Hand. «Ich war gerade auf dem Weg in die Bibliothek zu meiner Freundin Irmi», sagte sie. «Wir sind auf einen Kaffee bei Paolo verabredet, und ich muss ihr was Tolles erzählen.» Sie hob demonstrativ die Eierschachtel in die Höhe.

«Was Tolles mit Eiern?» Amüsiert hob Lena die Brauen. Miri hatte immer aberwitzige Geschichten parat, sie war völlig vernarrt in ihren Beruf und erzählte alles, was ihr dabei widerfuhr, als gäbe es nichts Spannenderes auf der Welt.

«Ja! Stell dir vor, wir haben dem Fuchs im Sternmoos eine Lektion erteilt.» Sogleich erzählte sie irgendetwas von geplünderten Brachvogelgelegen und einem unverschämten Fuchs, der über Elektrozäune sprang, und Lena hatte Mühe, ihr zu folgen. «Ben ist ein Goldstück!», schwärmte Miri dann unvermittelt. «Er hat sich so viele Gedanken gemacht. Ich wusste es gleich, schon als ich ihn das erste Mal sah. Er ist ein wahrer Glücksfall.»

«Ben Fellner?», hakte Lena nach, und ihr Herz begann schneller zu klopfen. Wie Ben an dem Abend in der Bongo-Bar das Lied gespielt hatte und sie vor Jack davongelaufen war, ging ihr nicht so recht aus dem Kopf. Seit sich die ganze Aufregung um Franz gelegt hatte, hatte sie sich oft gefragt, ob sie ihn vielleicht einmal darauf ansprechen sollte? Vielleicht wäre es ganz gut, diese alten Dinge endlich einmal zu klären. Allerdings hatte sie ihn seitdem nicht mehr gesehen.

«Ja, sag ich doch.» Miri öffnete behutsam die Schachtel. Zwei weiße Eier lagen darin, vier der sechs Fächer waren leer. «Ben hat mir diese kleinen Chilibomben für den Fuchs gebaut. Stell dir vor, Ben hat die Eier vorsichtig geöffnet und geleert, sie mit Geflügelleberwurst und ganz viel Chilipulver gefüllt und wieder verschlossen. Hat man so was schon gesehen?» Sie deutete auf die feine Bruchlinie an einem der Eier. «Was für eine Mühe. Ich habe vier Eier davon in ein leeres Nest gelegt und wieder den Elektrozaun darumgemacht, damit der Fuchs gleich weiß, dass da was zu holen ist. Gerade habe ich mir die Aufnahmen angesehen.» Sie lachte laut auf. «Dieser Fuchs wird nie wieder ein Ei anrühren, das kannst du mir glauben.» Dann wurde ihr Blick unvermittelt ernst. «Ben hat erwähnt, dass er dich von früher kennt. Kannst du mir sagen, was er früher für Probleme hatte? Mir erzählt er ja nichts, er ist überhaupt recht schweigsam, fast ein bisschen eigenbrötlerisch. Einige hier kommen mir so misstrauisch ihm gegenüber vor.»

Lena wusste nicht recht, was sie sagen sollte. Sie räusperte sich verlegen, doch Miri wartete ihre Antwort gar nicht ab.

Sie warf erneut einen Blick auf die Eier und redete einfach weiter. «Das ist ungerecht, finde ich. Was mal war, sollte doch irgendwann Vergangenheit sein. Und jemand, der sich so viele Gedanken macht, um ein Brachvogelgelege zu schützen, kann kein schlechter Mensch sein, oder wie siehst du das?»

Lena starrte sie an. Wieder sah sie Ben vor sich, wie er in der Bongo-Bar *Lady D'Arbanville* sang. Es hatte so viel Gefühl in seiner Stimme gelegen, er hatte damit so viel von sich preisgegeben. Sie begriff jetzt, dass es kein Zufall gewesen war: Er hatte dieses Lied an dem Abend tatsächlich für sie gespielt. Aber nicht, um sie damit zu verhöhnen. Wie hatte sie nur auf so einen absurden Gedanken kommen können? Er hatte ihr etwas zeigen wollen: den Ben, den sie damals für einen kurzen Moment gesehen hatte, bevor sein Zornausbruch alles zerstörte. Den Ben, der er wirklich war. Und was hatte sie getan? Sie war weggelaufen.

«Ja», stotterte sie. «Du hast recht.» Sie legte den Blumenstrauß auf die Eierschachtel. «Da! Für dich.»

Miri sah sie verdutzt an.

«Entschuldige, aber ich muss gehen.» Sie wartete Miris Erwiderung nicht ab, sondern kehrte um und lief zu ihrem Fahrrad.

Es dauerte etwa eine Viertelstunde, bis sie die Vogelwarte erreichte. Bens Jeep stand vor der Tür, daneben noch ein weiteres, schickeres Auto mit Münchner Kennzeichen, das Lena jedoch nicht weiter beachtete. Hauptsache, Ben war da. Sie drückte auf den Klingelknopf, der halb vom Efeu überwachsen war. Schritte näherten sich, und dann öffnete eine wunderschöne Frau im Bikini die Tür. Sie hatte ein buntes Tuch um die makellos schlanken, sanft gebräunten Hüften geschlungen und war barfuß. Der Lack ihrer Zehennägel leuchtete golden. In der rechten Hand hielt sie eine Zigarette.

«Ja bitte?», sagte sie, doch Lena hatte es die Sprache verschlagen.

«Äh ...», stotterte sie, als sie ihre Stimme wiederfand. «Ich wollte zu Ben ... Ich bin Lena Veith ...»

«Kommen Sie doch rein», antwortete die Frau freundlich. «Ben ist nur noch schnell mit seinem Hund raus, er wird gleich wieder da sein.» Sie wechselte die Zigarette in die andere Hand und hielt Lena ihre Rechte hin: «Victoria Pistorius, ich bin Bens Freundin.»

Ende

Weitere Titel

Einsatz in den Bayerischen Alpen

Die Bergwacht: Alpenglühen

Die Bergwacht: Gipfelstürme

Die Bergwacht: Schneetreiben

Julie Caplin
Das kleine Chalet in der Schweiz

«Es wird hyggelig und gemütlich.»
Stadtradio Göttingen
«Eine romantische Geschichte mit viel Lokalkolorit, so richtig zum Wegträumen.» *Woman*
«Macht definitiv Lust auf Urlaub ... Man möchte am liebsten den Koffer packen und selber hinreisen.»
LZ Rheinland

416 Seiten

Mina Campbell liebt leckeres Essen und gesellige Dinner mit Freunden. Kein Wunder, immerhin arbeitet sie in einer Testküche und probiert ständig neue Kreationen aus. Ein Rezept gegen Liebeskummer hat sie allerdings noch nicht gefunden.
Nun wurde Minas Herz erneut gebrochen, und sie packt kurzerhand die Koffer. Für eine Auszeit reist sie zu ihrer Patentante in die Schweiz, die dort ein entzückendes Ski-Chalet betreibt. Mina blüht auf. Vor allem die Schweizer Küche hat es ihr angetan: Fondue, Rösti und Kirschtorte – wer braucht da schon einen Mann, um glücklich zu sein? Wäre da nicht der charmante Luke, der Mina das verschneite Wallis von seiner romantischen Seite zeigt ...

Antonio Manzini
In einem dunklen Sommer

Tod in den italienischen Alpen

416 Seiten

Unberührte Landschaften, kristallklare Seen und eine atemberaubende Aussicht auf die italienischen Alpen. Alle lieben das Aosta-Tal – nur einer hasst es: Vicequestore Rocco Schiavone, der von Rom in die Berge strafversetzt wurde. Es ist ihm zu kalt, zu nass, zu hinterwäldlerisch. Doch die Ruhe trügt. Die Leiche einer jungen Frau treibt in der Dora, dem Fluss, der durch das beschauliche Alpenstädtchen Aosta fließt. Als Rocco und sein Team die Wohnung der Toten im wohlhabenden Teil der Stadt inspizieren, erleben sie eine Überraschung: Das Apartment ist komplett leer, kein Möbelstück, kein Kleid, kein Stück Papier ist mehr da. Doch keiner der Nachbarn will einen Auszug oder Einbruch bemerkt haben ...

Der Nummer-1-Bestseller aus Italien.

Weitere Informationen finden Sie unter **rowohlt.de**